Sin filtro y otras mentiras

CRYSTAL MALDONADO

HOLIDAY HOUSE • NEW YORK

Library of Congress Cataloging-in-Publication Data

Names: Maldonado, Crystal, author. | Arús, María Antonia Cabrera,
translator.
Title: Sin filtro y otras mentiras / Crystal Maldonado; Spanish
translation by María A. Cabrera Arús.
Other titles: No filter and other lies. Spanish
Description: First Spanish language edition. | New York: Holiday House,
[2023] | Audience: Ages 13 and up. | Audience: Grades 10-12. | Summary:
"Seventeen-year-old Kat Sanchez uses photos of a friend to create a fake
Instagram account, but when one of her posts goes viral and exposes
Kat's duplicity, her entire world—both real and pretend—comes crashing
down around her"— Provided by publisher.
Identifiers: LCCN 2022030292 | ISBN 9780823454006 (Spanish paperback)
Subjects: CYAC: Social media—Fiction. | Online identities—Fiction. |
Popularity—Fiction. | Friendship—Fiction. | Family life—Fiction. |
Overweight persons—Fiction. | Puerto Ricans—Fiction. | Spanish
language materials. | LCGFT: Novels.
Classification: LCC PZ73 .M2315 2023 | DDC [Fic]—dc23

ISBN: 978-0-8234-4718-3 (hardcover)
ISBN: 978-0-8234-5400-6 (Spanish paperback)

♥

A mis abuelos, que me criaron como si fuera su hija;
a Bub y la pequeña y hermosa familia
que hemos formado;
y a quienes alguna vez se han sentido inferiores.
Sepan que no lo son.

· ✦ · ·

Capítulo uno

Debo advertir, desde ya, que soy una mentirosa.

Suelo decir pequeñas mentiras.

Diminutas.

Insignificantes.

Casi no llegan a ser mentiras.

Por ejemplo: mentí para que mis amigos me acompañaran esta noche. Les dije que habría comida.

No hay comida.

Pero ¿no es mejor disfrutar juntos a medianoche el lago Isabella que quedarse en casa?

Además, necesito fotos de las estrellas.

—¿Terminaste?

Luis pronuncia con fuerza el "te" final y suena casi como una amenaza.

—No has traído nada para picar. Me *muero* de hambre.

Me tomo un segundo para entrecerrar los ojos, ver a través del visor de mi cámara, ajustar el trípode y enfocar el oscuro cielo salpicado de pequeñas motas de luz. El universo. El abismo. La prueba de que la existencia es más grande que nosotros. Asombrada, contemplo el centelleante terciopelo negro que se despliega ante mí, y pienso que es mucho más importante que lo que dije antes sobre que habría comida.

—¿Cómo puedes tener hambre? —pregunto, sin mirarlo—. Es pasada la medianoche.

—Por eso. ¡Llevo horas sin comer! —dice Luis, impaciente.

Por el rabillo del ojo veo que se lleva las manos a la nuca, claramente frustrado.

—Esta chica lleva más de una hora tratando de tomar una buena foto del *cielo* —dice.

Hari deja de revisar las fotos de su cámara (la última Nikon, que *ansío* tener, aunque la mía funciona muy bien), levanta la vista y se encoge de hombros.

—Ya casi termina, hombre. Y, oye, ¿por qué no estás tomando fotos? Te puede servir para nuestra tarea de Arte, ya sabes.

—Sí, pero tomé unas fotos muy buenas en la playa. Ya hice mi tarea. *Terminé* —dice Luis con sorna.

—Déjame adivinar. ¿Una selfi? —dice Marcus, levantando también la vista de su cámara.

Luis hace una pose, mostrando los músculos de sus brazos.

—Mira, soy una obra de arte, después de todo.

Todos refunfuñamos.

—De todas formas, ¿no les parece que se va a ver un poco raro que todos presenten la misma foto en la clase?

Marcus arruga la nariz.

—No es solo para la clase. También irá a mi portafolio fotográfico, como ejemplo de los diversos temas que trabajo.

Luis le hace una mueca a Hari, y ambos se ríen.

—El tipo quiere presumir diversidad.

Marcus se encoge de hombros.

—Ódienme todo lo que quieran, pero me acordaré de esto cuando sea un rico fotógrafo famoso en todo el mundo y me rueguen que les haga un trabajo.

—¿Podemos concentrarnos? —pregunto—. Tan pronto como me permitan sacar la toma que necesito, nos vamos.

—Está bien, pero solo quiero agregar que, *por supuesto*, Hari te defendió.

Eso le vale a Luis un rápido pinchazo en el costado, por parte de Hari. Bien merecido, si me preguntan. La insinuación hace que me corra calor por el cuello, y me concentro en el visor de la cámara para no tener que mirar a nadie. Si no establezco contacto visual, quizás se callen.

—¡Ay! ¡Cabrón!

—Cierra la boca entonces —murmura Hari.

—Oblígame a hacerlo.

Por alguna razón, Marcus se echa a reír, aunque nadie dijo nada divertido. Una sonrisa de triunfo se extiende por la cara de Luis.

—Si te vas a seguir quejando, estúpido, mejor ya váyanse tú y tu culo caminando a casa —digo, y me vuelvo hacia Marcus, entrecerrando los ojos—. Y no lo animes, idiota.

Marcus abre los ojos y mira a Luis, como si estuvieran al tanto de algún secreto que Hari y yo desconocemos, y de repente me arrepiento de haberlos invitado a todos a salir esta noche. Había estado jugando con la idea de acampar en Joshua Tree para contemplar las estrellas sin contaminación lumínica, pero ni modo. Iré sola.

—Vamos, relájate, Kat —dice Marcus con una sonrisilla bailándole en los labios.

Eso me molesta aún más.

—Vete a la mierda, Marcus.

¿Es que no pueden comportarse durante un mísero segundo de sus patéticas vidas?

—Ese lenguaje —dice Marcus, y sacude la cabeza.

—¿Besas a tu madre con esa boca, Sánchez? —pregunta Luis, siguiéndole el juego.

Hari pone los ojos en blanco.

—Ya basta, chicos —dice.

Luis aspira con fuerza y se lleva la mano al corazón.

—Oh, no. ¡Logramos molestar a la feliz pareja!

—¡No somos una pareja! —grito.

—¡Para! —dice al mismo tiempo Hari, con fuerza.

Nuestras voces resuenan en la oscuridad, y parece que hemos ido a molestar a los muertos con nuestras ruidosas y odiosas discusiones. Pero las discusiones ruidosas y odiosas constituyen el noventa por ciento de lo que hacemos.

Marcus le responde a Hari encogiendo los hombros.

—Solo estamos jugando, hermano.

—Me encanta molestar a Sánchez —dice Luis, y sonríe—. La estoy pasando divino.

Así es, y lo odio. Luis sabe cómo molestarme, y yo siempre, siempre dejo que lo haga. Así que respiro hondo y empiezo a revisar las fotos que he tomado (son docenas), con la esperanza de que haya una que me guste. Tendrán que servir. Ya no puedo concentrarme.

Se oye un fuerte aullido en la distancia.

Hari y yo intercambiamos miradas.

—Mierda —murmura.

Los ojos de Luis se abren de par en par.

—¡No *pienso* morir a garras de un coyote esta noche! —dice.

Marcus mira a nuestro alrededor.

—Ya en serio, estoy de acuerdo con Luis. ¿Podemos irnos? —pregunta.

Le pongo la tapa al lente de mi cámara, tomo el trípode y corro en dirección al estacionamiento, sin molestarme en esperar a los chicos.

—¡Nos vemos!

—¡Kat! —grita Hari, pero yo ya estoy en marcha, riendo y dejando que muerdan mi polvo.

Tienen que recoger sus cosas (el trípode de Hari, el enorme maletín de la cámara de Marcus, la bocaza de Luis) antes de poder salir corriendo, y sus porquerías están tiradas por todas partes. Aficionados.

Llego primero al coche de Marcus. Sin aliento, pero victoriosa.

—¡Acaban de perder contra una *chica!* —les grito cuando creo que pueden oírme.

—¡Hiciste trampa! —grita Hari, riendo.

—Eso estuvo mal —dice Marcus, apresurándose a abrir el coche—. ¡Los coyotes podrían habernos despedazado mientras tú te salvabas!

—Será mejor que te des prisa y me dejes entrar —digo, mientras él busca las llaves.

—Sabes, para ser una chica gorda, eres buena corriendo —dice Luis con voz ronca, sin aliento.

Lo fulmino con la mirada.

—Sabes, para ser un chico que no sabe un carajo, tienes mucho que decir.

—Chicos —dice Hari.

Siempre hace lo mismo, tratando de que Luis y yo no discutamos. Pero nos la pasamos así, diciéndonos cosas. A menudo me dan ganas de matar a Luis. Si no se burla de mi peso, se burla de mí por mis escasas habilidades para hablar español, o me llama gringa, aunque soy mitad puertorriqueña. Me hace enfadar tanto que a veces me pregunto por qué somos amigos.

También tiene cosas buenas, supongo, aunque ahora mismo no recuerdo ninguna.

Marcus por fin abre el coche y nos metemos. Apenas cabemos con todo el equipo, pero lo logramos. (Ayuda el hecho de que su coche esté impecablemente limpio).

—Sigo teniendo hambre —se queja Luis.

—Yo también —asiente Marcus—. ¿No dijo Kat que habría comida?

—No recuerdo —digo, inocente.

Marcus da un resoplido desde el asiento delantero.

A mi lado, el estómago de Hari suelta un gruñido.

—Supongo que yo también tengo hambre —dice Hari.

—Traidor —me burlo—. Entonces, ¿vamos a In-N-Out o qué?

Los chicos me aclaman, y pronto estamos comiendo hamburguesas y papas fritas (*animal style*), mientras avanzamos por la autopista casi desierta.

—*No* me ensucien el coche —advierte Marcus.

—Demasiado tarde —dice Hari.

Marcus gira la cabeza casi 180 grados, hacia el asiento trasero.

—*¡Presta atención!* —grito.

—*¡Eh!* —grita al mismo tiempo Luis, cuando ve que el coche se desvía hacia otro carril.

—Era broma, relájate —dice Hari, y señala la carretera.

No me atrevo a decir que, en efecto, *hay* un trozo de lechuga en el suelo, porque me gustaría llegar viva a casa.

—*Más vale* que estés bromeando —dice Marcus, mirando la carretera que se extiende delante de nosotros—. Papas.

Luis mete la mano en la bolsa y le pasa una papa frita a Marcus, que abre la boca. Luis sacude la cabeza.

—Hombre, ya hemos hablado de esto. No te voy a dar la comida en la boca.

—Yo estoy conduciendo —le recuerda Marcus.

—¡Eso no importa!

—¡Papas!

Y así transcurre un minuto, hasta que por fin Luis le mete a Marcus un puñado de papas fritas en la boca.

—¿Era tan difícil? —pregunta Marcus, ahogándose un poco con el bocado.

Lo que hace que Luis se enfade de nuevo, y entonces discuten sobre las reglas de Marcus en el coche. Para ser justos con Luis, Marcus tiene muchas reglas para el coche, al cual le ha puesto Honey (qué asco). Algunas tienen sentido, como mantener el coche limpio o ponerse el cinturón de seguridad, pero otras son un verdadero abuso de poder. Por ejemplo, él *siempre* elige la música, y quien se siente en el asiento del copiloto tiene que darle de comer.

Hari y yo intercambiamos una sonrisa, pero no intervenimos. Él tiene la cabeza recostada en la ventana y mira al exterior, y sus pesados párpados me dicen que es probable que se duerma pronto, con la barriga llena. Yo podría hacer lo mismo, la verdad, pero me espera una larga noche de edición de fotos: primero las de la tarea, que he pospuesto demasiado, y luego las que tomé antes. Mi abuela y yo salimos a dar un paseo después de la cena y, cuando el sol se ponía en Panorama Drive, vi una pareja genial patinando. Su confianza, las palmeras y el sol, que caía en el momento adecuado, me hicieron estar muy, muy agradecida de haber llevado mi cámara. No tuve más remedio que hacer unas cuantas fotos.

Eso es lo que pasa con mi pasatiempo, que más que un pasatiempo es una compulsión que me encanta. Siempre estoy fotografiando la vida a mi alrededor. Los chicos y yo somos miembros del Club de Fotografía que Marcus fundó, pues a él le gusta tanto como a mí.

Me acomodo y me pongo a revisar lo que tengo en la cámara.

A decir verdad, hay una buena cantidad de fotos malas, que borro de inmediato. Sin embargo, no lo hice tan mal para ser mi primera vez intentando fotografiar la grandeza de la Vía Láctea. Sobre todo, para ser la primera vez que lo hago en mi ciudad.

Bakersfield no es el lugar más elegante, ¿sí? Hay que decirlo. Es una ciudad pequeña de tejados rojos, carreteras de asfalto negro y oficinas de estilo *mid century*, rodeada de campos petrolíferos y megagranjas. Como está situada en un valle entre la Sierra Nevada y la sierra de Tehachapi, la calidad del aire no es la mejor. Pero la playa está bastante cerca. Y la gastronomía es estupenda. Casi la mitad de la población de la ciudad es morena, así que nunca me siento del todo fuera de lugar cuando salgo. Todo el mundo ama a los perros (no he visto que esto aparezca en alguna lista de características de nuestra ciudad, pero lo creo de corazón). Las personas que más me importan viven aquí, y eso cuenta. Tenemos las mejores puestas de sol. En los días más claros, se pueden ver las montañas onduladas y azules en el horizonte. Y, por la noche, con las condiciones adecuadas, hay incluso algunos lugares donde se puede ver muy bien el cielo estrellado.

La clave para ese tipo de fotos es alejarse tanto como sea posible de la luz artificial (por ejemplo, el lago a donde fuimos). Y utilizar un ISO de medio a alto, una velocidad de obturación baja y un trípode. Sin trípode, no vale la pena molestarse. No se pueden fotografiar las estrellas sosteniendo la cámara con manos temblorosas.

Una vez que he revisado todas mis fotos de las estrellas, vuelvo a revisar las de antes, admirando la forma en que la piel morena de esa elegante pareja brilla bajo la luz, como si fuera el verdadero don de la hora dorada. La piel morena es en verdad la más bella. Maldita sea. Y estas fotos *arrasarán* en Instagram.

Eso espero.

Satisfecha, saco mi teléfono y empiezo a navegar por Insta: le doy Me gusta a algunas fotos, veo algunos *reels* sin sonido, repaso las historias de la gente. Sin embargo, en algún momento, entre la tranquilidad de la carretera y el suave zumbido del coche, me quedo dormida y lo próximo que sé es que me despiertan con suavidad.

Es Hari.

—Hola —dice, con una leve sonrisa—. Llegamos a casa.

Me quito el sueño frotándome los ojos antes de salir del coche de Marcus. Nos dejó a ambos en la esquina de la calle donde viven Hari y mis padres, para que podamos regresar andando y, así, no nos descubran. Ya es tarde, más tarde de lo que cualquiera de nosotros tiene permitido estar fuera de casa, así que tenemos que entrar sin llamar la atención.

Hari se echa su mochila al hombro y empieza a caminar por la calle. Yo le sigo el paso, a su lado.

Ya tenemos una rutina: Hari y yo pasamos por delante de la casa de mis padres rumbo a mi *verdadera* casa, que está una calle más abajo: la casa de mis abuelos. Una vez que me haya dejado, Hari volverá a su casa y yo le enviaré un mensaje para asegurarme de que ha llegado bien, como hacen los buenos amigos.

—¿Crees que conseguiste algo bueno para la clase del señor Griffin? —me pregunta Hari.

—Sí, creo que sí. Y él es generoso con las notas.

—Cierto. Y tus fotos son geniales.

—Gracias.

Sonrío, agradeciendo el cumplido, aunque sé que mis fotos son buenas. Mejores que las de Hari (¡sin ánimo de ofender!), a pesar de que él tiene lentes *mucho* mejores que los míos. Definitivamente mis fotos son mejores que las de Luis, que hace todas las tareas por teléfono (a menudo toma, literalmente, las fotos con el teléfono). Están a la par de las de Marcus, y a veces son incluso mejores (aunque él ya tiene muy definido su estilo y yo todavía estoy descubriendo el mío).

—¿Y tú? —pregunto—. ¿Pudiste tomar algunas antes de que Luis decidiera ser la persona más fastidiosa del planeta?

Hari se ríe un poco.

—Sí, conseguí unas cuantas, creo. Pero ¿crees que el señor Griffin se moleste porque todos escogimos el mismo tema para nuestro trabajo? Porque, de ser así, busco otro.

Sacudo la cabeza.

—No, es demasiado amable como para que le importe. Enseña Arte. Además, sabes que somos sus favoritos.

—Tiene sentido. Somos los mejores, después de todo —dice Hari.

Sí. Los mejores. Sí que lo somos, al menos en Arte. No hay duda de que los cuatro tenemos mucho talento.

Pero hay una cosa que me corroe, sobre todo en los últimos tiempos. Si mi trabajo es tan bueno, ¿por qué *no es popular* en Instagram? Eso me molesta. No sé qué estoy haciendo mal, pero mi cuenta está casi muerta: poco más de doscientos seguidores, (bastante) menos de cincuenta Me gusta por foto y casi cero comentarios.

Sin embargo, la estética de mi cuenta es INCREÍBLE. Si la abres en tu teléfono y miras mi cuadrícula, cada foto tiene *onda*, un *patrón de colores* y un *estado de ánimo*, y lucen bien en conjunto. ¡Eso implica trabajo! Nadie se da cuenta de lo mucho que hay que retocar y editar las fotos para que sean suficientemente diferentes como para resultar interesantes, y suficientemente similares como para combinar bien entre sí. Y yo lo he conseguido.

Además, mis fotos son, en su mayoría, sobre moda urbana, con un enfoque en jóvenes negros y mestizos con estilo, como mis amigos y yo. POR EL AMOR DE DIOS.

Entonces... ¿qué está pasando? La gente acumula seguidores sin mucho esfuerzo. No quiero ser famosa en Twitter. No quiero ser una estrella de TikTok. Quiero que me reconozcan por mi arte.

Solo quiero que mi perspectiva como artista y ser humano signifique algo, que llegue a alguien.

¡Y los chicos! Los chicos, que ni siquiera se preocupan por las redes sociales, tienen todos más seguidores en Instagram que yo.

HARI SHAH:
UNOS RESPETABLES 930 SEGUIDORES
MARCUS BROWN:
UNA ENVIDIABLE CIFRA DE 2,301 SEGUIDORES
LUIS DÍAZ:
UNOS ASQUEROSOS 5,843 SEGUIDORES
KAT SÁNCHEZ:
UNOS PATÉTICOS 209 SEGUIDORES

Me avergüenza saberme esas cifras de memoria, porque las compruebo con obsesión. Pero no puedo parar.

Me acompleja la forma en que consiguen muchos más Me gusta con sus selfis provocadoras, o cualquier otra cosa que publiquen. Me digo que es porque soy la única que intenta utilizar su cuenta para promocionar su *fotografía* en lugar de su *vida*. Pero, no sé. Marcus parece combinar ambas cosas sin esfuerzo. Así que quizás el problema sea mío.

He pensado en ser más personal en mi cuenta. Pero ¿qué vida, en particular, compartiría? ¿Noches como esta, en que salgo con esos tontos? ¿A quién le importaría eso?

Es como si Instagram estuviera inundado de esas *influencers* perfectas con quienes yo nunca podría competir. Se arreglan a la perfección y llevan ropa perfecta en sus cuerpos delgados y perfectos; tienen el pelo brillante y un maquillaje impecable, y, bueno, todas parecen cortadas por el mismo molde, pero da igual. Son preciosas, sus fotos son de *primera calidad* y está claro que no se sienten estúpidas cuando posan con los brazos en alto mirando una puesta de sol. Son capaces de escribir pies de foto que empiezan como "Siempre me han gustado las sirenas" y, de alguna manera, resultan encantadores y no quieres arrancarte los ojos cuando los lees. La gente las aprecia. La gente las escucha. La gente las valora.

Pero... esa no soy yo. Tengo fotos llamativas, pero no me gustan las selfis; tengo buen gusto, pero no llevo una vida elegante. Y me siento incómoda cuando estoy delante de la cámara y no detrás.

No es que no sea bonita. Soy BONITA, ¿sí? ¿Estas cejas? ¿Estos rizos? ¿Estos ojos tan profundamente marrones como la rica tierra? ¿Esta piel con melanina? ¿Este cuerpo? Hago lo posible por no ocultar mi barriga y sus rollitos, y quizás por eso Luis siempre me llama gorda, pero da igual. Llevar una sudadera de gran tamaño no me hará más delgada, así que ¿para qué intentarlo? He fotografiado a suficiente gente para saber que hay belleza en todo el mundo, incluida yo.

Pero, si soy realista, sé que nadie va a interesarse por la vida de una chica puertorriqueña gorda de diecisiete años que vive en Bakersfield, California, a dos horas de cualquier cosa importante, y que apesta un poco a desesperación.

Me muero por gustar. Quiero que mi arte sea apreciado. Quiero que me *vean*.

Ugh.

—¿Estás bien? —Hari interrumpe mis pensamientos.

—Oh, sí.

—Suspiraste.

—¿Yo?

—Sí —Hari se ríe un poco.

—Bueno, estoy bien. Solo pensaba, supongo.

—¿Sobre qué?

—Cosas estúpidas.

Es una respuesta evasiva, pero no estoy segura de querer desnudar mi alma. Además, decir en voz alta que quiero validación en Instagram suena tan... *patético*.

Mientras caminamos, por costumbre mis ojos se dirigen a la casa de mis padres. Veo que la luz del porche delantero está encendida. Mi madre debe estar fuera. O mi hermano pequeño, Leo. No sé; rara vez tengo idea de lo que ocurre en esa casa.

Abrazo mi cuerpo, y Hari se acerca y me frota el hombro. Casi me alejo, porque las burlas de Luis y Marcus sobre que somos pareja resuenan en mi mente, pero no lo hago. La mano de Hari es cálida y reconfortante.

—No deberían haber dicho nada, Kat —Hari se aclara la garganta—. Nunca les dije.

—Lo sé —digo—. Solo son idiotas. No pueden imaginar que un chico y una chica tengan una relación cercana sin que haya *algo* entre ellos.

—Sí —Hari hace una pausa—. Pero, quiero decir, en realidad no están tan equivocados. —Hay una sonrisa coqueta en sus labios cuando dice eso—. ¿Verdad?

Me pongo rígida. En la práctica, tiene razón. Nos besamos. A veces hacemos cosas.

Pero... de ahí a que haya *algo* con Hari. No lo sé. En verdad no lo sé. Y soy demasiado cobarde para ser sincera y decirle que, a pesar de lo bueno que está, a pesar de lo mucho que me gusta lo que hacemos, a pesar de lo amable que es conmigo, es probable que no pase nada entre nosotros, no algo de verdad, al menos. Hari es mi *mejor amigo* y no quiero perderlo.

—¿Kat? —insiste.

—No, sí. Es que no quiero que sepan nada —miento.

Siempre mintiendo.

—Sí —dice Hari, y añade en voz baja—: Pero tal vez no sería tan malo.

—¿De verdad confías en que no se comporten de forma rara al respecto? Los quiero, pero... no lo sé.

Dejo de caminar y señalo con la barbilla la casa de mis abuelos, un viejo bungaló californiano con revestimiento amarillo pálido y el porche lleno de plantas. Todavía falta un poco para llegar y él suele acompañarme hasta allá, pero no puedo sostener una conversación sobre qué somos en este momento.

—Bueno, estoy bien aquí.

Hari luce sorprendido.

—Oh, bien. ¿Estás segura? Puedo...

—Sí, de verdad. Estoy bien —digo, forzando una sonrisa—. Gracias. ¿Te mando un mensaje?

Hari se traga las palabras que estaba a punto de decir.

—Claro. Nos vemos.

Capítulo dos

Quizás debí haber aceptado que Hari me acompañara hasta la casa. Es tarde. Juro que escuché una ramita romperse detrás de mí, y ahora me siento asustada. Por eso no soy tan cuidadosa al *entrar* a mi casa como lo fui al *salir*.

Lo sé, no debí haberme escabullido. Pero mis abuelos se habrían enfadado si les hubiera dicho lo que pensaba hacer: un viaje nocturno, un lago oscuro, coyotes... Desde mi punto de vista, les hice un favor al mantenerlo en secreto y salir después de la hora en que se supone debo estar en casa, que, para mi vergüenza, es a las 10 de la noche.

No quería preocuparlos, ¿sí? En principio, los estoy *protegiendo*. Mi abuela se preocupa por todo, y prefiero que se dedique a otras cosas, como sus queridos juegos de iPad.

Por eso me molesta tanto rasparme la espinilla con el alféizar de la ventana y hacer más ruido del que pretendía.

Suelo ser una experta en estas cosas furtivas (sí, incluso para ser una chica gorda), pero esta noche no, me queda claro. Me duele la espinilla y no puedo ni siquiera maldecir y brincar hasta sentirme mejor, porque *no* quiero despertar a mis abuelos. En cambio, cierro los ojos y aprieto la mandíbula hasta que el dolor se calma, prestando atención a cualquier ruido que venga del otro lado del pasillo y que indique que los he despertado.

Por suerte, la casa permanece en silencio, excepto por el zumbido del aire acondicionado.

Fiuf.

En la comodidad de mi habitación, me quito los zapatos, mis eternos pendientes de aro, los jeans y el sujetador, y me dejo caer en medio de mi cama, con mi laptop y mi cámara. Me inspecciono la espinilla (está bien, pero, mierda, cómo duele), y empiezo a transferir las fotos a la computadora.

Estoy entusiasmada por revisarlas y ver de lo que soy capaz. La astrofotografía es algo nuevo para mí. No he tenido la oportunidad de hacerlo antes: no es que tenga muchas oportunidades de entrar en comunión con la naturaleza entre la escuela, salir con los chicos, pasar tiempo con mi familia, mantenerme al día con mi fotografía callejera, la tarea, el trabajo... y perder mucho, mucho tiempo en Insta.

Como sea. Ese tipo de fotografía es increíble. Me encanta la sensación de serenidad que me invade cuando veo una foto del cielo nocturno. No es tan emocionante como tropezar con un momento perfecto mientras estoy viviendo mi vida, pero igual es genial.

Antes de que se me olvide, le envío un mensaje a Hari para saber si ha llegado bien a casa (lo ha hecho), y me doy cuenta de que Marcus ha enviado unos cuantos Snaps al grupo, acompañados de pruebas fotográficas, diciendo que ha encontrado un trozo de lechuga en el asiento trasero. Me tomo una selfi mostrando el dedo del medio, y la envío. Luego reviso de prisa unas cuantas historias antes de cambiar a Instagram.

Mi *feed* es una mezcla de poetas de Insta, cuentas estéticas, animales adorables y fotografía. Y muchos de esos *influencers* de quienes hablaba.

Como he dicho, sigo cuentas de chicas que son hermosas sin necesidad de ningún esfuerzo, están siempre rodeadas de amigos o familiares que parecen salidos de Hollywood, se la pasan viajando, todo mundo las adora y subtitulan sus fotos con letras de canciones sentimentales, anécdotas de sus vidas o citas cursis.

En realidad, me avergüenzo de la cantidad de tiempo que paso en mi teléfono recorriendo esas cuentas, diseccionando cada foto y deseando tener el mismo impacto (y un poco que mi vida fuera como la de ellas, siendo sincera). Pero tengo que repetir que ninguna de esas chicas se parece en nada a mí. Muy pocas son morenas. Ninguna es gorda.

No entiendo por qué se supone que debo odiarme tanto solo por ser gorda. La mera palabra solía hacer que mis oídos ardieran de vergüenza, cada insulto de Luis sobre cómo soy lo que sea "aun siendo una chica gorda" se ha clavado en mi ser. He perdido mucho tiempo pensando en que soy la única persona gorda de mi familia. Incluso me he preguntado si no me habrían cambiado al nacer, porque es imposible que haya heredado de mis delgados padres estos muslos que parecen masa de hornear y estos suaves rollitos en mi espalda, ¿cierto?

Solía haber una parte de mí que se ponía siempre a la defensiva, como: "no, solo soy ancha", o "*solo* soy una talla lo que sea", cualquier cosa que eso significara. Oye, mundo, no son enormes rollos alemanes, sino pequeños panecillos suaves, así que sé amable conmigo, ¿sí?

Pero eso es una estupidez. A la gente no le importa una mierda qué tipo de grasa tienes, sino si tienes grasa o no. Si corres con la suerte de ser una de las pocas chicas gordas "aceptables", tienes que tener unas proporciones perfectas como de reloj de arena, un vientre liso, una piel impecable, unos labios carnosos... e incluso así seguirás recibiendo comentarios en tu cuenta sobre que eres asquerosa, que deberías comer menos y que nadie te querrá nunca.

Así que, sí. Tal vez eso es parte de la razón por la que no quiero ponerme delante de la cámara. Puedo proyectar confianza en la vida real tanto como quiera, pero es un gran desafío no ser crítica cuando miro fotos de mí misma, y me preocupa lo que otros puedan pensar. La sección de comentarios me aterroriza.

Bien o mal, así es como soy.

Desde mi cama puedo ver mi reflejo en el espejo: la barriga que sobresale, los muslos un poco marcados de estrías, la piel manchada debido a un reciente brote de barros. ¿Cómo es posible que encima me las haya arreglado para tener el tipo equivocado de grasa?

Como sea.

Vuelvo a mirar la computadora para ver si las fotos ya se descargaron, agradecida de poder dedicarme a algo útil. Recorro las fotos de hoy, marcando las mejores. De las muchas que tomé, selecciono unas veinticinco, de las cuales solo editaré unas diez. Solo presentaré una foto del cielo nocturno en clase, y publicaré en Instagram solo una de la pareja de patinadores. Y esa tiene que ser *perfecta*. Tal vez esa foto genuina de la vida en la ciudad sea la que por fin me haga ganar algo de popularidad.

Pero es probable que no.

Son casi las 3 de la mañana cuando termino de editar, pero tengo mis dos favoritas. Tendré que publicar mañana en Instagram; si lo hago ahora, la foto estará enterrada para cuando me despierte.

Un suave golpe en la puerta casi me arranca los huesos del cuerpo.

Me acerco en silencio, abro y veo la silueta bajita y un poco regordeta de mi abuela, vestida con su bata e iluminada por detrás por la luz del pasillo.

—¿Qué haces todavía despierta? —susurro.

Me entrega, sin decir palabra, una de las dos tazas que sostiene. Respiro y sonrío. Té para dormir, mi favorito.

—Ya casi es la hora en que me levanto. ¿Qué haces *tú* despierta todavía?

Su voz es juguetona, para nada acusadora. Le dedico una sonrisa tímida.

—Editando algunas fotos.

—Ah —dice, asintiendo—. Ya debería saber que la creatividad aparece en los momentos más inoportunos.

—¿Quieres ver? —le pregunto. (Aunque las fotos del cielo nocturno me inculpan un poco, espero que no haga preguntas).

Mi abuela asiente, entra en mi habitación y se asoma a la computadora por encima de mi hombro. Entrecierra un poco los ojos mientras se adapta a la brillante pantalla, y luego deja escapar un gritito.

—Oh, Kat. Es preciosa.

—¿Tú crees?

—Lo sé.

Sus ojos se detienen en la foto, para apreciar los detalles.

Sonrío.

—También está esta...

Abro la foto para Insta, y vuelvo a observar a mi abuela mientras la mira. El resplandor de la computadora proyecta una luz azulada sobre su pálido rostro, iluminando su suave pelo canoso, sus ojos marrones y su nariz de botón, ambos iguales a los míos, y las arrugas producidas por décadas de expresiones (que yo aprecio, aunque ella lamenta, riendo y diciéndome: "¡Nunca envejezcas!").

Tiene tanta confianza en mi grandeza, que no puedo evitar la ola de gratitud que me invade. Mis abuelos siempre me recuerdan que soy *valiosa*, cosa que en noches como esta me viene muy bien.

A veces me pregunto si los merezco, aunque no lo diría en voz alta. Ellos me salvaron. Si suena dramático, es porque lo es. Hay una razón por la que vivo aquí, en casa de los Mancini, en lugar de una calle más arriba, en casa de los Sánchez, con un padre, una madre, un hermano y cuatro perros. (Sí, cuatro).

Es complicado. No sé mucho sobre mis primeros años de vida, aparte de lo que he escuchado a escondidas, pero sí sé que hace más de diecisiete años mis padres, Sarah Mancini y Anthony Sánchez, eran dos adolescentes haciendo lo suyo.

Mi madre conoció a mi padre cuando tenían quince años. A los dieciséis, mi madre quedó embarazada. En secreto. Nadie, ni siquiera ella, lo sabía... o eso dicen.

Por esa época, mi papá estaba *lidiando* con la vida. Mi abuela lo había traído a Bakersfield desde Puerto Rico, junto con mi tío Jorge y mi titi Grace. Mi abuela había venido a ayudar a cuidar a su hermana Victoria, que estaba enferma de cáncer. Cuando ya no hubo nada más que hacer, Victoria decidió irse a morir en paz al pequeño pueblo de Puerto Rico donde había crecido, pero papá y el tío Jorge se habían acostumbrado a California y quisieron quedarse. Así que la abuela se llevó a titi Grace y a Victoria a Puerto Rico, y los dejó.

Papá y mi tío Jorge vivieron en casas de parientes lejanos y amigos de la familia, pero en ninguna se quedaron mucho tiempo. El tío Jorge tenía entonces dieciocho años y podía trabajar, pero mi papá dependía de la bondad de los desconocidos, y esta no era un pozo infinito y pronto se agotó. Al final, se aparecía de sorpresa en casa de sus amigos, hasta que su "¡Ups!", es decir, yo, hizo acto de presencia. Para entonces, él y mamá tenían diecisiete años.

Dejé a *todo el mundo* boquiabierto. Dicen que nací en un ascensor, porque todo fue muy inesperado. De repente había una bebé, y todos tuvieron que averiguar qué significaba eso.

Por fin, el abuelo le dijo a mi papá que se mudara con él y la abuela, porque no tenía dónde vivir y tanto él como mi madre necesitaban apoyo. Pero les puso reglas. Sobre todo: ni un embarazo más, ¿de acuerdo?

Solo que... menos de un año después vendría otro bebé.

No sé qué pasó por el camino, pero mis padres de dieciocho años se fueron de la casa, con mi hermano pequeño, Leo, en camino. Se llevaron todas sus pertenencias.

Menos a mí.

No sé por qué. Y tal vez nunca lo descubra.

¿Me lo he preguntado? ¿Me he imaginado o soñado en esa casa al final de la calle, viviendo con lo que pudo haber sido una familia perfecta? ¿He pensado que quizás mi hermano podría haber sido mi mejor amigo? ¿Que hubiera tenido toda una vida de recuerdos y experiencias junto a quienes me dieron la vida? Por supuesto.

Pero tengo suerte. Solo veo a mis padres y a mi hermano en las cenas semanales, pero mira con quién he terminado viviendo.

Le sonrío a mi abuela con nostalgia.

—Gracias —le digo, con toda intención.

—Deberías estar orgullosa —dice, inclinándose para darme un beso en la parte superior de la cabeza—. Ahora, vete a dormir.

Sonrío y cierro la computadora.

—Está bien. Buenos días, abuela.

—Buenas noches, pollito.

Capítulo tres

Aprieto el juguete, que chirría en mi mano, en un intento desesperado por conseguir que el adorable pomerania de color caramelo que tengo delante mire hacia mí.

—Vamos, Peanut. ¡Voltea para acá!

Pero Peanut es terco. No quiere mirarme. No quiere que le saquen fotos. No quiere estar aquí.

No lo culpo. Nadie quiere ser rechazado por su familia. Pero si eres un perro abandonado en Bakersfield, Una Pata para Todos es en verdad el mejor lugar donde estar.

En esta pequeña organización sin fines de lucro, Peanut recibirá las vacunas adecuadas, lo cepillarán, limpiarán, adiestrarán y le darán cariño, como a todos los perros que acaban aquí. El trabajo es duro y poco apreciado, pero crucial, y yo tengo la suerte de que me paguen por pasar el rato con los cariñosos perros; con la increíble propietaria, Imani, y con el comprometido personal del lugar. Una Pata para Todos es el primer refugio de animales de la ciudad que es propiedad de afrodescendientes y que no sacrifica a los animales, y todo es mérito de su dueña.

Detrás de mí, mi compañera de trabajo Becca se ríe de mi patético intento por hacer que Peanut mire a la cámara, y eso por fin lo inspira a hacerlo.

—¡Te tengo! —digo, sacando unas cuantas fotos.

—Esa fue una mirada de lástima —se burla Becca.

Me encojo de hombros.

—No me atrevería a desperdiciarla.

Le enseño las fotos a Becca, y ella sonríe.

—Peanut no durará mucho. —Becca se inclina hacia Peanut y le acaricia el pelo—. ¿Eh, Peanut? Estarás fuera de aquí en poco tiempo.

Asiento con la cabeza.

—Eso espero.

Pero sé que tiene razón. Peanut es asquerosamente adorable, así que incluso con fotos de mala calidad se lo llevarían enseguida. Las fotos lindas que hago con buena iluminación, fondo difuminado y accesorios tontos son en realidad para ayudar a los perros grandes a salir: los pitbulls, los pastores alemanes, los rottweilers, aquellos que no son tan tiernos y bonitos, pero que merecen encontrar una familia cariñosa. Lo siento por ellos. Tal vez tengan un aspecto un poco duro por fuera, pero son muy suaves por dentro. Cuento entre mis mayores victorias aquellas cuando ayudo a que uno de ellos sea adoptado.

Una Pata para Todos necesita muchas fotos para su sitio web y sus redes sociales, que yo administro. Nunca publicamos fotos de los perros en jaulas o recién rescatados. Esperamos hasta que se hayan acostumbrado al nuevo entorno y se sientan un poco más cómodos, y entonces intento tomarles fotos cuando más contentos están, por lo general corriendo en el patio trasero, persiguiéndose unos a otros, con la barriga y el corazón llenos por fin. A veces vestimos a los perros con temas de temporada (disfraces en Halloween, gorros de Santa Claus en Navidad); a veces hay una corona de flores de por medio; a veces solo saco todas las fotos que puedo mientras juegan. Incluso he ayudado a crear un estudio de utilería que nos permite mostrar a estos perros en su mejor versión cuando estamos listos para tomar sus fotos de adopción.

No es por presumir, pero la tasa de adopción ha subido *sin duda* desde que empecé a trabajar allí en el verano. Algunas de nuestras publicaciones incluso se han vuelto semivirales (no virales de millones de Me gusta, sino de un par de miles de vistas y cientos de comentarios), lo que ha ayudado. Lo mejor de todo es que tengo un trabajo donde sé que lo que hago deveras importa. ¿Cuántas personas pueden decir eso?

Además: acurrucarse con los perros.

—Creo que eso es todo por hoy. Peanut, Cash y Canela eran los únicos que necesitaban fotos, ¿verdad? —Me respondo a mí misma mirando el mensaje que Imani me había enviado, para confirmarlo—. Sí, solo esos tres. ¡A guardarlos!

Becca y yo convencemos a los perros de que vuelvan a sus perreras, y le doy a Cash una rascada extra en la barbilla, por ser tan buen chico hoy. A diferencia de Peanut, Cash puede tener problemas para encontrar una familia. No solo es un pitbull, sino que le falta una de las patas delanteras. La mayoría de las familias que llegan no quieren un pitbull, ni tener que "lidiar" con un animal sin una extremidad, aunque Cash es el perro más amoroso del mundo.

—Voy a servirles agua —dice Becca.

—Bien. Me pondré a trabajar en las fotos.

Con el bolso colgado al hombro, me dirijo a la pequeña oficina que compartimos, para trabajar en la edición de las fotos y subir unas de ellas al Facebook y al Instagram de Una Pata para Todos. Una vez procesadas, se las envío a Imani para que las apruebe.

¡Sí!, me responde. **Quedaron increíbles, Kat.**

¡Gracias! Se portaron como angelitos. Sobre todo Cash., le escribo.

¿Puedes añadirlas al sitio y a las redes sociales lo antes posible? Vuelvo con dos pitbulls, tenemos que tratar de conseguir que adopten a Cash lo antes posible.

¡Estoy en eso!, contesto.

Becca se sienta a mi lado en nuestro escritorio común y mira las fotos que estoy subiendo.

—Oh, han salido muy bien —dice, mirando la publicación de Facebook que estoy preparando—. ¡Mira a Canela! —Señala una foto de la bóxer atigrada, con la lengua fuera.

—Ugh, lo sé. Es que los amo.

—Dices eso de todos los perros.

—¡Porque lo siento por todos los perros!

Becca se ríe, y yo empiezo a trabajar en un pie de foto: *¡La semana pasada se vaciaron las perreras! Pero tenemos otros tres* *preciosos perros que buscan hogar. Les presentamos a Peanut, Cash y Canela: ¡sus nuevos mejores amigos!*

Para Facebook, añado texto a cada una de las fotos (incluyendo información sobre cada animal), además de un enlace a sus perfiles en nuestro sitio web, con la esperanza de que podamos conseguir que algunas familias se interesen en adoptar o, al menos, acoger alguno. Para Instagram, nuestro enlace en la biografía será suficiente. Por último, añado un texto alternativo a cada foto, porque no quiero ser excluyente con estas cosas. Si no haces que tu contenido social sea accesible para todos los públicos, ¿qué estás haciendo?

—¿Esto suena bien? —pregunto, empujando la laptop hacia Becca.

Mientras ella lee, me tomo un segundo para revisar mi teléfono. Me he estado preguntando qué tal está funcionando mi última publicación en Insta. La subí en la mañana con la esperanza de que eso le diera el máximo de vistas a lo largo del día. Mi corazón se hunde cuando veo que solo tiene once Me gusta. Me quejo. Becca aparta la vista de la laptop y señala mi teléfono.

—¿Todo bien?

Hago una mueca y giro la pantalla hacia ella.

—Ayer tomé esta increíble foto de una pareja.

—¡Guau! —dice, acercándose para verla mejor—. Es preciosa. Caramba.

—Gracias. ¡Pero solo tiene once Me gusta! ¿Puedes por favor ir y darle un Me gusta misericordioso?

Ella niega con la cabeza.

—De ninguna manera. *Sabes* que no tengo Insta.

Sí, claro.

BECCA DUPONT:
0 SEGUIDORES

Porque Becca no está en Instagram.

Ni en Snap. Ni en Twitter. Ni en Snow. Ni siquiera en FACEBOOK.

¿Cómo? ¿CÓMO? Quiero gritarle, pero me abstengo. Es en verdad algo que no entiendo.

Le quito mi teléfono y empiezo a ver las fotos de mi *feed*. Una chica riendo en un columpio en un árbol cubierto de musgo, con el viento agitando su vestido y su pelo. Doble toque. Los nuevos tenis de Hari. Doble toque. Una nueva foto de Tessa Thompson. Doble toque. Un video que veo sin el sonido que muestra algunos cachorros retozando en un prado de flores. Doble toque, flecha DM, enviado a nuestro chat grupal.

—Oh, claro —digo—. Olvidé que eres una extraterrestre.

Becca toma la dona elástica de su muñeca para recoger su sedoso pelo color miel en una coleta, y pone los ojos en blanco.

—¿Soy una extraterrestre porque quiero experimentar la vida en lugar de preocuparme por cuántos Me gusta obtengo con una foto?

—No, es porque así es como se comunica el mundo ahora, y tú estás eligiendo a voluntad no ser parte de él.

—Bueno, creo que demasiada tecnología es mala para uno. Nos está pudriendo el cerebro —dice Becca, sacudiendo la cabeza—. Así que saludos, terrícolas, supongo.

—La gente lleva décadas diciendo que la tecnología nos está pudriendo el cerebro y nunca ha sido cierto. —Dejo el teléfono y señalo la laptop—. ¿Esto está bien o qué?

—Deja de acosarme sobre mi ausencia de las redes sociales y podré terminar de leer y decirte. —Becca vuelve a concentrarse en la computadora; luego me la devuelve—. Vale, sí, ¡todo bien!

—Gracias. Y no sé por qué eres tan anti-Insta, de todos modos. ¡Tienes TikTok!

Ella arruga la nariz.

—Yo no *posteo.*

—Pero podrías —digo—. ¡Incluso podrías empezar con una mezcla de las fotos de nuestra sesión en Los Ángeles! ¿Te imaginas?

Abro una nueva pestaña en mi laptop y navego hasta donde guardo todas mis fotos, haciendo clic en una carpeta llamada "Becca".

Me desplazo con rapidez. He estado trabajando en algunas tomas más estilizadas y de estilo editorial, para ganar experiencia, y Becca ha sido muy generosa al acceder a modelar para mí, lo cual es genial, porque ella es la persona que más se parece a una modelo de entre mis conocidos. En esa sesión, la hice posar en una cancha de baloncesto, con palmeras y un cielo azul brillante de fondo. La yuxtaposición de la cancha descolorida, con la red hecha jirones y las palmeras de color verde brillante, y Becca en un vestido amarillo, da como resultado lo que creo que es una foto fascinante.

—Dios, de seguro que estas serían un *éxito* en Instagram —murmuro.

—No.

La voz de Becca suena cortante.

—Cierto. Lo siento —digo rápido, cerrando la pestaña—. Sé que insisto demasiado. Es que me cuesta mucho conseguir que a la gente le guste lo que publico, y creo que tú tendrías mucho éxito.

Su expresión se suaviza.

—No te preocupes. Es que las redes sociales siempre han sido dañinas para mí.

Asiento con la cabeza como si entendiera, aunque no lo hago.

—Sí, cierto. Lo siento, Becca.

—No hay problema —dice, y entonces sonríe—. Esa sesión *fue* divertida.

—¿Verdad? —Sonrío—. Pero no tenemos que hacer la sesión de fotos en el parque Hart.

—No, no; está bien —dice Becca—. Está bien. Será divertido.

—Gracias, Becca. Te lo debo.

La verdad es que Becca es preciosa, y *disfruto* tomarle fotos. No de una manera torcida, aunque mentiría si dijera que no he admirado su aspecto, pero es que fotografiarla es muy fácil. A estas alturas, ya hemos hecho más que unas cuantas sesiones, y quizás debería buscar nuevas modelos que me desafíen, pero es posible que me guste tener una excusa para salir con ella.

Ella me enseñó a hacer trenzas francesas. Me presentó el té de burbujas. Me prestó su libro favorito (*En la Tierra somos fugazmente grandiosos*, todos deben leerlo AHORA). No somos del todo amigas, pero me gustaría pensar que podríamos serlo.

Costándome como me cuesta hacer amigas, aprecio mucho que Becca me deje salir con ella. Está en primer semestre en la universidad, y es mucho, mucho más genial que yo. Aun así hace tiempo para mí, y deja que la use para practicar la composición.

Así que... ¿por qué no debería tomar algunas fotos de ella aquí y allá? Estoy tomando fotos para mi portafolio fotográfico, ¿no?

Capítulo cuatro

Mi última publicación fue un fracaso absoluto, y estoy irritada. Sobre todo, estoy molesta en nombre de esa hermosa pareja, porque se merecen algo mejor. También estoy enfadada con Instagram, por ser tan mierdero. Juro por Dios que mi cuenta debe estar baneada en la sombra. El alcance de mi publicación es vergonzoso. ¿Son mis *hashtags*? ¿La hora en que *posteo*? ¿Qué?

Una simple *selfi de Luis entrecerrando los ojos frente al sol* ha tenido más aceptación. Sin pie de foto, sin *hashtags*, solo Luis y su cara de satisfacción. *Juro que me dan ganas de darle un puñetazo.* Cariñoso, pero un buen puñetazo.

Me pone de muy mal humor. Y es un poco obvio, supongo.

—¿Por qué la cara larga? —me pregunta mi abuelo de repente, mientras desayuno con él y mi abuela.

Lo miro.

—¿Qué?

El abuelo señala mi teléfono.

—Has estado mirando esa cosa como si se hubiera hecho pis en tu desayuno.

—Oh. —Con una sonrisa tímida, volteo el teléfono—. Lo siento.

Baja su tenedor.

—No hace falta que lo sientas. Solo trato de entender cómo esa pequeña pantalla te ha hecho tanto daño. ¿Necesitas que me la lleve afuera y hable con ella? Lo haré.

Me río un poquito.

—Es que... He compartido una foto y a nadie parece importarle tanto como a mí.

Al escucharme, mi abuela sacude la cabeza.

—¿Ves, Ray? Eso es lo que odio de ese estúpido Facebook. Hace que la gente se sienta mal consigo misma sin ninguna razón.

Para la abuela, Facebook es internet. Es adorable.

—Si es una de las fotos que me mostraste el otro día, ¡son magníficas! Enséñale a tu abuelo —dice, volviéndose hacia mí.

—¿Magníficas? Ya veré yo —se burla el abuelo mientras mete la mano en el bolsillo de su camisa y saca un par de gafas de lectura—. ¿Puedo?

Desbloqueo la pantalla, abro la foto y coloco el teléfono sobre su mano extendida, fijándome en lo maltratada que está debido a los años de trabajo como contratista de la construcción. Tomo nota de que debo intentar sacar una foto de sus manos. En blanco y negro. Creo que sería hermosa.

Mi abuela se levanta de su lado de la mesa y se inclina sobre el hombro del abuelo para mirar también.

—Es preciosa, ¿verdad?

Mi abuelo deja escapar un silbido bajo como respuesta.

—¡Esos colores! —continúa ella—. ¡El cielo! ¡La ropa! Quiero decir, no entiendo del todo los jeans rotos, pero tenemos una nieta con muchísimo talento.

La abuela está radiante, y sus ojos se arrugan de alegría.

—Esto sí que es algo —dice mi abuelo, asintiendo—. ¿Cómo puedo agrandarla?

—Creo que haces clic sobre ella.

La abuela toma el teléfono y golpea la pantalla varias veces con los dedos. Veo el corazón de Instagram iluminarse una y otra vez mientras ella le da Me gusta y luego le quita el Me gusta a la foto (desde mi perfil).

—Oh, por el amor de Dios. Kat, no funciona.

—Está bien —digo, levantándome de la silla para ayudarlos—. Para agrandar la foto hay que juntar dos dedos y luego separarlos, ¿recuerdan?

—Nunca voy a recordar eso —dice mi abuela, haciéndome un gesto con la mano.

—Para eso te tenemos a ti —añade el abuelo con una sonrisa burlona.

Salgo de Instagram y le paso el teléfono con la imagen agrandada en el álbum de fotos.

—Aquí tienes.

Con la barbilla levantada, el abuelo observa la foto, estudiándola como si fuera un cuadro. Mi corazón se hincha un poco ante su visible orgullo.

—Aunque a nadie más le importe, al menos a ustedes les gusta lo que hago —digo.

—¡Nos encanta lo que haces, Kat, y debería gustarle a todo el mundo! —insiste la abuela—. No dejes que esta cajita te diga lo que es bueno y lo que no. Tú eres buena. Deberías saberlo. ¿Verdad, Ray?

—Por supuesto, Bethie. Kat es nuestra superestrella —dice, y me guiña un ojo—. Además, ya sabemos que tu abuela siempre tiene razón.

La abuela sonríe y empieza a recoger la mesa. Toma el plato de mi abuelo, que está casi vacío, salvo por unos cuantos bocados de tostada.

—¡Oye, no he terminado! —protesta él, mirándome con una sonrisa.

Le encanta bromear con mi abuela y sacarla un poco de quicio, para hacernos reír a ella o a mí (mejor a ambas).

—¡Esa tostada lleva al menos veinte minutos en tu plato!

—Estaba *pensando* en comérmela —insiste.

—¡Oh, por el amor de Dios! Dale un mordisco ahora y te la dejaré.

—Bueno, tal vez no la quiera ahora que piensas que hay que tirarla.

Ambos se ríen, y yo aprovecho la oportunidad para escabullirme y prepararme para la escuela.

Peeeero, antes reviso Insta, una vez más. ¿Y si en los últimos minutos varias personas reconocieron mi genio creativo?

No. Se ha quedado en unos míseros veinticuatro Me gusta, y un comentario de un tipo mayor canoso que solo dice: "¡Bien!".

Mi corazón se hunde. No puedo explicar del todo por qué era tan importante para mí que tuviera éxito la foto, pero lo era. Estaba muy orgullosa de ella. ¿Es tan malo querer un poco de reconocimiento a veces? ¿A nadie le importa mi arte? ¿A nadie le importa mi perspectiva?

Con un suspiro, navego por mi *feed*, distraída. Veo una foto de una de mis *influencers* favoritas. La publicó hace tres segundos y ya tiene docenas de Me gusta. En la foto, ella está de pie en la playa con el sol saliendo por detrás, y se ve el cielo en llamas con nubes rosas y moradas. A todo el mundo le importa ella. A todo el mundo le importa esa foto.

Llega un mensaje de Hari. **¿Lista?**

Mierda. Olvidé que Marcus se había ofrecido a llevarnos a todos esta mañana.

Cinco minutos. Respondo al mensaje y me apresuro a entrar en el baño para darme la ducha más rápida de mi vida. Me recojo el pelo mojado en dos trenzas, me relleno las cejas, me hago un veloz maquillaje de ojos de gato y me pongo una camiseta, una camisa a cuadros y mis jeans favoritos. Lista para salir.

—¡Los quiero! —les grito a mis abuelos al salir corriendo con mi mochila.

—¡Que tengas buen día, pollito! —escucho que grita mi abuela, mientras abro la puerta del coche.

Levanto la pierna para entrar al asiento trasero junto a Hari, pero la mochila de Luis me estorba.

—¿Puedes mover tu porquería? —pregunto, molesta.

—¿Puedes pedirlo con amabilidad, *pollito*? Coño. Ni siquiera saluda esta chica.

Luis coge a regañadientes su mochila y la pone junto a sus pies, en el asiento del copiloto.

—Ahora que están todos en mi coche de nuevo —dice Marcus, mientras conduce—, déjenme repetirles las normas para viajar en Honey.

—Aquí vamos —me quejo.

—¡Ya sabemos las reglas, Marcus! —protesta Luis.

—Está claro que no, porque la otra noche sufrí una *flagrante falta de respeto* de unos payasos que iban en mi asiento trasero —dice Marcus—. Viajar en Honey es un *privilegio*, no un derecho.

—Yo también tengo coche, ¿sabes? —se burla Hari, a mi lado.

—Excelente. Entonces puedes conducir tu propio coche si vas a ser tan despreocupado con respecto a mis reglas, que son extremadamente razonables—dice Marcus.

Pongo los ojos en blanco.

—Solo fue un trozo de lechuga.

—No, fue el principio del trozo de lechuga. —Marcus sacude la cabeza—. ¿Y qué tal un poco de gratitud? Incluso después de ese grave lapsus de juicio, sigo trayendo los culos de todos ustedes a la escuela. De hecho, ¡no puedes decir nada, Kat! Vamos tarde por tu culpa.

—¡¿Por mi culpa?!

—Te esperamos *por lo menos* diez minutos —dice Hari.

Luis se vuelve en su asiento para mirarme.

—¿Sabes, Sánchez? Ser un poco considerada te llevará muy lejos.

—¡Dios mío, tenía que ducharme!

Luis me mira con los ojos entrecerrados.

—Sí, claro. Por eso has tardado tanto. No, déjame adivinar. Otra vez estabas revisando obsesivamente Instagram.

—*Cállate* —digo.

Marcus sonríe.

—Eres adicta.

—¡No lo soy! —insisto.

—No estoy seguro de que podamos confiar en tu juicio en relación con eso —se burla Hari.

Me cruzo de brazos.

—Muy bien, pueden irse a la mierda.

Hari finge sentirse herido.

—¿Así es como le hablas a quien está a punto de invitarte a una fiesta el sábado?

—¿De verdad? ¿En el fin de semana de Halloween? —pregunta Marcus, emocionándose.

—De verdad —confirma seriamente Hari—. En el fin de semana de Halloween.

—¿Harás una fiesta? —pregunto, sorprendida.

Sinceramente, me sorprende que no me lo haya dicho antes, y también me sorprende porque no es algo que hagamos. Me refiero a que los chicos y yo no somos perdedores, pero no somos realmente el tipo de chicos que hacen fiestas como las que salen en todas las películas de adolescentes o lo que sea. Luis siempre dice que eso es cosa de blancos. La mayor parte del tiempo nos divertimos juntos. A veces bebemos, a veces fumamos, pero por lo general estamos solos los cuatro.

Noto que Hari traga con fuerza, su nuez de Adán lo delata.

—No parezcas tan sorprendida, maldita sea.

—Lo siento, Hari. No quería decir eso.

—Sí quería —dice Luis.

Lo ignoro.

—Solo estoy un poco sorprendida. No me habías dicho.

Hari suele contarme todo antes de compartirlo con Marcus y Luis. Tal vez esté un poco enfadado después de la abrupta manera en que terminé nuestra conversación la otra noche.

—¿Estarán fuera este fin de semana tus padres o cómo?

Hari asiente con la cabeza.

—Irán a casa de mi tía. Solo estaremos Dev y yo, así que sí.

La mención del hermano gemelo de Hari, Dev, le da más sentido a la fiesta... aunque nunca lo diría en voz alta.

Dev es superpopular. Es un increíble jugador de fútbol, y el niño de oro de la casa de los Shah, cosa por la que él y Hari siempre pelean. Por lo que he oído, las fiestas de Dev suelen ser bastante salvajes, pero no lo sé porque nunca me ha invitado. Tampoco a Hari.

A todas luces, Hari debería ser considerado el "niño bueno", ya que se destaca en la escuela, hace lo que se le dice y rara vez causa problemas. También es una gran persona: amable, cariñoso y divertido. Pero es tímido, ansioso, cuidadoso y reflexivo.

A diferencia de Dev, que se parece a su padre y es confiado, seguro de sí mismo, encantador y con una gran motivación. Para ser gemelos, no podrían ser más diferentes. A veces me pregunto si el padre de Hari es tan duro con él porque quiere ayudarlo a ganar más confianza en sí mismo. Pero, tal y como yo lo veo, sus esfuerzos inspiran lo contrario.

Sea cual sea la verdadera razón, la disparidad en el trato que reciben Hari y Dev ha abierto una gran brecha entre ellos. O sea, ¿puedes imaginar que tu propio hermano gemelo no te incluya en sus planes? Es devastador.

—¡Fabuloso! —dice Marcus.

—¿Tenemos que disfrazarnos? —pregunta Luis, de pronto—. Porque la verdad es que no me gustan los disfraces.

Hari se ríe.

—Seguro que algunos lo harán, pero no *tienes* que disfrazarte.

—Bien. Iré disfrazado de mí mismo —dice Luis.

—Suena aterrador —me burlo.

—¿Más aterrador que esa jeta tuya?

—Oh, ¿y si me disfrazo de Chris, el de *¡Huye!*? Ya tengo la cámara, y soy más guapo que ese actor —piensa en voz alta Marcus, y no se equivoca, aunque le falte humildad—. Sería loquísimo.

Luis sacude la cabeza.

—Nadie va a entender de qué estás disfrazado. Es pura ropa.

—¡No necesito tu negatividad en mi vida! —responde Marcus.

Mientras discuten sobre cuál podría ser un disfraz adecuado, me hundo de nuevo en mi asiento. Una gran fiesta suena emocionante, y a la vez agotador. ¿Y cuál sería mi disfraz?

Tal vez mienta para salirme de esta.

Capítulo cinco

Hari me manda un mensaje para preguntarme si me apetece tomar algunas fotos en la feria de moda urbana del centro. Es un "sí" obvio por mi parte, y no solo por las fotos. Deseo pasar un rato con él, lejos de Luis y Marcus, para saber cómo se siente y comprobar que estamos bien.

Después de la incómoda conversación de la otra noche, Hari no solo no me habló de la fiesta, sino que además se saltó el encuentro conmigo después de mi turno más reciente en Una Pata para Todos, un insulto para mí y para los perros.

Así que fue un alivio cuando se puso en contacto.

Pasar un rato con Hari es uno de mis grandes consuelos. Ambos nos despojamos un poco de la piel y nos relajamos. Cuando estamos los cuatro, siempre lo pasamos bien, pero existe esa presión tácita de estar "en todo" todo el tiempo, ¿no? Estamos siempre metiéndonos con los demás y compitiendo por el chiste más gracioso o la réplica más ingeniosa. Y puede ser un poco agotador.

Pero con Hari puedo tan solo... respirar.

Ayuda el hecho de que seamos amigos desde la secundaria. Nos emparejaron para que fuera mi tutor cuando tuve problemas en álgebra. Era un chico de la "clase inteligente" y pensé que lo odiaría, pero congeniamos. Debajo de su ansiedad había una persona genuina, amable y divertida. Admiraba que él siempre mostraba sus emociones, a diferencia de mí, que siempre estoy calculando quién va a saber qué de mi vida, eternamente temerosa de lo que piensen los demás.

Hari es paciente con mi drama. Cuando me estreso por mi número de seguidores en Instagram, él tiene la bondad de hacerme volver a la realidad y recordarme que nada de esa mierda importa, pero también entiende por qué siento que sí importa. Y sabe más de mí que nadie en el mundo, incluido el hecho de que me gustaría tener una mejor relación con mis padres, algo a lo que siempre le resto importancia con las demás personas.

Él me ha ayudado a entender la definición de *mejor amigo* como nadie.

Y, siendo sincera, también es guapo. Entiendo por qué muchas chicas se fijan en él: pelo negro y abundante, ojos marrones profundos y mandíbula pronunciada. Somos más o menos de la misma altura, y me he encontrado observando su cuerpo en más de una ocasión, sobre todo el verano pasado, cuando pasamos mucho tiempo en la piscina de Marcus. ¡Tengo ojos y los voy a usar!

Así es como se hizo este lío. Yo, con los ojos desviados, mirándole de forma diferente porque ya somos mayores y quién tiene la culpa de que sea guapo. Quise verme bien cuando los dos fuimos a la playa, y puse todo mi cuidado para lucir el nuevo traje de baño que me compré. De pronto mis tetas habían cobrado vida propia y me sentía gorda e incómoda. Pero Hari me dijo que no tenía por qué preocuparme, que "más bien estaba buena".

Nos besamos. Porque las hormonas son tontas, pero también controladoras.

¿Tuvimos algunas sesiones de besos adicionales después de eso? Me encantaría decir que no, que claro que lo solucionamos todo, que fue cosa de una sola vez, que fue algo que sentimos solo esa noche.

Pero si dijera eso sería otra mentira.

No ocurría a menudo, sino solo a veces. Hari besaba bien, pues tenía mucha práctica. Seguro *yo* lo hice mal; solo había besado a otro chico antes, cuyo pelo olía a aceite de coco y a océano. Pero aprendes rápido y... algo hacía que Hari quisiera besarme otra vez, ¿no?

Era bueno y era fácil. Era estimulante sentirse deseada.

Pero últimamente siento que Hari quiere más de mí.

Así que... pasar el tiempo de forma normal, como amigos, me ayudará a sentir que podemos volver a ser como antes. Que estamos bien. Que podemos dejar de hacer lo que sea que estamos o estuvimos haciendo.

Que no tiene que haber *algo* entre nosotros.

Y, lejos de las miradas y oídos indiscretos de Luis y Marcus, espero poder armarme de valor para decirlo, solo para asegurarme de que no hay secretos entre nosotros.

—Hoy estás muy callada —dice Hari mientras estaciona el coche.

—Sí —admito—. Estaba pensando en lo molesto que fue que el señor Griffin se pasara tanto tiempo hablando de la foto de Marcus en clase.

Hari se ríe, relajando un poco los hombros.

—¿Eso es lo que te tiene tan seria? Me preocupaba que fuera algo mucho peor.

—Destruir a Marcus con mi talento *es* serio.

Salimos del coche, con los maletines de las cámaras sobre los hombros, y Hari lo cierra.

—Claro, por supuesto —dice, mientras nos dirigimos al centro de la ciudad.

A medida que caminamos, aumenta el sonido ambiental con risas, música y voces, aunque estacionamos el coche lejos. Pero el paseo es parte de la diversión. Ya vemos a la gente luciendo atuendos increíbles: colores intensos, joyas brillantes, telas mezcladas y combinadas de formas que nunca habría imaginado. Un chico lleno de perforaciones pasa junto a nosotros, con el pelo sobre los ojos; luego, una chica bonita de nuestra edad, con trenzas hasta la cintura.

Saco mi cámara y empiezo a disparar. Hari también.

—O sea, la foto de Marcus era buena —sigo diciendo, mientras disparo—. Pero la mía era el cielo nocturno, Hari. ¡La galaxia! ¿Hay algo mejor?

Hari aparta la cámara de su cara, pensando.

—¿El helado?

—¿Crees que el helado es mejor que la *galaxia?* —Sacudo la cabeza—. Qué vergüenza.

Entonces veo a tres *drag queens* completamente maquilladas y con los tacones más altos del mundo, vestidas de camuflaje como las Destiny's Child del viejo video de *Survivor*. Hari y yo intercambiamos una mirada y corremos hacia ellas.

—¡Están preciosas! —digo, entusiasmada—. ¿Puedo?

—Más te vale —dice una.

Las tres posan como si fuera algo natural. Tomo unas cuantas fotos, y les doy las gracias antes de que se las lleve la gente que quiere tomarse selfis con ellas.

Le sonrío a Hari.

—Fue buena idea venir.

Hari se lleva rápido la cámara a la cara, apuntando hacia mí, y dispara el obturador.

Mi mano vuela hacia arriba.

—¡No lo hagas!

—¡Tenía que hacerlo! ¡Te veías muy contenta!

—Bórrala —le advierto.

Hari pone los ojos en blanco, pero accede.

—Estaba borrosa, de todos modos.

—¿Quién iba a saber que la llave de tu corazón eran las *drag queens?*

Sonrío.

—¿No son la llave del corazón de todo el mundo?

La chica de piel bronceada con largas trenzas pasa por delante de nosotros y observo todo su estilo: la chaqueta vaquera que lleva por encima de su pulóver, la curva de sus caderas, sus labios. Por un segundo, cruzamos las miradas. Me dedica una pequeña sonrisa y se me corta la respiración.

—¿Te gusta?

La voz de Hari tiene una pizca de mordacidad.

—¿Qué? —pregunto, sonrojándome—. ¡No! O sea, ella es hermosa, pero no.

Hari se ríe, aunque suena hueco.

—*Bueno*.

—No me gusta —insisto, pero mi pulso se acelera.

Nos adentramos en el corazón de la feria callejera, rodeados de puestos, camiones de comida y artistas callejeros. Veo a un hombre mayor, de unos sesenta años, vestido con ropa de mezclilla de la cabeza a los pies. Está arrasando.

—Oye, mira.

Hari sigue mi mirada y no puede evitar sonreír.

—Impresionante.

Después de conseguir unas cuantas fotos del Hombre Mezclilla, que nos dice su nombre (Manuel) y que está más que encantado de posar para la cámara, Hari ve algo que hace que se le iluminen los ojos. Me arrastra hasta un puesto de lentes de sol y me da un diminuto par con armazón de rayas de tigre, para que me los pruebe, y en el nanosegundo en que me los pongo ambos estallamos en carcajadas. Dejamos los lentes y nos abrimos paso entre los puestos de venta de ropa, joyas (me detengo a comprar unos nuevos pendientes de aro para añadirlos a mi colección) y sombreros, señalando las cosas que nos gustan y las que nos mortifican.

Es fácil. Normal. Como deberían ser las cosas entre mejores amigos.

—Ahí van tus mejores amigas —bromea Hari mientras me pongo los aros nuevos, señalando a las *drag queens* de Destiny's Child, que posan para otra foto.

—Así de cercanas somos ellas y yo. —Cruzo los dedos—. ¿Cómo me veo?

—Perfecta —dice Hari, con honestidad.

Sonrío.

—Y, hablando de nuestras amigas, eso me recuerda que debo publicar su foto en Insta. Un segundo.

Encontramos una pared de ladrillos a la sombra, para pasar el rato y así poder transferir la foto a mi teléfono sin estorbar a nadie. Jugueteo con el contraste y el color hasta que quedan perfectos.

—¿Te he dicho que mis padres han estado dudando de ir a casa de mi tía este fin de semana?

—¿Sí? —pregunto, prestando atención solo a medias.

Creo que he subido demasiado la saturación.

—Sí —continúa Hari—. Quieren planear con nosotros algunas cosas extra relacionadas con las solicitudes para la universidad. Bueno, sobre todo con Dev. Dev está enfadado. Ya le dijo a un montón de gente que viniera el sábado, y alguien lo publicó en Snap. Así que... la gente vendrá, estén o no estén mis padres.

—Hmm.

—¿Me estás escuchando?

Levanto la vista.

—¿Qué?

Hari mira mi pantalla.

—¡Se ve bien! Publícala ya.

—Los colores no se ven del todo bien —replico.

Hari sacude la cabeza.

—Estás obsesionada.

—¡No lo estoy!

—Ni siquiera me estás escuchando —dice, con conocimiento de causa.

—¡Te estaba escuchando!

Hari arquea una ceja.

—¿Qué estaba diciendo?

Me muerdo el labio.

—Umm...

—Exacto.

—Lo siento, Hari.

Publico la foto y guardo el teléfono.

—Todo bien. Lo siento. ¿Puedes repetirlo?

Hari pone los ojos en blanco.

—Intentaba decirte que es probable que mis padres no se vayan este fin de semana, porque creen que necesitan estar en casa para ayudar a Dev con más preparativos para la universidad. Quizás están pensando en un viaje familiar por carretera a las universidades cercanas, no sé. Pero Dev no está contento. Él ya le dijo a la gente que hará una fiesta. Así que, estamos jodidos.

Hago una mueca.

—Mierda. ¿Qué vas a hacer?

—Estoy haciendo todo lo posible para convencer a mis padres de que se vayan. Pero, ya sabes, no se deciden. ¿Renuncian a su fin de semana en casa de mi tía para mimar a *Dev*, o escuchan a su ángel perfecto, *Dev*, y se van como él ha sugerido? En resumen, ¿*Dev o Dev?* —Hari sacude la cabeza—. Nada de lo que diga importa en verdad, de una manera u otra.

Miro a Hari.

—Lo siento. Qué molesto. Sí les importa lo que dices; solo que lo demuestran de una manera rara.

—Sabes tan bien como yo que no soy el hijo favorito. Así son las cosas.

Hari se encoge de hombros, pero me doy cuenta de que está molesto. ¿Quién no lo estaría?

—Bueno, *yo* creo que eres bastante genial —digo, ofreciéndole una sonrisa—. Extremadamente raro, pero, aun así, genial.

Hari me devuelve la sonrisa.

—Estoy orgulloso de eso.

—Como deberías. ¡Oh! —digo, señalando un puesto de comida decorado con banderas de Puerto Rico—. ¡Empanadas!

—Yo me encargo —dice Hari, entregándome la mochila de su cámara y marchándose a grandes zancadas.

Me las arreglo para encontrar un lugar bajo una palmera, a la sombra, donde comer con tranquilidad. Miro Instagram mientras espero a que Hari regrese. Mi foto todavía no tiene ningún Me gusta. Eso apesta.

—¡Ahí estás! —dice Hari.

Alzo la vista y veo que trae un generoso plato de comida: arroz con habichuelas, empanadas y tostones. Mis favoritos.

—¡Dios mío, dame!

Hago un gesto dramático con las manos hacia el plato, mientras él se acomoda a mi lado.

Hari mete la mano en su bolsillo trasero y saca dos tenedores de plástico.

—Buen provecho.

Agarro ansiosa una empanada y le doy una mordida. Está tan crujiente y sabrosa que casi se me deshace en la boca.

—Creo que mataría por las empanadas.

—Igual —dice Hari, dándole un mordisco a la suya—. ¡Oh, esta es de cerdo! ¿Quieres un bocado?

Hari me acerca su empanada, para que la pruebe.

Me inclino para morder, y cuando lo hago Hari me roba un bocado de la que tengo en la mano.

—¡Oye!

Se ríe.

—¿Así que se supone que yo debo compartir la mía, pero tú no compartes la tuya?

—No, pero ¿qué tal un mínimo aviso antes de que te lleves la *mitad* de mi empanada, caramba? —Me burlo—. Me toca un tostón extra para compensar.

Tomo un tostón del plato y me lo meto a la boca.

—Sé que la fiesta es un poco estresante —digo cuando termino de tragar—, con eso de que tus padres no terminan de decidir si se quedan en la ciudad o no. Pero... ¿no te emociona pensar en la posibilidad de ver cómo le gritan a Dev?

Hari sacude la cabeza.

—Sabes que los dos estaríamos en problemas si la gente empieza a aparecer.

Me quejo.

—Ugh. Eso es estúpido. Lo siento.

—Esperemos que mis padres decidan visitar a mi tía. —Hari

se vuelve hacia mí—. Si lo hacen, la pasaremos bien. ¿No estás *emocionada*?

Empujo parte del arroz con el tenedor.

—Pues... —empiezo.

Hari me mira.

—¿*Qué*?

—Sabes que ya tengo planes con Becca...

—¡Oh, vamos! No me digas que no vienes por eso.

—¡Necesito más fotos para mi portafolio fotográfico!

Hari resopla.

—¿No puedes venir después?

—O sea, en verdad no sé cuándo voy a volver. Además, a la fiesta van a ir sobre todo los amigos de tu hermano, y generalmente los evitaríamos.

Mientras digo eso, me doy cuenta de que todas las razones por las cuales me pone nerviosa ir a esa fiesta aplican también para Hari, multiplicadas por diez. No puedo abandonarlo.

—Pero iré. Tarde, pero iré. Lo prometo.

—Más vale que así sea. Y, oye, puedes traer a Becca si quieres.

—¿Sí? Eso sería genial.

Hari se acerca a mí para tomar la última empanada.

—Y, como venganza por haber *pensado* en no ir, esta empanada es oficialmente mía ahora.

Capítulo seis

La puerta principal de la casa de mis padres siempre está abierta, pero llamo y espero hasta que alguien me invite a entrar.

Tal vez debería sentirme un poco más cómoda en la casa donde le digo a la gente que vivo, pero no es así. Me resulta incómodamente extraña esa prístina casa estilo rancho español, con cochera para dos coches, una planta y media, armarios empotrados, chimeneas, un sofisticado toldo en el patio... y mi familia.

La mentira sobre el lugar donde vivo ocupa mucho espacio en mi vida. A veces siento que podría devorarme si se lo permito.

Pero esa mentira no es mía. Me la dio mi madre.

Ella, mi papá, Leo y yo estábamos en Pirate Playscape, una sala de juegos para niños con piratas animatrónicos que cantan. Yo tenía unos cinco años; Leo, quizás cuatro, y él y yo acabábamos de pasar una tarde divertida jugando, luchando con espadas de hule espuma, riéndonos de los cantos marineros y corriendo por el parque infantil decorado con barcos.

Cuando mi padre y mi hermano fueron al baño, mi madre me miró y sonrió.

—¿La estás pasando bien? —me preguntó.

Miré mi gigantesca pila de boletos, que pronto iría a cambiar por un premio. Recuerdo que *ansiaba* obtener un parche para el ojo.

—¡Sí! —grité.

—Bien. Eso me hace feliz —dijo—. ¿Y sabes qué otra cosa me haría muy feliz?

—¿Qué?

—Si pudieras esforzarte al máximo para pasar la noche en nuestra casa.

Sentí que se me caía el estómago cuando dijo eso. Me daba vergüenza no soportar quedarme a dormir en casa de mis padres. El día transcurría sin problemas. Era divertido jugar con Leo, hacer carreras con sus Hot Wheels o ver películas de Disney, pero, sin falta, cuando llegaba la noche me empezaba a doler el estómago. Cuando me ponía mi pijama, ya tenía un terrible retortijón, y a menudo lloraba y llamaba a casa para pedirle al abuelo que fuera a recogerme.

—Emm... —fue todo lo que se me ocurrió decir.

Mamá asintió.

—¿Crees que puedas intentarlo?

Asentí con la cabeza, pero ya percibía que mi dolor de estómago me haría una visita.

—¡Genial! Sería muy agradable que te quedaras. *Deveras* quiero que te guste nuestra casa —dijo, mirándome a los ojos—. Quiero que sientas que nuestra casa es tu casa. Y, como pronto empezarás a ir a la escuela, me gustaría mucho que pudiéramos decirles a tus nuevos amigos y a tus maestros que vives allí conmigo, con papá y con Leo.

—¿Como... de mentiras? —pregunté.

—¡Exacto, como de mentiras! —dijo mamá—. ¡Seguirás viviendo con los abuelos, por supuesto! Eso no cambiará. Solo le *diremos* a la gente que vives con nosotros. Eso me haría *muy* feliz.

La petición no me gustó, pero no quería entristecer a mi madre. Si fingir que vivía con ellos la haría feliz, pensé que debía hacerlo.

—De acuerdo —dije.

—Esa es mi chica.

Mamá se acercó y me dio una palmadita en la mano. Para entonces, papá y Leo ya regresaban a la mesa. Mi papá ayudó a Leo a sentarse en la sillita para niños, junto a mí, y miró a mamá.

—¿Todo bien? —preguntó, como si percibiera algo raro.

Mamá sonrió.

—¡Claro que sí! Kat y yo estábamos hablando de que se va a esforzar mucho para tratar de pasar la noche con nosotros. ¡Y pensamos que sería una buena idea decirle a la gente en la escuela que vive con nosotros!

Papá frunció el ceño.

—Sarah...

—¿Qué?

La voz de mamá sonó de pronto mucho más fría que segundos antes. Miré a Leo para ver si también él se había dado cuenta, pero estaba ocupado quitándole las rebanadas de pepperoni a su pizza y haciendo una torre con ellas en el plato.

—*Yo* soy su madre, Anthony.

—Y yo soy su padre.

Ambos se miraron durante un momento, y luego papá sacudió la cabeza y nos miró a Leo y a mí.

—¿Vamos a cambiar estos boletos por premios?

—¡Sí! —gritó Leo.

La mentira nació ese día. Y yo he tenido que cargar con ella desde entonces.

Me ha seguido durante el kínder, la primaria, la secundaria y, ahora, la preparatoria. La gente siempre asumía que vivía con mis padres, así que era fácil dejarlos creer eso. Con el tiempo, la mentira se convirtió en parte de mi historia, deslucida y conocida, pero falsa.

Lo que antes fuera una pequeña mentirilla, poco a poco se volvió más grande que cualquier otra cosa de mi vida. Ahora no puedo retractarme. La gente no sabe que no formo parte de *mi propia familia*, y parecería triste, patética y rara si esa verdad saliera a la luz.

Solo lo saben Hari, Luis y Marcus, pero yo me enfado tanto cada vez que sale el tema que nunca me lo sacan. Jamás hablamos de eso.

Por eso, cuando voy a casa de mis padres *siempre* llamo a la puerta.

En cuanto llamo a la puerta, la casa se llena de ladridos. Son los perros de mis padres: un chihuahua pequeño llamado Pepito, dos pitbulls: Shark y Daisy, y Archie, un beagle. Oigo un tintineo detrás de la puerta y, cuando se abre, veo los perros y a mi madre detrás, con el pelo de color caoba recogido en rodillos rizadores. Tiene el rostro maquillado y lleva un vestido sin hombros, y sostiene sus tacones y el teléfono con la mano que no está agarrando el pomo de la puerta.

—¡Kat! —exclama.

Me agacho para saludar primero a los bebés.

—¡Holaaaa! —digo canturreando.

Me tomo un segundo para rascar a cada uno de los perros, y le doy un masaje extralargo a Daisy, que es mi favorita. Casi me hace caer, y me río.

Esos chicos son sin duda la mejor parte de mis visitas. Es un secreto.

—Daisy —dice mi madre, con voz un poco severa.

—No pasa nada —digo, y entonces agrego—: Hola, mamá. Te ves bien.

—¡Gracias! Pasa, pasa.

Mamá abre la puerta de par en par para dejarme pasar. Entro a la casa y los perros me rodean, moviendo la cola.

—¿Tenía que haberme arreglado? ¿Vamos a salir a cenar?

Miro los pantalones deportivos y la camiseta de cuello redondo que llevo puestos, que se ven bien, pero no a la altura del conjunto de mi madre.

—¡Oh, no, para nada! Te ves perfecta. Dame un minuto.

Mi madre tira sus tacones al suelo, se los pone con un par de movimientos enérgicos y precisos y se dirige con prisa al baño del pasillo, para soltarse el pelo.

Me acomodo en el sofá de la sala, con Daisy y Pepito disputándose mi regazo. Shark está en un rincón masticando su querido hueso; Archie, que tiene la misma energía que un anciano, está tumbado intentando volver a dormir.

Observo a mi madre a través de las puertas abiertas. Ella se mira en el espejo, se quita los rodillos y se pasa los dedos por el pelo para acomodar los rizos. Por instinto me llevo la mano a mi pelo, tirando de algunos mechones que se han escapado de mi peinado.

Entonces aparto la mirada de mi madre, acaricio a Daisy con una mano y saco mi teléfono con la otra.

—¿Cómo va la escuela? —grita mi madre desde el baño.

—Bien —digo, mirando algunas historias en Insta.

Parece que Luis, Marcus y Hari salieron hoy, y siento una punzada irracional por haberme quedado fuera. Siempre regresan con algún chiste local, y nunca sé de qué están hablando. Argh.

—Qué bueno —responde mamá, mientras se inclina hacia el espejo y se retoca el maquillaje en las esquinas de los ojos.

Se hace silencio. Solo se escucha a Shark royendo su juguete.

—¿Dónde está papá? —pregunto.

Mamá sale del baño, apaga la luz tras ella y se reúne conmigo en la sala.

—Recogiendo la pizza. Debe llegar pronto.

Asiento con la cabeza.

—¿Y Leo?

Me hace un gesto con la mano.

—Oh, ¿quién sabe?

Como si fuera una señal, oímos pasos bajando las escaleras y, de repente, ahí está mi hermano pequeño.

LEO SÁNCHEZ:
3,000 SEGUIDORES, Y SUBIENDO

Leo es el tipo de persona que nunca se toma una selfi. A él *le toman* fotos. Alto, de nariz fina, pómulos altos y pelo sedoso, Leo se parece a mi madre, aunque el metabolismo ilimitado de comer lo que sea y no subir nunca un kilo es de papá. Además, es irritantemente agradable, seguro de sí mismo y divertido. Es, solo... *genial.*

De una manera que no entiendo, y de la que puedo sentir bastante envidia.

Tal vez se deba a la confianza que se adquiere cuando tu versión de nuestra familia no está tan fracturada.

—Hola, Leo —digo.

—Oh, hola. —Leo levanta la barbilla a modo de saludo, antes de agacharse a saludar a los perros, que se han abalanzado sobre él—. La cena del jueves, ¿eh?

—La cena del jueves —confirmo.

—¡Con que ahí estás! —dice mamá—. Pensé que te ibas.

—Ya me voy. —Leo me mira—. Lo siento.

Algo me dice que no está *tan* apenado por perderse nuestra cena familiar. O sea, yo quizás no lo estaría, si fuera él. Me encojo de hombros.

—No importa.

—Recuérdame a dónde vas —pregunta mamá.

—A casa de Chelsea. No llegaré muy tarde.

¿Chelsea es su novia? El nombre no me suena. Pero a lo mejor es su novia. Siento que debería saberlo, pero me da demasiada vergüenza preguntar y aclararlo. Tendría que admitir que en realidad no lo sé.

—No llegues después de medianoche —dice mi madre—. Mañana hay escuela.

Leo sonríe como si le hiciera gracia. Se me revuelve el estómago cuando me doy cuenta de que mi hermano, que es un año menor que yo, puede regresar a casa *dos horas* más tarde que yo.

Me gustaría poder decir que eso se debe a mis abuelos, que son demasiado sobreprotectores, pero no. Todas las decisiones importantes y oficiales en mi vida, como la hora de regreso a casa o el permiso para viajar o lo que sea, siguen siendo responsabilidad de mis padres, a pesar de que solo me ven una vez a la semana. Que tenga que regresar a las diez es cosa de ellos.

Sin embargo, Leo puede salir y hacer lo suyo hasta la medianoche. Pues bueno.

Leo se inclina para darle a mamá un beso en la mejilla.

—Hasta luego. —A mí me dice—: Nos vemos.

—Nos vemos —respondo, volviendo a prestar atención a mi teléfono.

La puerta principal se abre y los cuatro perros corren hacia ella a la vez, estallando en una cacofonía de ladridos ansiosos. Saltan, brincan y dan zarpazos a papá, que lleva dos cajas de pizza. Esos perros viven para mi padre. Él es cariñoso y amable con ellos, pero también sabe la cantidad justa de disciplina y entrenamiento que necesitan.

—Abajo —les dice, y ellos obedecen, moviendo la cola con desenfreno.

Cuando me ve, a papá se le dibuja una amplia sonrisa en la cara y se apresura a darme un beso en la mejilla.

—¡Hola, Kat!

—¿Podemos tomarnos una foto los cuatro? —pregunta mamá de repente.

Leo, que aún no ha salido por la puerta, refunfuña.

Cierto.

SARAH SÁNCHEZ:
1,500 SEGUIDORES

Sí. Mi madre tiene más seguidores que yo. Qué asco.

Papá levanta las cejas.

—¿Ahora?

—Leo se va —explica mamá.

Papá frunce el ceño, y yo me siento un poco reivindicada por dentro. Al menos alguien más está decepcionado porque esta cena, que se *supone* que es cuando nuestra familia se reúne y se pone al día, no incluirá a Leo.

—¿A dónde vas? —pregunta.

Leo suspira.

—A casa de Chelsea. Ya se lo he dicho a mamá.

—Pero hoy vamos a cenar con tu hermana —dice papá.

—Anthony, ya le dije que podía ir —dice mamá, tirándole una mirada que quiere decir que discutirán eso más tarde.

Papá parece querer decir algo, pero no lo hace. En cambio, suelta un suspiro lacónico, entra a la cocina y pone las cajas de pizza en la encimera, dejando caer las llaves en un cuenco de cristal.

—¿Dónde quieres la foto, Sarah? —pregunta, con voz tensa.

—En la mesa está bien.

Mamá nos dirige a la cocina, y se coloca en la cabecera de la mesa, mientras los demás nos sentamos, obedientes.

—Acérquense.

Mamá levanta su teléfono para tomar unas cuantas selfis de los cuatro, y luego revisa las imágenes para asegurarse de que salieron bien.

—¿Puedo irme ya? —pregunta Leo.

—Conduce con cuidado —dice mamá, abriendo la caja de pizza de arriba y tomando una foto de la humeante comida.

Mientras Leo se dirige a la puerta principal, mi padre va hacia el armario para sacar tres platos.

—¿Quieres tener el honor de elegir el primer trozo, Kat?

Asiento con la cabeza, examinando la pizza y tratando de ignorar la irritación que siento por el incómodo comienzo de la noche.

Papá le tiende un plato a mi madre, pero ella no lo toma.

—En realidad, voy a comer en casa de Stacy.

¿Qué? ¿Primero se va mi hermano pequeño y ahora *mi madre*?

—*Sé* que se supone que vamos a cenar en familia, ¡pero ella necesita desesperadamente compañía! —continúa diciendo mi madre—. Está pasando por un momento muy duro debido al divorcio.

—¿En serio? —pregunta papá, pero no es una pregunta.

Es una declaración de su molestia extrema, expresada con claridad en dos simples palabras.

—A Kat no le importa. —Mamá me mira—. ¿Verdad, Kat? ¿No te importa si visito a Stacy? Ella *de verdad* me necesita.

Además, será agradable, ¡solo ustedes dos! ¡Una cena de padre e hija!

La forma en que dice "cena de padre e hija" hace que mi ojo empiece a palpitar, pero me encojo de hombros.

—Está bien.

Tomo un trozo humeante de pizza y lo pongo en mi plato. Daisy me empuja la muñeca con su hocico, desesperada por una porción.

—¡Gracias! —Mamá me da un rápido abrazo lateral y luego le da un beso a mi padre—. ¡Volveré más tarde!

Y en un instante ya se ha ido.

Papá mira la ahora excesiva cantidad de comida que ha traído, y sacude la cabeza.

—Espero que tengas hambre, Kat.

Me río a medias.

—No pasa nada, papá.

Aunque, en realidad, sí pasa.

Nos servimos y salimos de la cocina para instalarnos en la sala, con los perros. Papá cambia los canales, hasta que elegimos una repetición de *Parks and Recreation*. Shark, Pepito y Archie se sientan pacientemente cerca de mi padre, esperando que les lance un pepperoni de vez en cuando, cosa que él hace. Daisy se acurruca conmigo, y yo también le doy un poco de pepperoni. Hablamos entre los anuncios. Le cuento a papá de algunas de mis clases, y él me cuenta un poco sobre su trabajo.

A veces me imagino preguntándole algo más que lo básico de cortesía. Me gustaría saber más sobre él, más allá de que le gustan los deportes, que trabaja con el abuelo y que creció en Puerto Rico.

Es un enigma mi padre. Tan estoico y privado. Sé más de las hermanas de Marcus o de la titi Rosa de Luis que de mi propio padre. Siempre imaginé que él y yo podríamos tener una relación cercana, si las cosas fueran diferentes. Nuestros ojos se arrugan igual cuando reímos, y si hubiera crayones con el color de nuestra piel, nuestras tonalidades estarían una al lado de la otra. Mi madre ha comentado a veces de forma imprevista lo parecidos que somos, pero me resulta difícil valorar si eso es cierto, conociéndolo tan poco.

Sé bastante sobre mi madre, aunque no sea directamente por ella, sino por las historias que me han contado mis abuelos. Pero papá... es una incógnita. Imagino que fue difícil mudarse a un nuevo país, ser abandonado por su familia y rebotar de casa en casa sin raíces hasta echar las propias. ¿Cómo se siente estar tan lejos de casa? ¿Por qué él y mi tío Jorge no se hablan? ¿Por qué nunca hemos visitado a la abuela? ¿Echa de menos Puerto Rico? ¿Hablar español? ¿A su familia?

Ninguna de esas preguntas sale más allá de mis pensamientos. La única vez que intenté preguntarle por su ciudad natal, se puso triste y silencioso. Para llegar a conocerlo *de verdad* hay que tener valor y una sensación de familiaridad que yo no poseo.

Sin embargo, tal vez podría preguntarle algo pequeño. Pero ¿qué?

Pienso por un momento.

—¿Tienes un color favorito? —le pregunto.

Papá mastica, pensativo.

—Azul —dice, y me mira—. ¿Y tú? Antes era morado, ¿no?

Asiento con la cabeza.

—Sí. Pero ahora es gris. Como la luna.

—Gris —repite—. Tendré que recordarlo.

Luego nos quedamos callados otra vez.

El programa continúa reproduciéndose y yo miro mi teléfono.

En mi *feed* aparece una foto publicada por mamá. Es una de las selfis de los cuatro, y el pie de foto dice:

Estoy muy agradecida por esta pequeña y hermosa familia. A medida que mis hijos crecen, me recuerdo a mí misma que debo apreciar los momentos cotidianos que voy a echar de menos, como las cenas familiares que nos reúnen cada semana. Alrededor de la mesa es donde nos relajamos, conectamos y compartimos mucho. ♥

No puedo evitar dar un resoplido, dejando salir más aire por la nariz del que pretendo.

—¿Qué es tan gracioso? —pregunta mi padre, sonriendo.

—Mamá publicó una foto de nosotros. —Volteo mi teléfono para que pueda verlo—. Dice que estamos cenando todos juntos.

Papá pone los ojos en blanco.

—Me entero ahora.

Mamá nos ha etiquetado a mí, a Leo y a papá en la foto, y hago clic en el nombre de papá.

ANTHONY SÁNCHEZ:
7 SEGUIDORES. ICONO GRIS, POR DEFECTO. SIN BIOGRAFÍA.

—Es un poco molesto lo de esta noche —digo.

Papá me mira.

—Sí, lo es. Le dije que quería asegurarme de que estuviéramos todos juntos esta noche. Pero ya conoces a tu madre —dice, y medio se encoge de hombros—. Lo intentaremos de nuevo la semana que viene.

Quiero decirle:

No tenemos que volver a intentarlo.

No tenemos que fingir.

No tenemos que *mentir*.

Pero asiento en silencio, sabiendo que volveré a la misma hora al mismo lugar la semana que viene.

Capítulo siete

—*Estás a punto* de ser *aniquilada* —dice Marcus mientras pone su bandeja de almuerzo sobre la mesa, junto a la mía.

Arqueo una ceja.

—¿Perdón?

—No creo que esté permitido pegarles a las chicas, hombre —le advierte Luis.

Marcus sacude la cabeza.

—¿Qué? No, tarado. ¡Austin Simmons acaba de renunciar como editor de fotografía del periódico escolar!

Sus ojos brillan mientras dice eso, como si tuviéramos que estar igual de emocionados que él.

—¿Y...? —digo.

— Y... y eso significa que su puesto está libre. Y ambos vamos a solicitarlo. —Marcus nos señala a él y a mí—. Y yo te voy a hacer polvo.

Hari deja escapar un silbido bajo.

—Maldita sea, Kat. ¿Vas a dejar pasar eso?

—En serio, Sánchez. Quiere pelear contigo. De una manera tonta, rara, no física, pero sí —dice Luis—. Espera, ¿por qué solo van a solicitar el puesto ustedes dos? *Todos* estamos en el Club de Fotografía.

Hari se endereza en su asiento con aspecto ofendido.

—¡Sí! —dice—. Tal vez yo también quiero solicitarlo.

Marcus se limita a poner los ojos en blanco.

—Entonces acabaré con todos.

—No, no, no. Yo te voy a ganar —digo, señalando a Marcus, de repente preocupada por algo que hace unos segundos desconocía—. Luego de que me expliques por qué es importante.

Marcus se pasa la mano por la frente.

—Estás bromeando —dice.

—Lo siento, pero de verdad no veo por qué querríamos ese trabajo —digo—. Nunca hemos estado involucrados con el periódico estudiantil, y me estoy imaginando que tendré que ir a los partidos de fútbol y esa mierda.

—Ah, pues estoy fuera entonces —dice Luis, y le da un sorbo a su Capri Sun.

—Yo también —dice Hari—. Prefiero morir que ir a los partidos de fútbol de Dev.

—No, no, no. Hay todo un equipo de fotógrafos que... ¿saben qué? Escuchen. Ese trabajo es una posición de *liderazgo*. Estás a cargo de todos los fotógrafos del periódico. Tienes que mandar a la gente. No tienes que ir a los partidos ni nada que apeste.

Hago una mueca.

—Entonces, ¿el editor nunca toma fotos?

—Hace las dos cosas —explica Marcus—. Asigna y también captura.

Una mirada pensativa aparece en el rostro de Luis.

—¿Los periódicos no están como... muertos?

Marcus suspira.

—Sí, pero todavía tenemos un periódico *escolar*, Luis. ¿No te habías dado cuenta?

Luis se encoge de hombros.

—No. La verdad, mi nivel de interés en esta conversación se reduce con cada segundo que pasa.

—Bueno, bueno, volviendo al punto —digo—. Ya tenemos el Club de Fotografía. ¿Por qué deberíamos preocuparnos por esto?

Marcus suelta una carcajada.

—¿En verdad alguien dijo "Ya tenemos el Club de Fotografía"? —exclama, y se vuelve hacia mí, con las manos juntas—. Bien, si tengo que explicarte esto, lo haré. Quiero que sea una competencia real para poder disfrutar de la victoria cuando te gane.

—De acuerdo —me burlo—. Ilumíname.

—Bien. Como dijo Luis, los periódicos están muertos y toda esa mierda, pero la fotografía está viva y goza de buena salud. Nuestro Club de Fotografía es genial, sin duda. Por eso fundé esa mierda. De nada. —Marcus nos mira a los tres—. De todos modos, es genial, pero es un club, lo que significa que cualquiera puede formar parte de él. Así que, aunque se verá muy bien en *mis* solicitudes para la universidad, porque yo lo *fundé*, en realidad es solo un pasatiempo divertido para ustedes. Lo siento.

—Ni siquiera me importa la universidad, pendejo —dice Luis mientras le da un gran mordisco a su manzana.

—Bueno, eso sí que no merece una respuesta ahora mismo. Volvamos al puesto de editor de fotografía. Las universidades quieren ver que hemos *hecho* cosas, ¿sí? Quieren vernos como líderes y cosas así, sobre todo a la gente como nosotros. Esos consejeros de admisión blancos están como, "Ah, miren a estos lindos niños negros y mestizos, ¡qué ambiciosos! Se verán muy bien en nuestro campus. Tal vez podamos incluirlos en nuestros folletos".

Hari se echa a reír.

—Así es, esa es la pura verdad. Mi prima Daya dice que su universidad no para de pedirle que pose para las fotos de su página web y demás.

—¡Exacto! Realmente es algo retorcido. No solo nos sentimos fuera de lugar en las universidades donde casi todos son blancos, ya que todo el sistema universitario está basado en ideologías racistas, sino que también nos utilizan como piezas para demostrar su preocupación por la *diversidad*, entre comillas, y así atraer a otros estudiantes de minorías raciales. Por eso, y hablo en serio, yo voy a solicitar admisión en una de las universidades históricamente negras.

—Muy bien, ese es un gran análisis, Marcus, pero ¿podrías ir al grano de una vez sobre el puesto de editor de fotografía? —pregunto.

—Paciencia, Sánchez —se burla Luis.

—Vete a la mierda, Luis.

—Como decía —continúa Marcus—, a las universidades les gusta vernos como líderes. Este papel de editor de fotografía es perfecto. Esta escuela de mierda no es muy conocida, pero los dos últimos editores de fotografía fueron a buenas universidades. Y quiero que lo mismo ocurra con nosotros. Por *eso* tenemos que solicitarlo, Sánchez. Sería bueno para cualquiera de los dos; *sé* tan seria como lo eres con tus fotos. —Guiña un ojo—. Aunque, está claro, el puesto ya es mío.

Intento que no parezca que Marcus ha pasado más tiempo pensando en la universidad, en su futuro y en sus objetivos que yo, y asiento con la cabeza.

—Ya sabía todo eso. Solo quería hacerte perder el tiempo.

Marcus se ríe.

—Cállate, estúpida. Entonces, ¿vas a hacerme competencia o qué?

—¡Claro que sí! ¿Crees que voy a dejar que tu lamentable culo me hable así? —sacudo la cabeza—. Por supuesto que no. Esta oportunidad es para mí. Además, también soy una chica...

—*Apenas* una chica —interviene Luis, pinchando mi brazo.

Lo ignoro.

—Así que siento que es súper importante para mí demostrar que puedo ser una líder. Hagámoslo.

Le extiendo una mano a Marcus.

Él me estrecha la mano con fuerza.

—Espero con ansias el momento de tu derrota.

Le sonrío.

—Estás muerto.

* * *

El reto de Marcus me enciende la chispa, y eso me sorprende. Paso la siguiente clase buscando a algunos de los antiguos editores de fotografía de mi escuela. Es bastante fácil localizarlos en las redes sociales.

Y resulta que Marcus tiene razón: muchos de los estudiantes que ocuparon ese puesto han ido a muy buenas escuelas en todo el país. Uno de ellos es incluso pasante de fotografía en el *New York Times*. Maldita sea.

Me da un poco de vergüenza admitir que ni siquiera había pensado en la mayor parte de las cosas que dijo Marcus durante su diatriba. Supongo que eso significa que debería centrarme más en mi futuro, como por ejemplo preocuparme por la universidad y las solicitudes de admisión.

Pero, a pesar de estar en el último año de la preparatoria, ni siquiera sé si *quiero* ir a la universidad.

No es que no lo hayamos discutido en casa. Yo sería la primera de mi familia en ir a la universidad. Mis abuelos siempre me dicen que haré grandes cosas, pero no hablamos del camino que me llevaría entre donde estoy ahora y esas grandes cosas. *Creo* que asumen que iré a la universidad... pero, por otra parte, es probable que me apoyen en lo que sea que quiera hacer.

Aunque mis padres me han preguntado sobre la universidad de vez en cuando, siempre ha sido de la forma educada en que uno pregunta en una conversación con gente que apenas conoces. Incluso si estuvieran muy interesados en mi futuro, no estoy segura de que supieran cómo ayudarme a decidir si vale la pena, o qué tengo que hacer para entrar. Fueron padres adolescentes. Tuvieron cosas más importantes de qué preocuparse que una clase de Estadística 1.

A decir verdad, la *escuela* sí me pone nerviosa con todas las charlas sobre la universidad. Actúan como si no hubiera otro camino al que aspirar más que un exuberante campus con césped verde y edificios de ladrillo. Nadie me ha preguntado nunca qué quiero hacer *yo*, dónde me veo *yo*, qué tipo de futuro me imagino *yo*, y en verdad tampoco me lo he preguntado yo misma. Hasta ahora, solo se ha esperado de mí que me mantenga alejada de los problemas y que saque buenas notas, y me ha ido bien en eso.

Sé que me encanta la fotografía, pero el portafolio fotográfico que estoy creando es solo para poder empezar a trabajar cuando cumpla dieciocho años. Nunca me había planteado utilizarlo en una solicitud de admisión a la universidad. O a una escuela de arte. O a cualquier otra cosa.

Pero, ahora que se acerca la graduación, de repente eso no es suficiente.

¿Todos tienen cada parte de su vida resuelta menos yo?

* * *

Después de la escuela, me dirijo a Una Pata para Todos para hacer un turno, y hago una nota mental de que eso contaría como actividad extracurricular. *Si* me importaran ese tipo de cosas, no estarían perdidas todas las esperanzas.

Cuando entro por la puerta, me encuentro un caos. Hay perros ladrando y corriendo por todas partes. ¿Qué demonios ha pasado y por qué ninguno de esos perros está en su jaula?

Imani está gritando indicaciones a algunos de los trabajadores, para que reúnan a los perros en sus áreas.

—¡Kat, ve a buscar a Cash! —dice en cuanto me ve.

Cash, mi mejor amigo de tres patas, persigue a otro pitbull que aún no conozco. Lanzo mi bolso a una mesa y corro hacia él.

—¡Hola, Cashy! —grito, y veo cómo sus orejas se levantan al escuchar mi voz—. ¡Ven aquí, cariño!

Él duda por un momento, pero, tras otro entusiasta "¡Hola!" de mi parte, se acerca de inmediato. Le doy un montón de caricias mientras le agarro el collar y lo conduzco hacia su perrera. Una vez dentro, le doy un beso en la cabeza antes de cerrar la puerta detrás de mí y correr a ayudar a Becca con un husky.

Al final, conseguimos que los animales vuelvan a sus lugares, aunque los perros siguen irritados como si quisieran volver a salir a jugar.

Imani se acerca a nosotras dos con un chihuahua de pelo largo en brazos.

—Pues eso fue divertido.

—¿Qué ha pasado? —pregunto.

—Cash ha descubierto cómo abrir las cerraduras de las jaulas —explica Becca.

Mis ojos se abren de par en par.

—Perdón, ¿qué?

Imani se ríe.

—Sí, es un chico listo. Había visto que nos miraba cada vez que entrábamos y salíamos de su jaula, y hoy lo vi hacerlo. Por supuesto, cuando nos dimos cuenta, ya se había escapado y había sacado a otros perros de sus jaulas también.

Miro a Cash.

—¿Eres un perro genio? ¿Por qué no me lo habías dicho?

Él mueve la cola como respuesta.

—Supongo que tenemos que invertir en cerraduras que un perro muy listo no pueda levantar con el hocico —concluye Imani, y le habla a la chihuahua—: Aunque tú no las podrías alcanzar, ¿verdad, Sammie? —Me entrega a Sammie—. Será mejor hacer fotos individuales de los perros que llegaron hoy, como ella. Mantengamos el caos al mínimo.

—Estoy en eso —digo, cogiendo a Sammie y acariciándole la barbilla.

—¿Puedes darles de beber a los perros, por favor, Becca? Parece que tengo que dedicarme a buscar cerraduras en internet.

Becca asiente.

—¡Seguro!

Entro a la oficina tras los pasos de Imani, y me dirijo al cajón de disfraces que tengo bajo el escritorio. Después de buscar entre ellos con una sola mano, mientras Sammie se me retuerce en la otra, salgo con unas coronas de hojas que Becca y yo hicimos para los perros.

Uno por uno, saco a los recién llegados de sus perreras y los fotografío. Cuando termino, tengo fotos de Sammie, la chihuahua; Petal, el pit, y Storm, el husky. Además, he tomado unas cuantas fotos más de Cash para actualizar su perfil. Por mucho que lo quiera, me gustaría encontrarle una familia cariñosa.

Mientras edito las fotos, Becca entra y se instala a mi lado en la computadora.

—¿Terminaste? —pregunto.

—Sí. Enséñame lo que tienes —dice.

Vuelvo mi laptop hacia ella.

—¡Oh, Dios mío! Cash se ve tan, tan guapo con esa corona.

—¿Verdad? *Por favor*, que esta sea la foto que le encuentre un hogar para siempre.

—Ya quisiera. Es tan adorable —dice Becca—. Si no viviera en un apartamento, me lo llevaría a casa.

—Igual. Les pregunté a mis abuelos si podíamos adoptarlo, pero a mi abuela le aterrorizan los pitbulls. —Suspiro—. Le encontraremos un hogar.

Ella asiente.

—Siempre lo hacemos.

Sigo editando las fotos.

—¿Sigue en pie lo de las fotos mañana? —pregunto después de un rato.

Ella me mira.

—Si todavía las necesitas, ¡sí!

—Genial. ¿Nos encontramos en el parque Hart, entonces?

—¿Por qué no pasas por mí a mi apartamento? —sugiere—. ¿Como a las seis? Te mandaré un mensaje con la dirección, y podremos ir desde allí.

* * *

Cuando llego a casa, dedico algo de tiempo a mis deberes antes de caer en la madriguera de las redes sociales.

Nunca quiero; tan solo ocurre. Mientras escribo unas cuantas palabras sobre Chaucer para mi tarea de redacción de la clase de Inglés, echo un vistazo a Instagram, y eso se convierte en contemplación, que luego se convierte en concentración profunda. No es mi culpa que todo allí sea mucho más interesante que la tarea.

Me desplazo como si fuera mi deber. Estudio las fotos, miro

las historias de la gente de la escuela que tiene mucho más control de su vida que yo, contemplo las publicaciones de gente que ni siquiera *conozco*, tan bien iluminadas, de estética tan agradable. Doy dos golpecitos como si fuera una obligación.

Aparece una notificación de mi madre. Sigo el enlace y veo que ha publicado una foto de cuando Leo y yo éramos pequeños. Miro con atención a esos dos niños diminutos, yo, ya gorda, Leo, ya alto, y me dedico a imaginar por millonésima vez lo que pudo haber sido.

Me desplazo por la cuadrícula de mi madre. Muestra una vida perfecta. Ella y mi padre viajando; Leo descansando en la piscina del patio; los perros de excursión; nosotros cuatro en nuestras cenas.

Molesta, paso a espiar su perfil de Facebook, que es aún más convincente. Entre foto y foto, añade citas inspiradoras, mensajes de texto sobre cómo ser madre lo es todo, odas exageradas a cada uno de nosotros, fotos de papá por el "Man Crush Monday", y cosas así. Si uno se topara con cualquiera de sus perfiles, pensaría que tiene una vida familiar de lo más dulce. Sería imposible saber que ella y mi padre fueron padres adolescentes que abandonaron a su hija y luego le dijeron que fingiera que no fue así.

Pero es posible que sea lo mejor.

Capítulo ocho

Para el sábado, es oficial: los padres de Hari no estarán el fin de semana.

Él me ruega que pase por su casa antes de ir con Becca, para ayudarlo a "preparar la fiesta", como él dice. Le recuerdo con amabilidad que todo irá bien; nadie espera decoraciones.

Pero está nervioso, y sé que la preparación es un pretexto tonto, así que voy, pero hago una rápida parada antes de aparecer en su casa.

Llego con un globo en forma de fantasma y una piñata de calabaza.

La sonrisa en su cara cuando ve la decoración festiva hace que el esfuerzo extra merezca la pena.

—Tonta —dice.

Le tiendo el globo.

—Me quieres.

Hari me quita el fantasma flotante y me hace un gesto para que lo siga.

—Vamos.

La casa de los Shah es de un impecable y espacioso estilo moderno español, pero hoy las habitaciones parecen más grandes de lo normal. No hay nada fuera de lugar, sobre todo porque no hay casi nada, punto.

—¿Soy yo o las cosas parecen un poco... diferentes? —pregunto, sabiendo de antemano la respuesta.

Conozco esa casa tan bien como la mía, y puedo enumerar algunas de las piezas que faltan misteriosamente, como la mesa de centro de cristal macizo.

—Sí, resulta que, mientras Dev está fuera consiguiendo bebidas y lo demás, me toca esconder todo lo que podría romperse —explica Hari—. Y te tengo una buena noticia: me vas a ayudar.

Le hago una mueca.

—Ya te ayudé. ¿El globo? ¿La piñata?

Hari se burla, pero yo sostengo la piñata en alto.

—¿Dónde colgamos esto? Creo que el centro de la sala de estar funcionaría bien; es muy espaciosa. Así todos podremos recoger los caramelos.

—Eres divertidísima, ¿sabes?

—Lo sé.

Hari me quita la piñata y la mete, junto con el globo, detrás de la puerta de su habitación.

—Los guardas para más tarde, ¿verdad? ¿Los sacaremos una vez que todos estén aquí?

—Claro, por supuesto —dice, a secas—. Claro que quiero que todos los amigos de mi hermano me vean con decoraciones infantiles. Eso me ayudaría a ser aceptado y a que mis compañeros no se burlen de mí durante toda la eternidad.

—Es una sugerencia.

Hari señala el comedor.

—¿Puedes ayudarme allí? Hay un montón de cosas que se pueden romper.

—Por supuesto —digo, y nos ponemos a trabajar para guardar con cuidado la cristalería del armario del comedor, y la colección de figuras de cristal de la señora Shah.

Guardamos un par de objetos más, hasta que la casa queda casi desolada y a prueba de borrachos.

Pero, incluso después, Hari sigue dando vueltas, nervioso.

—Tienes que relajarte —le digo—. La fiesta va a salir bien.

—¿Tú crees? Es que de repente me siento muy nervioso de tener toda la casa llena de estudiantes estúpidos de último año, que se emborrachan agresivamente. No hay manera de que mis padres no se enteren. Y sabes de quién va a ser la culpa, ¿verdad?

—No es la primera fiesta que hace Dev —le recuerdo—. Él sabe cómo manejar esto. Y, hablando de eso, ¿cómo es que nos dejó venir esta vez?

Hari sonríe.

—Lo amenacé con decírselo a nuestros padres.

—¡Qué atrevido! Me gusta.

Hari suspira.

—Sí, bueno, creo que ahora me estoy arrepintiendo. ¿Por qué estás tan tranquila? ¿No estás un poco preocupada por, digamos, encajar?

—Bueno, sí, *claro* que estoy estresada por eso —admito—. Pero todo irá bien, te lo juro. Siento que podemos estar pensando demasiado en eso. Y el alcohol ayudará.

Hari asiente.

—Sí. El alcohol sin duda ayudará. Y, sí, estoy pensando demasiado en esto. Así soy yo.

Me río.

—¿Tú? ¡Qué va!

Hari sonríe.

—Estoy muy contento de que hayas decidido venir en lugar de salir con Becca.

Hago una mueca.

—Bueno...

Hari entrecierra los ojos.

—Espera. Te vas a quedar *conmigo* durante mi épica crisis previa a la fiesta, *en lugar de abandonarme* por una compañera de trabajo que apenas conoces, ¿verdad?

—Bueno, sobre eso...

—¡Kat!

—Es que, para ser justos, fui sincera contigo sobre mis planes. Incluso me dijiste que trajera a Becca, y por eso entendí que estabas de acuerdo con que saliera con ella antes.

Sus hombros se desploman.

—Kat. Por favor. Necesito apoyo aquí.

—¡Estaré aquí! ¿De acuerdo? Veré a Becca solo un rato. Volveremos antes de que Luis y Marcus siquiera empiecen a querer ligar con alguien —le digo, intentando hacerlo reír. Pero Hari no se ríe—. No te enojes. Te dije que tenía planes.

—No estoy enojado, solo decepcionado —dice.

—¿En serio? ¿Me vas a decir que estás decepcionado ahora?

—¡Pues sí! —protesta Hari.

Le acerco mis manos.

—De acuerdo. Está bien. Pero estaré aquí. Aunque estés "decepcionado" de mí. —Compruebo la hora en mi teléfono—. De hecho, ya me voy, para poder volver temprano. ¿De acuerdo?

Hari se tira en el sofá.

—Déjame aquí, para que me muera.

Le doy una palmadita en el brazo.

—Ese es el espíritu. No rompas la piñata sin mí. Nos vemos pronto.

De regreso a casa, siento una punzada de culpabilidad. Estoy abandonando a mi amigo cuando me necesita. Pero tenía planes, y se lo dije, así que él lo sabía. Ni modo.

* * *

Antes de ir a la casa de Becca, tengo que arreglarme. En este momento no estoy arreglada. Sobre todo, porque Becca siempre lleva ropa que emite, no sé, onda de *soy cool sin esforzarme*. Oh, ¿una camiseta de talla grande sobre unos *shorts*, para que parezca un vestido? Sin problema. ¿Una polo *vintage* sobre unos jeans anchos? Normal. Ella no *busca* verse bien, pero verse bien se le da siempre.

De modo que... ¿qué diablos puedo ponerme que funcione para pasar el rato y tomar fotos, pero que *también* sirva como disfraz para la fiesta de Hari? (Es una fiesta de Halloween, en teoría). Quizás debí haber pensado en esto antes.

Recorro mi armario, sintiéndome más abatida con cada prenda.

Nada en mi guardarropa combina. Nada parece *adecuado*.

A menos que...

Me agacho al lado de mi cama y busco por debajo, apartando calcetines perdidos, un diario donde nunca he escrito y la funda de una vieja cámara de fotos, hasta alcanzar una caja de plástico con ropa. Ahí es donde guardo cosas viejas que me han gustado tanto que las he gastado y ya no puedo ponérmelas, pero *sé* que metí ahí la ropa que me regalaron mamá y papá en mi último cumpleaños.

Después de buscar en el interior, encuentro lo que busco en el fondo: un jumper a cuadros y una camisa blanca de mangas largas sin hombros, arrugada, pero sin usar. No se parece en nada a mi ropa habitual. Y, como esta noche estoy buscando algo diferente, tal vez funcione. Si me preguntan, diré que soy una extra de la película *Clueless*, o una estudiante de escuela privada.

Voy a la cocina con la ropa en la mano, y saco la tabla de planchar del rincón entre el refrigerador y la despensa.

Tengo que revivir el conjunto para que no parezca que estuvo guardado hecho bola bajo mi cama durante meses. Encuentro la plancha bajo el fregadero, y la enchufo.

El inconfundible chirrido que hace nuestra antigua tabla de planchar cuando la abro debe haberle indicado a la abuela lo que estoy haciendo, porque antes de que me dé cuenta está apartando mis manos de la plancha y de la ropa.

—¡Deja que me ocupe de esto! —dice.

—No hace falta.

—Me tardo un minuto —insiste, ya presionando el metal caliente contra la tela, y alisándola—. ¿A dónde vas esta noche?

—A ningún lado especial. Solo tomaré unas fotos para una amiga, y luego iré a casa de Hari —digo, omitiendo a propósito la parte de las docenas de personas que estarán allí, la bebida y la marihuana—. Puede que regrese un poco después de las diez.

La abuela vacila, me entrega el jumper recién planchado y pone la camisa sobre la tabla.

—Bueno, no quiero que te quedes en su casa hasta muy tarde.

—No llegaré tan tarde. ¿Tal vez a medianoche? —Cuando mi abuela me mira, protesto—. ¡Leo puede estar afuera hasta la medianoche!

Ella levanta las cejas.

—¿Sí?

—¿No lo sabías?

La abuela alisa la camisa en la tabla de planchar.

—Supuse que era hasta las diez, como tú.

—No. Y no me parece muy justo que mi hermano pequeño pueda quedarse fuera hasta más tarde que yo —digo con un suspiro—. ¿Podemos mover mi hora hasta la medianoche, como la suya?

—No sé. Esa es una decisión que tu mamá y tu papá deben tomar.

—Pero ¿por qué?

—Son tus padres.

Una afirmación sencilla y veraz, que hace que la frustración burbujee en mi interior. Eso es lo que me han dicho una y otra vez durante años, como supuesta explicación obvia de por qué mi vida está configurada de forma tan fracturada. Vivo aquí, pero acato las normas establecidas por la gente de allá. Sin hacer preguntas. Somos una *familia*.

¿Y si estoy harta de aceptar cómo son las cosas sin decir nada?

Elijo mis siguientes palabras con cuidado, para no provocar una pelea, pero sin poder tragarme el enfado como suelo hacer.

—Creo que deberían ser ustedes quienes decidan cuándo puedo volver a casa —digo—. Sobre todo, porque las normas sobre la hora de regresar son del todo injustas.

Mi abuela reflexiona.

—Sí me parece injusto.

—Y sexista —añado.

Ella levanta la camisa con delicadeza, para ver su trabajo, y me la tiende.

—Pues medianoche, ¿está bien?

Mis labios se abren en una gran sonrisa.

—Medianoche. ¡Muchas gracias, abuela!

La abrazo.

—Bien. Pero ten cuidado. Hay mucha gente imprevisible ahí fuera, y el fin de semana de Halloween me pone nerviosa —dice, frotando mi espalda—. Pero confío en ti.

Me retiro, casi mareada por la victoria.

—Gracias.

—Diviértete esta noche —dice.

—¡Lo haré! —digo, y me dirijo a mi habitación para cambiarme.

Me siento victoriosa. Tengo ganas hasta de bailar. Por primera vez en mi vida, mi abuela, la mujer que me crio, ha tomado una decisión importante sobre mí. No me había dado cuenta de lo mucho que me había pesado eso hasta ahora.

Es cierto que esto podría causar algo de fricción entre la abuela y mamá: a veces, ellas se pelean cuando parece que la abuela trata de tener cierta autoridad en mi vida, pero ya era hora. Solo me arrepiento de no haber sacado el tema antes.

Cuando me pongo la camisa y el jumper, todavía están calientes por la plancha, y se sienten muy acogedores. Me pongo los pendientes de aro en las orejas como un extra.

Doy por descontado que, cuando me mire al espejo, me sentiré una impostora. Pero no me siento así.

Tal vez es la emoción de poder regresar a casa más tarde, o tal vez, que por fin me he defendido (aunque no sea nada vital), pero cuando me miro en el espejo, ¡luzco bien! Mis hombros de bronce se asoman por la camisa, el jumper se ciñe a mi cintura y cae en cascada sobre mi vientre. Me hago un nudo en el pelo, y completo el *look* con calcetines por encima de la rodilla y mis Doc Martens. Estoy lista.

Allá voy.

Capítulo nueve

Le pido prestado el coche a mi abuela, y programo la dirección de la casa de Becca en mi teléfono, siguiendo sus indicaciones, mientras me emociono por lo que sea que vaya a pasar esta noche. No lo sé. Tal vez solo quiero que Becca me *vea*, no como la chica con quien trabaja, ni como quien la molesta para tomarle fotos, sino como quien de verdad soy: Kat.

Esta noche podría ser. Eso espero, en cualquier caso. En serio, quiero ser su amiga *de verdad*.

Al acercarme a su casa, me doy cuenta de que vive en la parte rica de la ciudad. Su complejo de apartamentos parece una versión más pequeña de la típica casa de un *influencer*, con pagodas y balcones y palmeras y una piscina y un jacuzzi. *Bien*, Becca. Me alegro por ti.

Una vez que me estaciono y localizo su unidad, le envío un mensaje de texto para decirle que he llegado.

La puerta se abre un momento después, pero no aparece Becca. Es una chica afrolatina menuda, con la mitad del pelo recogido en la parte superior de la cabeza y la otra mitad libre, cubierto de lo que parece un tinte rojo.

—¡Hola! —dice con calidez.

—¡Deprisa! —oigo la voz de Becca desde lo más profundo del apartamento.

—¡Ya voy! —grita la chica.

Luego se adentra por el largo pasillo. Cierro la puerta y la sigo, un poco abrumada por lo espacioso, moderno y *caro* que parece el lugar.

La chica gira a la izquierda, y yo también, hasta dar con un baño de mármol blanco con bañera y ducha independientes. Debe costar una pequeña fortuna vivir aquí. Recuerdo un poco que Becca mencionó que su padre es un político o algo así en el este del país, así que, si la ayuda económicamente, supongo que tiene sentido. Dios sabe que lo que ganamos en el refugio de perros no nos alcanza para nada.

Becca sostiene su teléfono, sentada con las piernas cruzadas en un amplio tocador; su amiga se sienta en un cojín redondo, justo delante de ella. Al lado de Becca hay un surtido de artículos de belleza, entre ellos un tazón y un cepillo cubiertos de la misma sustancia viscosa roja que hay en el pelo de su amiga.

—¡Hola, Kat! —dice Becca, con voz alegre—. Oh, Dios mío, ¡te ves muy linda! Pero llegaste muy temprano.

Becca deja atrás las palabras amables con tanta prisa que apenas tengo tiempo de digerirlas. Le dedico una sonrisa tímida.

—Oh, lo siento.

—No, no, está bien. Así nos acompañas en la diversión. Cora se está tiñendo de un precioso tono rojo —explica con voz cantarina—. Y yo estoy ayudando. Más o menos.

—Me está grabando —explica Cora mientras se pasa el cepillo por un rizo.

Becca sonríe.

—Cora es una *beautuber*, una *influencer* de belleza.

Su voz suena juguetona. Cora pone los ojos en blanco.

—Odio cuando lo llamas así.

—¿Cómo se supone que debo decir? Haces videos de belleza. Kat, ¡Cora es famosa en YouTube y TikTok!

—¡Puedes decirlo así! No tienes que decir *beautuber*. Eso me molesta.

Cora tiembla con dramatismo. Becca se encoge de hombros.

—Tienes razón —dice, mientras sostiene su teléfono para filmar a Cora, que parte y secciona sus rizos.

—He estado tratando de convencerla de que le ponga fin a la pausa de redes sociales que se ha impuesto, y se anime a salir en el video conmigo —dice Cora, mientras Becca empieza a pintar otro rizo oscuro de rojo—. Ya sabes, que vuelva a sus días de gloria.

—Co-ra.

La voz de Becca tiene un tono imperioso. Cora frunce el ceño.

—Lo siento.

—¿De qué me perdí? —pregunto.

Ambas intercambian una mirada, y Becca suspira.

—Bueno, ya díselo.

—Becca también solía estar en YouTube —explica Cora—. Era, digamos que famosa.

—En realidad, no. Pero, sí, solía formar parte de la comunidad de la belleza. —Becca se encoge de hombros—. Lo que sea.

Solo que no es lo que sea. Mi mente zumba con esa nueva información. ¿Becca solía ser una exitosa YouTuber? ¿Cuándo? ¿Por qué nunca me lo dijo? ¿Por eso ahora está tan en contra de las redes sociales?

Cora me mira por el espejo.

—"Lo que sea", dice la chica que tenía miles y *miles* de fieles seguidores.

—Sí, bueno, llegó a ser demasiado —dice Becca con voz firme—. Pensaba en el número de vistas todo el tiempo; no importaba dónde estuviera o lo que estuviera haciendo, solo me interesaba el *contenido*, las *métricas* y el *crecimiento*. Me pasaba horas moderando comentarios, horas. También era muy consciente de mi aspecto, y eso me llevó a un lugar muy oscuro. Lo peor de todo es que me dejé llevar por el drama y los grupitos. Los malditos grupitos.

Cora asiente.

—Hay muchos grupitos.

—Sí. Acabé teniendo una gran pelea con otra chica que *creía* que era mi gran amiga, y entonces lo dejé. Borré mi canal y decidí dejarlo todo. Lo abandoné todo. —Becca le da un codazo a Cora—. Excepto a ella.

—¡Gracias a Dios que no me borraste! —dice Cora.

—Eres increíble. El resto no fue bueno para mi salud mental, por decirlo de manera suave. ¿Sabes cuántos hombres asquerosos me enviaban mensajes? ¿Lo difícil que es conseguir dinero de patrocinadores? A la mierda con todo eso. No tengo ningún deseo de volver a ese estilo de vida.

Becca luce decidida.

—Siento mucho que te haya pasado eso —aventuro a decir, conmocionada.

Becca me hace un gesto con la mano.

—Para mí, es otra vida.

—Aun así, parece que fue algo muy, muy feo.

Cora asiente.

—Sí que fue una mierda. Sobre todo, porque Becca era *increíble* creando *looks*. ¡Hacía tantos cambios de imagen en su canal! Iba a Panera o lo que fuera, y se los hacía a cualquier chica. Era fascinante. Era una artista.

—Bueno, ahora me limito a maquillar mi propia cara —dice Becca con firmeza—. A veces echo de menos maquillar a otras personas, pero eso es lo único que echo de menos.

Nos quedamos calladas. No puedo creer que Becca nunca compartiera nada de eso conmigo, *sobre todo* sabiendo lo obsesionada que estoy con las redes sociales. ¿Se sentía avergonzada? ¿O solo está traumatizada por lo que sea que le haya sucedido? Debe haber sido una experiencia muy estresante para alejarse de miles y miles de seguidores.

Casi me molesta que haya renunciado con tanta facilidad. Daría cualquier cosa por ese tipo de visibilidad.

Aparto ese pensamiento al ver que el rostro de Becca se ha puesto más sombrío. Tal vez pueda animarla.

—Pues... soy un lienzo en blanco. —Hago un gesto hacia mi cara—. ¿Quieres volver a los viejos tiempos?

—¡Dios mío, *hazlo!* —grita Cora.

Becca sonríe y deja el teléfono.

—Bueno. ¿Sabes qué? Sí. Será divertido.

Cora observa su cabello, terminado, en el espejo.

—Mientras ustedes hacen eso, yo voy a traer algo de beber.

—Hay soda con alcohol en el estante de abajo —le dice Becca.

Luego me saca del baño y me lleva por el pasillo. Entramos a su dormitorio, donde hay otro tocador, cubierto de maquillaje y bien organizado.

—Estoy un poco oxidada —confiesa.

Sonrío mientras tomamos asiento en el banco del tocador.

—Supongo que es bueno que nunca me haya maquillado nadie, entonces.

—Por suerte para mí.

Becca se sienta y se acerca para estudiar mi cara, y de repente me siento expuesta. Estamos sentadas juntas. Compartimos el mismo asiento. Nuestras rodillas se tocan. Becca gira mi barbilla hacia un lado y otro, con suavidad, con sus dedos en mi mandíbula, y una pequeña descarga de electricidad me recorre el cuerpo.

Cora aparece con las bebidas. Ella y Becca levantan sus copas.

—Salud —dice Cora.

Brindamos, y bebo un gran sorbo frío. Lo necesito. Cora sale de la habitación para enjuagarse el pelo.

Becca se acerca con un lápiz de ojos negro en una mano, y yo respiro el olor tropical de su protector solar. Cierro los ojos y siento cómo el lápiz de ojos se desliza experto por mis párpados, estremeciéndome un poco cuando su cálido aliento me hace cosquillas en el cuello.

Finjo que no pasa nada, que mi pulso no se ha acelerado, que no siento nada cuando nuestras piernas se tocan, que definitivamente no estoy un poco... metida... en lo que sea que esté pasando.

Unas cuantas respiraciones tranquilizadoras me hacen sentir bien. Espero que no se haya dado cuenta.

—Bien. ¿Qué te parece? —dice Becca, pasados unos minutos.

Vuelvo a mí y observo mi reflejo. Becca me ha puesto rubor de color durazno en las mejillas y las clavículas, me ha maquillado las cejas, me ha dibujado un ojo de gato oscuro que ayuda a alargar los párpados y, para terminar, me ha puesto un brillo de labios de tono natural. Me veo increíble.

—Oye, Becca. Eres buena —digo. Estoy maravillada conmigo misma, y giro a un lado y a otro frente al espejo—. ¡Este brillo! Es súper. ¡Tan luminoso!

Becca me tiende el tubo.

—Se llama Azúcar Morena. Y es tuyo. El brillo nunca me ha quedado del todo bien —dice. Y antes de que pueda protestar, añade—: ¿Quiere que le hagan algo más en el salón, señora?

Me río, pero siento la garganta un poco seca. Su radiante calidez se siente... muy bien.

—No creo... Quiero decir, si pudiera averiguar cómo hacer que mi pelo se comporte, eso estaría bien. Pero es un desastre ahí arriba. *No* querrás que me lo suelte.

—Oh, yo puedo ayudarte con eso —dice Cora, que ha aparecido en la puerta.

—¡Cora sabe mucho de peinado y maquillaje! —dice Becca, animándome—. Cuéntale tu problema y ella podrá solucionarlo.

—Oh, bueno... es que tengo el pelo un poco *encrespado*... —le explico—. No sé, es que nunca hace lo que quiero que haga. Veo a muchas chicas que tienen sus rizos acomodados, y los míos no me hacen caso.

—¿Cuál es tu rutina? —pregunta Cora.

—¿Rutina? —repito.

—Sí, tu rutina de peinado. Por ejemplo, ¿usas una toalla de microfibra para quitar el exceso de agua? ¿Te secas al aire? ¿Te lavas el pelo con acondicionador, o usas champú sin sulfatos? —pregunta Cora—. Yo me lavo el pelo con un acondicionador sin sulfatos, para que mis rizos puedan absorber mucha humedad, pero no es para todo el mundo. Eso, y un poco de gel, me han cambiado la vida. —Cora hace una pausa para reírse—. Pero, por la mirada que tienes, creo que te he asustado con toda esa información.

Dejo escapar una pequeña risa avergonzada. Sí, claro.

—¿Es tan obvio? O sea, solo me lavo el pelo con lo que compra mi abuela, lo cepillo y ya está.

A Cora casi se le salen los ojos de las órbitas.

—¿Te cepillas el pelo? *¿Tu pelo hermoso y rizado?* ¡Oh, no!

—¿Qué hay de malo en eso? —pregunto, abriendo los ojos.

Siento que he estado haciendo algo vergonzoso, sin siquiera saberlo. Para ser justos, soy la única mujer de mi familia con este tipo de pelo. ¿Cómo iba a saberlo?

—Si tienes el pelo rizado, *no* necesitas cepillarte el pelo —me explica Cora—. Eso solo hará que se encrespe.

—¿Por eso mi pelo siempre parece una mierda?

Becca se ríe.

—¡Kat! Para, no parece una mierda.

—Oh, sí parece una mierda. Aquí sí que no opines —digo—. Por eso los peinados recogidos son mis mejores amigos.

—Bueno, a partir de ahora, en lugar de secarte el pelo con una toalla y luego *cepillarlo*, utiliza una camiseta para envolverte el pelo después de la ducha; exprime el agua sobrante, luego añade un poco de gel y déjalo secar al aire —explica Cora—. Te juro que *te cambiará la vida.*

—¿Sí? —pregunto, aunque no veo cómo voy a recordar todo eso.

¿Cambiar la rutina capilar de toda mi vida? ¿La que me enseñó mi abuela? Claro, genial. Me encanta el cambio.

—Sí. Lo mejor sería que al final te pasaras a una toalla de microfibra, pero una camiseta te servirá. De todos modos, te vamos a mostrar cómo hacerlo —dice Becca.

—Creo que estoy bien así —protesto.

—¡Vamos, Kat! —me ruega Cora—. ¡Por favor, por favor, por favor!

Estas chicas, que saben lo que hacen, que están seguras de sí mismas, que parecen saber con exactitud quiénes son, están tratando de acercarse a mí. De compartir el momento. De hacer lazos de afecto. Y me gustaría saber cómo cuidar mi pelo.

—Está bien —digo por fin—. Hagamos el paquete completo.

Cora da una palmada.

—Bec, ¿puedes prestarnos una camiseta para el pelo de Kat?

—La busco —dice Becca, y sale corriendo de la habitación.

Antes de darme cuenta, estoy de vuelta en el baño, tengo una toalla envuelta alrededor de los hombros, para no mojarme, y me he soltado el pelo y lo he dejado caer en el lavabo.

Cora me da un masaje en el cuero cabelludo con un poco de champú y acondicionador de Becca, el cual, aunque en realidad no es el que debería usar, porque la textura del pelo de Becca es diferente, según Cora ayudará a mi cabello, ya que no necesito productos de alta gama para que mis rizos cobren vida. Me asegura que tiene un video explicando todo eso en su canal.

Tras enjuagarme bien, Cora utiliza la camiseta para exprimir parte del exceso de agua de mi pelo, haciendo un movimiento de estrujado, como ella lo llama. Me dice que extienda mi pelo frente a mi cara y que trate de estrujarlo. Lo hago.

Para mi sorpresa, incluso mojados, los rizos de mi pelo empiezan a tomar forma.

—Ahora, un poco de gel —dice Cora.

Becca le da una botella.

—Solo encontré esto, pero debería funcionar.

Cora me echa un chorrito en la palma de la mano.

—Frótate las manos, luego estruja tu pelo con ellas, échalo hacia atrás y déjalo secar al aire. ¡Y ya está!

Sigo sus instrucciones y me miro en el espejo.

Tengo una toalla húmeda colgando y algunas manchas de humedad en el jumper, pero mi pelo, por lo general poco cooperativo, propenso a tener pelitos voladores, quebradizo y seco, tiene muy buen aspecto. Incluso, algunos rizos son *perfectos*; están húmedos y todavía un poco caídos, pero están ahí.

—¿Y bien? —pregunta Cora.

—¡No lo puedo creer! —digo, tocando uno de los rizos que ya está subiendo en espiral—. Santo *cielo*.

—¡Kat! ¡Se ve hermoso! —grita Becca.

—¡Cora hizo un buen trabajo! —digo, emocionada.

—Sí que lo hizo —dice Becca, y estira la mano para tocar el rizo en espiral cerca de mi cara. Sus dedos rozan mi mejilla, y una pequeña sacudida de electricidad me recorre. No sé qué está pasando, pero ¡está bien!—. Qué bonito. Toma, ¿quieres retocar tu rímel antes de irnos? —Me da una varita de rímel—. Voy a trabajar en mi propio maquillaje para nuestra sesión, ¿de acuerdo? —Ahora me aprieta el hombro, y mi piel se vuelve fuego—. Ya vuelvo.

Tras un pequeño saludo con la mano, Becca desaparece con un bolso de maquillaje, y me siento un poco agradecida, porque mi corazón apenas acaba de recuperar su ritmo normal.

En serio, ¿qué me pasa? ¿Sentimientos agitados, pulso acelerado, corazón palpitante? Uno pensaría...

Casi me pincho el ojo con la varita del rímel.

Porque no puede ser. No puede ser.

¿Verdad?

O sea. Está Hari, o lo que sea. Y, antes, algunos chicos. Siempre ha sido así.

Así que esto sería... Mmm.

Esta noche, al estar tan cerca de Becca, es como si la hubiera visto por primera vez.

Capítulo diez

El sol empieza a ponerse cuando Becca y yo subimos a su Jeep. Becca tiene el rostro maquillado, y lleva puesto un vestido verde de estilo bohemio que llega hasta el suelo. Nos despedimos de Cora, que ha cambiado mi vida capilar para siempre.

Suena música folclórica. Trato de escuchar, pero mi mente aún zumba un poco por lo que sea que haya ocurrido antes: soda con alcohol, olor a protector solar, roces inesperados.

Miro mi reflejo en el teléfono para distraerme. Lo admito: este maquillaje es lo que necesitaba. Junto con el bonito atuendo y los rizos impecables, soy una nueva yo. Sexy. Me gusta.

¿Quién diría que Becca tenía tanto talento para el maquillaje?

¿Quién iba a saber que era famosa en YouTube?

Tengo que buscarla. Mientras ella conduce, alejo mi teléfono de su vista y busco en Google. Su nombre no arroja mucho, solo algunos premios que obtuvo en su ciudad natal cuando estudiaba la preparatoria, pero buscando "Becca DuPont" y "belleza" y "YouTube" sí aparece algo: encuentro un hilo de Reddit titulado "¿Qué pasó con Belleza con Becca en YouTube?".

Confirmo lo que dijo Cora. El canal de Becca tenía miles de seguidores, y sus videos acumulaban *decenas de miles* de reproducciones. Tenía muchos seguidores, gente que esperaba sus nuevos videos, y luego, de la nada, su canal desapareció... y también todo rastro de Becca.

El texto de Reddit pregunta si eso podría estar relacionado con un grupo de *influencers* de belleza de YouTube que tuvieron una pelea épica. Hay algunos comentarios borrados y poco más en el hilo, salvo una breve mención a Cora Mitchell, la chica detrás del canal del mismo nombre.

Sin más pistas, reviso Instagram.

CORA MITCHELL:
470,712 SEGUIDORES Y LA PALOMA AZUL DE CUENTA VERIFICADA

Vaya. De verdad es famosa. Reviso rápido su perfil y veo publicaciones patrocinadas, colaboraciones con otros creadores de contenido famosos y un comentario (fijado) de una de las mayores *influencers* de todos los tiempos en el ámbito de la belleza.

¿Cómo pudo Becca dejar todo eso por una pelea?

Le doy Seguir a Cora, preguntándome por un momento si ella me seguirá a mí. (Sí, a lo mejor es patético, pero no puedo evitarlo). Entonces el coche frena y, cuando levanto la vista, me doy cuenta de que hemos llegado al parque Hart. Me apresuro a guardar el teléfono.

Becca apaga el motor.

—Entonces, ¿a dónde vamos?

—Empecemos por el río.

A principios de la semana le había explicado lo que quería lograr con la sesión, y confesé que esperaba poder fotografiar algunos de los pavos reales que viven en el parque.

—Gracias por hacer esto.

—No hay problema —dice Becca—. Sé lo importante que es un buen portafolio fotográfico. Algún día podré decir que te conocí cuando no eras famosa.

Salimos del coche y caminamos hacia el río. Los árboles amarillos, el paisaje seco y el agua que fluye forman un telón de fondo natural, aunque vaya a aparecer desenfocado en casi todas las fotos. Saco mi cámara y le pongo mi objetivo favorito (he tenido que trabajar muchos turnos en Una Pata para Todos para poder comprarlo, así que lo cuido como si fuera mi bebé) y ajusto la configuración. Luego tomo unas cuantas fotos de práctica.

Me agacho para probar la iluminación, ajustándome el jumper entre las piernas. No estoy muy acostumbrada a potencialmente mostrarle la ropa interior a los demás al agacharme, pero logro acomodarme.

—¿Qué opinas si primero tomo unas en las que salgas sonriendo? —sugiero.

Después, apenas tengo que dirigir a Becca; le he tomado suficientes fotos como para que ella sepa qué hacer, buscando sus mejores ángulos y probando nuevas poses. Ya que entramos en ritmo, me pierdo en lo que estoy haciendo y me olvido de todo lo demás: el pasado de Becca, la fama de Cora, la fiesta de Hari, la atracción que sentí antes. La sensación de familiaridad que experimento al estar detrás del objetivo, al encuadrar cada foto, al buscar un ángulo, me tranquiliza.

Nos tomamos nuestro tiempo y probamos en diferentes lugares del parque. El suave brillo del sol poniente da un resplandor angelical a las fotos. Se me ocurre una idea.

—Becca, ponte de espaldas al sol, ¿sí?

Ella frunce el ceño al mirarme.

—Siempre me estás sermoneando sobre cómo la luz nunca debe estar justo detrás del sujeto.

Sonrío. ¿Quién se hubiera imaginado que me prestaba atención cuando yo me iba por la tangente?

—Como regla general, sí. Pero la puesta de sol es tan hermosa que podemos sacar algunas fotos interesantes. ¿Qué te parece?

Becca da una palmada.

—Bien, ¿dónde me pongo?

Señalo el lugar donde me gustaría que se pusiera y describo la pose que quiero. Luego doy un paso atrás y miro por el visor. La forma en que se proyecta la luz hace que el sol ilumine su pelo, proyectando un halo dorado a su alrededor.

—¡Esto se ve súper bien!

—Por tu genio artístico —dice Becca, señalándome.

Pongo los ojos en blanco.

—Por favor.

Unos pocos disparos después, noto un movimiento en el borde de mi vista. Cuando me giro, veo dos pavos reales que se acercan a Becca. Ella me mira, con los ojos como platos.

—Está pasando —susurra.

—¡No te muevas! —le susurro, viendo cómo el pavo real macho camina unos pasos detrás de la hembra.

Si tenemos suerte, tratará de impresionarla y podremos ver un magnífico espectáculo de plumas verdes y azules. Unos minutos después, ahí está: el macho despliega la cola y la sacude con agresividad delante de la hembra, que no está nada impresionada. Lo siento, amigo.

—Híncate con una sola rodilla —le susurro a Becca.

Ella me hace caso, y me mira para pedirme más indicaciones. Alargo el cuello y le muestro la pose que quiero. Cuando Becca la ha conseguido, tomo unas cuantas fotos y las reviso en la pantalla de la cámara. ¡Sí! La adrenalina que siento cuando capturo la imagen perfecta es *todo* para mí.

—¡Lo tengo!

Becca se vuelve hacia el pavo real.

—Gracias, señor pavo real. Mucha suerte en su búsqueda del amor verdadero.

Luego camina de puntillas, hasta estar a una distancia segura para no asustar a ninguno de los dos pájaros, y corre hacia mí.

—¡Déjame ver! —dice.

Le muestro la foto más reciente, donde Becca aparece sobre una rodilla, con la otra pierna extendida hacia delante. El vestido cae sobre la hierba marchita de forma similar a la cola del pavo real.

—¡Kat! —casi grita Becca. Me agarra por los hombros y me sacude—. ¡Es perfecta! Oh, Dios mío.

—No creo que vayamos a superar eso —admito—. ¿Terminamos por hoy?

Becca asiente.

—Vámonos.

Meto la cámara en el bolso y me lo cuelgo del hombro.

—Debimos haber tomado algunas fotos de ti. Te ves muy bonita, Kat.

Me sonrojo ante el cumplido.

—Gracias, Bec. El maquillaje es todo tuyo.

—Pero es todo el *look*, ¡tu ropa!

—Oh, esto. —Miro mi atuendo, avergonzada—. Se supone que es un disfraz. Como de *Clueless*.

—¡Cierto! Halloween. ¡Qué tonta soy! De todos modos —responde Becca—. ¡Te queda súper bien! ¡Tienes lindas piernas, chica!

—En realidad, no... —sacudo la cabeza, pero me alegro.

—Créeme.

Subimos al coche y nos dirigimos al apartamento de Becca. Me siento muy bien con la emoción de una buena sesión de fotos, así que cuando pone su lista de reproducción de Spotify, canto con ella. Bailamos juntas en un semáforo y nos reímos. A nuestro alrededor, el cielo se empieza a oscurecer. Cuando llegamos a su casa, es más tarde de lo que esperaba.

Reviso mi teléfono y veo varios mensajes ansiosos de Hari, preguntando dónde estoy. Sé que tengo que ir para allá lo antes posible.

Pero primero tengo que pedirle a Becca que vaya conmigo. Después de lo bien que lo hemos pasado, me siento bastante segura de que la respuesta será afirmativa.

—¿Todo bien? —pregunta Becca, señalando mi teléfono.

—Todo bien. Pero...

—¿Qué pasa?

Y de repente se me acelera el corazón, como recordándome la soda con alcohol, el olor del protector solar, su suave tacto. *¡Te ves muy bonita, Kat!*

¿Tal vez...?

—Mi amigo Hari hizo una fiesta de Halloween. ¿Quieres

venir? No es algo grande. Este es mi disfraz —suelto, antes de perder la compostura.

Las cejas de Becca se levantan. Me mira como si fuera la cosita más dulce que ha visto.

Oh, no.

Oh... no.

—Eso es muy amable de tu parte, Kat —dice suavemente—. Pero tengo planes para esta noche. Además, tengo que admitir que sería un poco inapropiado que yo fuera a una fiesta de preparatoria. No se vería muy bien. O sea, estoy en la universidad. No quiero que la gente piense que soy una pervertida o algo así, ¿sabes?

Uf.

De pronto, el coche se me hace pequeño.

—Sí, claro —digo, tratando de que mi voz suene normal—. Por supuesto.

Becca sonríe.

—Me alegro. Y, oye, ¡gracias por lo de hoy! Tengo muchas ganas de ver las fotos nuevas. ¿Cuándo me las compartirás? Quiero decir, hoy no, claro, pues parece que tienes una gran noche por delante. Pero ¿tal vez mañana?

Asiento con la cabeza, no tanto por lo que ha dicho, sino más bien porque estoy ansiosa por salir del coche.

—Claro. Nos vemos.

—Seguro —dice Becca—. ¡Diviértete esta noche!

Cómo no. Algo me dice que eso no va a pasar.

Capítulo once

Lo que más quisiera es volver a casa, acurrucarme bajo las mantas y lamerme las heridas.

No es fácil ser rechazado por algo que ni siquiera sabías que querías.

Pero Hari.

Sus mensajes son cada vez más frecuentes, más desesperados. No se está divirtiendo. Siente pánico. Me necesita.

Y, si soy sincera, tal vez me haga sentir bien que *alguien* me necesite en este momento.

Dejo el coche de mi abuela en casa, guardo mi equipo fotográfico y les doy un abrazo rápido a mis abuelos antes de volver a salir.

En el corto camino hacia la casa de Hari voy recordando todo lo que ha pasado esta noche. Supongo que no sé lo que esperaba de Becca, pero estoy segura de que no era el torrente de emociones que sentí. Siempre hemos tenido una relación bastante amistosa, pero esta noche me ha provocado unos sentimientos *muy* inesperados... y luego. Puf.

¿Cómo pude haber sido tan tonta para siquiera pensarlo?

Cuando me acerco a la casa de Hari, puedo ver por qué está estresado. Hay coches estacionados por todas partes, y la música, las risas y los gritos se extienden hasta la calle. Es obvio que hay una fiesta. Qué discreto, Dev. Súper discreto.

Voy saludando con un ademán a toda la gente que reconozco de la escuela, aunque no son mis amigos, tratando de encontrar a Hari.

Pero me detengo en seco cuando veo a nada más y nada menos que Leo. Mi hermano pequeño.

Lleva una camiseta con un esqueleto, así que al menos se ha comprometido con el tema de Halloween. Él y sus amigos están de pie con Dev y los amigos de Dev, como si se conocieran. Yo no sabía que se conocían. ¿Cómo es posible que Leo esté aquí con sus gloriosos dieciséis años, riéndose y pasándola bien como si fuera su grupo?

Pero tal vez sí sea su grupo, de una manera que nunca entenderé. Desde que él entró en la preparatoria, la gente me pregunta si soy la hermana de Leo, aunque yo haya llegado primero. Debería ser al revés, pero yo no soy nadie. Algunos de nuestros compañeros de clase incluso se han reído en mi cara cuando se han enterado de que somos parientes, como si fuera una gran broma. Yo, gorda, con mi pelo rizado, fingiendo ser la gran cosa, pero con temor de no ser nada, y Leo, delgado, alto, de piel más clara, con el pelo desordenado, guapo y *de verdad* la gran cosa. Él no necesita fingir.

Hay una chica con orejas de conejo tomada del brazo de Leo. Supongo que es Chelsea, su novia. Se ríen con Dev, que está sin camisa, pero lleva un casco de bombero, como si eso contara como disfraz.

DEV SHAH:
10,403 SEGUIDORES

Barba que empieza a salir. Músculos. Guapo como Hari, pero para nada tan amable. Dotado de tanta confianza que debería ser ilegal. Un verdadero mujeriego, del tipo que publica fotos sin camisa, pero finge que no quiere que le digan lo atractivo que es.

Distraída, no me doy cuenta por dónde camino. *Literalmente* casi tropiezo con Marcus y Luis, quienes, como era de esperar, están intentando ligar con unas chicas vestidas de ángel y de diablo. Todos tienen vasos rojos Solo en la mano, y me queda claro que Marcus y Luis están concentrados en su extraño juego de intentar ligar.

Como anunciaron antes, Luis vino sin disfraz, y Marcus se ha vestido como Chris, de *¡Huye!*. Solo lleva una camisa de mezclilla, una camiseta gris debajo y su propia cámara colgada del cuello, pero de todos modos se comprometió, y se ve muy bien.

—¡¿Kat?! —exclama Marcus, con los ojos muy abiertos, cuando me ve.

Le da una fuerte palmada en el pecho a Luis para llamar su atención.

Luis se tambalea hacia él.

—Estoy un poco ocupado aquí, hombre.

—Tienes que ver esto —dice Marcus—. Kat, te ves...

Levanto las manos para detener las palabras que están a punto de salir de su boca.

—No lo digas.

Luis por fin aparta los ojos de la chica de pelo oscuro (la reconozco, es un año menor y se llama Xiomara) el tiempo suficiente para mirarme, y se echa a reír.

—¡¿Qué demonios has hecho?!

Mis mejillas se sonrojan, y me encuentro tirando de la parte inferior del jumper, para que luzca menos corto. La poca confianza que me quedaba se ve aplastada bajo el cruel sonido de las carcajadas de Luis y las risas de las chicas que están con él y Marcus.

Aprieto los puños.

—Vete a la mierda —le suelto.

Luis mira a la chica.

—Ella es muy bocona. Ni la escuches, Xiomara.

XIOMARA MARTÍNEZ:
722 SEGUIDORES

—Huye de él, mientras puedas —le digo.

—¡No te metas en esto, *Sánchez!* —silba Luis entre dientes.

—¿Podemos concentrarnos en lo que sea que es esto? —pregunta Marcus, agitando una mano hacia mí—. ¿Desde cuándo tienes piernas?

Al escuchar esto, la chica que está a su lado pone los ojos en blanco, toma la mano de Xiomara y trata de alejarse.

—No, espera, Ava. No he dicho que sean *bonitas*, yo...

—¡No, no, no, no! —dice Luis, tratando de detener a Xiomara.

Pero ella se encoge de hombros y sigue a su amiga, y ambas desaparecen en la fiesta.

Luis me fulmina con la mirada.

—¡Ay, cabrón! ¿Qué chingados te pasa?

—¿Qué chingados te pasa a *ti?* —grito—. ¡Te estás comportando como un imbécil!

—¿Porque no me gusta tu vestido?

—O sea, a mí no me molesta —media Marcus.

—¡No! ¡Porque Hari los necesita y ustedes están aquí tratando de ligarse a esas tipas en lugar de apoyarlo!

Y, sí, porque no te gusta mi vestido, pero no voy a admitirlo.

Marcus frunce el ceño.

—¿De qué estás hablando?

—En serio. No hemos visto a tu novio la mayor parte de la noche.

—*Exacto*. Estás en su casa y en su fiesta...

—La fiesta de Dev —interrumpe Luis.

—¿No lo has visto en toda la noche y eso no te preocupa? —le reclamo.

Marcus y Luis intercambian una mirada.

—Suponíamos que se lo estaba pasando bien —admite Marcus.

—¡Saben que se pone ansioso! —le digo—. Qué *buenos* amigos son ustedes dos.

—Fuiste tú la que se fue con *Becca* —me grita Luis, y subraya su nombre como si se tratara de una rubia tonta—. ¿No que ibas traerla? ¿Dónde está? No veo a la universitaria que prometiste por ningún lado.

Sacudo la cabeza.

—No pudo venir.

—Un poco sospechoso... —concluye Marcus.

—Muy sospechoso. ¿De verdad es tan genial Sánchez como para ser amiga de alguien que va a la universidad? Sabíamos que esa mierda era demasiado buena para ser verdad —declara Luis—. Qué pena, Sánchez. Qué mentirosa.

Y eso se siente como una bofetada en la cara.

Luis no tiene forma de saber que lo que ha dicho es muy cierto, y que confirma mis peores temores sobre mí. Que soy falsa. Que finjo. Que miento. Que no me quieren.

Después de que Becca me hiciera sentir totalmente rechazada, su burla arde más de lo que debería. Luis tiene razón. No soy tan *genial* como para ser amiga de Becca, la universitaria. No soy tan genial como para pasar tiempo con Dev y Leo. Ni siquiera estoy segura de ser tan genial como para estar aquí ahora, a pesar de que estoy en la casa de mi mejor amigo.

Ignoro el nudo en mi garganta.

—Voy a buscar a Hari. Les deseo suerte en la búsqueda de alguien con estándares tan bajos como para acostarse con ustedes esta noche.

Me doy la vuelta y corro hacia la casa.

Una vez dentro, me dirijo a la habitación de Hari y entro sin llamar.

Allí está: sentado en su cama, jugando con la piñata de papel maché que le regalé.

Hari me mira.

—¡Por fin! —me dice, bruscamente.

Hago una mueca, cerrando la puerta tras de mí.

—Ya llegué, ¿no? Por Dios.

—Lo siento. Pensé que llegarías antes.

Hari me lanza la piñata. Cuando la atrapo, descubro que a la sonriente calabaza le faltan dientes.

—¿Qué le *pasó?*

—He estado jugando con ella —admite Hari, señalando la basura.

Ahora veo dónde ha acabado gran parte del papel maché.

—Esta noche ha sido un desastre.

Pongo la piñata en su mesita de noche.

—¿Por qué?

—¿Has *visto* la cantidad de gente que ha aparecido? —pregunta Hari—. Alguien vomitó, y yo lo pisé. Derramé una bebida sobre algunas chicas. Intenté entablar conversación con una de las amigas de Dev que estaba pintada como un cuadro de Roy Lichtenstein, y ella *solo me miró* y se fue.

—Pues... eso suena muy mal —admito—. ¡Pero no hiciste nada! Suena a que ella es una pesada.

Hari suspira.

—¿Qué importa? No conozco a nadie ahí fuera, Kat. Todos están aquí por Dev, y está claro que no me quieren cerca.

Sonrío un poco.

—No creo que estén aquí por Dev. Creo que vienen sobre todo por la bebida y la posibilidad de ligar.

Hari gime, enterrando la cara entre las manos.

—¿Por qué es tonto mi cerebro?

Me acerco a su cama y me siento a su lado.

—Tu cerebro no es tonto —le digo—. Dramático, sí.

Hari levanta la vista y me dedica una sonrisa cansada.

—Ver en mi casa a toda esa gente que conozco, pero que no conozco *de verdad*, mirándome como si fuera un tonto... no sé. Me puso muy mal. Y encima Luis y Marcus se comportan tan *suaves*.

—¿Crees que Beavis y Butt-Head son suaves?

Por fin Hari se ríe.

—En serio —digo—. Cuando llegué, parecían perros tratando de marcar su territorio. —Hago una mueca—. Era asqueroso. Deberían castrarlos.

—Sería lo mejor —asiente Hari, sonriendo—. Oye, ¿dónde está Becca? ¿No ibas a traerla?

Me encojo de hombros.

—Me dijo que no estaba interesada en una "fiesta de preparatoria".

Hari se encoge de hombros.

—Qué *salvaje*.

—Muy.

—Así al menos te tengo para mí —dice.

—Sí. Supongo que no tienes otra opción. Pero ¿dónde está tu disfraz?

Hari señala la etiqueta HOLA, ME LLAMO... que lleva en la solapa de su camisa, y que por alguna razón no he visto antes. Dice LARRY en letras mayúsculas. Me río.

—Genial.

—¿Y tú eres... una colegiala sexy? —pregunta.

Pongo los ojos en blanco, aunque me avergüenza admitir que no me molesta que me digan sexy.

—Estudiante de escuela privada o personaje ambiguo de piel morena de *Clueless*. Obvio.

—Claro, claro. Por supuesto. —Hari mete la mano debajo de su cama y saca una botella de Tito's—. ¿Quieres emborracharte y escuchar algo de música?

—Tengo una idea mejor. Vamos a emborracharnos y luego vamos a escuchar algo de música *allá afuera*. Ya sabes, en tu fiesta.

—No es mi fiesta —insiste Hari.

Sonrío, sintiendo que comienza a regresar algo parecido a mi confianza.

—Lo será después de que hayamos terminado.

Capítulo doce

Lo que pasa con el alcohol es que no lo he bebido muy seguido, y no tengo idea de cuánto es demasiado.

Así que tal vez terminé pasando de cero a la borrachera muy rápido. O tal vez me llevó tiempo. Sinceramente no lo recuerdo. Solo sé que estoy aquí y, *mierdaaaa*, se siente bien.

Tanto así que soy capaz de sacar a Hari de su habitación después de un par de canciones y dos tragos. Nos reunimos en el patio trasero con los demás, como si perteneciéramos al grupo, como si no nos sintiéramos cohibidos mientras la música suena y los cuerpos se balancean.

Luis y Marcus nos ven y preguntan si Hari está bien. Cuando ven que está bien, murmuran algo parecido a una disculpa por haber sido un poco groseros sobre mi vestido.

—*¡Es un puto jumper!* —es lo único que digo mientras agarro a Luis por los hombros y sonrío.

Entonces suena mi canción y me pongo a bailar.

¿Por qué no?

Al menos así, borracha, no me preocupa que Becca no me considere su amiga, ni las deliciosas sensaciones que sentí cuando me tocó, ni que mi hermano Leo sea tan odiosamente genial, ni que no pueda entender todo eso de "encajar", ni que mi familia sea un desastre, ni que Marcus y Luis no puedan darme un respiro. Todas esas tensiones se desvanecen con el ardor de una bebida barata al pasar por mi garganta.

De vez en cuando me descubro mirando a Leo, tan relajado como siempre, como siempre, siendo el centro de atención, pasándola bien en el círculo de Dev bajo los árboles de palo verde, y bebo un poco más cuando siento que me molesta.

—¿Qué estás mirando? —pregunta Hari, al notar mis miradas nada sutiles.

—A nuestros hermanos. Insoportables. —Sonrío y le agarro la mano—. Vamos.

—Kat, no, yo...

—¡Vamos a ir allí, te guste o no!

Tiro a Hari del brazo, y me sigue hasta el grupo donde están nuestros hermanos. Leo me ve y me saluda levantando un poco la mano. Le hago una mueca de saludo forzada y le doy un golpecito en el hombro a Dev.

Él se voltea.

—¡Ayyy, Sánchez! Mírate.

—Hola, Dev —digo.

—¿Te has vestido así esta noche solo para mí? No debiste hacerlo —se burla, y algunos alrededor se ríen—. Es por mis músculos, ¿verdad?

—Esta ropa —digo, señalando mi cuerpo— es para Hari. Pero, gracias. Es muy amable de tu parte. —Sonrío—. Hari va a tomar cerveza de cabeza. Así que, vamos.

Dev se ríe.

—¿*Hari* va a pararse de cabeza en el barril y tomar cerveza? —Dev mira a su hermano—. ¿Habla en serio?

—Sí —dice Hari con valentía—. Vamos.

—¡VA A BEBER DE CABEZA! —grita uno de los tipos que están con Dev.

De repente la gente canta "de cabeza, de cabeza" una y otra vez, mientras todos nos amontonamos en la cochera, donde encontramos más bebidas, comida, vasos rojos Solo y dos enormes barriles de cerveza.

—¿De verdad quieres hacerlo? —pregunta Dev.

Hari me mira, yo asiento con la cabeza, y él le sonríe a Dev.

—¿Por qué pareces sorprendido?

En un instante, dos compañeros de fútbol de Dev agarran a Hari y lo ponen boca abajo, mientras sus manos se apoyan en el barril. En ese momento me digo que no podríamos ser más blancos.

Pero ahora no hay tiempo para eso. Me arrodillo, agarro el grifo del barril y lo pongo delante de la cara de Hari.

—¿Estás listo? —casi grito por encima de la charla, la música y los gritos de apoyo.

—Métele —dice, y le pongo el grifo en la boca.

Todo el mundo empieza a contar.

Uno...

Ver a Hari engullir la asquerosa cerveza es muy divertido.

Dos...

Me estoy riendo mucho con la escena. Es una especie de experiencia irreal, extracorpórea.

Tres...

Todavía me estoy riendo.

Cuatro...

Pues ahora me estoy preocupando un poco.

Cinco...

¿Es posible ahogarse tomando cerveza de cabeza?

Seis...

Eh, vuelve a ser divertido.

Siete...

Hari gruñe, y yo lo tomo como señal para quitarle el grifo de la boca. Todo el mundo estalla en una fuerte ovación, y los chicos vuelven a ponerlo de pie.

—¡Eso, amigo! —grita uno de los chicos que había estado sujetando a Hari, mientras Hari se limpia la boca.

—¡No lo hiciste mal! —grita Leo.

—¿Solo has durado siete segundos? —pregunta Dev, antes de volverse hacia mí—. Lo siento mucho, Kat...

Está bromeando, pero veo que Hari cierra los puños y se acerca a su hermano.

—No le digas esa mierda.

Dev intercambia una mirada con uno de sus amigos, y se ríe.

—Está bien, Hari, cálmate.

Hari da otro paso hacia Dev.

—No es una puta broma.

—Oye, no pasa nada —digo, sujetándolo por el codo.

Hari se suelta y se lanza contra Dev, empujándolo con fuerza hacia el grupo de gente.

—*¿Qué carajo te pasa, hombre?* —grita Dev.

Dev empuja a Hari y lo manda hasta una mesa repleta de comida. Las papas fritas, los panes y los Takis vuelan por todas partes.

Me apresuro a ayudar a Hari a levantarse. Pero no necesita ayuda; está lleno de ira y adrenalina, y tiene los ojos fijos en su hermano.

—¡Vete a la mierda! —grita, y vuelve a golpear a Dev.

Dev golpea a Hari en la mandíbula.

Hay tantos gritos que ni siquiera creo que Hari escuche mis súplicas.

—¡Para! ¡Para! —le digo, y le doy un tirón de la camisa.

Entonces Leo agarra a Dev e intenta evitar que siga peleando, mientras otros chicos se apresuran a ayudar.

Aunque es difícil, al final conseguimos que los Shah se separen, y Dev le grita a Hari.

—¡Estás loco! Aléjate de mí.

—¡Nos vamos! —grito, lanzándole a Leo una mirada de agradecimiento.

Él me hace un gesto con la cabeza, y cuando me doy vuelta para dirigir a Hari hacia la casa, escucho a Leo gritar.

—¡Todos tranquilos! —dice.

—*A la mierda* con él —dice Hari en voz alta, volviéndose para mirar a Dev mientras nos dirigimos a trompicones a la casa.

Hari se frota la mandíbula, que ya está inflamada.

—Lo sé —murmuro, guiándolo a la cocina—. Siéntate.

Hari se deja caer en uno de los bancos de la isla de la cocina, observando a algunos de nuestros compañeros. Todos abandonan la habitación, dejando atrás platos de papel vacíos y vasos de plástico volcados.

—No vas a hacer ningún amigo ahora mismo —le digo en voz baja.

—Bien —replica.

Saco un poco de hielo del congelador y lo envuelvo en un paño de cocina.

—Para tu cara —le digo, y se lo aprieto con suavidad en un lado de la mandíbula.

Hari hace un gesto de dolor.

—Mierda, eso duele.

—Lo sé —vuelvo a decir, en voz baja—. ¿Qué demonios pasó ahí afuera?

—No sé —admite Hari—. Lo que te dijo me enfureció. Siempre se burla de mí de esa manera, no puedo soportarlo. Cuando estamos solos él y yo, es otra cosa, pero ¿en serio? ¿Delante de toda esa gente?

Asiento con la cabeza.

—Siento que haya dicho eso. Pero no era necesario que te enfrentaras a él de esa manera. ¿En qué estabas pensando?

—No sé.

—¿No sabes? Acabas de meterte en una pelea a puñetazos con tu hermano. ¡Tendrás suerte si alguien no llama a la policía!

—¡Está bien, Kat! —grita Hari—. ¡Tal vez no debiste haberte involucrado! No te metas en esto.

Frunzo el ceño y me alejo, llevando la bolsa de hielo en la mano.

—No me hables así —digo—. No es mi culpa que hayan sido unos estúpidos machistas.

Entonces los ojos de Hari se agrandan, y es como si volviera a ser el Hari que conozco, no el Hari cargado de testosterona que habla con los puños.

—Oye, no. Lo siento. —Hari me toma la mano—. Tienes razón. Solo estoy desahogándome. Lo siento.

Hari acerca mi mano a su mandíbula, recargándola en el hielo, y me mira con ojos cansados. Sus gruesas cejas están fruncidas en señal de disculpa, y me encuentro estudiando su rostro: sus largas pestañas, su piel suave y morena, su mandíbula, angulosa de un lado e hinchándose poco a poco por el otro, sus labios carnosos.

—De acuerdo —digo en voz baja.

Porque tal vez yo *avivé* ese fuego, al menos un poco. No sé en qué estaba pensando con lo del juego del barril de cerveza. Supongo que solo tenía la esperanza de poder lucirnos por una vez, de que Dev y Leo (y, seamos realistas, todos los demás presentes) no nos descartaran a Hari y a mí tan rápido. Por una vez, ¿no podemos ser parte del grupo?

—Esta noche se ha convertido en un desastre —dice Hari, como si escuchara mis pensamientos.

Asiento con la cabeza.

—Sí. Un poco. Lo siento.

—No, Kat. Tú no hiciste nada.

Nos miramos, y una mirada pensativa aparece en su rostro.

—¿Sabes? Ni siquiera te había dicho lo guapa que te ves.

Su cara se vuelve hacia mi mano, y siento que tiemblo.

Durante todo el día, lo único que quería era que alguien se fijara en mí. Y aquí está Hari, fijándose en mí.

—Gracias —digo, casi en un susurro, sin apartar la mano de su cara.

Hari me besa con suavidad el pulgar.

Tal vez fue que Hari me vio de verdad. Tal vez, el escozor del rechazo de Becca. Tal vez, la incesante burla de Luis y Marcus. Tal vez, el no saber qué hago. Tal vez, el alcohol. Tal vez, tal vez, tal vez.

Algo en mí me dice que lo bese.

Sé que no debería. *No debería.*

Me lo digo a mí misma, mientras me acerco a él, que huele a una mezcla de su colonia y cerveza barata.

Mientras se acerca y roza con sus dedos mi clavícula expuesta.

Mientras mi respiración se atasca en mi garganta.

Mientras dejo caer el hielo sobre la encimera y me inclino hacia su boca.

Mientras me envuelve en sus brazos.

Mientras sus labios tocan los míos.

No debería.

Pero lo hago.

Capítulo trece

—**Kat**... —La voz de Hari suena ronca cuando aparta sus labios de los míos.

—¿Sí? —digo sin prestar atención, queriendo volver a lo que estábamos haciendo y no interrumpirlo con ninguna charla.

—Estamos borrachos.

Su voz es suave, pero, aun así, la vergüenza me sube por el cuello. Frunzo el ceño.

—¿Y?

—Así que... ¿no pones atención en la clase del señor González? "No tomen decisiones imprudentes cuando estén bajo la influencia del alcohol". Lo ha dicho como cien veces desde el comienzo del semestre.

Frunzo aún más las cejas. El señor González, con su cara de idiota un tanto desagradable, no es en quien quiero pensar en este momento. Y ahora, después de mi *segundo* rechazo del día, ¿también voy a ser interrogada para ver si presto atención en las clases?

—Sí puse atención —protesto, molesta—. Pero no estamos tan borrachos, ¿o sí?

Hari me mira y sonríe. Nuestras caras están muy cerca.

—He bebido cerveza de cabeza, directo del barril.

—Cierto —digo.

Suspiro y me alejo de él. Hari me pone la mano en el brazo, y me atrae con cuidado hacia él.

—Quiero esto. Pero quiero que estemos, no sé, sobrios. Si vamos a hacer esto de verdad. Si... —Hari deja la última mitad de su frase colgando en el aire, llena de peso.

Trago saliva. Aunque nos hemos enrollado, nunca *nos hemos enrollado*. Y, teniendo en cuenta que nos las arreglamos para llegar a su habitación, que estamos en su cama, que él está sin camisa y que sus manos están en mis muslos, él tiene razón.

De repente, el peso de eso, el peso de todo el día, me cae encima, y una lágrima caliente rueda por mi mejilla. Y antes de que pueda detenerla aparece otra, y otra.

—Oye, no, no, no —murmura Hari—. Lo siento.

Me paso las manos descuidadamente por la cara para apartar las lágrimas, pero siguen saliendo.

—No eres tú, es todo. —Me separo de Hari y miro mis manos, que ahora están manchadas de maquillaje negro—. Es que he tenido un día muy malo.

Hari se agacha para recoger su camiseta del suelo, y me la da. Me limpio la cara con la camiseta, dejando en la tela arrugada en mis manos rayas de rímel, prueba sólida del día tan horrible que he tenido. Eso me hace llorar más.

—Mira esto —grito, tendiéndole la camiseta—. ¡También la estropeé!

—¡Es maquillaje! La mancha desaparecerá cuando la lave —asegura Hari.

—¡Ni siquiera sabía eso! No sé cómo delinearme los ojos perfectamente, ni sé sobre los *beautubers* ni sobre el acondicionador sin sulfatos...

—¿Acondicionador sin sulfatos? —repite Hari.

—Ni nada, nunca, sobre cómo ser una chica o cómo ser normal o como los demás. Ni siquiera tengo una familia normal, Hari. Mis padres me odian. ¡Mi propio hermano finge que no existo!

—Bien, pues únete al club.

Hari me dedica una media sonrisa, pero puedo leer preocupación en toda su cara. Me toma la mano con suavidad, como si estuviera hecha del mismo tipo de cristal que las figuritas que colecciona su madre.

—¿Qué pasa, Kat?

—No sé. No *sé*. —Entierro mi cara en su pecho—. He tenido un día horrible.

—De acuerdo. Entonces, cuéntame más. —Hari se acerca a su mesita de noche y levanta la piñata—. Mejor aún, díselo a él. Hace un rato me sirvió de mucho.

Al oír eso, suelto una carcajada.

—*Él* nunca te habría animado a pararte de cabeza en el barril de cerveza.

—Ahora tengo credibilidad en la calle, ¿sí? —se burla—. En serio. Habla conmigo.

Miro su camiseta de manga larga arrugada en mis manos; su cuerpo, con el torso desnudo y de tan buen aspecto que me hace querer más; mi jumper, torcido; mi camiseta, caída hasta dejar ver mi sujetador sin tirantes, y me doy cuenta de que soy un *desastre*.

Todo lo que podría contarle lo confirma: que fui a tomarle fotos a una chica que he malinterpretado, que estoy furiosa porque mi hermano menor es mucho más popular y más adaptado que yo, que no entiendo por qué a mis padres no les interesa que forme parte de su familia, que lo único que quiero es una familia normal, que Instagram me dice que todo el mundo tiene la vida mucho más resuelta que yo, que no he pensado lo suficiente en la universidad o en mi futuro, que Luis me ha llamado mentirosa y eso me arde más que mil cortes de papel, que me siento fuera de lugar todos los días de mi vida.

De hecho, todo eso hace que se me revuelva el estómago.

—Estoy bien —resoplo—. Solo estoy borracha.

Hari asiente.

—Está bien. Sí. Yo también. Te acompaño a casa.

Vuelvo a resoplar y, de repente, siento esa clara sensación de que la bilis me sube del estómago. Cierro los ojos y trago con fuerza.

—De acuerdo. Pero antes voy a vomitar.

—Mierda.

Hari salta de su cama y me pasa un cubo de basura justo antes de que vomite. Y no es un vómito bonito, si es que existe tal cosa.

Me siento como si estuviera en el puto *Exorcista*, expulsándolo todo, literalmente, durante quizás uno de los momentos más asquerosos de mi vida. Sin embargo, Hari me frota la espalda, y eso hace que empiece a llorar de nuevo.

—Todo está bien —susurra—. No pasa nada.

Hari sale de su habitación, y por un momento pienso "Bueno, eso es todo. Esta vez fui muy lejos".

Pero vuelve un minuto después con un vaso de agua y toallas de papel. Me limpio la boca con las toallas, y me la enjuago con el agua. Luego doy un gran trago.

—De verdad debería llevarte a casa.

Levanto el cubo de la basura.

—Pero tengo que limpiar esto.

—No —dice Hari, rebuscando en uno de sus cajones.

Saca una sudadera con capucha, y se la pone. Saca otra para mí, me la pone sobre los hombros y me tiende la mano.

—Vamos.

Sé que tengo un aspecto desastroso, así que cuando salimos del refugio que nos da su habitación me siento agradecida de que haya mucha menos gente dentro de la casa que antes. Parece que la mayoría se ha ido después de la pelea, y no los culpo.

Por desgracia, la casa está destrozada. Hay botellas abandonadas, bebidas derramadas y comida aplastada por todas partes.

—Oh, no.

—Dev puede ocuparse de eso —dice Hari, riéndose. Luego hace una mueca de dolor y se lleva la mano a la mandíbula—. Sobre todo después de lo que me hizo.

Salimos por la puerta principal, evitando el patio trasero, donde se oyen algunas risas, que de seguro pertenecen a Dev y unos cuantos aduladores divirtiéndose. Nos dirigimos hacia mi casa.

La fría noche de octubre me pone la piel de gallina. Me imagino que eso sienten quienes viven en un lugar donde las estaciones cambian de verdad, donde las hojas cambian de color y nieva, a diferencia de Bakersfield, donde las estaciones apenas se diferencian una de la otra: caliente, más caliente, de vuelta al calor normal y luego fresco.

Pasamos por delante de una calabaza destrozada sobre el asfalto; una de las casas de los vecinos parpadea con luces moradas y naranjas; otra está custodiada por un esqueleto inflable más alto que la casa. Mientras caminamos, me reconforta lo bien que se siente ir de la mano de Hari. No se la suelto, sobre todo porque siento que su mano es lo único que me ata a la tierra en este momento.

—Gracias por cuidarme —digo, interrumpiendo la tranquilidad de la noche.

Ya lejos de su casa, mi voz suena demasiado fuerte en la calle vacía.

—Por supuesto. Aunque... —Hari hace una pausa y me mira—. Estamos bien, ¿verdad?

Asiento con la cabeza, pero eso me marea un poco, así que me detengo.

—Por supuesto. Estamos bien.

Hari da un suspiro de alivio, como si lo hubiera estado conteniendo todo este tiempo.

—Bien. Es decir, *en serio* quería hacerlo. Pero siento que deberíamos... No sé. ¿Resolver esto primero?

—Sí —digo.

Pero no estoy poniendo tanta atención como debería. Solo quiero llegar a casa.

En el bolsillo de mi jumper zumba mi teléfono. Lo saco, rezando para que no sea un mensaje de texto de mi abuela. Todavía no es medianoche, así que en la *práctica* no me he pasado de la hora acordada, pero puedo verla encorvada sobre su iPad escribiéndome un mensaje con una tipografía enorme, solo para comprobar cómo estoy.

Pero los mensajes no son de ella. Son de Becca.

Becca: Sé que es súuuuuper tarde, pero quería decirte dos cosas rápido: Una, espero no haberte ofendido con lo de la fiesta. Erse

genial, pero ya sabes, ¡¡¡salir con los de preparatoria es un poco raro cuando estás en la universidad!!!

Becca: **Ash. Erratas.**

Becca: **Dos: les estaba contando a mis amigos sobre las fotos que me tomaste y todos nos MORIMOS por verlas.**

Becca: **¿Crees que puedas compartirlas conmigo mañana para mostrárselas?**

Becca: **Por calor.**

Becca: **Por favor.**

Becca: **Lo siento, fue el autocorrector.**

Becca: **Y EL VINO.**

Becca: **¡¡¡Grx!!! ¡Espero que tu fiesta haya sido divertida! ¡¡¡Feliz Halloween!!!** 🎃 👻 🦇

—Por favor, dime que no es abue —dice Hari, llamándola por el afectuoso apodo que le ha puesto.

—No, es Becca.

—Becca la Salvaje.

—Ella misma.

—¿Es... es Becca quien está detrás de todo...? —Hari me señala, mi pelo y mi ropa y todo mi aspecto.

Mis mejillas se sonrojan. ¡Que ya se acabe esta noche, por favor!

—Más o menos. Ella ayudó, sí.

—Quiero decir, ¡no hay nada malo en ello! Te ves muy guapa. Como indica mi...

—¡Para!

Hari se ríe y me toma de la mano.

—Bueno, paro, pero sí. En cualquier caso, te ves muy guapa.

—¿En cualquier caso?

Hari se mueve, incómodo, tratando de encontrar las palabras adecuadas.

—Solo quiero decir que el vestido es bonito, pero lo que llevas siempre también lo es. Se ve bien. Muy bien. Pero no es de tu estilo, ¿sabes? No sé.

Sé que intenta halagarme, decirme que no tengo que esforzarme para lucir bien, pero no quiero oírlo.

—Ni siquiera sé quién soy —murmuro.

Ya estamos en mi casa, y me siento muy agradecida. Al fin terminó este día de mierda.

—¿Vas a estar bien esta noche? —pregunta Hari.

—Estaré bien. Gracias por acompañarme a casa.

—Cuando quieras. —Hari me aprieta la mano—. Te enviaré un mensaje de texto.

Nos soltamos. Me despido levantando la mano y camino de puntillas por el patio trasero, abro la ventana sin pestillo de mi habitación y entro. Puede que me hayan permitido regresar más tarde a casa, pero los viejos hábitos son difíciles de erradicar.

Entonces me doy cuenta de que todavía tengo la sudadera de Hari sobre los hombros. La meto en el cesto de la ropa sucia, tomo mi bata de baño y me meto en la ducha.

Mientras me baño con tranquilidad, mi teléfono zumba. En cuanto salgo, lo reviso.

Hari: **¿Lograste entrar bien?** ♥

El emoji del corazón me envía a otro plano de la existencia. Porque ahora estamos justo donde empezamos. Aaaahhhh.

Le respondo con un simple y veloz: **Sí**.

Y entonces siento una nueva lágrima rodar por mi mejilla.

Esta noche ha sido *cualquier cosa* menos lo que esperaba.

Y ahora mismo siento que lo dejaría todo por ser otra persona.

De vuelta en mi habitación, intento dormir pero no lo consigo, así que saco mi cámara y empiezo a transferir las fotos de Becca a mi laptop. Por desgracia, otro pozo se forma en mi estómago al verlas.

Pero no me detengo. Cada foto de Becca en poses en ángulo, con la cabeza inclinada hacia atrás y riéndose, o con ese pavo real en la magnífica foto que concebí y capturé, y cuyo ambiente cuidadosamente creé, es un recordatorio de que algunas personas lo tienen jodidamente fácil.

Becca tenía la aceptación y la adoración que tanto ansío. Tenía al mundo diciéndole que era perfecta tal y como era. Lo tenía todo, y lo tiró por la borda. Y, para empeorar las cosas, estas fotos tan *impresionantes,* tal vez mi mejor trabajo hasta ahora, nunca siquiera se publicarán en ningún lado.

Dejo escapar un resoplido amargo. Ella no sabe lo fácil que lo tenía. Ella era alguien relevante. Alguien a quien la gente envidiaba. Alguien que le gustaba a la gente. *Alguien*, punto.

"Ni siquiera se merece estas fotos", me digo.

Y, ¿la verdad? Son mías, de todos modos.

Las concebí.

Las tomé.

Las edité.

Así que, de hecho, me pertenecen.

Capítulo catorce

Llaman con suavidad a mi puerta. Cuando abro un ojo, veo la mitad de la cara de mi abuela asomando por detrás de ella.

—¡Oh! —"murmura" gritando—. No quería despertarte, Kat. Solo quería saber si tenías hambre.

Suelo disfrutar la incapacidad de mi abuela para susurrar. Ella *cree* que está hablando bajo, pero en realidad sus palabras son como un grito ahogado.

Sin embargo, esta mañana, con la cabeza palpitante y el cuerpo desesperado por hidratarse, no me hace tanta gracia.

—Es muy temprano —protesto.

Mi abuela da un paso dentro de la habitación y sonríe.

—Es temprano, pero... tu abuelo hizo *omelets*.

Un *omelet* suena bien, y mi abuelo los hace con queso extra y una generosa rebanada de pan de agua, caliente y untada con mantequilla, al lado. Me siento como una mierda. La comida caliente seguro me hará bien.

Me froto la cara.

—De acuerdo. Estaré allí en un minuto.

La abuela levanta los hombros en un lindo encogimiento para indicar su emoción, y mueve los dedos.

—¡Te mantendremos el plato caliente!

Cierro los ojos, sin saber cómo voy a convertirme en la persona alegre con quien mi abuela disfrutaría su desayuno. Ni siquiera tengo la sensación de estar viva; estoy borrosa y sombría y... oh, carajo.

Me siento en la cama, y eso es una pésima idea: la sangre se precipita enseguida hacia mi cabeza. Todo lo de ayer se me viene encima y me golpea como un tren de carga.

La emoción de haber pasado tiempo con Becca.

Las mariposas.

El ardor del rechazo.

La ansiedad de ir a la fiesta de Hari.

La bebida. Oh, Dios, la bebida.

La pelea de Hari con Dev.

El encuentro con Hari que casi llega a sexo.

El final abrupto de ese encuentro.

La vergüenza.

El llanto.

Los vómitos.

Y, quizás lo más increíble de todo, el gran plan de *utilizar las fotos de Becca para lo que yo quiera*.

Me abalanzo sobre mi teléfono en la mesita de noche, que está casi muerto porque al parecer nunca lo conecté, y antes de que pueda desbloquearlo, veo...

Una avalancha de notificaciones de Instagram.

A hellolovely721, leegendaryone, itssashaaaaa y 470 más les ha gustado tu publicación.

Leah Tropp (leahtropp) comenzó a seguirte.

Star Wiley (writteninthestarz) comenzó a seguirte.

Greg The GOAT Batista (itsgregtheGOAT) comenzó a seguirte.

Y muchas notificaciones más por el estilo.

—Mierda, mierda, mierda.

Desbloqueo el teléfono y navego tan rápido como puedo hacia Instagram, con las manos temblando.

Entro a una nueva cuenta que tiene una foto de Becca sonriendo como imagen de perfil. El nombre de la cuenta es Max Monroe, como una *influencer* de Los Ángeles en todo su esplendor.

Tiro mi teléfono a la cama, como si estuviera repleto de hormigas coloradas.

Lo hice. Usé las fotos que tomé de Becca y *creé un perfil nuevo* en Insta.

¿Qué he hecho? ¡No puedo robarle la cara a alguien! ¡¿Qué clase de tontería es esa?! Becca *me mataría* si se enterara. ¿Quién hace algo así? Y... *¿Max Monroe?* ¿En serio, Kat?

Bueno, no hay que alterarse. Puedo borrar la cuenta. Ahora mismo. Nadie lo sabrá nunca.

Respiro profundo y me enderezo, tomo mi teléfono y lo desbloqueo una vez más.

Pero antes de ir a la configuración para eliminar el perfil, noto sorprendida que esta cuenta ya tiene 280 seguidores. ¡En tan solo unas horas! Hago clic en la única foto publicada.

Y ahí está Becca en su dorado esplendor bellamente iluminado, con el aspecto de una diosa del bosque que puede hablar con los animales.

También hay un largo pie de foto, con una larga cadena de *hashtags*, que dice:

La mujer de esta foto es poderosa. Elegante. Hermosa. Inspiradora.

La mujer de esta foto es privilegiada. Arrogante. Egoísta. Fría.

Lo es todo a la vez, reflejo del mundo que la rodea: del cielo, a veces sereno y a veces nublado; del océano, a veces tranquilo y a veces agitado; de la tierra, a veces exuberante y a veces rocosa.

Como todos, elige quién ser en función de cómo la trata el mundo.

Hoy el mundo es cruel, y ella también.

Tal vez mañana sea diferente.

Supongo que escribí eso anoche, en una suerte de desvarío introspectivo que me debe haber parecido bastante profundo. Aunque estoy segura de que estaba pensando en Becca cuando lo escribí, a la luz del día sé que se trata de mí, del revoltijo de emociones que soy.

Me desplazo y veo que hay algunos comentarios en la publicación.

Una persona puso tres emojis de fuego.

Me encanta el pavo real, dice otra persona.

Pero el tercer comentario me atrapa: *Estas palabras son hermosas. Bien dicho. Gracias.*

Una sonrisa tira de la comisura de mi boca. Sí, la de la foto es Becca, y está claro que Max Monroe es un "disfraz", como diría la abuela, y todo es solo una trampa.

Pero las palabras sí son mías.

—¡Kat!

La voz cantarina de mi abuela me saca de mis pensamientos.

—¡Ya voy! —grito, enchufando mi teléfono para que se cargue.

Puedo esperar un poco más para eliminar la cuenta.

* * *

Los famosos *omelets* del abuelo me restauran, y el pan caliente, untado con mantequilla, puede ser aún más curativo. Por lo menos, después de un poco de comida, agua y Tylenol, estoy mejor preparada para analizar lo que he hecho.

Y la lista es... larga.

Para empezar, volví a besuquearme con Hari, después de jurarme que no lo haría. (Obviamente solo me mentí a mí misma). Entre eso, el llanto, el regreso a casa y la tomadera de manos, las cosas con él se han complicado más que nunca. Ya he recibido un mensaje de **buenos días, reina**, como si estuviera ansioso por tener algún tipo de charla seria sobre ¿quéeee somos?, y puf. ¿Qué he hecho?

Le envío tres emojis de coronas como respuesta porque, ¿qué demonios se supone que debo decir? *Oye, siento que nos hayamos besado de nuevo, pero gracias por no dejarnos tener sexo porque en realidad NO estoy dispuesta a llevar esto más allá. ¿Mejores amigos?*

Ajá.

Sin duda, Hari merece mi honestidad. Sin embargo, fingir que las cosas son normales y que eso no ocurrió es mucho más tentador.

Y, por supuesto, todavía estoy lidiando con el rechazo de Becca, obviamente. Tengo diecisiete años y ella es una estudiante de primer año en la universidad.

Y luego está *esto*. Miro la metafórica bomba de tiempo en mi pantalla. Max Monroe, alias Becca Dupont, alias Kat Sánchez.

Mierda.

Pero... también es satisfactorio que la gente lea mis palabras y me *escuche*.

O sea, no estoy tratando de decir que este es el tipo de cosas que la gente debería hacer. Yo no robo la cara de la gente. No. Y mis mentiras suelen ser digeribles: vivo con mis padres, mi familia es perfecta, estoy a gusto conmigo misma, etcétera.

Esta sería una mentira para acabar con *todas* las demás. La reina de las mentiras. La Beyoncé.

Si siguiera mintiendo, quiero decir. Y no lo voy a hacer.

Sin embargo, me pregunto... ¿y si?

Reflexiono sobre cómo es posible que *esta* foto haya recibido mucha más atención que cualquier otra que haya publicado, aunque tiene el mismo estilo, pero el pozo de mi estómago me dice que ya sé la respuesta. Instagram, internet y el mundo parecen haber sido creados para las chicas blancas y delgadas.

Y se trata de *mis* pensamientos, después de todo, no de los de Becca. Es solo su cara la que tomo prestada para compartir mis verdaderos sentimientos. Ser vulnerable y abrirse sobre algunas de estas inseguridades no parece tan aterrador si se vincula a la cara de otra persona. Todo el mundo quiere a las chicas guapas, ¿verdad?

Encuentro una solicitud de mensaje en mi bandeja de entrada de Insta, y veo que la foto de Becca ha sido compartida por un fotógrafo neoyorquino con bastantes seguidores, y eso quizás ha ayudado a que la foto y la cuenta destacaran.

Navego a través de los Me gusta, los seguidores y los comentarios. Toda esa gente está respondiendo a Becca y a esta publicación, pero ¿les importaría si supieran quién está detrás de la pantalla?

¿Les importaría que es una chica que no tiene ni idea de quién es ni de lo que quiere?

¿Que tiene el cuerpo lleno de estrías? ¿Que se le queman los muslos con el roce de las piernas? ¿Que le cuelga, flácida, la barriga?

¿Que suele no sentirse suficientemente femenina?

¿Que uno de sus mejores amigos le recuerda a menudo que no es suficientemente boricua?

¿Que apenas puede hablar en lo que se supone que es su propio idioma?

¿Que no puede impresionar a sus padres? ¿O conseguir que la quieran? ¿Que la elijan?

¿Que se siente a veces como una extraña en su propia vida?

¿Que ve al resto de sus amigos en Instagram, Snapchat y Tik-Tok, o *lo que sea*, vivir, felices, sus vidas?

¿Que es tan insegura que se besa con su mejor amigo solo para sentirse querida?

Ahora hay más que unas pocas lágrimas. No quiero robar la vida de Becca.

Pero vuelvo a ese comentario donde me dan las gracias por compartir mis pensamientos, por ser vulnerable, y pienso que tal vez esté bien si la tomo prestada. Solo por un ratito.

Capítulo quince

Todavía sorprendida con la respuesta a la cuenta de Max Monroe, recibo un mensaje de la verdadera Becca. Al ver su nombre en mi pantalla, se me seca la boca y cambio a mi propia cuenta de Instagram, como si eso fuera a ocultar lo que he hecho.

Becca: **¡Hola, chica! Siento mucho la cadena de mensajes extraños de anoche. El merlot casi me deja fuera de combate.**

Becca: **¡Pero estoy súper ansiosa por ver las fotos! ¿Crees que me las compartirás en algún momento hoy? No quiero ser insistente, lo juro, pero estoy emocionada. ¡Siento que podrían ser las mejores fotos que hayamos tomado!**

Aunque el texto de Becca es bastante inocente, estoy convencida de que lo sabe. Lo sabe, ¿verdad?

Frenéticamente vuelvo a leer lo que acaba de enviar, buscando una pista de que ha descubierto mi mal comportamiento, pero no encuentro nada. Solo quiere ver sus fotos. "Así que respira, Kat. No pasa nada. Ella no lo sabe. Ni siquiera está en Instagram, ni en ningún sitio", me recuerdo a mí misma.

Con las manos temblorosas, respondo al mensaje: **¡Lo siento mucho! Las cosas se pusieron un poco locas anoche. Te las enviaré lo antes posible.**

Becca: **Igual, claramente. Avísame si necesitas algún remedio para la resaca.** ☺

Yo: **Jaja, ¡me estoy hidratando mientras hablamos! Pronto te mando las fotos.**

Cuarenta y cinco minutos después ya edité todas las imágenes, dejando de lado la perfección y conformándome con lo suficientemente bueno. Las subo todas a la nube y le envío a Becca un enlace.

Ella me escribe casi al instante.

Becca: **¡OMG! ¡Son aún mejores de lo que creía!**

Yo: **¡Me alegro mucho de que te gusten!**

Lo dejo así.

Próxima crisis: Hay varios mensajes de Hari que llegaron mientras editaba las fotos de Becca, y aún no le he respondido. Él, Dev y otros están tratando de limpiar la casa y de devolverla al estado prístino que tenía antes de que sus padres se fueran. Debería estar ayudando. ¿Y tal vez hacer de árbitro? Después de la pelea de anoche, será solo cuestión de tiempo para *El remix: Hari vs. Dev*.

Recorro el corto camino hasta la casa de Hari, y veo el coche de Marcus afuera. Bien. Él y Luis deben estar ayudando también. Después de echar un breve vistazo al patio delantero para ver si hay algo raro, entro y encuentro a los chicos llevando un gigantesco jarrón de cristal a la sala.

—Bájalo suave, a la de tres —da instrucciones Hari—. Uno... dos... tres... —El jarrón golpea con fuerza el suelo de madera oscura—. ¡He dicho con cuidado!

—¡Esta mierda pesa mucho! —protesta Luis.

—Oh, no, Luis tiene problemas para ejercitar sus musculitos —me burlo.

Todos se vuelven hacia mí: Marcus sonríe, Hari sonríe y Luis frunce el ceño.

—¿Quién ha invitado a esta pinche payasa? —pregunta.

—Vine a ayudar —digo—. Y a asegurarme de que no haya otra pelea.

Marcus se lleva dos dedos a la barbilla y entrecierra los ojos para mirarme, aparentando reflexionar.

—Corrígeme si me equivoco, Kat... pero ¿no ayudaste a *empezar* la pelea anoche?

Luis se ríe a carcajadas.

—Eso hizo —dice.

Frunzo el ceño.

—¿Cómo puedes saberlo? Ustedes dos estaban demasiado ocupados persiguiendo chicas como para preocuparse por nada.

—No nos culpes de que la gente diga que eres una instigadora —dice Luis, encogiéndose de hombros.

Lo fulmino con la mirada.

—La gente no dice eso.

Hari interviene antes de que Luis y Marcus puedan decir otra palabra.

—Todo es culpa de Dev, no de Kat. Y mía, supongo. Pero él se lo buscó —dice Hari. Se acerca a mí y se inclina—. Hola.

Creo que espera un beso en la mejilla. En cambio, le doy un medio abrazo.

—Hola —digo enseguida—. ¿En qué puedo ayudarte?

Hari me mira de reojo, pero no dice nada. Intento comunicarle con la mirada que lo siento y que quizás podamos hablar más tarde, pero no sé si mis ojos pueden decir todo eso.

—Dev y sus amigos están atrás, ocupándose de la cochera y lo demás —dice—. Solo nos queda el aparador.

Luis se queja.

—Esa cosa es muy pesada. —Muestra los músculos de sus brazos—. Necesito ahorrar fuerzas para poder estar bien para mi cita más tarde.

—¿Vas a levantar a la chica por encima de tu cabeza o algo así? —pregunto.

—Puede que sí.

—Bueno, pues necesitamos que alguien tome todas las cosas que van dentro del aparador y las ponga en su sitio. Tú puedes encargarte de eso, Luis —dice Hari—. Al menos creo que puedes. Dime si es demasiado difícil.

—Te ayudaré —le digo, y todos, incluido Luis, me miran—. ¿Qué?

—¿Vas a empujarme por las escaleras del sótano o algo así, Sánchez?

—¿No puedo ofrecerte ayuda, estúpido?

Por supuesto, mi verdadero motivo es evitar una charla seria con Hari.

Luis me mira de reojo.

—Bien... pero te voy a vigilar.

—Yo también —concuerda Marcus.

Para enfatizar, se señala los ojos con dos dedos, y luego señala los míos. Le hago una mueca.

Todos nos trasladamos al sótano. Hari y Marcus averiguan cómo subir el enorme aparador, y Luis y yo empezamos a subir algunos de los ángeles de cristal y otras figuritas. Él lleva un montón en los brazos, pero yo opto por una en cada mano. Ese chico es demasiado arriesgado para mi gusto.

—Por cierto, qué bien que hayas aparecido por fin —dice Luis—. Ya llevamos tiempo aquí.

—¿Crees que te mereces una medalla o algo? —pregunto.

—Tal vez sí —dice, subiendo las escaleras del sótano.

—Vas a quedarte esperando, entonces.

Coloco las dos tortugas que traigo sobre la mesa del comedor.

—Quiero mucho a la señora Shah, pero esta colección es un poco... bueno... ridícula —digo.

Luis dobla las rodillas para bajar con cuidado los cinco millones de figuritas que trae. Mira la seta antropomorfa con bigotes, el ángel con las manos metidas bajo la barbilla, el bebé que sostiene un corazón... y se ríe.

—Nunca he dicho esto antes, pero tienes toda la razón, Sánchez.

Yo también me río.

—Si algún día envejezco y empiezo a comprar un montón de estatuas diminutas como esta, por favor, mátame.

—Lo prometo —dice, solemne. Luego se lleva una mano a la nuca y mira el suelo, como si estuviera considerando algo—. Ehhh, perdona si fui demasiado duro contigo anoche. Estaba un poco borracho y me sorprendió tu ropa, aunque eso no es una excusa. Pero sí.

No me mira a mí, sino al tonto bebé.

—¿Estás seguro de que no querías lucirte?

Luis se mueve incómodo.

—Tal vez un poco —dice.

—Está bien —digo—. Perdona si he sido demasiado dura contigo por lo de Xiomara. No intentaba arruinarte el ligue ni nada por el estilo.

Me mira y sonríe.

—Oh, claro que *sí* lo intentabas.

Le devuelvo la sonrisa.

—Bueno, está bien. Tal vez. Pero me alegro de que no me haya escuchado.

—Yo también.

Quizás sea la primera vez que Luis me dice (sobrio, porque lo de anoche no cuenta) la palabra "perdón", y se lo agradezco. Sé que nuestra relación es más o menos un lío casi siempre, pero un poco de sinceridad aquí y allá ayuda mucho.

—Además, ya que estamos siendo sinceros y todo eso, ¿crees que podrías dejar de llamarme gorda todo el tiempo? —pregunto.

Luis parece sorprendido.

—Pero *tú* te llamas a ti misma gorda.

—Sí... pero lo digo más bien como una descripción de mi cuerpo —explico—. Cada vez que te escucho decirlo, creo que lo dices como si tuviera que desear la muerte o algo así. Se siente como si me estuvieras juzgando.

—¡Cielos, Sánchez!

—¡Lo siento! ¡Pero es la verdad!

Luis sacude la cabeza.

—No quería que pensaras eso. Solo creía... que estábamos bromeando, eso es todo. Pero no lo diré más si no te gusta.

—La verdad es que no —admito.

—De acuerdo. Por supuesto. —Luis me mira fijamente—. Pero te voy a seguir diciendo gringa.

Me río.

—Bueno.

—¿Chicos? ¿Un poco de ayuda? —grita Marcus.

Miramos hacia allá y vemos que él y Hari están tratando de inclinar el aparador para que quepa a través de la puerta del sótano.

Les ayudamos, teniendo cuidado de no rayar el suelo, y ubicamos el mueble en el lugar que le corresponde. Luis y yo bajamos de nuevo por el resto de las ridículas figuritas y las colocamos en su sitio.

Una vez que todo está en su lugar, examinamos la casa. Se ve bien. Hari nos da las gracias a todos, y Luis y Marcus se marchan de prisa, quizás para no tener que ayudar en otra cosa.

Y entonces solo quedamos Hari y yo y lo que sea que haya pasado anoche. Por la forma en que me mira, sospecho que espera que hablemos. Que hablemos en serio, no solo del encuentro que casi llega a sexo, sino de nosotros, de nuestro futuro, de lo que somos y de lo que queremos ser.

Quizás si yo empiezo no sea tan malo.

"Arráncalo como una curita, Kat", me digo.

—Quería darte las gracias por lo de anoche —digo—. Y también disculparme sinceramente por haber vomitado en tu cubo de basura. Me imagino que no fue divertido limpiarlo.

Hari sonríe.

—En realidad, lo dejé así para que tú te encargues de eso.

—¡Eh, para! —Le doy un empujón juguetón en el brazo—. Estoy tratando de ser amable.

—Claro, claro. Lo siento. Todo está bien, Kat. En realidad, siento que debería agradecerte. Estaba al borde de un ataque de pánico antes de que aparecieras.

—Sí, pero entonces lo empeoré todo. —Señalo con un gesto su mejilla, aún hinchada—. Te ves fatal.

Los ojos de Hari se abren de par en par, y se ríe, tocando con cuidado su mandíbula.

—Maldita sea, chica. Eres muy fría. *Fatal.*

Le devuelvo la sonrisa.

—Estoy agradecida de que hayas sido tan amable conmigo anoche. Está claro que yo también lo estaba pasando mal. Eres el mejor amigo más perfecto.

Cuando digo las palabras *mejor amigo*, siento que el brillo de esperanza en los ojos de Hari se apaga.

Tal vez sí sea fría.

—Mejor amigo —repite Hari.

Asiento con la cabeza, quizás con demasiado entusiasmo.

—El *mejor* amigo. El mejor amigo del mundo. Si hubiera un premio para el amigo más increíble de la historia, serías tú. Porque...

Él me interrumpe.

—¿Es porque no quise seguir anoche?

—¡No! Dios, no, en absoluto. Me alegro de que nos hayas detenido. Estábamos tan borrachos...

—Yo no estaba tan borracho.

—Bueno, yo estaba súper borracha y no pensaba con claridad, y en general tomé malas decisiones...

—Entonces, ¿besarnos fue una mala decisión?

—O sea, no fue malo, pero siento que no sé lo que pudo haber sucedido si hubiéramos seguido, y que eso sí habría sido horrible.

—Horrible —repite Hari.

Nada de lo que digo me sale bien, pero no puedo parar.

—No, no. No quiero decir *horrible* en el sentido de *asqueroso* o algo así, pero sí horrible en cuanto a que no habría sido algo muy bueno para nuestra amistad, porque con los besos ya nos hemos confundido bastante, y quizás debamos parar eso, ya que estamos mejor como amigos...

La última parte de mi frase sale de prisa, casi como una pregunta, como pidiendo permiso, aunque no es así como quiero que suene. Porque estoy segura. He tomado una decisión. No quiero seguir haciendo eso, sea lo que sea. Quiero que volvamos a ser el tipo de amigos que no se besan. Quiero que volvamos a la normalidad.

Hari se frota la cara con cansancio, dejando escapar un largo suspiro.

—Pensé que te gustaba, Kat —dice apenas con un hilo de voz—. Entonces todas esas veces que nos besamos fueron solo... ¿qué?

—¿Divertidas? ¿Agradables? ¿Calientes? ¿Y también un poco raras? ¿Y un montón de otras cosas? No es que no quisiera, incluso anoche. Por eso es tan confuso. —Tomo aire, tratando de ordenar mis propios pensamientos—. Es que... siento que no es justo para ti si seguimos haciendo eso sin comprometernos a algo más. No quiero hacerte daño, Hari. Así que, no sé. Creo que deberíamos volver a lo que éramos antes de este verano.

Las cejas de Hari se fruncen y sus ojos se tornan vidriosos.

Trago con fuerza, sintiendo una ligera punzada de lágrimas en el fondo de mis ojos.

—Lo siento.

Hari mira hacia otro lado.

Debería dejar de hablar. Seguir el ejemplo de Hari y también guardar silencio. Dejar que sienta sus sentimientos. Irme.

En cambio, algo me molesta. Hay palabras atoradas en mi garganta que parece que no puedo ignorar. Y de repente salen. Es una pregunta tan cruda que solo está hecha de desesperación y miedo.

—No vas a decir en la escuela que vivo con mis abuelos, ¿verdad?

Vuelvo a sentirme de cinco años mientras le hago esa pregunta, con el corazón palpitando, con miedo de que alguien lo sepa. De que sepan la verdad. De que descubran la mentira. De que se den cuenta de que solo estoy fingiendo. De que se den cuenta de lo rechazada que soy.

Y eso es todo. Esa pregunta que tengo el valor de hacer por fin lo rompe.

Cuando Hari me mira, su cara está transfigurada.

—¿En serio, Kat? ¿Me rechazas después de casi tener sexo conmigo y todo lo que puedes pensar es si voy a decirle a la gente que vives con tus *abuelos*?

Escupe la pregunta, cada palabra llena de ira, como si fuera tan repugnante que no puede creer que me haya pasado por la cabeza.

Mis mejillas se sonrojan al instante.

—No quería decir eso —digo en voz baja, con el calor subiendo por mi cuello y los hombros subiendo hasta mis orejas en un lamentable encogimiento de hombros—. Estoy perdiendo el control. No sé. Nunca nos hemos peleado y...

—¿Y crees que soy tan vengativo como para hablar de tu situación familiar? Vaya. —Hari niega con la cabeza—. No, Kat, no voy a contarle a nadie tu patético secreto. A la gente ni siquiera le importaría.

El veneno de sus palabras me clava los dientes.

Si antes me sentía avergonzada, ahora me siento pequeña. No solo fue un error pedírselo, sino que Hari, mi mejor amigo, la única persona en el mundo que sabe del profundo rechazo que he sentido por parte de mis padres, ante quien he llorado por eso más de una vez, piensa que ese trozo de mi historia es una broma insignificante. Una nota a pie de página. Una incidencia pasajera. Nada.

Trago con fuerza, no hay nada más que decir.

La puerta deslizante del comedor de Hari se abre de pronto, y Dev entra, seguido por uno de sus amigos. Están riéndose, y suena como una burla, dado lo que acaba de ocurrir. Se detienen al vernos a mí y a Hari.

Dev entrecierra los ojos mirando a su hermano.

—No se preocupen por nosotros. Acabamos de limpiar el desorden que hiciste allá atrás.

—Mi desorden, claro. Porque *yo* quería hacer la fiesta —gruñe Hari.

—¿Sabes?, he organizado muchas fiestas cuando Ma y Baba no están, y han salido bien todas las veces. Sin embargo, *por algún motivo*, esta se jodió. ¿Qué cambió? —Dev mira a sus amigos, golpeando con dramatismo su dedo índice contra su barbilla—. Oh, claro. *Tú* estabas en esta. Creo que tú y tus amiguitos son el problema.

Hari entrecierra los ojos y sacude la cabeza.

—Madura de una buena vez, Dev.

—Deja de ser un fracasado, Hari.

Hari se acerca a él con un movimiento rápido y fluido, y de repente vuelven a estar frente a frente.

—¡Chicos, vamos!

Agarro la muñeca de Hari para tirar de él. Pero él se suelta.

—No me toques —dice con frialdad y veneno—. Vete.

Retrocedo y dejo caer la mano. Dev y sus amigos intercambian una mirada confusa.

—Maldita sea, Hari —murmura Dev.

—Como sea —dice Hari, empujando a Dev y dirigiéndose a su habitación, en donde da un portazo tan fuerte que los cuadros de la pared se estremecen.

Siento que me tiembla el labio, y salgo corriendo de la casa, desesperada por un aliento que no puedo recuperar.

Afuera, las lágrimas que se han acumulado en mis ojos se desbordan, rodando por mi cara sin que yo les dé permiso.

Traté de ser honesta con Hari, y ¿para qué sirvió? ¿Para que se burle de algo que me avergüenza profundamente? ¿Para que me odie? ¿Para que yo sea la mala de la película?

A la mierda. Que se joda *todo*.

Capítulo dieciséis

Hari y yo no peleamos. Nunca. La mayor pelea que hemos tenido fue porque hablé mal de Drake después de que él me dijera que Drake era su artista favorito. Acabábamos de llegar a casa después de un largo día en Disneylandia. Estábamos cansados, yo tenía la regla y estábamos de muy mal humor. Nos gritamos, me alejé de él y *tropecé*, y nos reímos tanto que no pudimos parar, porque ¿quién se mete en una pelea por Drake?

Eso fue todo. Ha habido pequeñas peleas aquí y allá, supongo, pero en general nos llevamos bien.

Este es un territorio nuevo para nosotros. Él está enfadado. Yo estoy enfadada. Él está herido. Yo estoy herida.

Pero ¿qué se supone que debo hacer?

Por lo general, es a él a quien le enviaría un mensaje contándole lo que ha pasado. Iríamos a algún sitio, pondríamos música, nos burlaríamos de lo que fuera hasta que nos sintiéramos mejor y nos reiríamos.

Pero es con él con quien estoy peleada.

Me siento tan... sola.

Y, cuando vuelvo a casa, las cosas no mejoran. Mis abuelos están sentados en la mesa de la cocina, enfrascados en una discusión que sé que no debo escuchar.

—Ella no está siendo razonable —dice mi abuelo.

—Lo sé. Pero ese fue el acuerdo —explica mi abuela.

—Que hicimos hace más de quince años, cuando lo que había que decidir era si Kat podía ir al parque o si debía tomar clases de natación. Ahora hay que tomar decisiones sobre cosas más importantes, Bethie. Si querían formar parte de ellas, no debieron haberla abandonado.

Mi abuela deja escapar un pequeño grito ahogado.

—Ray.

—¡Estoy cansado de esto! Si nosotros creemos que Kat es lo suficientemente responsable como para regresar a casa más tarde, ¡no debe haber discusión sobre eso!

—Tiene razón —digo.

Sus cabezas se vuelven hacia mí. Hay sorpresa en sus rostros.

Mi abuela me dedica una pequeña sonrisa.

—Kat. Hola, cariño.

—No es que esté pidiendo la luna. Solo pido regresar a casa a la misma hora que mi hermano menor —continúo—. Si a ustedes les parece bien, ¿cuál es el problema?

Se hace silencio, y las preguntas que siempre he querido hacer se arremolinan en el espacio que nos separa.

Por ejemplo: ¿Cuántas veces han tenido el abuelo y la abuela discusiones como esta?

¿Cuántas veces han intentado mis padres decidir sobre mi educación, a pesar de no estar aquí?

¿Cómo surgió esa dinámica en la que mis padres llevan la voz cantante? ¿Y por qué los abuelos lo aceptaron?

¿Por qué sigue siendo así, si a ninguno de nosotros nos parece bien?

¿Por qué fingimos ser una familia perfecta cuando estamos muy lejos de serlo?

La abuela se aclara la garganta, alisando el mantel.

—Tus padres se sienten un poco excluidos.

Mi abuelo resopla. Mi abuela lo mira.

—Pero el horario se mantiene. No te preocupes.

—Ya tienes bastantes preocupaciones —dice el abuelo—. Nosotros nos encargamos de esto.

No sé qué quiere decir con eso de que se encargarán, pero estoy demasiado cansada para preguntar. Asiento con la cabeza y me giro para ir a mi habitación. Estoy segura de que hubo algún tipo de discusión entre mis padres y mis abuelos, aunque nunca me dicen lo que ha pasado. Solo porque, por pura suerte, al entrar escuché a los abuelos hablar, sé que ha habido un problema. Si por ellos fuera, seguro habrían hablado con mis padres para intentar suavizar las cosas sin que yo me enterara.

Y eso es parte del problema, ¿no? Nunca me involucro en nada de lo que pasa con mis padres. No consigo hablar francamente con ellos sobre cómo nuestra composición familiar me hace sentir muy sola. No puedo decirles que intento y no consigo sentirme parte de la familia Sánchez. No tengo la oportunidad de decirles que no tener un dormitorio en su casa se siente como una declaración intencional. No tengo la oportunidad de decir: "Hola, mamá y papá, me gustaría que me quisieran como quieren a Leo".

Solo soy la portadora de la mentira. La mentira de que soy deseada.

* * *

No logro tranquilizarme con todo lo que sucedió, así que no lo hago. Salgo de casa con mi cámara, camino hasta la parada de autobús más cercana y tomo uno. No llevo un destino en mente. Solo necesito alejarme de todo lo que me rodea durante un rato. Me pongo los audífonos y escucho a Bad Bunny.

Eso, combinado con el zumbido del motor, el siseo de los frenos en cada parada, el balanceo mientras avanzamos por la autopista, me ayuda a recalibrar. Respiro.

Me bajo en una parada cerca de la Universidad Estatal de California, conocida por las siglas CSU, y camino hacia el campus. Es fácil mezclarse entre la gente, caminar y fingir que tienes un propósito, y justo eso hago. Es un excelente lugar para observar a las personas. Ese es uno de los pasatiempos favoritos de mi abuela, y a mí también me gusta; disfruto pensar que lo heredé de ella. Los estudiantes salen a los pasillos, se tiran en la hierba con sus laptops y teléfonos, escuchan música, ríen, leen, lo que sea.

Pronto saco la cámara y capto un poco de todo. Un grupo de amigos acariciando un perro. Una chica con un vestido y unos tenis Converse, que se mueve con facilidad entre la multitud en su patineta. Una mesa bajo un arco hecho de globos dorados y azules con carteles que dicen CELEBRANDO LA PRIMERA GENERACIÓN. Un chico con la chaqueta de color coral más increíble que he visto.

Es fácil adentrarme en este ambiente. Es una de las razones por las que me gusta tanto tomar fotos. Me ayuda a sentir que soy parte de algo, aunque solo sea como observadora. Yo también acaricio al perro o me deslizo por el campus en mi patineta. Salgo de mí.

Al rato, el sol empieza a caer en el cielo, cansado, como yo, de un largo día. Vuelvo a subir al autobús para ir a casa, pensando, una vez más, en el desastre que he conseguido hacer en tan solo dos días.

Nada en mi vida parece estar bajo mi control.

¿Es de extrañar, entonces, que haya inventado a una persona que no existe?

Por lo menos en eso puedo llevar las riendas.

Mi mente divaga mientras pienso en Max, imaginando que es real. ¿Qué podría publicar a continuación? ¿Cómo se sentiría ante esta situación? ¿Qué haría?

* * *

De vuelta en casa, miro algunas fotos que he tomado hace tiempo. En una de ellas, Becca está de espaldas a la cámara, contemplando un acantilado, con el océano agitado de fondo. Se acercan gigantescas y ominosas nubes de tormenta, cargadas de lluvia. Su postura es fuerte, poderosa, casi desafiante. Poco después de tomar esa foto empezó a llover a cántaros: truenos, relámpagos, viento. El tipo de tormenta que llega con ira, como si el cielo quisiera vengarse de la tierra.

Es perfecta.

Abro la imagen en Photoshop. Pronto me sumerjo en el proceso catártico de retocar la foto, alisando un trozo de pelo, eliminando unas marcas de neumáticos en la hierba. Es relajante.

Cuando termino, la envío a mi teléfono vía AirDrop y la abro en el Instagram de Max.

Empiezo a escribir.

Incluso cuando puedes ver la tormenta que se avecina, la lluvia puede arruinar tu día.

Le hice daño a alguien que quiero mucho. Y esa persona me hirió. Y ahora, en medio de todo este dolor, siento que he perdido mi camino.

¿Qué haces cuando te sientes tan sola?

¿Qué haces cuando hay una tormenta dentro de ti, que choca, truena y golpea?

¿Qué haces cuando no estás bien?

Mis ojos se llenan de lágrimas mientras escribo.

Después de Hari... de Becca... de mi familia... después de todo, hay una parte de mí que está destrozada.

La publico, y recibo un Me gusta casi de inmediato. Cuando me siento un poco validada, la vergüenza arde en mi pecho.

Pero no borro la publicación.

Capítulo diecisiete

Durante el resto de la noche creo un calendario editorial para Max Monroe.

En primer lugar, eso significa que ahora sé lo que es un calendario editorial, tengo una hoja de Excel repleta de ideas para la cuenta, y debo admitir que es más trabajo del que haya dedicado a cualquier otra cosa en mucho tiempo.

Pero me permite centrarme, volcar mi energía y me reconforta. Me da un propósito. Y ella... ella me da una voz.

Cada vez que pienso que tal vez no debería publicar como Max, llega otro Me gusta, otro seguidor u otro comentario, y sofoca mis dudas.

Y... es agradable, ¿sí? Mi teléfono suena con regularidad, cada vez que alguien reacciona a lo que comparto. Me llegan noticias de personas a quienes parecen encantarles las fotos que tomo. En los comentarios me ofrecen palabras de ánimo, me cuentan cosas que los han llevado a sentir lo mismo, me dejan corazones para hacerme saber que me apoyan.

Por fin, en ese pequeño rincón de internet, siento que pertenezco. Me siento escuchada. ¿No me lo merezco?

Sobre todo porque sé que ahora tengo que evitar a Hari en la escuela, lo cual es difícil dado que él, Luis, Marcus y yo pasamos TODO el tiempo juntos.

Ya he planeado cómo alejarme del grupo mañana: les enviaré un mensaje mintiéndoles sobre un trabajo de Inglés que olvidé hacer (no hay tal trabajo de Inglés), y me encerraré en la biblioteca durante cada tiempo libre. Es una excusa aburrida, pero funcionará.

Y, después de una mentira tan grande como la de Max, las pequeñas mentiras no saben tan mal. Una por una las voy recogiendo y las meto en mis bolsillos, tratando de no caer aplastada por su peso.

Esto es lo que sé sobre Max:

Al igual que Becca, es una universitaria que va a CSU, porque ahora puedo experimentar lo que se siente sin comprometerme con ir ahí.

Su familia es buena y *normal*, como las de las comedias de televisión. Conversan, y mucho. Y solo pelean si la puerta de la cochera se ha quedado abierta, o si alguien ha ensuciado de lodo la casa... no por promesas rotas o bebés no deseados.

Max es abierta y, aunque no tenga todas las respuestas, confía en su corazón. Es el tipo de chica con quien te da miedo hablar, pero que te resulta súper simpática una vez que la conoces. Su futuro es brillante, lleno de posibilidades y esperanza.

Y se permite ser *vulnerable*. Comparte sus emociones de forma abierta y honesta.

Me entusiasma la idea de poder decidir todo sobre Max: sus esperanzas, sus sueños, sus miedos. A través de ella, puedo dejarme llevar, soltarme y explorar quién quiero ser.

Con ella tal vez no tenga que fingir que soy tan fuerte todo el tiempo.

Si necesito una cuenta falsa para expresarme, ¿a quién le importa? No le estoy haciendo daño a nadie. En todo caso, solo hago lo mismo que mi madre. Si ella puede publicar todas esas fotos de mí, Leo, ella y mi padre en Facebook, si puede presumir de lo perfecta que es su vida con nosotros, si puede hacer que parezca que tenemos la vida organizada, ¿por qué no puedo tener yo también mi pequeña ficción?

Es solo por un rato, de todos modos. Es temporal.

Eso es lo que me digo.

. . .

Durante mi siguiente turno en Una Pata para Todos, encuentro a Imani en su oficina con algunos trabajadores y voluntarios. Becca no está a la vista. Pequeños milagros.

—¡Hola, Imani! —le digo.

Ella levanta la vista de su computadora, y sonríe.

—¡Kat! ¿Cómo estás?

—Nada mal. —Me quito el bolso del hombro—. ¿Cómo está Cash hoy?

—Está bien. Aunque estoy empezando a preocuparme un poco —admite Imani—. Nadie se ha interesado por ese dulce niño.

Frunzo el ceño.

—¿Nadie? ¿Ni siquiera con las nuevas fotos?

Imani sacude la cabeza.

—Nadie. Alguien llamó para indagar, e incluso vino, pero en cuanto se dio cuenta de que le faltaba una pata, eligió a otro perro.

—¡Nooo, pobre Cash! Debe sentirse herido.

Imani me sonríe.

—Le he hecho algunas cosquillas bajo la barbilla, pero estoy segura de que le encantaría que le hicieras más. Eso ayudaría.

—Seguro —digo.

—¿Puedes ponerles agua a todos también? —pregunta.

—Por supuesto.

Me dirijo hacia las perreras. La mayoría de los perros de la semana pasada ya se han ido, pero mi pequeño amigo, que cada vez ocupa más espacio en mi corazón, sigue en su rincón, tumbado y observando a los voluntarios. Su cola empieza a moverse cuando me ve, pero no se levanta. Tal vez de verdad está triste. Me acerco a su perrera y tomo un arnés.

—Ven, Cashy.

Se levanta y viene hacia mí, y conecto el arnés a su correa.

—¿Quién es un buen chico? ¿Quién es un buen chico?

Me agacho y le rasco detrás de las orejas y debajo de la barbilla, hasta que se deja caer, pidiéndome que le frote la barriga. Me río.

—Ahí está mi bebé. Vamos a encontrarte un hogar, Cashy. Te lo prometo.

Me lame la mejilla, como si aceptara mi promesa, y lo llevo al patio cerrado para que estire las piernas y juegue. Necesito encontrar la forma de conseguirle a Cash un buen hogar, pero no sé cómo. Si sus fotos con una corona de flores no fueron suficientes, ¿qué hará falta?

Cash y yo jugamos un rato a atrapar un disco que le tiro mientras me esfuerzo por pensar en una solución. ¿Y si le pongo fondos cómicos en Photoshop? ¿O qué tal si lo entreno para que haga cosas como hacerse el muerto? Eso lo haría más atractivo. Podríamos publicar videos de él haciendo trucos.

Saco mi teléfono y empiezo a buscar en Google unas cuantas órdenes sencillas. Me llegan algunas notificaciones para Max, y reviso su cuenta.

Hay un nuevo comentario en la última publicación de alguien llamado Elena, @elenabobena. Dice: *Sé amable contigo misma. Si alguna vez necesitas hablar, avísame.* ❤

Sonrío.

—¿Qué te tiene tan contenta?

Dejo caer mi teléfono al oír la voz de Becca. Ella se abalanza para cogerlo, y le grito un "¡No!" tan fuerte que salta. En su rostro aparece una mirada desconcertada cuando me lo da, con la pantalla hacia abajo.

—No iba a espiar, Kat, por Dios —dice—. ¿Estás mirando desnudos o qué?

—¡Sí! —digo con una risa incómoda—. Exactamente eso estaba haciendo.

Por supuesto. No estoy usando tus fotos, que no quieres en las redes sociales, en un perfil falso. Nunca haría eso. No, no. ¡Yo no!

—Está bien, bicho raro —se ríe Becca—. De todos modos, muchas gracias de nuevo por las fotos tan hermosas que me tomaste el otro día. Tienes mucho talento, Kat. Estoy asombrada.

Me meto el teléfono en el bolsillo trasero.

—¡Gracias! Me alegro mucho de que te gusten.

Becca se inclina para coger el disco que le estaba lanzando a Cash, y lo lanza con fuerza.

—Además, sigo sintiendo que te ofendí cuando dije que no quería ir a tu fiesta. Lo siento. Espero que estemos bien.

—Oh, eso —digo—. Estamos bien. Entiendo que no hayas querido ir. Se habría visto un poco raro, ¿no?

—¡Claro! Es raro, creo. Como dije, *tú* eres genial, pero sí. —Se encoge de hombros—. ¡Pero me lo pasé súper bien contigo antes! Cora también se divirtió.

—Los consejos de belleza estuvieron geniales —digo—. Gracias de nuevo.

Becca sonríe cuando Cash le devuelve el disco, cubierto de baba y trozos de hierba. Se lo quita y me lo da.

—Qué asco —dice—. Voy a lavarme las manos.

Hasta que la veo entrar a la oficina mi corazón deja de sentir que lo están apretando en una prensa. Eso estuvo *muy cerca*.

Me toma un segundo entrar en mi propia cuenta de Instagram, muy, muy diferente a la de Max, y dedicarme a algo que sí tiene sentido: enseñar a Cash a sentarse.

Capítulo dieciocho

Intento escribirle algo a Hari, pero no lo consigo. No puedo decidir si quiero disculparme por haberle hecho daño, o gritarle por el daño que él me hizo. Nunca había tenido que esforzarme tanto para ser amiga de Hari, y eso apesta.

Pero ¿cómo voy a estar bien sin poder hablar con mi mejor amigo?

Quizás Luis y Marcus se han dado cuenta de que algo pasa, porque ni Hari ni yo estuvimos muy activos en el chat del grupo anoche. También me costó trabajo dormir.

Sin las palabras adecuadas, sin Hari con quien hablar sobre lo que me pasa, sin un plan sólido, no sé qué hacer.

Podría ir a la escuela, pero entonces tendría que enfrentarme a la realidad.

Nop. Mejor finjo estar enferma.

—Me duele la cabeza —digo cuando entro al comedor, todavía en pijama.

Mi abuela ni siquiera lo pone en duda y enseguida se ofrece a llamar a la escuela para justificar mi falta, indicándole al abuelo que prepare algo para desayunar.

Mi abuelo se golpea la barbilla con el dedo índice, pensativo, entrecerrando un poco los ojos como si estuviera sumido en sus pensamientos.

—¡Gofres! —exclama.

Sintiéndome culpable, lo veo moverse por la cocina, sacando los ingredientes.

—¿Puedo ayudar?

Estiro la mano hacia un tazón para mezclar.

El abuelo me golpea la mano con suavidad.

—No. ¡Estás enferma!

—Pero...

—Directo para la cama —dice, guiñándome un ojo.

—¿Estás seguro? —le pregunto.

—Claro —responde—. ¡Fuera!

Para ser honestos, mi abuelo es un cocinero bastante bueno, así que estoy segura de que no le serviría de ayuda. Siempre está experimentando en la cocina. Algunas de sus creaciones, como la lasaña de berenjenas con salsa de ajo, o los *pierogis* rellenos de arroz y picadillo, como si fueran pimientos rellenos, son divinas. Otras, como la salsa salada de mora azul o las crepas con pepperoni y queso, no tanto. Pero da igual. Me empeño en probar *todo* lo que crea, porque siempre está muy orgulloso de lo que cocina.

Por ejemplo, está orgulloso de los gofres que lleva a mi habitación un rato después.

—Desayuno para la dama —dice, inclinándose mientras me acerca la bandeja—. Espero que esto cure ese molesto dolor de cabeza.

—Tu comida es una verdadera medicina, abuelo —digo, sonriendo—. Gracias.

Mi abuelo me dice que espera que me sienta mejor pronto, y me deja sola, para que coma y descanse. La comida que tengo delante es digna de una foto: un montón de gofres de moras azules bañados en mantequilla y jarabe, una guarnición de fresas en rodajas y unas papas *hash brown*. Una imagen perfecta, creo.

Y entonces me doy cuenta.

Puedo publicarlo como Max.

No hay nada más estético que ese plato de comida, dispuesto con arte en una bandeja de desayuno con una taza de té humeante. Me pongo de pie en la cama, justo encima de la bandeja, y tomo un par de fotos.

Luego, mientras el té aún está caliente, lo coloco en mi mesita de noche y grabo un *Boomerang*.

Le agrego este texto:

No me siento bien, pero nada que un poco de té no pueda arreglar.

Y lo publico en las historias de Max.

Mientras como, subo una foto del desayuno a Lightroom, selecciono uno de mis filtros favoritos, uno luminoso y de tono crema que va muy bien con el tono de piel de Becca, y la publico con un simple pie de foto.

Justo lo que recetó el doctor.

En mi perfil de Instagram, ese pie de foto seguro hubiera generado burlas despiadadas por parte de gente como Luis y Marcus. Pero, viniendo de Max, funciona.

Además, el número de seguidores de Max ya pasa de los cuatrocientos, lo que significa que he superado mi propia cuenta con unas pocas publicaciones. Mi nueva obsesión es revisar todos los días el número de seguidores y ver cómo sube poco a poco.

Le doy a Compartir en la última publicación, y actualizo la pantalla. Los Me gusta llegan de inmediato. Es emocionante.

Navego por Insta mientras me como la comida, agradecida por la amabilidad de mi abuelo. Siempre he admirado tanto sus habilidades culinarias como su generosidad, sobre todo cuando yo recibo sus beneficios. "Gracias, abuelo".

Mientras como, pienso en cómo podría aumentar los seguidores de Max. Publicar historias de Instagram es un buen comienzo; añade legitimidad a lo que estoy haciendo. ¿Y a quién no le gusta ver historias? También podría grabar algunos videos escénicos, siempre y cuando no me muestre a mí misma y evite los reflejos.

Reviso el buzón de mensajes y veo que hay uno esperándome.

Es de Elena, o @elenabobena, que concienzudamente le ha dado Me gusta a todas mis publicaciones y ha comentado en ellas.

Ha escrito: **¡Oh, no! Espero que te sientas mejor.**

Sonrío ante ese dulce mensaje no solicitado de una desconocida. Le respondo: **¡Yo también! Muchas gracias.**

Me sorprendo cuando Elena me responde, casi al instante.

Elena: **El té siempre cura mis dolencias, así que tal vez te funcione a ti también.**

Yo: **¡Cruzo los dedos! Quizás este té azul cure mi dolor de cabeza de inmediato.**

Elena: **Esperemos que sí. Estoy un poco obsesionada con el té. El Darjeeling es mi favorito. Pero no soy súper exigente.**

Yo: **Igual. Me hace sentir un poco sofisticada.**

Elena: **¡¿VERDAD?! Es la emoción de hacer realidad una fiesta de té.**

Yo: **¡Yo nunca he hecho una fiesta de té!**

Elena: **¿Nunca? Dios, tenemos que arreglar eso cuanto antes. Las fiestas de té son las MEJORES.**

Yo: **¿Tengo que ponerme algo con volantes?**

Elena: **La ropa con volantes es opcional. Solo necesitas té. Y mucha imaginación.**

Yo: **Eso sí que tengo.**

Elena: **Es una de las mejores cualidades que hay.**

Elena: **Ahhh, el álgebra me llama.**

Yo: **No hay té en el mundo que pueda ayudar con eso.**

Elena: **Uf, dímelo a mí.**

Me gusta el último mensaje que me envía, y vuelvo a sonreír para mis adentros. Curiosa por saber más sobre esa persona, hago clic en la cuenta de Elena. Casi se me salen los ojos de las órbitas cuando veo que tiene once mil seguidores.

...¿Y está hablando conmigo?

Bueno, con Max. Pero Max solo tiene una fracción de sus seguidores y, en comparación, apenas tiene publicaciones.

¿Qué demonios atrajo a Elena hacia ella?

¿Y la animó a escribirle?

¿Y ser tan amable?

Hay una bandera del orgullo gay en su biografía, y dice que se gradúa este año. Es Acuario. Ama los perros. Y ha creado un perfil hermoso y tan dulce como los caramelos.

Todas sus fotos tienen tonos suaves y pastel: claveles rosados en una, zapatos de plataforma color lavanda en otra, una taza de color verde azulado (quizás llena de té, ahora que sé que le encanta) con el texto NO SOY TU BEBÉ.

Elena tiene unas mejillas de querubín y una de las sonrisas más amables que haya visto. Ojos azules, piel pálida, labios carnosos y rosados y una delicada mandíbula. (No sabía que una mandíbula con papada podía ser delicada, pero la de Elena lo es). En una de sus fotos, lleva una camiseta con un arcoíris de colores pastel y las palabras MUJER GORDA. Y, ¿ya hablé de su pelo? Es de color rosa claro, como el chicle.

Su estética es melosa, pero está claro que esta chica también es audaz, segura de sí misma y no teme decir lo que piensa. No es de extrañar que tenga once mil seguidores.

En su biografía hay un enlace a su TikTok. Abro la aplicación y reviso lo que ha publicado allí, y me quedo atónita cuando veo que tiene casi cincuenta mil seguidores y poco menos de medio millón de Me gusta.

Hay videos donde da una visita guiada por su habitación, también de color pastel, y ofrece consejos para pequeños negocios como el suyo. Resulta que Elena tiene un negocio de calcomanías feministas y de justicia social que celebran a las mujeres, a las personas no binarias y los cuerpos de todo tipo.

Veo un video tras otro, donde ofrece desde consejos sobre Procreate hasta un vistazo del "estudio" que tiene en su habitación o una lista de sus lugares favoritos en su ciudad natal, Irvine, a solo tres horas de distancia de mí.

Casi la sigo en TikTok, pero me detengo justo antes de que mi dedo toque el botón. No quiero seguirla como Kat. Y Max no tiene TikTok. Porque, literalmente, no puede.

Tengo que decírselo a Hari.

Solo que... No puedo. Tampoco puedo decírselo a Luis o a Marcus.

Vuelvo a Instagram, mi refugio seguro, y la sigo allí, todavía sorprendida de que Elena se haya interesado tanto por lo que he compartido bajo el alias de Max como para no solo seguirme, sino también interactuar con regularidad conmigo.

Siento eso como una gran victoria, y me apena que la clase de Álgebra haya cortado nuestro intercambio de mensajes.

Me paso a mi propia cuenta, que está muerta en comparación, y empiezo a ver las historias de todo el mundo: Luis, Marcus, algunos chicos de la escuela, *influencers*. También miro la de Hari, pero solo compartió algo de Shit You Should Care About. Puede que esté enfadada con él, y él conmigo, pero eso no significa que no me interese lo que hace.

Suspiro y me dirijo a la cocina con los platos sucios, para lavarlos. Encuentro a mis abuelos sentados en la sala. No es habitual que ambos estén en casa por la mañana, pero el abuelo se está tomando un merecido día de descanso porque le molesta el hombro, y la abuela a veces disfruta del lujo de trabajar desde casa como analista de datos. Así que parece que los astros se han alineado esta mañana.

Están viendo la televisión, y la laptop de la abuela descansa en el brazo del sofá. El abuelo tiene las gafas de leer puestas, un libro de crucigramas en una mano y un lápiz en la otra.

En lugar de volver a mi habitación, me acerco al sofá.

—Hola, Kat —dice mi abuela, sonriéndome—. ¿Cómo te sientes?

—Bien —digo, aunque cualquier dolor que siento es más por mi vida y no por mi "dolor de cabeza".

La abuela da unas palmaditas al sofá a su lado, y yo me siento cerca de ella, acurrucándome. De hecho, solíamos quedarnos dormidas así en el sofá, yo sosteniendo su mano. No debe haber sido muy cómodo para ella, pero nunca se quejó.

Dejé de hacerlo, por decisión propia, cuando me hice mayor, pero a veces echo de menos la comodidad de acurrucarme con ella, de sentirme cálida y segura, como si en verdad nada en este mundo pudiera hacerme daño.

Apoyo mi cabeza en el regazo de mi abuela.

Ella parece sorprendida, pero no protesta. En cambio, toma la manta que está extendida sobre el respaldo del sofá y trata de taparme con ella.

—¿Quieres elegir algo? —pregunta el abuelo, pasándome el control de la televisión.

—No —digo—. Estoy bien con lo que sea que ustedes están viendo. Solo quiero pasar un rato con ustedes.

La abuela suelta una pequeña carcajada.

—Qué bien —dice.

El abuelo también sonríe.

—Claro, vamos a pasar el rato.

Ella retoma su trabajo; mi abuelo, su crucigrama, y yo me acurruco más. La vida puede esperar. Por ahora, esto es justo lo que necesito.

Capítulo diecinueve

La verdad es que no sé cómo estar enojada con Hari Shah.

Entre más pienso en lo que me dijo, sobre que mi secreto era una tontería de bajo perfil, más me preocupa que quizás tenga razón. Tal vez he exagerado ese asunto de forma desproporcionada. He llevado la mentira conmigo durante más de diez años, y su peso se ha hecho demasiado grande. Lo que representa se ha hecho jodidamente grande.

Necesito volver a estar en contacto con él. Sobre todo porque lo extraño. Y no puedo fingir que estoy enferma otra vez.

¿Puedo ir contigo a la escuela? Le escribo un mensaje a Hari a la mañana siguiente.

Pero él no responde, y eso me duele. Intento que no me duela, pero supongo que los sentimientos no funcionan así.

Me visto y conduzco hasta la escuela en el coche de la abuela, que tomo prestado. Me estaciono cerca del coche de Marcus y me dirijo al lugar donde solemos reunirnos antes de que suene el timbre. Marcus me saluda, pero Hari y Luis apenas levantan la vista de lo que están mirando en el teléfono de Luis.

—¿Te sientes mejor? —pregunta Marcus.

Me encojo de hombros.

—Algo, gracias.

Luis resopla.

—Bueno, no *luces* bien.

Hari estalla en carcajadas, más de lo que suele hacer cuando Luis se burla de mí, y sé que lo hace a propósito.

Me miro y suspiro.

—Es cierto.

Eso hace que Luis vuelva a mirarme, con sorpresa.

—¿Perdón? ¿Estás de acuerdo con lo que acabo de decir de ti? —Mira a Marcus, que tiene los ojos muy abiertos—. Todavía debe de estar enferma.

—No tengo ganas de discutir esta mañana —admito—. Voy a entrar.

—¿Vas a entrar temprano al salón de tutoría? —pregunta Marcus.

Luis sacude la cabeza.

—¿Quién es esta chica, y qué has hecho con Sánchez?

Marcus chasquea los dedos.

—Ya sé lo que pasa. Está intentando intimidarme. Va a trabajar en su solicitud para el puesto de editora de fotografía.

Le dedico media sonrisa.

—Los veo adentro.

La verdad es que entre Hari, Max, Becca y mi drama sobre el horario para regresar a casa, no he pensado mucho en la solicitud, que vence el viernes. Pero supongo que debería.

Me dirijo a la biblioteca en lugar de ir al salón de tutoría, para poder sacar mi laptop sin que el profesor me cuestione. Empiezo a revisar el portafolio fotográfico que he hecho. Las fotos son de las mejores que he tomado, pero cuanto más pienso en ese puesto, menos deseos tengo de presentarme. No tengo ganas de renunciar a mi tiempo libre para dirigir un equipo de editores de fotografía para poder tomar fotos de deportes y cosas así. La verdad es que no me importa el periódico. Solo me importaba ganarle a Marcus. Tal vez eso podría haber sido suficiente antes, pero ahora... Lo que quiero es concentrarme en Max.

Aun así, sé que *debo* presentarme. Vuelvo a leer el tema del ensayo. Debo resumir en menos de trescientas palabras por qué soy la mejor candidata para ese puesto, y cómo encaja con mis objetivos.

Solo que... en realidad no tengo ningún objetivo firme. A menos que los sueños de reconocimiento en Instagram cuenten.

Veo cómo el cursor de mi Google Doc parpadea molesto, burlón.

Escribo: *Deberían elegirme a mí porque no soy Marcus Brown, y si él consigue este puesto nunca va a dejar de presumirlo.* Luego lo borro.

Soy la persona más indicada para este puesto porque mis fotos son geniales. Lo borro.

Sería una excelente editora de fotografía, a pesar de no saber una mierda de periódicos, pero apuesto a que podría fingir que sé todo sobre el puesto porque miento en todo y soy súper buena en eso. Lo borro.

Ser editora de fotografía es el sueño de mi vida.

Ugh. Asqueroso. Y una mentira. Lo borro.

¿Por qué no me importa? A mi edad, ¿no debería saber lo que quiero? ¿En qué quiero trabajar? ¿A dónde me gustaría llegar? ¿Por qué es tan difícil para mí?

Pienso en Marcus, que tiene un plan claro: solicitar ingreso a la Universidad de Howard y ser aceptado, estudiar periodismo y convertirse en un destacado fotoperiodista.

Hari estudiará negocios, quizás en la Universidad de California en Berkeley, si sus padres se salen con la suya. Aunque a Hari no le entusiasma la idea, dice que será un empleo estable y que, de todos modos, cualquier empleo en el capitalismo es una mierda.

Y Luis ha dicho que no irá a la universidad (es una estafa, argumenta) y en su lugar entrará a la escuela de oficios.

Todas esas cosas suenan muy bien, pero supongo que no sé si alguna de ellas es para *mí*.

El cursor parpadea hasta que suena el timbre.

* * *

Las cosas con Hari se sienten frías en el almuerzo, y eso me pone tan de mal humor que acabo excusándome y comiendo sola en mi coche, aunque eso no esté permitido. El único consuelo es que puedo revisar mi teléfono en paz.

Anoche, antes de acostarme publiqué una foto de Becca soplando un poco de diamantina rosa claro hacia la cámara. Fue una idea divertida (pero súper desordenada), y esa foto resultó casi mágica. Decidí publicarla porque quería compartir algo más ligero después de mis primeras publicaciones pesadas. Además, quizás esperaba que el brillo provocara otro mensaje privado de Elena.

Y funcionó. Cuando abro Insta en la tranquilidad de mi coche, aparece una notificación roja que indica un nuevo mensaje. Sonrío para mis adentros cuando lo abro y veo el nombre de Elena en la parte superior.

Elena: **ESA. FOTO.**

Yo: **¡¡¡Jajaja, gracias!!!**

Yo: **Tiene un aire muy "tú".**

Elena: **¡Así es! ¡¿Quién es tu fotógrafo?!**

Elena: **Revelación: Te he estado espiando, y supe que vives en el área de Bakersfield. 👀 ¡Yo vivo en Irvine!**

Hago como si no la hubiera espiado antes a *ella* y fuera información nueva.

Yo: **¡Dios! Somos casi vecinas.**

Elena: **Qué cosa.**

Elena: **Así que, si estás dispuesta a compartir a tu fotógrafo, tal vez pueda hablarle. 👀 👀 👀**

Me muerdo el labio, pensando en la mejor manera de responder a eso. ¿Puedo decirle quién es el fotógrafo sin que se descubra la mentira?

Por un lado, es arriesgado. Si soy honesta y le digo a Elena que yo, Kat Sánchez, soy la fotógrafa, es posible que descubra que yo también soy Max.

Por otro lado, la tentación de conseguir más seguidores en mi cuenta personal es grande. Aunque, ¿cuáles son las probabilidades de que salga algo de eso? Al fin y al cabo, solo somos amigas de internet, si acaso.

Antes de que pueda pensar demasiado, escribo: **¡Es mi amiga @itskatsanchez!**

Contengo la respiración después de pulsar Enviar. Luego me enfado un poco conmigo misma. ¿En qué estaba pensando?

Elena: **Ahhh, bueno, ella es INCREÍBLE.**

Elena: **Ayuda que tenga una buena modelo.** 💕

Mi cara se sonroja ante ambos cumplidos, aunque solo uno de ellos va en verdad dirigido a mí. Teniendo en cuenta lo perfecto que es su Instagram, me siento validada.

Yo: **Gracias.** 😊

Elena: **Gracias por decirme quién es tu fotógrafa. Guardaré el secreto. Lo prometo.**

Sonrío.

Yo: **No me importa compartirla contigo. ¡Has sido muy dulce conmigo!**

Yo: **O sea, no sé qué te hizo seguirme, pero me alegro mucho de que lo hicieras.**

Elena: **Ummm, fue súper fácil. ¿Esa primera foto tuya con el pavo real y el sol dorado? ¡Para morirse!**

Yo: **Ahhh, ¡¡¡gracias, gracias!!! Estoy súper obsesionada con toda tu estética. Es de otro nivel.**

Elena: **¡Ja, ja, gracias! Me ha tomado mucho tiempo. Desde pequeña he estado obsesionada con el rosa.**

Yo: **¡Te ha funcionado!**

Elena: **¡Te lo agradezco mucho!**

Miro el reloj en la esquina de mi teléfono. Mierda. Me he perdido el timbre del almuerzo.

Yo: **Uf. Tengo que ir a clase. ¿Hablamos más tarde?**

Elena: **Obvio.**

Meto el teléfono en mi bolsillo y me apresuro a entrar a la escuela. Ya voy muy retrasada para mi próxima clase, pero camino con algo de energía en mis pasos.

Capítulo veinte

La divertida charla con Elena me levanta tanto el ánimo que decido tenderle una rama de olivo a Hari con algo que sé que nadie puede resistir.

Envío un mensaje de texto al grupo: **¿Quieren venir a acariciar perros más tarde?**

Eso provoca la respuesta inmediata y entusiasta de Marcus, que enseguida escribe: **¡¡¡POR SUPUESTO QUE SÍ, KAT!!!**

Luis simplemente envía un mensaje de texto con un emoji marrón de pulgar hacia arriba.

Hari no responde. Se limita a enfatizar el pulgar hacia arriba de Luis. Me lo tomo como un sí, y les digo que nos veamos en Una Pata para Todos después de clases.

Mi error es no especificar la hora, así que me apresuro al albergue y me molesto cuando llego y veo que no están ahí.

Solo han pasado un par de días, pero ya quiero que vuelva la normalidad. Quiero que Hari no se enfade conmigo. Quiero que Luis me hostigue. Quiero competir con Marcus. Quiero a mis amigos. Pero salir con ellos no será tan fácil si las cosas no están bien entre Hari y yo. Luis y Marcus ya se han propuesto burlarse de nosotros dos por ser pareja. De modo que, ahora que definitivamente *no* somos pareja y que nos peleamos por eso, las burlas arderán aún más.

O, peor aún, se darán cuenta de lo que está pasando y elegirán un bando. Y me temo que no será el mío.

La idea de perder a mis tres amigos a la vez me revuelve el estómago. Sin ellos, ¿qué me quedaría?

Mientras espero a que lleguen, me concentro un par de minutos en mi teléfono. No hay mensajes nuevos de Elena, por desgracia, pero hay muchos más Me gusta en la última foto de Max. También abro un gráfico que aparece en mi *feed* que dice PROTEGER A LAS ADOLESCENTES A TODA COSTA, y lo comparto en mi historia. Es de color pastel, así que a Elena le gustará.

No es que esté pensando demasiado en lo que le va a gustar ni nada.

Aunque, tal vez sí. La forma en que me sentí en casa de Becca...

Con el rabillo del ojo veo que un coche entra en el estacionamiento, y levanto la vista. En efecto, es Marcus. Es muy lento a la hora de estacionarse, y eso me irrita mucho, pero siempre insiste en que tiene que estacionarse bien para dejar suficiente espacio a cada lado del coche y evitar que alguien "hiera" por casualidad a Honey. Qué asco.

Salgo del coche con los brazos cruzados, mucho antes que ellos. Cuando salen los tres, traen cafés helados.

—¿En serio? ¿Me hacen esperar para ir a comprar café? —me burlo.

—Lo siento, lo siento. Estaba tratando de apresurarnos —dice Marcus.

—¡Mierda, Sánchez, lo necesitaba de verdad! Me estaba muriendo —explica Luis. Luego sonríe—. Xio me mantuvo despierto hasta tarde anoche.

Pongo cara de desagrado.

—Puf, qué asco. ¿Y ni siquiera has traído uno para mí?

Miro a Hari, que no me mira.

—¿Por qué íbamos a traerte un café? —pregunta Luis.

Marcus suspira.

—Vamos, hombre —le dice a Luis y luego me mira y dice—: Se suponía que iba a traer el tuyo.

—No recuerdo eso. Pensé que estabas hablando con el novio de Sánchez.

La mandíbula de Hari, que debo admitir se ve mucho mejor que después de la pelea, se tensa.

Marcus suspira.

—Por supuesto que te trajimos café. Espera.

Vuelve corriendo a su coche, entra y sale con una bebida, y la levanta en el aire en un gesto de victoria.

—¡Sí!

Levanto mi puño al aire como celebración.

Marcus me entrega el vaso.

—¿Ya podemos acariciar a los perros? —pregunta.

—Un segundo —digo, y tomo una foto de mi café helado contra el cielo azul.

Marcus y Luis intercambian una mirada, pero no dicen nada. Le pongo un filtro predefinido a la foto y la publico en mi historia y en la de Max. Recorto mi pulgar marrón en la taza de la foto de Max, porque ya sabes.

En mi historia, etiqueto a Marcus, Luis y Hari. *Cuando tienes pruebas de que @mrcsbrwn, @luistho y @harishah te quieren.*

Les muestro la historia, y Luis pone cara de circunstancias.

—¡Quita eso! No quiero que la gente piense que somos amigos.

—Demasiado tarde —digo con una sonrisa.

Sacudo la cabeza hacia el edificio, indicándoles que me sigan. Aunque no trabajo hasta el viernes, sé que a Imani no le importará que pase para una visita. Pondré a estos chicos a trabajar ejercitando a los perros. Es una ayuda gratuita, y aunque Imani es partidaria de pagarle a todo el mundo por su tiempo, el sitio puede funcionar gracias al trabajo de los voluntarios. Así que ofrezco oficialmente a los chicos como voluntarios.

Cuando entramos, Becca está sentada en su escritorio escribiendo mensajes de texto en su teléfono.

—Hola, Becca —le digo, saludándola.

Ella levanta la vista.

—Oh, hola. ¿Trabajas hoy?

Sacudo la cabeza.

—Solo estoy de visita. Estos son mis amigos: Luis, Marcus y Hari. Chicos, ella es Becca.

—¿*Ella* es tu amiga universitaria, Becca? —pregunta Luis, con los ojos muy abiertos.

Se acerca a ella y le tiende la mano. Becca me lanza una mirada confusa, pero se ríe y le da la mano. Él se la besa.

—Qué asco, Luis. Contrólate —le digo.

—¿Y Xio? —le recuerda Hari.

—Xio no tiene que enterarse —bromea Luis.

—Hola, chicos —dice Becca. Luego me mira a mí—. Así que soy tu amiga universitaria, ¿eh?

Pongo los ojos en blanco.

—Están haciéndose los tontos. Vamos a ver algunos perros, ¿de acuerdo?

Becca asiente.

—Adelante. Debo completar los perfiles nuevos —dice y vuelve a su computadora.

Los cuatro nos dirigimos a las perreras. Decido dejar salir a dos perros a la vez. Luis, Hari y Marcus se llevan uno al patio, y yo me llevo otro.

Me doy cuenta de que Marcus está feliz de la vida cuando lo veo en cuclillas, saludando con cariño a cada uno de los perros y rascándoles el lomo. Uno es un pastor de las islas Shetland, Skye, y el otro un poodle llamado Bubby. Entre risas, jugamos y les lanzamos juguetes, para cansarlos.

Al cabo de media hora devuelvo a Skye y Bubby a sus perreras y digo que volveré con otro perro. Marcus quiere que me apure.

Cash estira con dramatismo todo su cuerpo cuando lo dejo salir de la perrera. Me da un gran beso, que acepto encantada antes de llevarlo al exterior.

—¿Listo para conocer a algunos de mis amigos? —le pregunto.

Cash mueve la cola con entusiasmo. Cuando abro la puerta trasera, entra al patio dando saltos, casi tropezando con sus patas.

Marcus sonríe.

—¡Ayyy, mira cómo va!

—¿Verdad? ¿No es adorable? —digo, embobada.

—Ahora mismo suenas muy blanca —se burla Luis, y me imita—. "¿No es adorable?".

Sacudo la cabeza.

—No es cosa de blancos amar a los perros.

—Oh, claro que sí, es cosa muy de blancos amar a los perros —dice Luis—. Titi Rosa nunca dejaría entrar a uno en nuestra casa. Se lamen sus propios culos, Sánchez.

Le frunzo el ceño.

—Eres desagradable. No digas eso de Cash.

Luis se encoge de hombros.

—Lo hacen.

—Amar a los perros *sí* es un poco de blancos, Kat —dice Hari.

Argh. La primera vez que me habla de verdad en todo el día y es para darle la razón a Luis en que algo que me gusta es cosa de blancos. Qué divertido.

—Los *humanos* aman a los perros —argumento.

—Mi madre tampoco me dejaría tener un perro en casa. Dice que los perros deben estar fuera, porque son sucios. Me encantan, pero lo entiendo. Es como si entraran a tu casa con los zapatos puestos, y se subieran con ellos en tu sofá, en tu propia cama si duermen contigo —explica Hari—. Es un poco maleducado, ¿no crees?

—¡Son perros! —respondo—. Marcus, ¿me ayudas?

Marcus se ha puesto de rodillas y le está susurrando algo a Cash, con las manos a ambos lados de su cara.

—¿Qué?

—Diles que amar a los perros no es cosa de blancos.

—Es lo más blanco que hay —dice Marcus. Luego mira a Cash, y canta—: *Pero yo lo acepto por completo.* ¡Mira nada más esta preciosidad!

—¿No lleva ya un rato aquí? —pregunta Luis—. Me parece que lo mencionaste hace tiempo.

—¡Así que sí me haces caso cuando hablo!

Luis me mira con los ojos entrecerrados.

—Solo esa vez.

—Sí, claro. Pero, sí, Cash lleva un tiempo aquí —digo—. En parte es porque es un pitbull. A veces es difícil que adopten a los perros de esa raza. Pero a Cash también le falta una pata, así que nadie quiere arriesgarse con él.

—Maldita sea, Kat, no digas eso tan alto —me regaña Marcus, tapándole los oídos a Cash—. El chico puede oírte.

Marcus recoge una pelota de tenis amarilla desgastada y la lanza con fuerza. Cash corre tras ella.

—Sí, Kat. No seas tan grosera —dice Hari.

Lo miro de reojo, entrecerrando los ojos.

—No creo que sea yo quien se porta grosera.

Nos miramos fijo durante un segundo, hasta que Luis nos interrumpe.

—Así que, ¿este es tu trabajo? ¿Solo te dedicas a acariciar perros todo el día?

—Hago un poco más que eso. Les tomo fotos, gestiono sus cuentas en las redes sociales, me aseguro de que hagan ejercicio, les doy de comer, les doy agua... —explico—. Pero, sí. También son parte del trabajo muchas caricias en la barriga.

Luis me juzga.

—Maldita sea, has tenido mucha suerte.

Asiento con la cabeza.

—Sí, la verdad. ¿Quieren conocer a otros?

—Ahora mismo —dice Marcus.

Vuelvo a ponerle la correa a Cash, y lo llevo al interior, donde les presento a mis amigos algunos de los recién llegados: Hunter, Sage y Obi, de uno en uno, perrera por perrera.

—¿Quién les pone los nombres? —pregunta Marcus, acunando en sus brazos a Obi, un maltés de sedoso pelaje blanco.

—Depende. Casi siempre lo hace Imani, pero a veces deja que lo hagamos nosotros.

—¿Sabes qué sería genial? —pregunta Luis—. Ponerles nombre de cantantes. Pero de forma divertida.

Arqueo una ceja.

—¿Cómo?

—Por ejemplo, Bad Perroni. O, no sé. P. Balvin.

—Sí, sí. Entiendo —digo, pensando—. Como... ¿Perroncé?

La cara de Luis se ilumina.

—¡Sí! ¡Eso!

—Para un gato: ¿Lady Gata? —sugiere Marcus.

—Dios mío —me río—. Me encanta.

—Gati B —dice Luis.

—¡Selena Grrrómez! —respondo.

—¡Kendrick Ladrar! —añade Marcus.

—¿Whiz Khali-auuu? —sugiere Hari.

—¡Sí! —casi grito, y uno de los voluntarios nos lanza una mirada—. Lo siento —le digo, y me dirijo al grupo—: Bueno, estamos haciendo mucho ruido. ¿Nos vamos?

Luis asiente con la cabeza.

—Tengo *hambre*.

—Como siempre —digo, y pongo los ojos en blanco.

Dejamos Una Pata para Todos y acordamos comer en Holy Guacamole, un camión de comida local que tiene obsesionado a Luis. Mis amigos se meten en el coche de Marcus, y yo los sigo en el de mi abuela.

Antes de salir del coche, cojo mi cámara DSLR. Tengo que tomar algunas fotos más auténticas para el perfil de Max, y la comida de aquí siempre luce deliciosa. Será perfecto.

Pero, por supuesto, cuando salgo del coche Marcus mira mi cámara.

—Si estás tratando de intimidarme para que no solicite ese puesto de editor de fotografía, esa no es la manera de hacerlo —se burla—. Las fotos de tu comida no van a ser mejores que mis fotos de bellas mujeres negras.

—No te estoy intimidando. Solo intento tomar algunas fotos buenas de la comida —digo, encogiéndome de hombros.

Luis se echa a reír.

—Entonces, ¿esto es para Instagram? Primero el café helado, ¿y ahora esto? Sánchez, nooo. No puedes convertirte en el tipo de chica que publica fotos de lo que come.

Hari también se ríe.

—De verdad, Sánchez. Uf.

Vuelvo a poner los ojos en blanco, no me gusta nada que Hari me haya llamado Sánchez, cosa que suele hacer Luis.

—Métanse en sus propios asuntos.

Luis me hace caras.

—Oh, sí, es que no puedo.

Suspiro.

—Cállate y pídeme un taco.

Capítulo veintiuno

A pesar de haber pasado un rato bastante agradable con mis amigos, es obvio que Hari sigue enfadado. Y siento que he hecho mi parte. En verdad, no hay nada más que pueda hacer. No voy a intentarlo más.

Me salto la próxima reunión del Club de Fotografía para aventurarme a tomar fotos por mi cuenta. Si es así como va a ser, bien. No los necesito. Puedo hacerlo yo sola.

Sin embargo, es un trabajo solitario.

No ayuda que le haya enviado un mensaje de texto a papá diciéndole que no iré a la cena familiar de esta semana. Después del drama con el horario de regreso, no me parece bien ir.

De todos modos, ahora mismo prefiero dirigir mi tiempo y energía a las cosas de Max. Me dedico a redactar algunas publicaciones para su cuenta. Me cuesta encontrar las fotos adecuadas y pensar en los pies de foto. No subo solo fotos de Becca. También subo fotos de la ciudad, del barrio, de la gente. *Mis* fotos. Y por fin, por fin, la gente reacciona a ellas.

Por alguna razón, las cosas que he estado compartiendo en la cuenta de Max han funcionado de una manera que las cosas de mi perfil *nunca* han logrado. Estoy un poco enojada por eso, por supuesto. Mis fotos siguen siendo lo mejor, aunque nadie las note. Pero si esto es lo que la gente quiere, se lo daré. Porque está funcionando. Estoy publicando con regularidad, estoy siendo vulnerable, estoy relacionándome con la gente, estoy compartiendo mi arte, y mis seguidores están creciendo. Se siente productivo.

El último proyecto de Max: publicar sobre perros.

Sobre todo porque me encantan, y también a todos los demás. Además, tengo acceso a muchos perros.

La última publicación es una foto de Becca con la nariz arrugada y la boca abierta en medio de una carcajada, y unos lentes de sol reflejantes chuecos en la parte de arriba de su cabeza. Uno de nuestros perros adoptados, Sly, le lame la mejilla. También lleva lentes de sol.

Hay un pelo suelto que elimino, y luego aliso algunos cabellos, así como un pequeño grano en la barbilla con el cual recuerdo que se obsesionó ese día.

Para el pie de foto, escribo:

Me. Encantan. Los. Perros.

Solemos creer que todo el mundo ama a los perros, pero la verdad es que casi tres millones de perros y gatos son sacrificados cada año porque los refugios están llenos y no encuentran hogares adoptivos.

Si eso suena sombrío es porque lo es. Pero soy muy, muy afortunada al poder trabajar en algo que me permite ayudar, aunque sea un poco, a impulsar el cambio, como voluntaria en un refugio de animales donde no hay sacrificios. Allí acogemos a todo tipo de animales (perros, sobre todo) y los rehabilitamos.

Les ponemos vacunas, los alimentamos, a veces los cuidamos para que recuperen la salud tras meses de abandono, los entrenamos y, lo más importante, los amamos hasta que encuentran un buen hogar.

La historia de cada perro es diferente, pero todos merecen cariño y bondad. Mi esperanza es ayudar a dar a conocer sus historias, ayudar a los perros de todo el mundo a encontrar familias y ayudar a que todas las mascotas puedan encontrar los hogares que merecen.

El pie de foto me sale sin problemas. Está inspirado en mi trabajo real. Y estoy orgullosa. Esa publicación se siente importante. Tal vez pueda usar a Max para ayudar a cambiar las cosas.

Con mi cerebro zumbando de ideas, empiezo a hacer una lista de contenido de bienestar animal que me gustaría compartir: saludos a mis refugios favoritos donde no matan animales, consejos que he aprendido de Imani sobre el cuidado de los perros, información para determinar si un perro es una buena opción para ti, datos sobre voluntariado.

Solo me detengo cuando mi abuela llama para ver si todavía quiero hacer algunos mandados con ella y el abuelo. Me reúno con ellos en el coche.

—¿Estás lista para ir a buscar una cortina de ducha nueva? —pregunta la abuela, juguetona.

—Y un destornillador nuevo —añade el abuelo.

Sonrío y me abrocho el cinturón de seguridad.

—Oh, ¡qué bien!

—Tal vez incluso te compremos algo lindo, si te portas bien —dice mi abuelo, y me sonríe desde el asiento delantero, mientras mi abuela pone en marcha el coche y sale a la calle.

—¿Un poni? —pregunto.

—Si encontramos uno en Target, claro —dice la abuela.

Pasado un momento, se aclara la garganta.

—Pues... hablamos con tu madre.

Pongo los ojos en blanco y no levanto la vista de mi teléfono.

—¿Sobre el horario de regreso? ¿Otra vez?

—Eso, y sobre que no fuiste a la cena de esta noche.

Recuesto mi cabeza contra el asiento.

—Oh. La verdad es que no tenía ganas de ir.

Aunque no puedo ver su cara, sé que la abuela frunce el ceño desde el asiento del conductor.

El abuelo juguetea con la radio, ignorando la conversación. Ojalá yo también pudiera hacerlo.

—Solo espero que no estés tratando de castigar a tus padres por nuestro desacuerdo —dice mi abuela, despacio—. Es problema nuestro, no tuyo.

Me cruzo de brazos.

—No estoy tratando de castigar a nadie. He tenido una semana muy difícil y no tengo ganas de sonreír en una cena donde nadie quiere estar.

Hay una dureza en mi voz que no puedo evitar.

La abuela me mira, sorprendida.

—¿Qué quieres decir con eso?

Me encojo de hombros.

—Me refiero a que mamá y Leo ni siquiera estuvieron en la cena la semana pasada.

Al escuchar eso, mi abuelo apaga la radio.

—¿No estuvieron? —dice, y mira a la abuela—. Vimos la foto que Sarah subió a Facebook.

—Oh, claro: mamá nos tomó una foto antes de irse para que *pareciera* que estábamos cenando juntos, pero ella y Leo se fueron. —Miro por la ventana; los hidrantes y coches estacionados pasan borrosos—. Nos quedamos papá y yo, cenando con los perros. Una familia grande y feliz.

El abuelo suspira.

—Lo siento, Kat. No sabíamos.

—No es tu culpa. Pero ¿por qué quieren que vaya a cenar si es una molestia? ¿Qué sentido tiene?

—Son tus padres —me recuerda la abuela.

Siento que me pongo rígida. He escuchado eso miles de veces a lo largo de mi vida. Esa es tu madre. Ese es tu padre. Ese es tu hermano. Me recuerdan una y otra vez que son mi familia, como si pudiera despertarme un día y olvidarlo.

¿Se lo recuerdan a ellos también? ¿Que soy su hija? ¿Su hermana?

—Tú y el abuelo son los que me están criando —digo en voz baja.

—Kat —dice la abuela, con un grito ahogado. Pero es cierto.

Y, sin embargo, nunca lo decimos. A veces siento como si lo hubiera inventado todo, como si estuviera confundida sobre quién me quiere y quién no. Otra mentira de Kat Sánchez.

Sin embargo, lo siento. La tensión. La distancia. La indiferencia. En casa de ellos, donde no hay nada mío. En la habitación que dijeron que era mía, "por si alguna vez quieres mudarte aquí", y que poco a poco se ha convertido en una bodega. En nuestras cenas de una noche a la semana. En la forma en que las conversaciones durante esas cenas requieren de esfuerzo, como una comida compartida con extraños. En los viajes espontáneos a la playa, a donde llevan a mi hermano, pero a mí no. En las compras para el nuevo curso escolar, que hacen solo con Leo. En la forma en que no saben nada de mis esperanzas, mis sueños, mi arte.

No soy la hija favorita... pero es mucho peor que eso. No me ven como *su* hija.

Quiero decir que no se trata de la hora de regreso a casa o de una cena, sino de la noción de familia.

Pero no lo hago.

Mi abuelo se inclina y pone una mano curtida sobre la rodilla de mi abuela.

—Kat tiene razón —dice, mientras la acaricia suavemente con el pulgar.

El aire del coche está cargado con el peso de lo que acabo de decir. Es extraño cómo la verdad puede hacer eso a veces.

—Sé que quieres que mis padres y yo tengamos una relación más cercana, abuela —digo con voz suave—. Yo también quiero eso. Si con pedírselo a los dientes de león bastara, no habría problema. Pero algo así requiere esfuerzo. ¿Por qué soy la única que los visita? ¿Y por qué nunca hacemos nada juntos? Nunca me llaman. Nunca me incluyen en nada. Siento que me toca hacer todo el esfuerzo, y me castigan cuando ya no tengo fuerzas. No debería recaer todo sobre mí.

Se siente bien decir eso. Estoy cansada.

Mi abuela respira profundo.

—Tienes razón.

Entonces el abuelo se da la vuelta y me lanza una mirada que dice que desearía poder acariciar también mi mano, para consolar a sus dos chicas a la vez.

—Estamos orgullosos de ti, Kat. Ya hablaremos de esto.

Asiento con la cabeza.

—De acuerdo.

La abuela también asiente.

—Sí.

—Entonces... ¿de qué color quieres el poni? —dice mi abuelo, tras una pausa.

Me guiña un ojo, en un esfuerzo por calmar la tensión que aún persiste. Me obligo a sonreír, pero mi corazón se siente pesado por otra conversación a medias.

* * *

Esa noche, mis dedos ansían enviarle un mensaje a Hari. Pero no puedo. Así que le escribo a Elena.

Yo: **¿Tu familia es un desastre?**

Elena: **Eh, por supuesto que sí. ¿No lo son todas?**

Yo: **Tal vez. No sé. Perdón por el mensaje abrupto y de la nada, jaja.**

Elena: **¡No te preocupes!**

Elena: **¿Estás bien?**

Yo: **Es que han pasado muchas cosas.**

Elena: **Hablemos, entonces.**

Yo: **Es difícil explicarlo por mensaje. Me gustaría poder hablar de otra manera.**

Elena: **¿Por qué no podemos?**

Elena: **¡Los teléfonos no solo envían mensajes!**

Mi corazón late con fuerza. A decir verdad, nada me gustaría más que hablar con Elena. He estado tan desconectada de todo y de todos que últimamente no he podido hablar en serio con casi nadie.

Pero ¿cómo hacerlo? Si le doy mi número, podría localizarme y descubrirlo todo.

Busco si hay una forma de compartir mi número sin compartir mi número. La hay. Sin pensarlo, descargo una aplicación, me hago una cuenta y le envío un mensaje a Elena.

Yo: Solo una llamada, si te parece bien. Nada de video. Soy un desastre.

Elena: Por supuesto. ¡Te llamo ahora!

Transcurre un eón entre el momento en que recibo ese mensaje y el momento en que mi teléfono suena. Contengo la respiración. No debería haber hecho eso. Es una idea terrible. No voy a contestar.

Entonces mi pantalla se ilumina y mi corazón baila.

—¿Hola? —digo.

—¿Max? —dice una voz suave del otro lado, más nerviosa de lo que esperaba.

Eso me hace sentir menos nerviosa.

—Sí. Hola, Elena.

—¡Hola! —Entonces Elena se ríe con la más dulce explosión de alegría, y yo también me río—. Esto es muy extraño. ¿Verdad?

—Súper raro —digo—. Las llamadas telefónicas siempre son extrañas.

—¡Sí! Normalmente prefiero morir que hablar por teléfono. Pero... me parecía que necesitabas una amiga esta noche.

Agarro el teléfono con más fuerza.

—Tienes razón. Acabo de tener una noche terrible. Un par de noches, en realidad.

—Bueno, no seas tímida. Cuéntame —dice Elena con voz amable y alentadora.

Es alarmante la facilidad con que se me escapan las siguientes mentiras.

—Mis padres y yo hemos discutido mucho. Quieren que estudie algo práctico, como negocios. Pero yo quiero estudiar teatro. Están furiosos por eso. Dicen que no voy a ganar mucho dinero y que la actuación es una industria donde es imposible triunfar —invento—. Y sé que quizás sea cierto. Pero es lo que me gusta. Siento que ni siquiera me ven, ¿sabes? Ni siquiera me *escuchan*.

Al menos las últimas partes son ciertas.

—Oh, Dios. Eso apesta. Siento mucho que te presionen así —dice Elena—. Deberían respetar tus sueños, porque serás tú quien los viva. No ellos.

—Exacto. Me duele que tengan una visión alternativa de lo que debería ser mi vida.

—Imagino que la universidad es de por sí difícil, ¿y encima tener a tus padres presionándote sobre tu futuro? —Elena suspira—. Debe ser imposible.

Yo también suspiro.

—Así es. ¿Tus padres apoyan lo que quieres hacer, al menos?

—En general, sí. Lo que más les preocupa no es lo que voy a estudiar, sino dónde. Mi hermana Carys tiene su propia idea al respecto —dice Elena—. Ella está en primer año, pero vive con nosotros, y quiere que yo haga lo mismo porque es menos gasto y podemos compartir la experiencia y todo eso. La quiero, pero no sé. La costa este me llama.

—Nunca he ido.

—Oh, yo tampoco —dice, y ríe—. Pero las películas me dicen todo lo que necesito saber, obvio. Es estirada. Y un poco pretenciosa. Pero también es ecléctica. Con pequeños pueblos, pintoresca. Hay pequeñas cafeterías donde saben tu nombre, y todo el mundo parece tener una panadería o algún otro trabajo tipo de comedia romántica, como florista o curador de arte.

Yo también me río de su visión idílica.

—Ya te veo haciendo cualquiera de esos trabajos.

—¿Verdad? ¡Soy tan de la costa este! Y las estaciones. —La voz de Elena se torna soñadora—. Las hojas cambiantes. El brillo de la nieve. Los árboles floreciendo. Los veranos en el Cabo. No sé qué *es* el Cabo, pero a la gente de allí parece encantarle.

—Creo que son unos pueblos en la playa —aventuro.

—¡Eso es perfecto! Así no sentiré nostalgia. ¿Ves? Lo tengo todo pensado. —Luego hace una pausa—. Al menos me gusta creer eso.

—A veces es más fácil así.

—En verdad lo es. —Elena suspira—. Pero tal vez alguien pueda convencerme de quedarme aquí. No sé. Háblame de la Universidad Estatal de California. ¿Cómo es?

Pienso en algunos de los viajes que he hecho a CSU, en mis fantasías de ser una estudiante ahí, en cosas que le he escuchado decir a Becca. Utilizo esos datos para hilvanar algunas respuestas, y el resto lo invento.

Porque, ¿qué importa una mentira más si va a acercarme a alguien como Elena?

Capítulo veintidós

Hablamos durante horas. Sin embargo, no sentí que fuera tanto tiempo. Minutos antes era un revoltijo de nervios esperando una llamada de una chica que apenas conocía, y al siguiente mi habitación estaba envuelta en la oscuridad, con solo el suave resplandor azul de la luna.

En ese tiempo me enteré de muchas cosas de Elena.

Hace poco rompió con su novia. Sueña con trabajar con niños algún día. Ha estado obsesionada con el color rosa desde niña, pasó por un periodo de tiempo en el que se rebeló contra eso por la #MisoginiaInteriorizada, y luego volvió a él por completo en la preparatoria. Su pelo suele ser rosa, pero también ha sido lavanda. Colecciona tazas de té con lenguaje inapropiado. De su hermana Carys dice en una frase que es "insoportable", y en otra, su voz se llena de amor y adoración por su hermana mayor. Tienen un gato, pero ella quiere un perro.

También le conté cosas sobre Max. Algunas falsas. Otras reales. Cuanto más hablábamos, más difícil se hacía no revelarle cosas de mí también. Se sentía bien.

Ser Max es gratificante de muchas maneras extrañas. Y, mientras evito a Hari, lo que significa también evitar sin querer a Marcus y a Luis, me permite concentrarme en otra cosa. Es mucho más fácil pensar en su vida que en la mía.

Después de mi llamada con Elena, cualquier intención de borrar esa cuenta ha quedado archivada de forma indefinida. De verdad necesito algún tipo de relación con alguien. Y mi relación favorita del momento es con Elena.

Aprovecho mi tranquila tarde del viernes, después de mi turno en Una Pata para Todos, para repasar las fotos que le he tomado a Becca, que ahora están muy bien organizadas y listas para ser publicadas.

Sin embargo, para que funcione el perfil necesito contenido fresco. Por suerte, Becca y yo tenemos el mismo horario de trabajo el domingo, así que le envío un mensaje preguntándole si está interesada en una sesión de fotos, que podría ser en el trabajo, después. Le explico que estoy tratando de ampliar mi portafolio fotográfico para el puesto de editor de fotografía de mi escuela, sin mencionar el hecho de que la convocatoria vence esta noche.

No tarda en responder: **¡Cuenta conmigo!**

Le prometo enviarle el plan creativo para el día, para que pueda venir preparada. Está tan emocionada después de nuestra última sesión que dice que está abierta a todo.

Llaman a la puerta y me levanto de la cama para abrir. La abuela me trae un té. No hemos hablado mucho desde nuestro incómodo viaje en coche, así que imagino que esta es su versión de una ofrenda de paz. Los lenguajes del amor y todo eso.

—¿Tienes sed? —me pregunta.

Asiento con la cabeza.

—Un poco.

La abuela me tiende la taza y sonríe.

—Para ti.

La tomo y bebo un pequeño sorbo del líquido caliente.

—Gracias.

Ella sigue de pie en la puerta, como si no estuviera segura de si debe entrar o quedarse ahí. Yo tampoco estoy segura. Pero me siento de nuevo en mi cama, para al menos hacer algo.

—Quería decirte que siento lo de anoche —empieza.

Miro la taza y su dibujo de amapolas anaranjadas como si fuera lo más fascinante del mundo.

—Sé que fue difícil para ti confiarnos esas cosas —continúa—. Debe haber sido duro. Debe ser duro. Debería haber dicho más.

—Sí es duro —digo, despacio—. Lo siento si te causé tristeza.

La abuela sacude la cabeza.

—No te preocupes por mí. Es complicado, ¿no? Todo esto.

—También es confuso.

—Siempre lo ha sido —me da la razón—. A veces no sé lo que hay que hacer. O decir. Realmente deseo que tengas una buena relación con tu mamá y tu papá. También con Leo. Sin embargo, no solo por eso siempre he insistido en que sigas sus reglas. Es porque eso fue lo que acordamos. Llegamos a este... acuerdo con la promesa de que tu abuelo y yo ayudaríamos a mantener vivo tu vínculo con ellos, tanto como pudiéramos. Tal vez fue una promesa injusta. No lo sé —dice mi abuela—. Pero es una promesa que hice. Y me la tomo en serio.

Nunca había escuchado tanto sobre cómo fue concebida la forma en que vivo. No es mucho, pero es algo.

La abuela mira mi té y luego vuelve a levantar la vista.

—Si eso significa a veces que soy un poco insistente, o un poco reacia a agitar el barco, lo siento. Siempre he tenido la visión de los cuatro juntos y unidos. Todos los padres imaginan eso, creo. Así que sé que es complicado, y a veces extraño, que las cosas sean como son, pero aprecio que hagas tu mayor esfuerzo. De verdad, Kat. Y tenemos que seguir intentándolo.

Por la forma en que me mira, con sus ojos marrones llenos de esperanza de color café, siento el peso de lo que me pide. "Sigue tratando de que funcione. Sigue fingiendo".

Imagino toda la culpa que debe sentir por no haber "hecho más" para que mis padres me llevaran con ellos, por "permitir" que eso haya ocurrido, por "interferir" en nuestra familia: todas las cosas que ha dicho, pequeños comentarios aquí y allá a lo largo de los años. Puede que las palabras hayan sido breves y los pensamientos, fugaces, pero los recogí todos y todavía los recuerdo, dándoles vueltas en mi mente hasta altas horas de la noche.

Me trago mis sentimientos. Sonrío. Asiento con la cabeza.

—De acuerdo —digo—. Seguiremos intentándolo.

La abuela sonríe y se acerca para apretarme la rodilla.

Entonces se va de mi habitación y puedo desinflarme como hubiera querido hacer cuando ella estaba aquí.

Qué lío.

Me vuelvo a tumbar en la cama y saco el teléfono, ansiosa por distraerme. Mi dedo se posa sobre el colorido ícono de Instagram, y cierro los ojos por un breve segundo con la esperanza de encontrar una notificación para Max.

Cuando vuelvo a abrirlos y miro el teléfono, veo que hay una notificación *azul (1 solicitud)* en la esquina superior derecha.

Hago clic y me sorprendo cuando veo el nombre que esperaba, Elena Powell, en los mensajes. ¿Cómo puede ser? Ya hemos hablado antes; no debería aparecer como una solicitud para seguirme.

Entonces se me cae el corazón cuando veo el nombre en la parte superior de la pantalla. No es Max Monroe. Es Kat Sánchez.

¡¿Por qué Elena me está enviando un mensaje privado a mí en lugar de a Max?!

Brotan lágrimas de mis ojos al pensar que todo puede haber terminado. Que mi secreto ha salido a la luz. Que mi aventura como Max ha llegado a su fin. Que mi amistad con Elena ha concluido. ¡Solo hemos hablado una vez! Sabía que era una idea terrible.

Por un momento considero borrar mi propia cuenta de Insta y no leer nunca el mensaje.

Pero sé que no puedo. Así que toco la notificación con un dedo tembloroso. Y entonces me río a carcajadas cuando veo el mensaje.

¡Hola, Kat! Perdón por enviarte un mensaje de la nada, sin conocernos, pero Max Monroe (@maxmonroelives) me dio tu nombre. Estoy OBSESIONADA con tus habilidades fotográficas. ¡Eres muy buena! Me he dado cuenta de que vives en Bakersfield y me preguntaba si estás interesada en aceptar nuevos clientes. Quiero algunas fotos para un sitio web. ¡Avísame! Muchas gracias.

Debo estar soñando. Porque es imposible que Elena, la chica

con quien he estado chateando como Max, ahora me haya escrito a mí, *la chica de la vida real que le ha estado mintiendo todo el tiempo*, para ver si puedo tomarle fotos.

Vuelvo a reírme mientras leo otra vez el mensaje.

No hay manera de que pueda aceptarlo. No importa lo mucho que mis entrañas griten que sí.

A menos que...

Me acuesto boca abajo, pensativa. Y pienso. Y pienso. Y pienso. Escribo no una, sino dos, tres, cuatro, cinco y seis versiones de una respuesta. Llámese valor, llámese genio empresarial, llámese completa y absoluta estupidez, llámese como sea, pero estoy a *un puntito* de decir que me interesa.

Repaso todos los escenarios en mi cabeza, deseando desesperadamente tener a alguien con quien hablar sobre lo que está pasando.

Una parte de mí grita que no. "¡Di que no!". Ya estoy actuando bastante rara al usar las fotos de Becca y hacerme pasar por alguien que en realidad no existe. Si me encuentro con Elena podría decir algo equivocado. La verdad podría salir a la luz.

Otra parte de mí insiste en que no es un gran problema: puedo decir que estoy interesada, hacer la sesión de fotos, darle a Elena las fotos y listo. No pasa nada. Ella se lleva unas fotos preciosas y yo la veo a ella.

Porque a eso se reduce todo, ¿no? Quiero ver a Elena.

Me paseo por mi habitación, dándole vueltas a ambas decisiones en mi mente. Entonces me meto en la cuenta de Instagram de Max y escribo un mensaje.

Yo: **Solo quiero decir ¡hola!**

Elena le responde casi al instante.

Elena: **¡Oh, holaaa! ¿Cómo estás?**

Yo: **¡Muy bien! ¿Qué vas a hacer esta noche?**

Elena: **Voy a salir con unos amigos. Mi amigo tiene un proyector exterior, así que vamos a ver *El show de terror de Rocky* y comer un montón de comida chatarra.**

Yo: **¡Suena increíble!**

Elena: ¡¿Verdad?! ¿Y tú?

Yo: **No tengo mucho que hacer. Trabajo en un ensayo.**

Elena: **Uf. No digas más.**

Yo: **Oye, sé que no viene mucho al caso, pero ¿por fin contactaste a mi amiga Kat?**

Elena: **Oye, qué raro. ¡Acabo de escribirle un mensaje hoy!**

Yo: **En realidad soy un poco vidente. ¿No te he dicho?**

Elena: **Bueno, señorita vidente, ¿puedo saber si tu amiga accederá a tomarme las fotos?**

Elena: **¡Por fin voy a hacer una página web real para mi negocio de calcomanías!**

Elena: **Y, si todo va bien, tal vez fotos de la graduación el año que viene.**

Todo eso suena sano y dulce. Entonces quizás no sería tan malo si accediera. Puedo tomar algunas fotos sencillas para su página web.

Yo: **La bola de cristal dice... Sucederá.** ✦ 🔮 ✦

Elena: **Bueno, pero ¿por qué suenas más como una Bola 8 Mágica que como una vidente?**

Yo: **Da lo mismo, ¿no? ¡Pero insistiré con Kat! Ella no se aparece mucho por Insta.**

Elena: **¡¡¡Gracias!!!**

Elena: **Y avísame si puedes usar tus poderes psíquicos para averiguar los números de la lotería. El capitalismo es lo peor, pero debemos recibir lo que nos toca, ¿sí?**

Reacciono con un corazón a su último mensaje.

Bien. Así que voy a hacerlo. Le confirmaré pronto desde mi cuenta, pero todavía no. No quiero que se vuelva demasiado obvio que Max y yo somos la misma persona.

Para matar el tiempo, supongo que podría terminar la solicitud para el puesto de editor de fotografía, dado que se lo mencioné a Elena y todo. Hay que entregarla esta noche antes de las 23:59. Quedan tres horas, pero ¿quién lleva la cuenta?

Envío un mensaje al grupo.

Yo: **Marcus, ¿cómo has presentado tu portafolio fotográfico?**

Marcus: **No puedo creer que me estés preguntando esto.**

Marcus: **¡Y no puedo creer que aún no hayas enviado tu solicitud!**

Marcus: **Kat.**

Yo: **¡Lo sé! Estoy terminando.**

Luis: **Ponte las pilas, coño.**

Le devuelvo un emoji poniendo los ojos en blanco.

Yo: **¿Puedes decirme? ¿PDF o qué?**

Marcus: **Usé mi sitio web.**

Frunzo el ceño. ¿Un sitio web? Marcus nunca había tenido una página web.

Yo: **¿Hablas en serio?**

Marcus me envía un enlace y hago clic. En efecto, en mi teléfono se carga la página web de Marcus Brown Photography, y es... genial. Hay páginas para su portafolio fotográfico, precios, biografía y su contacto.

¿Cómo es que Marcus siempre tiene todo bajo control?

Marcus: **Puedes enlazar tu Instagram. O hacer algo en WordPress.**

Marcus: **No es que te esté ayudando.**

Marcus: **Pero recordemos esto cuando me den el puesto. Que me desviví por ayudarte, y aun así lo conseguí.**

Luis añade un emoji de una calavera, y Hari se ríe del mensaje de Marcus. Supongo que me espera una larga noche de trabajo.

Capítulo veintitrés

Lo primero que hago al despertarme a la mañana siguiente es revisar mi teléfono, como siempre.

Mi nuevo portafolio fotográfico se carga, y lo estudio por un momento. Anoche dediqué mucho tiempo a elegir nuevas fotos, editarlas, eliminar las antiguas, y la verdad es que quedó bastante bien. Pero ya era tarde cuando terminé, y *todavía* no había empezado a escribir el ensayo para la solicitud. El tema del ensayo me miraba fijo y, por mucho que intenté redactar una respuesta bien pensada, no me salió nada.

Acabé leyendo de nuevo la descripción completa del puesto, tratando de imaginarme comprometida con el trabajo extraescolar y de fin de semana que requería, y decidí... que no.

No me presenté.

Al menos actualicé mi portafolio fotográfico a causa de todo esto.

Antes de salir de la cama, y antes de perder el valor, le respondo a Elena.

¡Hola, Elena! Gracias por tus palabras. Y que Max me recomiende, ¡vaya! Acabo de echar un vistazo a tu perfil y me encanta tu estética. Me encantaría tomarte unas fotos. Suelo cobrar 50 dólares por una sesión de una hora, que incluye de 30 a 50 imágenes editadas, pero como eres amiga de Max, ¡estaría encantada de hacerlo gratis! Aquí está mi sitio web, para que puedas echarle un vistazo a mi trabajo. Cuéntame más sobre lo que tienes en mente, y te diré los días que tengo disponibles.

"Suelo cobrar", como si alguna vez hubiera trabajado por dinero.

Entonces respiro profundo al darme cuenta de que *ahora estoy manteniendo dos conversaciones distintas con Elena.*

Necesito una ducha.

Limpia, y después de repasar cada escenario posible y de qué forma las cosas podrían salir mal, reviso mi teléfono de nuevo. En efecto, Elena ha respondido. Todavía envuelta en la toalla húmeda, me tumbo en la cama y empiezo a leer lo que ha escrito.

Elena: ¿Solo 50 dólares? ¿Me estás tomando el pelo? ¡Lo digo en buena onda, pero Kat, te estás rebajando mucho! INSISTO en pagar al menos 100 dólares.

Yo: ¿Quééé? No, no. Eso es demasiado... Todavía estoy armando mi portafolio. Soy una novata.

Elena: Con todo respeto, tu portafolio es muy bueno. ¿Has mirado tu Instagram? La mayoría de los fotógrafos en esta área cobran como entre $150 y $200 SOLO por la sesión. ¡Las fotos digitales o impresas las cobran aparte!

Elena: Siento insistir tanto, pero me interesa muchísimo que las personas creativas (y, seamos realistas, ESPECIALMENTE las mujeres creativas) reciban el pago que merecen por su trabajo. Hay demasiada gente que piensa que este trabajo debe ser gratis, o que podemos hacerlo solo por la visibilidad que nos da, y estoy en contra de eso.

¡Es toda una mujer de negocios! Añado eso a la lista de cosas que me gustan de Elena. No solo es súper alentadora, cálida y creativa, sino que también está comprometida con que otros creativos, incluso alguien como yo, con casi ningún seguidor, reciban un pago justo.

Yo: ¡Bien, tú ganas! ¿Cuándo quisieras que fuera la sesión?

Elena: Estoy libre el próximo sábado.

¡Oh! ¡Bien! ¡Quiere que sea pronto! ¡Para nada estresante!

Elena me explica que quiere algunas fotos profesionales de primeros planos y otras más divertidas para su Instagram. Me imagino una sesión a primera hora de la mañana, cuando el sol recién se está despertando y está bajo en el cielo, y los colores son mucho más tenues, como si todavía estuvieran adormilados.

Como tengo que viajar, esto significa que tendré que madrugar. Pero ya puedo ver las fotos en mi cabeza. Tiene que suceder.

Acordamos encontrarnos en la playa del muelle de Ventura, para no tener que lidiar con el tráfico de Los Ángeles, y le doy mi número de teléfono móvil para que nos comuniquemos por mensajes de texto y confirmemos nuestra cita más adelante en la semana. Cuando terminamos nuestro intercambio, llega un mensaje de Hari.

Es únicamente para mí, no para el grupo, y solo dice: **Tienes mi sudadera con capucha**.

Mis cejas se fruncen. ¿Tengo su sudadera con capucha?

Entonces recuerdo la noche de su fiesta, cuando me prestó una sudadera para caminar de regreso a mi casa. Sí, es cierto. Busco en el cesto de la ropa sucia y no la veo, pero por fin la encuentro doblada en mi cómoda. Mi abuela debió de haberla lavado cuando se ocupó de las otras prendas.

Yo: **Sí. La tengo.**

Hari: **¿Puedo pasar a recogerla?**

Yo: **Sí.**

Hari: **Va. Llego en un momento.**

El breve intercambio me molesta y me frustra.

Cuando mi teléfono vuelve a vibrar, sé que es un mensaje de Hari avisándome que está en la puerta. Salgo con la sudadera en la mano.

—Hola —digo.

—Hola —responde, con los ojos entrecerrados y mirando el piso. Luego se aclara la garganta y me mira—. ¿Y mi sudadera?

Se la tiendo, para que la coja, y la toma. Luego se da la vuelta para irse.

—¿Eso es todo? —le pregunto.

Hari deja de caminar, pero no se da la vuelta.

—¿Qué?

—¿De verdad vas a coger tu sudadera e irte? —Me cruzo de brazos—. Qué frialdad.

Entonces se da la vuelta.

—¿*Yo* soy el frío?

—¡Pues sí! Has estado ignorándome toda la semana, ¿y ahora me contactas solo porque quieres recuperar tu trapo?

—Tú también me has estado ignorando —dice Hari.

—Te invité a visitar a los perros.

—Nos invitaste a *todos* a visitar a los perros. Y yo fui, aunque en realidad no quería ir.

Frunzo el ceño.

—Entonces, ¿seguiremos sin hablarnos?

Hari suspira.

—¿Qué esperas que haga, Kat? ¿Fingir que todo está bien?

—¡Habla conmigo, al menos! —le digo—. Nos peleamos, pero eso no significa que dejemos de ser amigos.

Hari me mira con ojos entrecerrados, y pienso que va a gritar. Pero su voz es suave cuando habla.

—Me has hecho mucho daño.

Mi voz también se suaviza.

—Lo siento, Hari. De veras lo siento. Pero nos hicimos daño mutuamente.

Hari sacude la cabeza.

—Siento haber dicho que tu secreto era estúpido. No debí hacer eso. Pero, por Dios, todo lo que estaba pasando me dolía mucho. Y supusiste inmediatamente que se lo diría a la gente para vengarme de forma enfermiza porque no quieres estar conmigo.

Trago saliva.

—Nunca debí de haber dicho eso. Nunca se lo dirías a la gente. Lo sé. Es que estaba muy asustada.

—Bueno, sigo pensando que fue una mierda de tu parte.

—Y yo sigo pensando que fue una mierda de tu parte menospreciar ese aspecto de mi vida. Sabes cómo me hace sentir.

—Te importa a ti más que a nadie —dice Hari—. La gente lo entendería.

Entorno los ojos hacia él.

—Eso no importa. Debo ser yo quien decida lo que los demás saben de mí. Y no quiero que tú, mi mejor amigo, me hagas sentir que estoy exagerando. ¿Te imaginas que tu mamá y tu papá te abandonen, pero se queden con Dev? ¿Cómo te sentirías?

Hari frunce el ceño.

—Me sentiría como una basura.

—Ajá. Yo me siento como una basura... todo el tiempo. —Indignada, añado—: Esa es *mi* vida. No se trata de ti.

Pero enseguida me doy cuenta de que decir eso fue un error, al ver que la cara de Hari se nubla.

—Y *ese* es el problema. No se trata de mí, de acuerdo, claro, pero *siempre* se trata de ti. —Su voz se hace más fuerte—. Entiendo que pienses que solo tú cargas el secreto, pero nos haces mentir a mí, a Luis y a Marcus también, sobre los más nimios detalles, para encubrirlo. Y, peor aún, ¡ahora estás siempre pegada a tu teléfono! ¡Es como si apenas nos vieras! Casi me abandonaste en una fiesta que sabías que me causaba mucha ansiedad y luego me rompiste el puto corazón, y tu mayor preocupación después de eso fue si te iba a delatar. Apenas te importan mis problemas con Dev y mis padres. ¡Todo es tú, tú, tú! ¿Qué tan egoísta puedes ser?

La acusación es vertiginosa, pero antes de que sus palabras se asienten del todo me pongo a la defensiva. No es como que su comportamiento haya sido perfecto.

—Eso *no* es cierto...

—*Sí* es cierto. Solo te importa lo que te pasa a *ti*, cómo te afecta a *ti*, cómo te sientes *tú*. Parece que en verdad no te importa un carajo tu supuesto mejor amigo.

Hari parece enfadado, pero su rostro refleja dolor: en la forma en que sus cejas están fruncidas, en la forma en que sus ojos se han estrechado, en la forma en que su perfecta mandíbula se ha tensado.

—Hari... —empiezo, pero no sé qué decir.

¿Qué puedo decir? Porque tiene algo de razón, ¿no? He estado distraída. Casi no estuve en su fiesta. No lo he apoyado deveras mientras lidia con la angustia que le provocan sus padres y el hecho de sentirse como el gemelo menos bueno. Y acabo de... romper su corazón.

En mi mano, mi teléfono zumba, y mis ojos se dirigen a él sin que pueda detenerme. Aparece un número que no reconozco, pero el mensaje dice: **¡Hola, Kat! ¡Soy Elena! Solo te mando este mensaje para que tengas mi número.**

—Guauuu —Hari suspira—. Ni siquiera puedes apartarte de lo que sea que esté pasando en tu teléfono mientras hablamos de esto.

—¡Lo siento! Es que estoy abrumada. ¡No puedo pensar!

Mi teléfono vuelve a zumbar, señal de que he recibido otro mensaje, pero no miro. Y luego hay otro, y otro, y otro, en rápida sucesión.

—Vamos, Kat. Sé que quieres hacerlo. —Hari deja escapar una risa amarga, señalando con la cabeza mi teléfono. Luego mete la mano en el bolsillo trasero de su pantalón, para sacar el suyo—. Yo también he recibido ese.

—No me importa lo que diga o de quién sea. Me importa esta conversación.

Hari lee el mensaje, y mira por encima de su hombro. Luego se vuelve a mirarme.

—Te importará esto —dice.

De mala gana desbloqueo mi teléfono y veo un mensaje de Marcus al grupo que dice: **¿Adivinen con quién nos hemos topado?**

Luis: **CON LA SEXY MAMÁ DE SÁNCHEZ.**

Marcus: **Qué nefasto.**

Marcus: **Pero sí. Nos invitó a cenar el jueves.**

Luis: **POR FIN. PORQUE LA MALEDUCADA DE SÁNCHEZ NUNCA LO HA HECHO.**

Luis: **Hemos dicho que sí. Pero solo por la comida gratis.**

Miro a Hari, con los ojos muy abiertos.

—Mierda.

Es cierto que Luis y Marcus saben que no vivo con mis padres. Pero nunca han estado en casa de mis papás, y la idea hace que me sienta un poco mareada. Verán lo disfuncionales que somos; verán que no tengo una habitación; verán toda la verdad. Y esa verdad es muy fea. Ni siquiera Hari la entiende.

—Sí. Mierda —dice, y me mira—. Eso va a ser difícil de manejar.

—Me lo merezco, parece.

Se ablanda.

—No he dicho eso.

—Bien podrías haberlo dicho. Y ni siquiera te tendré a ti para hablar sobre el tema, porque me odias.

Hari me mira a los ojos.

—Oye, no te odio.

—Pues así se siente—digo. Y se me escapa un sollozo—. Extraño a mi amigo.

Hari cambia el peso de un pie a otro.

—No sé qué decir. Necesito algo de tiempo. Y, aunque no fuera así, no podría ir a esa cena. Estoy castigado.

—Espera, ¿qué? ¿Estás castigado?

Hari se encoge de hombros.

—Mis padres se enteraron de la fiesta.

—¿Cuándo?

—Ayer. Nuestro vecino nos delató. —Hari levanta la sudadera—. Venir a buscar esto fue mi última aventura por un tiempo.

Frunzo el ceño.

—Oh, no. ¿Qué tan molestos están?

—Muchísimo. Mi padre dice que con suerte podré ir a otro sitio que no sea mi habitación y la escuela antes de graduarme. Y pues eso.

Sin pensarlo, me acerco y pongo mi mano sobre la suya.

—Lo siento. Lo siento mucho. ¿Vas a estar bien? ¿Hay algo que pueda hacer? Puedo hablar con tus padres. Puedo decirles que todo fue idea de Dev, o mía, ¡lo que sea! Puedo...

—Kat, no. Está bien. También están un poco enfadados con Dev. —Una sonrisa pícara tira de la esquina de su boca—. Esa parte es bastante satisfactoria.

—Reivindicación —digo, y le devuelvo una pequeña sonrisa—. Pero, en serio, ¿qué necesitas?

—Una nueva vida suena bastante bien ahora mismo. —Hari hace un gesto hacia mi teléfono—. Así que, sí. Como sea. Siento no poder acompañarte durante la cena. Sé que será difícil.

—El hecho de que hayas pensado en ir, ayuda. El sentimiento. Sé que te debo una solo por eso.

Hari vuelve a encogerse de hombros.

—Yo sé que siempre pagas tus deudas.

Extrañamente, una ola de alivio me invade al escuchar eso.

—Entonces, ¿estaremos bien? —pregunto, necesitada de que me lo confirme.

Hari se echa la sudadera al hombro y me mira.

—Es probable. Estaré tan desesperado por una conexión humana cuando me quiten el castigo, que me parecerás genial de nuevo. —Sonríe mientras dice esto, burlándose de mí.

Le devuelvo la sonrisa.

—Mejoraré algunas cosas mientras.

Él asiente con la cabeza.

—Yo también. Sé que yo también he sido un poco mierdero. Nos vemos después del exilio.

Capítulo veinticuatro

Mi enfado con mi madre por invitar a Luis y a Marcus a cenar es grande.

Sin embargo, las cosas como Max van de maravilla.

¿Cómo es posible que una parte de mi vida sea tan irritante, confusa e inquietante, y otra, tan perfecta, esperanzadora e idílica? La disonancia cognitiva es real.

Le confirmo a Elena que nos reuniremos el próximo fin de semana, y una oleada de emoción me recorre cuando lo hago.

Le digo a Luis que más vale que no vuelva a llamar sexy a mi madre, a no ser que tenga ganas de morir.

Y le cuento a mi abuela lo de la cena con mamá, papá y mis amigos. Está tan emocionada que me envuelve en un gran abrazo, sin poder borrar la sonrisa de su cara.

También le envío un mensaje a Marcus para desearle suerte como editor de fotografía. Se burla de mí, porque he admitido mi derrota, y no tengo valor para decirle que ni siquiera he solicitado el puesto.

Y le escribo a Hari para desearle suerte. Le aseguro que es una buena persona y que las cosas mejorarán, porque creo que necesita oírlo.

Aun así, no puedo evitar que la palabra *egoísta* ocupe mucho espacio en mi cerebro. He sido egoísta. Y eso... apesta.

Voy pensando en eso cuando me dirijo a mi próximo turno en Una Pata para Todos, con mi equipo fotográfico y algunos accesorios, llena de arrepentimiento por haber programado lo que se ha convertido en una sesión de fotos súper extravagante con Becca. Si me preocupa ser egoísta, debo aceptar que la definición de esa palabra es más o menos así: robar fotos de una amiga que ha jurado no usar las redes sociales, hacerlas pasar por retratos tuyos y luego mentir sobre por qué necesitas más fotos de esa persona.

Al menos, ver las colas de los perros meneándose cuando entro en Una Pata para Todos me levanta un poco el ánimo y me recuerda que no *todo* lo que hago es malo. Solo la mayoría de las cosas. En este momento, al menos.

Me pongo a trabajar alimentando, dando de beber y bañando a los animales.

Becca llega un rato más tarde para empezar su turno, y corre hacia mí. Me doy cuenta de que lleva el pelo arreglado y maquillaje. Se ve hermosa, y resiento mi pequeña punzada de emoción al pensar que las fotos de hoy serán perfectas para la cuenta de Max.

Egoísta.

Ya hemos decidido que iremos a tres locaciones diferentes, con otros tantos atuendos distintos, sin contar las fotos que tomaremos aquí mismo.

Empezamos sacando al patio a un par de los perros más tranquilos, y preparo la sesión, con el bolsillo lleno de galletas para perro, para que me hagan caso. Voy a tomar fotos tanto de Becca con los perros (para mi solicitud como editora de fotografía, le dije) como de los perros solos (para el trabajo).

Como estamos a principios de noviembre, tomo algunas fotos invernales para el sitio web y las redes sociales. Aunque no hay nieve en Bakersfield, he comprado accesorios, como bufandas tejidas y gorros para los perros, que sugieren la llegada del invierno.

Tomamos unas cuantas fotos, incluyendo algunas nuevas de Cash, y entonces nos llaman.

—¡Chicas!

Becca y yo nos damos la vuelta, y vemos a Imani haciéndonos señas para que entremos.

—¡Reunión de personal!

Becca y yo intercambiamos una mirada.

—¿Sabíamos de esto? —pregunto.

—Yo no —dice Becca—. Supongo que deberíamos guardar a los chicos.

Cuando terminamos de guardar a los perros, el resto del personal ya está sentado, conversando alrededor de nuestra mesa de conferencias. Imani y su ayudante, Myrna, trabajan en una laptop.

Imani señala algunas de las sillas vacías del fondo de la sala, cerca de las máquinas expendedoras.

—¿Estamos todos? —pregunta, examinando la sala.

Myrna asiente.

—Parece que sí —dice.

—¿A qué viene esto? *Nunca* tenemos reuniones de personal —dice Jin, nuestro director de oficina.

Él es sin duda uno de mis favoritos del trabajo, aunque Cash está por encima, claro.

Imani sonríe.

—Lo sé. No es que me gusten. Pero se trata de un asunto importante.

—¿Estamos despedidos? —pregunta Sandra, y luego responde a su pregunta—. Espera, soy voluntaria.

Imani da una palmada.

—Bien. Nadie está despedido. Se trata de algo bueno, ¡en serio! ¿Luces?

Myrna acciona el interruptor de la esquina, mientras Imani se toma un segundo para preparar la laptop y el proyector al cual está conectado.

—Redoble de tambores, por favor.

Parte del personal que está sentado alrededor de la larga mesa tamborilea con los dedos. Yo contengo una carcajada y me uno a ellos. La laptop de Imani se enciende, y en el proyector aparece una imagen con copos de nieve, muñecos de nieve y las palabras *Baile Inaugural de Invierno de Una Pata para Todos*.

Imani señala la pantalla.

—Ta-rán.

—¿Un baile? —pregunta Becca, con ojos asombrados—. ¿Un baile de verdad?

—¡Sí, un baile de verdad! Y una recaudación de fondos y un desfile de moda.

Becca y yo intercambiamos una mirada.

—¡Un desfile de moda! —exclamo y sonrío.

—Para los perros —aclara Myrna.

—¡Sirve igual! —digo yo.

—¡Ese es el espíritu! —dice Imani—. Nuestra cadena de televisión local nos ha contactado para organizar un evento con el tema de "Vaciar los refugios", cerca de las fiestas de fin de año. Y va a ser bueno.

Imani comparte su breve presentación y describe su visión del evento.

Es impresionante, y empiezo a emocionarme. ¿Un baile? Suena muy elegante. Una Pata para Todos incluso ha conseguido un par de patrocinadores de alto nivel.

Entonces Imani suelta una gran bomba: el evento será justo después de Navidad. Es decir, en unas pocas semanas.

—Sé que tenemos poco tiempo, pero podemos hacerlo —asegura—. Solo tenemos que trabajar juntos. Y, seamos realistas, dar todo de nosotros.

Imani reparte las tareas. A Becca y a mí nos encarga la campaña digital y en las redes sociales, y luego nos explica que nos dará más detalles más tarde.

—Sé que no acostumbramos enviar correos electrónicos, pero ahora sí revisen los suyos.

Fin de la reunión.

La sala bulle de energía, en parte de emoción y quizás en parte de terror. Es mucho lo que hay que hacer en muy poco tiempo, y nunca hemos organizado nada parecido, al menos desde que yo estoy ahí.

La mayor parte del trabajo recaerá sin duda en Imani y Myrna, pero siento mucha presión al saber que Becca y yo seremos las únicas responsables de la proyección digital del evento.

Tenemos muchas entradas que vender. Y no hay tiempo.

Le comento algunas de estas preocupaciones a Becca cuando volvemos a nuestros escritorios.

—O sea, no quiero sonar deprimente o algo así, pero estoy nerviosa.

—Pero habrá un baile, Kat —dice Becca con un suspiro—. ¿Te imaginas? Parece un sueño.

—Parece un sueño —admito—. Además, vaciaremos el refugio. Cash por fin tendrá un hogar.

Salto de alegría solo de pensarlo.

* * *

Becca y yo terminamos nuestros turnos y nos vamos a la sesión de fotos. Eso ocupa el resto de mi domingo y nos permite comentar algunas ideas para ayudar a promocionar el Baile de Invierno de Una Pata para Todos. Ella toma algunas notas en su teléfono y me las comparte por correo electrónico, para que podamos consultarlas la próxima vez que tengamos un turno en el trabajo.

Cuando llego a casa, me instalo en mi habitación para trabajar en la edición de las fotos que tomé, y enviarle algunas a Becca. Pero antes reviso mi teléfono, que he descuidado todo el día. La tarde me ha dejado tan ocupada que no he podido hacer mucho, excepto publicar un rápido *Boomerang* de Becca con los perros en las historias de Max.

Hay unas cuantas reacciones en mi bandeja de entrada: ojos de corazón, fuego, guaus, y algunos mensajes:

¡¿DÓNDE conseguiste ese gorro?!

¡Eres taaaan guapa!

¡¡¡SORPRENDENTE!!!

Reacciono con un corazón a cada mensaje, y respondo a la pregunta sobre el gorro. Luego reviso algunas de las historias de las personas a quienes sigue Max.

La historia de Elena está llena de instantáneas de sus aventuras del fin de semana. Parece que ella y sus amigos terminaron en Disneylandia, algo muy Elena. Siento una punzada de celos, deseando haber estado allí también.

Y sé que eso no tiene sentido.

Pero, aun así.

Es como si Elena se diera cuenta de que estoy pensando en ella, porque llega un mensaje suyo. Es una foto de ella y sus amigos gritando en la Torre del Terror. Tiene los ojos cerrados y la boca tan abierta que seguro le cabría sin problemas uno de los *pretzels* con forma de Mickey Mouse. Es divertidísimo, y aun así luce adorable.

Elena: **Nueva foto de perfil, ¿verdad?**

Yo: **Si no la usas, me enfadaré.**

Yo: **¿Cómo estuvo?**

Elena: **Mágico, como dicen.**

Yo: **Estoy un poco celosa.**

Elena: **¡¡¡¡Deberías venir la próxima vez!!!**

Yo: **¡Ya quisiera!**

Elena: **¿¿¿¿¿¿TE IMAGINAS????????**

Yo: **Sí, la verdad.**

Yo: **Sería lo máximo.**

Elena: **¡Sí!**

Elena: **Espera.**

Los puntos desaparecen, así que sé que no está escribiendo nada, pero sigo mirando la pantalla de todos modos, esperando.

No sé qué pasa con nosotras, pero lo estoy disfrutando mucho.

Elena: **SOY EXCELENTE.**

Yo: **Hola, Excelente. Me llamo Max.**

Elena: **Ja ja ja ja ja, por Dios.**

Elena: **Bueno.**

Entonces aparece una imagen. Es la misma foto de la Torre del Terror que me acaba de enviar, con la cabeza de Becca mal recortada y colocada sobre alguien en el fondo.

Elena: **¡¡¡Ahora no tienes que imaginártelo!!!**

Yo: **Oh, por DIOS.**

Elena: **Me lo puedes agradecer después.**

Yo: **No sé cómo podré pagarte.**

Yo: **Nunca he estado más guapa.**

Elena: **En serio.**

Elena: **Vamos de regreso en el coche.**

Elena: **Mi amiga Vanessa conduce como la mierda.**

Elena: **Le ha puesto nombre a su coche y todo. Es muy intensa.**

Yo: **¡Dios, mi amigo Marcus también le ha puesto nombre a su coche!**

Ups. Parece que ahora Max es amiga de Marcus.

Elena: **¿Qué hay con eso?**

Yo: **Frikis.**

Elena: **Pero nosotras, no.**

Yo: **No, no. ¡Nunca!**

Elena: **Me alegra ser por fin amiga de alguien normal.**

Sonrío con tristeza mientras miro mi teléfono. Normal. Sí. Seguro que normal. Seguro que no estoy mintiendo. No me atrevo a responder a ese mensaje, así que le pongo un corazón.

Elena: **¡Espera!**

Elena: **No te vayas todavía.**

Yo: **¿?**

Elena: **Marcar un mensaje con un corazón es como decir "Vi lo que dijiste, y ahora me voy".**

Yo: **Jaja, es verdad. ¡Vaya manera de ponerme en evidencia!**

Elena: **¡¡¡Lo siento!!! Soy un poco intensa, lo sé.**

Yo: **Eso me gusta. Cuéntame más sobre tu fin de semana.**

Elena: **¿Incluso la parte en que comí demasiado algodón de azúcar, me subí a la Torre del Terror y vomité?**

Yo: **QUÉ ASCO.**

Yo: **Pero, sí.**

Yo: **Incluso eso.**

Me doy la vuelta en la cama, diciéndome a mí misma que la edición de fotos puede esperar hasta mañana.

Capítulo veinticinco

Me da vergüenza admitir lo tarde que me quedé hablando con Elena. Nos enviamos mensajes de texto durante todo su viaje de regreso a casa y luego me llamó. La puse al corriente de mi día, incluida la sesión de fotos con los perros. Pasamos un buen rato diseccionando una nueva tendencia artística en TikTok, y le conté todo sobre Cash. Ella me habló de su perro de la infancia, un labrador llamado Scooter.

Hablamos de cosas mundanas, como la escuela, y de cosas divertidas, como las películas que veíamos una y otra vez. Antes de darme cuenta, eran casi las dos de la madrugada.

Ahora me he despertado para ir a la escuela, y estoy tan cansada que mis globos oculares se sienten como si estuvieran en llamas. Pero ha valido la pena. Sonrío cada vez que pienso en nuestra conversación.

Sigo sacando mi teléfono a escondidas entre las clases y durante todo el día, intercambiando mensajes con Elena. Le envío una foto de los zapatos de una de mis compañeras, unas plataformas de color rosa intenso que creo que le encantarán. Ella me envía un garabato de Cash, que ha dibujado al margen de una página de su cuaderno. Hago una captura de pantalla para guardarlo.

—¿Holaaa? —dice Luis.

Estamos en la cafetería con Marcus y Hari, y no he tocado mi almuerzo.

—¿Qué? —pregunto.

—Pregunté si te vas a comer eso. —Luis mira a Marcus con los labios fruncidos—. Esta chica nunca escucha, lo juro por Dios.

—Lo siento, estoy distraída —digo—. No, no me lo voy a comer.

—Gracias, maldita sea. —Luis toma el recipiente con pasta que mi abuelo me preparó, y comienza a comer—. Titi olvidó dejarme dinero para el almuerzo esta mañana, así que tengo mucha hambre.

—Siempre tienes mucha hambre —protesta Marcus.

—Hoy tengo más, ¿sí?

Luis sorbe un fideo.

Hari hace una mueca.

—Qué asqueroso.

Luis se encoge de hombros.

—Entonces, ¿qué pasa, amigo? —le pregunta Marcus a Hari mientras le golpea el brazo—. ¿Sigues castigado?

Hari asiente con la cabeza.

—Sí. Hasta nueva orden.

Marcus frunce el ceño.

—Eso es una mierda.

—Parece un poco injusto, porque ni siquiera fuiste *tú* el que organizó la fiesta —digo.

—Mis padres no creen que su adorado Dev la haya organizado —dice Hari—. En cualquier caso, yo también estaba presente. Ahora tenemos que quedarnos en casa y concentrarnos en nuestros estudios. Si les da por pensar que nos estamos divirtiendo, nos quedaremos en casa hasta la graduación.

Luis frunce el ceño.

—Eso apesta.

Hari se encoge de hombros.

—Pues, no es que tuviera mucho que hacer aparte de la escuela. —Se vuelve hacia Luis—. A diferencia de este. ¿Cómo van las cosas con Xio?

Una sonrisa se extiende por la cara de Luis.

—Bien. Súper bien.

Arrugo la nariz hacia él.

—¿Contigo?

—No te pongas celosa, Sánchez, porque yo estoy disfrutando mientras tú y tu novio no pueden.

Luis nos mira con complicidad a Hari y a mí. Hari frunce el ceño.

—Siento haber preguntado —murmura. Luego se levanta de la mesa y se echa la mochila al hombro—. Me voy.

—Oye, no le hagas caso —dice Marcus.

Pero Hari ya se está despidiendo con la mano, mientras se aleja.

—Mira lo que has hecho. El chico está deprimido porque está castigado, y tú tocándole las pelotas.

—¡Siempre lo molestamos con que le gusta Sánchez! —protesta Luis.

—Bueno, tal vez no deberías —digo—. No hay nada entre nosotros.

Luis me mira con escepticismo, pero Marcus me dedica una pequeña sonrisa.

—Sí. Lo sé por la forma en que sonríes cuando miras tu teléfono. Es obvio que tienes algo con otra persona. —Marcus señala con la cabeza hacia donde estaba Hari—. Seguro eso es lo que tiene tan deprimido a Hari.

—Oh, mierda, Sánchez, ¿en serio? —dice Luis, con voz entrecortada.

Mis mejillas se sonrojan.

—¿Qué? No.

—La señora protesta mucho —dice Marcus, como sabelotodo.

—Oye, para ya —dice Luis, señalando a Marcus.

Marcus lo ignora.

—¿A quién le estabas enviando mensajes de texto, entonces?

—¡A nadie!

Marcus me mira entrecerrando los ojos y señala enérgicamente mi teléfono.

—Claro, sonreías mientras le mandabas mensajes a "nadie". Pues bueno. Pórtate sospechosa. Es cosa tuya.

—Solo hay que ser más amables con Hari, ¿sí? —digo, cambiando de tema.

No quiero compartir demasiados detalles, ya que está claro que no le ha contado a nadie lo que pasó entre nosotros, pero también quiero poner fin a sus incesantes burlas. Puedo imaginar cómo se siente Hari por eso. Limón en la herida.

—Le están pasando muchas cosas. Y de verdad no hay nada entre nosotros. Tienen que parar. —Mantengo la voz firme—. En serio. O dejaré de compartir mi almuerzo con ustedes.

Luis levanta las manos.

—Está bien, está bien. Pero no uses la comida como rehén. No hizo algo.

—No hizo nada —lo corrige Marcus.

—Lo que sea, Urkel.

—¿Cómo conoces esa referencia? Ese programa tiene como treinta años.

—¡A mi titi le encanta!

Ambos empiezan a discutir, y yo puedo volver a mi teléfono en paz.

Después de clases, llega un Snap de Marcus para mí, Luis y Hari. Es una foto de una placa de identificación que dice MARCUS BROWN y, debajo, el título de EDITOR DE FOTOGRAFÍA.

Respondo: **¡Ayyy! ¡¡¡Felicidades!!!**

Él escribe: **Gracias. La victoria es dulce.**

Le devuelvo un emoji de dedo medio levantado.

Luis: **Mira dónde apuntas esa cosa, Sánchez.**

Luis: **¿Esto significa que el Club de Fotografía ha muerto?**

Marcus: **¿Qué? ¡No! ¡Lo necesito para mi currículum!**

Luis: **No hemos hecho un carajo para el club en semanas. El señor Griffin se ha dado cuenta. Una vez que el consejero del club se da cuenta, estás jodido, ¿no?**

Hari: **La verdad SÍ está un poco muerto.**

Marcus: **¡¡¡NO!!!**

Marcus: **Aparte de Honey, ese es mi otro bebé.**

Luis: **Dejaste morir a tu bebé, hermano.**

Yo: **¡Asesino!**

Marcus: **¡¡¡Haremos algo este fin de semana, maldita sea!!!**

Yo: **Estoy ocupada el sábado.**

Hari: **Mmmm, yo todavía estoy castigado.**

Marcus: **¿Incluso para los proyectos escolares?**

Marcus: **No.**

Marcus: **¡Vienes!**

Hari: **Veré qué puedo hacer.**

* * *

La semana pasa, y las conversaciones nocturnas con Elena se vuelven normales. No sé cómo no se nos acaban las cosas que decir, pero la conversación fluye muy fácil. Nos reímos de los malos programas de televisión que hemos visto recientemente. Nos enviamos memes. Intercambiamos fotos de perros adorables. Compartimos TikToks.

Hablamos mucho, y aun así siento que apenas tenemos tiempo para hacerlo, sobre todo porque ambas hacemos malabares con la escuela, los amigos y el trabajo.

Termino pidiéndole a Elena que me cuente más sobre su negocio de calcomanías, y está más que dispuesta a hacerlo. Dice que empezó a hacer calcomanías viendo tutoriales en internet. Aunque siempre había sido una persona que garabateaba en los márgenes de sus cuadernos, fue hasta que su hermana mayor le regaló un Apple Pencil para su iPad cuando comenzó a trabajar con Procreate. Dice que el mundo de los creadores con empresas pequeñas en TikTok la atrapó, cosa que explica por qué tiene tantos seguidores allí.

Elena: **Aunque a veces es taaaan raro.**

Elena: **Que tantos desconocidos te sigan y sepan cosas de ti.**

Elena: **Y tú no sepas NADA de ellos.**

Yo: **Oh, totalmente. ¡Es tan extraño pensar en eso!**

Elena: **¿Verdad que SÍ?**

Elena: **Alguno de mis seguidores puede ser un acosador.**

Elena: **O mi profesor de Francés.**

Yo: **Igual de mal, ¿no?**

Elena: **¡Sí! Qué asco.**

Yo: **Pero debe ser un poco genial, ¿no?**

Elena: **Oh, sí, a veces. La gente casi siempre es amable. La mayoría lo es.**

Elena: **Y ahora gano una buena cantidad de dinero con mi tienda.**

Elena: **Así que eso es genial.**

Elena: **No debería pintarlo tan malo. Tengo seguidores súper agradables.**

Yo: **Me he esforzado mucho en hacer crecer mis seguidores, y ha ido súper lento, la verdad.**

Yo: **Quiero compartir más mi fotografía.**

Yo: **Pero siempre fracasa.**

Elena: **Ah, ¿también tomas fotos?**

Ups. Cierto. Mierda.

Yo: **Estoy empezando. Kat me está enseñando algo.**

Yo: **Pero no puedo ni imaginarme cómo será tener tantos seguidores...**

Elena: **Creo que, a menos que estés en un grupo nicho, es muy difícil.**

Elena: **Según mi experiencia, a la gente le gusta ver a la persona de la cuenta, conocerte, sentir que eres alguien con quien pueden ser amigos. Si no, no creo que aumenten los seguidores, la verdad.**

Elena: **¡Pero estás haciendo lo correcto! Así que vendrán.**

Casi me río a carcajadas con eso.

Ahí está Elena, creyendo que soy auténtica, que me expongo y que trato en serio de compartir algo real con el mundo. Y eso de cierto modo es verdad. Pero no hay nada auténtico en lo que estoy haciendo. Es cobarde, en realidad.

A eso hay que sumarle que Elena preguntó con inocencia la otra noche por qué Max había creado su cuenta hace poco. Tuve que inventar una respuesta, porque no había pensado en eso cuando inventé a Max. Pero, sí, es un poco sospechoso que surja al azar una cuenta de Instagram, ya que todas las personas de nuestra edad casi que han crecido con la aplicación.

Hablando como Max, le expliqué que mi antigua cuenta era demasiado vergonzosa, porque había publicado un montón de cosas en la secundaria que ahora quería desaparecer de mi perfil. Además, le dije que había demasiadas fotos desagradables como para borrarlas, así que era más fácil empezar de nuevo. Elena pareció satisfecha con esa respuesta.

Pero ¿por cuánto tiempo más puedo seguir así?

Capítulo veintiséis

Me preparo para la cena familiar, sin prisa, a regañadientes, con la esperanza de que si arrastro el culo lo suficiente quizás me la pierda.

Tal vez compartir la cena con Luis y Marcus la mejore. O tal vez sea mucho, mucho peor.

De camino a casa de mis padres, saco el teléfono, grabo un video rápido de un árbol meciéndose con el viento y lo subo a la historia de Max. Luego cambio a mi cuenta, y veo que Hari también ha publicado una historia. Es una foto de una torre de libros que ha construido en su escritorio, coronada con objetos de escritorio cada vez más pequeños, y en la punta hay un lápiz en equilibrio.

Yo: **Entonces, ¿vas bien con el castigo?**
Hari: 😊 🔑

Me hace reír, y siento un pequeño dolor en mi pecho. Lo echo de menos. Me gustaría que viniera esta noche.

Subo los escalones de la casa de mis padres. El olor del arroz y las habichuelas de mi padre, y de cualquier otra cosa que esté cocinando, se hace más fuerte a medida que me acerco a la puerta. Al llamar, los perros empiezan a ladrar con fuerza. En menos de un segundo me abre papá, con los cuatro perros detrás de él, moviendo la cola. Lleva puesto un delantal que le regalé en el día del padre hace unos años, que tiene escrito AMO DEL ASADOR.

—¡Kat! —me saluda con una amplia sonrisa—. Mi parte favorita del jueves.

Le devuelvo la sonrisa.

—Ja, ¿de verdad?

—¡Por supuesto! Entra.

Papá abre más la puerta para que pueda pasar, aunque acaba siendo un poco difícil con los perros. Me agacho para acariciarlos y levantar a Pepito, que está pidiendo que lo carguen.

—Vaya —digo, mirando a mi alrededor.

La casa luce limpia y ordenada. Incluso los juguetes de los perros están en su sitio.

—Se ve muy bien.

—Tu madre se volvió loca asegurándose de que esta noche fuera bonita —explica papá—. Insistió en que todo fuera perfecto para tus amigos.

Como si la hubieran llamado, mi madre entra a la sala, y me fijo en su vestido envolvente, su brillante pelo secado con secadora, sus joyas.

—Hola, Kat —me saluda. Luego hace un gesto hacia la casa, detrás de ella—. ¿Qué te parece?

—Le estaba diciendo a papá que se ve muy bien.

—¡Me alegra que pienses eso! Queríamos que todo fuera especial para esta noche.

Mamá se acerca para darme un abrazo.

—Y queríamos hacer algo especial para Kat —añade papá, guiñándome un ojo.

Mi teléfono zumba en mi bolsillo. Cuando lo saco, veo un mensaje de Luis.

Luis: **Ya llegamos, payasa.** 🖐

Abro la puerta principal, todavía con Pepito en brazos.

—Has tardado bastante —dice Luis, quejándose.

Al oír su voz, Archie, Daisy y Shark se lanzan hacia la puerta, haciendo que Luis se esconda detrás de Marcus.

—¡Oye! ¡Oye! ¡Oye! —grita.

Marcus y yo nos miramos y nos echamos a reír. Papá corre a la puerta con una sonrisa de disculpa, y agarra los collares de Daisy y Shark para tirar de ellos.

—Lo siento, lo siento...

—No te preocupes por Luis —digo—. Se porta como bebé con los perros.

—¡Ay! —grita Luis, pero sigue detrás de Marcus, que ahora está arrodillándose y acariciando a Archie.

—Y este es Marcus.

Mamá se acerca a nosotros en la entrada. Muestra una cálida sonrisa.

—¡Me alegra verlos de nuevo! Perdón por los perros. Pueden ser un poco intensos. Pasen.

Papá les ordena a los perros que vayan a sus sitios, y yo pongo a Pepito en el suelo, que sale corriendo para su cama. Mientras papá se ofrece a buscar algo de beber, Luis me mira resentido.

—Podías haberme avisado.

—No sabía que tuvieras *miedo* —digo con una carcajada—. No tuviste problemas en el refugio.

—Sí, con dos a la vez. Pero estos son muchos perros. ¿Tú y tu familia están obsesionados con los perros o algo así?

Aunque la pregunta va dirigida a mí, mamá interviene.

—Anthony sí está obsesionado. Yo quería uno. Pero Anthony es un blandengue, así que acabamos con cualquier perro que necesite un hogar. Es muy bueno con ellos.

—Kat debe haberlo heredado de él —responde Luis.

—No tenemos perros, pero me gustaría tener uno —dice Marcus—. No sabía que tuvieras tantas mascotas, Kat. Nunca hablas de ellas.

Me encojo de hombros.

—Oh, ya sabes.

Quizás porque no las considero mis mascotas.

Mi madre da una palmada de repente.

—¡Ni siquiera les he enseñado lo que comeremos esta noche! Espero que tengan hambre.

Luis sonríe.

—Me *muero* de hambre.

—Debes tener una solitaria o algo así —dice Marcus.

—Cállate, estúpido.

Marcus pone los ojos en blanco.

—Como sea.

Mamá ignora este intercambio, y nos hace un gesto para que la sigamos.

Entramos en la cocina, donde ha colocado una barra de nachos con papas fritas, por supuesto, y aderezos de queso, pico de gallo, aceitunas, pimientos verdes y guacamole.

—Soy alérgica al aguacate, mamá —le recuerdo.

Ella pone una cara rara.

—¡Oh, cierto! —Luego se ríe—. Bueno, ¡no te lo comas! No tienes problema con lo demás.

Luis me arquea una ceja, pero yo miro hacia otro lado. Es muy vergonzoso que tus amigos visiten la casa de tus padres por primera vez y que tu propia madre se olvide de que eres alérgica al aguacate y te lo sirva para cenar.

—A mí me encantan los nachos —dice Marcus, tratando de suavizar las cosas.

—A mí también —lo secunda Luis.

—¡Y esto es solo el comienzo! Anthony hizo su delicioso arroz con habichuelas y un guiso de carne. —Cuando papá entra en la habitación con las bebidas, mamá pregunta—: ¿Cómo se llama? Siempre se me olvida.

—Carne guisada —dice papá.

—¡Es mi platillo favorito! —exclama Luis—. Mi titi siempre la hace.

Al escuchar eso, la cara de papá se ilumina.

—¿Tú también eres puertorriqueño?

Luis levanta con orgullo su antebrazo, para mostrar la parte inferior, donde tiene tatuada la bandera de Puerto Rico. Cumplió dieciocho años en agosto, así que ya puede tatuarse legalmente.

—¡Claro!

Y el comportamiento de papá cambia. Sus ojos se iluminan y empieza a hablar con Luis en español. No puedo entender su conversación. Capto las palabras "Ponce" y "Rincón", pero mi español no es muy bueno.

Aun así, me maravilla esa versión de papá que rara vez veo. Su relación con Luis parece tan fácil, tan animada.

Mamá se dirige a mí y a Marcus.

—Entonces, ¿empezamos con un recorrido por la casa o con la comida?

—No creo que tengamos que hacer un recorrido por nuestra casa —digo.

—¡Dios mío, qué tontería! Será rápido —insiste mamá.

Marcus me ofrece una sonrisa tranquilizadora.

—No me molestaría —dice.

—¡Vamos entonces! —Mamá mira a mi padre—. ¿Anthony? Perdona que te interrumpa, pero voy a mostrarles rápido la casa a los chicos, luego podemos empezar con la cena. ¿De acuerdo?

Papá asiente, dando por terminada su conversación con Luis.

—Terminaré de cocinar y los veré en un rato.

—De verdad no tenemos que hacerlo —insisto.

—Solo será un vistazo.

Mamá se dirige a las escaleras. Luis, Marcus y yo la seguimos, y ella bromea diciendo que ya hemos visto casi todo lo que hay que ver en la planta baja, aunque señala el baño y dice que el solario, en la parte trasera de la casa, es su lugar favorito.

En el piso de arriba, primero muestra la habitación de Leo, que está ordenada, pero sin Leo. Salió, explica mi madre.

Por supuesto.

Luego nos enseña la habitación de ella y de papá, que también está muy limpia, aunque hace ademán de disculparse por "el desorden". Me lleno de temor cuando nos acercamos al tercer dormitorio. El que se supone que es mío, pero no lo es.

—Mamá, creo que ya hemos visto suficiente... —le digo cuando se acerca al pomo de la puerta.

—Oh, ¿te da vergüenza o algo? —se burla Luis—. ¿Tienes mierda muy de niñas ahí? ¿O tal vez es un desastre?

Marcus también sonríe, reprimiendo una risa.

—Está bien, Kat. Has visto mi habitación. Es un desastre —dice.

—¡No tienes que avergonzarte de tu habitación, Kat! —dice mamá, guiñándome un ojo.

Entonces empuja la puerta y yo me estremezco, esperando ver su ropa vieja, la desbordante colección de zapatos de papá y todas las demás porquerías que han ido a dar ahí a lo largo de los años.

Pero... no hay nada de eso.

Lo que hay es un dormitorio real, con una cama tendida, un tocador cubierto de productos para el cabello, unos cuantos libros, una alfombra.

Es rosa. Una habitación de color rosa azucarado, tan dulce que podría darte un dolor de muelas. Color de helado de fresa.

Pero es una habitación. En la casa de mis padres. Y es mía. Incluso está escrito mi nombre en la pared.

—Oh, vaya. ¡Es muuuuy femenino! Eres en secreto una chica muy femenina. —Luis me golpea el brazo, juguetón—. Nunca lo habría pensado. En absoluto.

—El rosa no es un color solo de niñas —es todo lo que se me ocurre decir.

—Bueno, sí, pero esto es *súper* rosa —dice Marcus, despacio—. No es para nada como tu otra habitación, pero me gusta, si eso es lo que te gusta. Se ve lindo.

Marcus está tratando de ser tan solidario que podría abrazarlo.

De repente Luis entra corriendo en la habitación y señala la pared.

—¡Eso es un póster de BTS! A Sánchez le gustan las bandas de chicos.

Luis se dobla de la risa, como si fuera lo más divertido que ha visto en su vida. Marcus empieza a reírse, siguiendo a Luis dentro de la habitación, y mi madre también se ríe.

—¿Cómo conoces a BTS? —lo desafío.

Luis deja de reírse.

—¡Todo el mundo conoce a BTS, Sánchez!

Miro a Marcus, y luego señalo a Luis, sonriendo secamente.

—Veo que Luis forma parte del *Army* de BTS. Tengo ganas de contárselo a todo el mundo.

—Espera, ¿qué? ¡No, Sánchez! *¡Tú* eres del *Army* de BTS!

Marcus aspira aire.

—No sé, Luis... Los reconociste muy rápido...

Luis usa sus dos manos para señalar el cartel con énfasis.

—¡¿Hola?! ¡Tiene un póster de ellos colgado en su habitación! Ella es la fanática aquí.

—Sí, pero te emocionaste mucho por eso. Entonces, ¿qué dice eso de ti? —me burlo.

Marcus sonríe.

—Lo dice todo, ¿no crees? Supongo que a mi amigo le gusta el pop, después de todo.

—Hombre, olvida esto. ¡Quiero nachos!

Luis sale de mi habitación con fuertes pisadas, rumbo a las escaleras. Marcus lo sigue mientras le pregunta quiénes son los miembros del grupo y cuál es su canción favorita.

Nos quedamos mi madre y yo. Vuelvo a ver la habitación y luego la miro a ella.

—Vaya.

Mamá se encoge de hombros con un gesto de despreocupación, pero me doy cuenta de que está *muy* orgullosa de la habitación y de su gesto.

Pero yo no sé muy bien cómo sentirme.

—Gracias —digo.

—Por supuesto, Kat. —Mamá sonríe—. ¿Te gusta?

Vuelvo a mirar a mi alrededor.

—Es bonito. Es rosa. Súper rosa.

Mamá hace una cara triste.

—¡Pero me gusta el rosa! —le aseguro—. Aunque prefiero el gris.

Ella arruga la nariz.

—Pensé que el rosa sería mejor —dice.

Mamá también echa un vistazo a la habitación, pero no dice nada más. La culpa me corroe. Tal vez debería ser más agradecida.

—¿Vamos a cenar?

—Vamos.

Me siento aliviada cuando nos sentamos a comer, lejos, muy lejos de la alfombra peluda y el póster de BTS (me gusta BTS, pero qué horror). He imaginado muchas veces cómo sería tener una habitación en casa de mis padres. Casi he sentido el suave edredón debajo de mí; he recreado las discusiones que habría tenido con Leo sobre quién debe sacar la basura *esta vez* y quién la sacó la semana *anterior*; me he visualizado durmiendo bajo su techo, en una gran cama solo para mí.

¿Por qué ahora?

He anhelado una prueba de que mis padres quieren que forme parte de su familia. Sin embargo, ahora que por fin la he conseguido, se siente... viciada. Solo arreglaron una habitación para mí para que, sobre todo mi madre, quedara bien ante mis amigos.

Y eso apesta.

Capítulo veintisiete

Cuando le cuento a la abuela lo de la habitación, se pone muy contenta y dice que es un gran paso para nuestra relación, que mis padres se están esforzando mucho y que es maravilloso.

Le envío un mensaje a Elena.

Yo: **¿Soy yo, o el día de hoy apesta un poco?**

Nuestra charla de anoche me hace pensar que quizás el suyo también ande mal. Su Apple Pencil se rompió, y eso significa que no puede hacer ningún dibujo nuevo.

Elena: **UGH. Sí apesta. Y ayer también apestó.**

Elena: **Lo de hoy es como una secuela del asco de ayer.**

Yo: **Festival del Asco II: El asqueadero.**

Elena: **Asqueadero: 2 ascos, 2 apestes.**

Yo: **¿Festival del Asco por siempre?**

Elena: **Dios. Paraaaaa.** 💀

Elena: **No fueron días buenos, pero YA ES CASI VIERNES.**

Elena: **¿Y sabes qué te hará sentir mejor?**

Yo: **Esta sesión de quejas ya empieza a hacerme sentir mejor, la verdad.**

Yo: **Pero ¿qué tenías pensado?**

Elena: **Bueno, me veré con Kat el sábado para tomar unas fotos. ¡¡¡Deberías VENIR!!!**

Se me revuelve el estómago ante la sugerencia. Es imposible que eso ocurra. Literalmente imposible. Elijo mi respuesta con cuidado.

Yo: **¡Eres muy linda por invitarme! Pero voy a estar ocupada este fin de semana. Es parte del asco que está por venir.**

Elena: **Espera, pensé que habías dicho que no tenías planes este fin de semana.**

Mierda. ¿Lo hice? Reviso, frenética, nuestro chat. Sí. Lo dije. El miércoles, Elena me preguntó qué iba a hacer el fin de semana, y le dije que aún no tenía nada planeado.

Yo: **¡Me olvidé de que tenía que entregar una de mis tareas! Mis profesores nos quieren MATAR antes de las vacaciones de Acción de Gracias.**

Elena: 🙂

Elena: **El festival del asco continúa.**

Elena: **¡Pero deberíamos vernos pronto! ¿Qué tal por FaceTime?**

Oh, querida, dulce Elena. Si supieras.

Yo: **¡Me encantaría!**

Yo: **Pero soy muy tímida.**

Yo: **¿Y si me odias?**

Elena: **NUNCA podría odiarte.**

Elena: **Vamos a planear algo. De verdad.**

¡Pronto!, escribo. Lo leo de nuevo y me parece demasiado frío. Añado: **¡Prometido!**

Porque, a estas alturas, ¿qué importa una mentira más?

* * *

—¡Dios mío, por fin! —dice Becca cuando llego al trabajo para mi siguiente turno.

Me río.

—Yo también me alegro de verte.

—Dos cosas: primero, soy lo máximo y he logrado concretar nuestro plan de marketing para esa cosa del Baile de Invierno. Creo que te va a entusiasmar.

Becca gira su pantalla hacia mí para que pueda mirar por encima de su hombro.

Ojeo su lista de sugerencias.

—¡Esto es increíble, Becca! —digo.

Ella se sopla las uñas, juguetona.

—Todo en un día de trabajo. Gracias, clase de Marketing 201. Por lo menos he podido sacarle partido al dinero que invertí, ¿no?

—Claro. Estoy súper impresionada. —Vuelvo a analizar la lista—. ¿No deberíamos empezar a dividirnos algunas de estas tareas y ponerles fecha?

Becca asiente, y yo me siento a su lado y abro el archivo de Excel que ha compartido conmigo. Nos ponemos a trabajar.

La mayor parte de las campañas de redes sociales me corresponden a mí, mientras que Becca se ofrece a encargarse de los boletines de correo electrónico y de algunas actividades de divulgación externa, como contactar las emisoras de radio locales. No tardamos en tener un plan bastante completo.

—Eso estuvo bien —digo.

—Sí. Muy productivo —concuerda Becca—. ¿Se lo enviamos a Imani?

—Por supuesto. —Le doy al botón de compartir, escribo un breve mensaje y lo envío—. Entonces, ¿qué era lo segundo?

—¿Eh? —pregunta Becca.

—Cuando entré, mencionaste que tenías dos cosas que decirme. Solo me has dicho una.

Sus ojos se abren de par en par al darse cuenta.

—¡Oh! ¿Cuándo puedo ver las últimas fotos?

—Ah, carajo. Las tengo, pero olvidé mandártelas. ¡Perdón!

—No te preocupes. Es que... No sé, tengo curiosidad por verlas, supongo —dice Becca—. Es raro, porque sé que no puedo publicarlas en ningún sitio ni nada, pero de todas formas... Hacer estas fotos me recuerda un poco a mi antigua vida.

—¿Estás pensando en volver a las redes?

Debe ser extraño pasar de ser alguien con un gran número de seguidores a abandonar por completo las redes. ¿No siente que se está perdiendo algo? ¿No le gustaría no haber borrado todo de forma tan precipitada? Y, más importante aún, ¿están contados mis días como Max, justo cuando ella está a punto de alcanzar los mil seguidores?

Becca se ríe de eso.

—¡Dios, no! No, no, no. Pero a veces es un poco agradable arreglarse y revivir los días de gloria. He echado de menos maquillarme solo por diversión. Y tú eres muy buena en lo que haces. De verdad tienes talento. Me encantan tus fotos porque también son arte.

Le sonrío, aliviada y agradecida a la vez.

—Gracias. Te las envío ahora.

—Genial. —Becca empieza a recoger sus cosas para irse—. Tengo que irme. Debo escribir un trabajo de diez páginas. —Pone los ojos en blanco—. Deséame suerte.

—Buena suerte —le digo, diciéndole adiós con un ademán.

Becca se da la vuelta para irse.

La tarde pasa lento luego de que se va. Comparto la carpeta de fotos con ella y después, como necesito saber la opinión de Imani antes de empezar a ejecutar el plan de marketing, decido que es un buen momento para preparar nuevos contenidos para Max.

Me pongo los audífonos y empiezo a editar. De vez en cuando también miro el Instagram de Max. Ver su cuadrícula desde el navegador de internet es una experiencia diferente. Luce muy bien. Me merezco esos 924 seguidores.

Un repentino toque en mi hombro me hiela la sangre. Pienso que, al darme la vuelta, veré a Becca. Pero cuando me vuelvo es solo Imani. Aun así, cierro de golpe la laptop y me quito los audífonos.

—¡Hola, Imani! —digo, con una voz demasiado alegre.

—¿Becca volvió a Instagram? —pregunta—. Recuerdo que hace meses no paraba de hablar de que *nunca* lo haría.

Me río, incómoda.

—Oh, no, no está en Insta. Ese es mi portafolio fotográfico, que he estado trabajando en Instagram. Becca me ha dejado tomarle algunas fotos para practicar, y pues eso.

—Oh —dice Imani—. Suena divertido. Me alegro de que se hayan hecho tan buenas amigas.

—¡Sí, yo también!

—Solo quería hablar contigo un poco sobre el plan de marketing. Se ve muy bien —dice Imani con entusiasmo—. ¿Tienes un segundo?

—¡Por supuesto! —casi grito, demasiado agradecida por el cambio de tema.

Imani se sienta a mi lado y abrimos el documento en mi computadora del trabajo. Hacemos algunos cambios, pero todo el tiempo siento que el corazón me late en los oídos.

No puedo creer que no fui suficientemente cuidadosa y que casi me haya atrapado Imani. Es la segunda vez que estoy a punto de que me pillen, así que tengo que ponerme las pilas y quizás dejar de trabajar descaradamente en una cuenta falsa mientras estoy en el trabajo.

Maldita sea.

Después de mi turno, Marcus le envía un Snap al grupo, recordándonos que tenemos una reunión del Club de Fotografía el domingo, y Hari escribe para confirmar que no puede ir. La excusa de que es una tarea no le ha servido de nada. Ash.

No intervengo porque estoy demasiado ocupada soñando con encontrarme con Elena mañana. Por fin podré verla en persona.

No me he permitido pensar mucho en eso durante la última semana, y las pocas veces que mi mente ha derivado hacia ello, he sentido ganas de vomitar. Pensé que era una sensación que pasaría. Pero no ha sido así.

Llevo días hablando con Elena como Max. Hemos compartido mucho en muy poco tiempo.

Sin embargo, ahora voy a aparecer como *yo*, y quizás complicar lo bueno que teníamos. Mientras sigo fingiendo que Max es real. Y que la conozco en la vida real. Y que no somos la misma persona. Tendré que actuar como si no supiera en absoluto quién es Elena ni ninguna de las bromas internas que hemos compartido. Tendré que olvidar los detalles que ya conozco.

Mañana, Elena será una extraña. Y últimamente estoy empezando a sentirme como una también.

Capítulo veintiocho

Es demasiado temprano cuando voy camino a la playa del muelle de Ventura. De hecho, todavía está oscuro, así que veo algunas estrellas parpadear mientras conduzco. Aquí estoy, conduciendo por una carretera tranquila en el coche de mi abuela, con los ojos adoloridos por la gran falta de sueño, solo yo y mi gigantesca bola de mentiras sentada en el asiento del copiloto. No hay que preocuparse, me aseguré de ponerle el cinturón de seguridad. La seguridad es lo principal.

"Ve, toma las fotos y regresa, y no hagas ninguna tontería", me digo una y otra vez mientras conduzco.

La carretera está tan vacía que llego antes a la salida que debo tomar. Decido parar y comprar un té para mí y para Elena. Si apareciera con un Darjeeling, su favorito, sería una coincidencia muy extraña, así que opto por dos tés verdes simples.

El desvío es una buena distracción, pero me sigo sintiendo como un amasijo de nervios cuando llego al muelle. Ni siquiera el aire fresco de la madrugada y el sonido de las olas al estrellarse logran calmarme.

Nerviosa, juego con uno de mis aretes, recargándome en el coche de la abuela. Unas luces aparecen en el estacionamiento. Mi espalda se agarrota cuando veo que un VW Escarabajo de color amarillo, el modelo que Elena me dijo que buscara, se dirige despacio hacia mí y se estaciona junto al mi coche.

"Respira profundo, Kat. Respira profundo".

Pero no logro tranquilizarme. Hago lo único que se me ocurre hacer, y me meto en el coche para tomar el té de Elena. Cuando vuelvo a ponerme de pie, ahí está el suave pelo rosado de la amiga de Max, cayendo en cascada con ondas que enmarcan su cara. Ella me mira desde el otro lado del coche.

—¡Hola! ¿Kat?

Su voz suena nerviosa, como la primera vez que hablamos por teléfono. Me reconforta y me aterra a la vez.

—¡Hola! ¡Sí! Tú debes ser Elena.

Hago todo lo posible por disimular mi miedo, esperando, rezando para que no descubra a Max en mi voz. Siempre sueno diferente por teléfono, con un tono más bajo o algo así. Espero que eso me esconda.

Si se da cuenta de algo, no dice nada. Da la vuelta alrededor del coche y se dirige hacia mí, sonriendo. De pronto la tengo delante.

Me impresiona lo asombrosamente hermosa que es, incluso en este lugar mal iluminado.

Lleva una camisa con cuello Peter Pan con las palabras FEMINISMO INTERSECCIONAL O MUERTE bordadas, y una falda rosa de talle alto con tirantes. Su pelo rosado pastel es mucho más sutil en persona, incluso más elegante. Tiene pecas, como constelaciones, que salpican su nariz y sus mejillas. ¡Y esas mejillas! Redondas y dulces que conducen a un mentón con papada que se parece al mío. Sus ojos son tan azules que me recuerdan a unas flores, las campanillas.

Trago con fuerza. Es *tan* bonita.

—Esa soy yo —dice, y me hace un pequeño gesto con la mano, que denota incomodidad.

Nos quedamos mirando un momento, y entonces recuerdo que tengo en la mano un vaso que es para ella. Se lo tiendo.

—¿Té?

Sus labios se abren en una sonrisa fácil, revelando un hoyuelo en su mejilla derecha.

—Qué detalle más lindo. Sí.

Toma la taza.

—No estaba segura de lo que te gustaba, así que pedí té verde. Espero que esté bien.

—El té verde es perfecto. Muchas gracias.

Elena le da un sorbo ligero, para comprobar la temperatura, y se concentra en el vaso que tiene en sus manos. Sin levantar la vista de su bebida, suelta una carcajada.

—Tengo que admitirlo. Estoy muy nerviosa.

Eso también me hace reír. Lo mismo, chica. Lo mismo. Pero como esto es de hecho un trabajo real, de personas adultas y por el cual estoy cobrando, asumo que me toca ayudar a que mi cliente se sienta a gusto, dejando a un lado mis propios nervios. Así que me digo que debería concentrarme más en ayudarla a relajarse, y menos en que soy una gran mentirosa, o en lo guapa que es.

Esbozo lo que espero sea una sonrisa reconfortante.

—No te sientas así. De verdad. Será divertido.

—¡Seguro que sí! Es que nunca me habían hecho una sesión de fotos —explica Elena—. Así que todo es súper nuevo. Me preocupa que salga fatal y que te haya hecho venir hasta aquí para nada.

—Oh, Dios, no te estreses por eso. De verdad. Vamos a conseguir algo bueno hoy, te lo prometo. Y no es que yo sea una profesional. No vas a hacerme perder tiempo que podría cobrar con otros clientes ni nada.

Elena me mira.

—¿No hemos hablado ya de esto, Kat? No minimices tu talento. —Elena me da un golpecito juguetón en el brazo, y siento la piel de gallina donde las yemas de sus dedos rozan mi antebrazo—. *Sí* eres una profesional. He revisado tu Instagram y eso me quedó claro.

Dejo escapar otra carcajada, y se siente bien, como si a través del sonido estuviera liberando al menos parte de mis nervios.

Es Elena, la chica con quien he estado hablando durante semanas. Por algo congeniamos. Puede que parte de nuestra amistad no sea real, pero nuestro vínculo no es cosa que se pueda fingir.

—Pues gracias. Va a ser genial. —Miro el cielo a lo lejos, donde el sol apenas empieza a asomar por el horizonte—. ¿Vamos a la playa para empezar?

—¡Sí! ¡Seguro!

Tomo la mochila del asiento trasero del coche, y caminamos hacia la arena.

—Yo también he revisado tu Instagram, como sabes —digo mientras caminamos—. En tus fotos no se notan, ¡y no me había dado cuenta de que tenías pecas!

Su cara se sonroja y su mano libre se dirige a su mejilla.

—Oh, sí. A veces las borro.

Eso, y el hecho de haber estado convencida de que Elena estaba hecha de pastel y no de carne y hueso (hermosa carne y hueso, pero humana, al fin y al cabo), me hace reflexionar.

Como fotógrafa, sé que las fotografías suelen captar un milisegundo, suspendidas en el tiempo como por arte de magia. Ellas solas son verdades a medias. No se ve nada más que lo que el fotógrafo quiere que se vea.

Es más, a veces combinamos fotos, o dedicamos tiempo a ajustar los filtros, o a editar un pelo suelto; incluso a veces cambiamos la cara de una foto por otra (puedo hacerlo si, por ejemplo, la persona que he fotografiado parpadea en una foto, pero el resto se ve perfecto).

Sé todo eso, y aun así me cuesta pensar en las fotos como imágenes distorsionadas de la realidad.

—Quizás no debería editar mis pecas... —admite Elena, y me doy cuenta de que me he quedado callada tras su confesión.

Genial. Parece que la juzgo cuando en realidad soy *la última persona* que debería juzgar a las demás.

—¡No, te entiendo por completo! —Me apresuro a decir—. O sea. Me gustan tus pecas. Y las pecas están muy de moda. Pero entiendo por qué la gente edita sus fotos. Es complicado.

Elena suspira.

—Sí. Últimamente las estoy aceptando más. Pero de niña se burlaban mucho de mis pecas, así que es difícil.

—Oh, lo siento. Sé lo que se siente. Se han burlado de mí por ser gorda o por no ser muy femenina, o solo por, ya sabes. Cosas tontas. Por ejemplo, soy linda y todo eso, pero cuando estoy editando mis fotos a veces tengo la tentación de suavizar un rollo o adelgazar mi cara o lo que sea. O de no publicar nada.

Elena frunce el ceño.

—He sentido lo mismo.

Nos quedamos en silencio durante un rato. Luego me río un poco.

—Bueno, ya que estamos deprimidas... ¿deberíamos tomar algunas fotos sonrientes?

Elena se ríe un poco.

—En serio. Tenemos que relajarnos. Espera —digo, y me meto la mano en el bolsillo, saco mi teléfono y abro Spotify. Selecciono una estúpida canción *eurotrash* de principios de los 2000 que sé que nos gusta a ambas (aunque no puedo *decirlo*), y le doy al botón de Reproducir—. Vamos a bailar.

—¿Bailar? —pregunta Elena, sonriendo.

—Solo estamos nosotras en la playa —digo—. Y te juro que funcionará. Nos hará sentir muy tontas, y es justo lo que necesitamos. ¡Confía en mí!

—Me encanta esa canción —admite.

—¿A quién no?

Entonces empiezo a bailar mal, de forma descoordinada y exagerada, en un esfuerzo por conseguir que Elena se una.

Funciona. Pronto se pone a bailar conmigo y nos reímos. En el momento oportuno, saco mi cámara y empiezo a tomar fotos, uniéndome al baile cada vez que ella vuelve a mostrarse tímida.

—¡Sigue así! —grito—. ¡Son fotos muy divertidas! ¡Caprichosas! ¡Despreocupadas! Perfectas para ti.

Luego empiezo a darle más indicaciones: intenta esto, haz aquello, muévete aquí, siéntate allí. Le pido que mire hacia el sol, para que este proyecte un suave resplandor sobre su rostro. Es difícil captar algunas de las nubes rosas y moradas del fondo, pero lo consigo, y tengo la sensación de que a Elena le van a encantar las fotos, que combinan a la perfección con su estética inmaculada.

Incluso le pedí que trajera un par de sus calcomanías y diseños, para tomar unas cuantas fotos de ellos en la playa, aunque, a decir verdad, ella es muy buena tomando fotos de sus productos y no necesita de mi ayuda.

Entre tomas y canciones, hablamos, caminamos por diferentes partes de la playa y, por fin, volvemos al muelle.

Me sorprende lo fácil que resulta nuestra conversación, sobre todo ahora que no tengo que acordarme de ninguna de las mentiras de Max. Entre más hemos hablado Elena y yo durante los días pasados, más difícil me ha resultado recordar lo que he dicho. Supongo que no me había dado cuenta de lo enredado que se estaba haciendo todo.

Hoy puedo ser yo, algo que nunca pensé que me haría feliz.

Aprovechamos el amanecer, hasta que el cielo se vuelve azul y el sol brilla.

—Hemos logrado muy buenas tomas. ¡Tu página web va a lucir increíble! —le digo.

Elena me observa mientras guardo el equipo.

—¡Eso espero!

—Cuéntame más sobre tu negocio de calcomanías.

—¡Claro! Soy artista digital, así que lo más fácil y barato de producir son las calcomanías, aunque también hago otras cosas, como cuadernos e impresiones. —Elena habla mientras caminamos hacia nuestros coches—. También hago cosas por encargo, aunque eso puede resultar difícil a veces, ya que nadie quiere pagar nunca. —Me lanza una mirada cómplice—. Ya sabes cómo es eso. Como si la visibilidad pagara las cosas. ¿De dónde salió esa idea de que los creativos deben dar su talento y su tiempo gratis?

Asiento con énfasis.

—A todos nos gusta el arte y el entretenimiento, y no nos importa que los famosos ganen millones, pero la actitud hacia las pequeñas empresas es otra.

—¡No lo entiendo! —dice Elena.

Saco mis llaves.

—Bueno. Te mandaré las fotos pronto, para que las subas a tu página web. Ha sido divertido.

—Sí que lo ha sido, Kat. Estoy tan, tan contenta de que Max te haya recomendado.

Escuchar el nombre de Max en voz alta es un poco inquietante.

—Yo también me alegro —consigo decir.

La cara de Elena se ilumina.

—¡Oye! ¿Quieres ir a desayunar?

Sonrío.

—¿De verdad?

—¡Claro que sí! Me muero de hambre.

La forma en que lo dice me recuerda a Luis, y me río.

—¿Qué? ¡Es verdad! —insiste.

—Es que la forma en que lo has dicho me ha recordado a mi amigo.

—Bueno, cuéntame sobre tu amigo en el camino. —Hace un gesto hacia el paseo marítimo cercano—. ¡Vamos!

Capítulo veintinueve

Llegamos a un pequeño restaurante que tiene un toldo amarillo y blanco en la fachada, y un letrero parpadeante donde solo se lee DESAYUNO. El contraste con el paseo marítimo y el cielo cerúleo es estupendo, y me arrepiento de haber guardado la cámara.

Elena arruga la nariz cuando nos acercamos al edificio.

—Sí, ya sé que no parece gran cosa, pero te prometo que es bueno.

—Tengo tanta hambre que me comería cualquier cosa —digo—. Además, me gusta su aspecto. Es retro.

—Pudiera decirse —dice Elena y sonríe, y abre la puerta para invitarme a entrar—. Adelante.

El pequeño local está lleno de gente. Aunque hay algunos asientos dentro, los mejores lugares están en el enorme patio trasero, que ofrece una maravillosa vista del océano brillando bajo el sol.

—Santo cielo —murmuro.

Elena sonríe.

—¿*Verdad?* Las vistas son la mitad del encanto, pero la comida también es increíble. Siéntate en cuanto se libere una silla. Encontrar una mesa siempre es una batalla.

Asiento con la cabeza y miro alrededor del patio para ver si alguien está terminando. Otro grupo se acerca por detrás de nosotras, también buscando un sitio donde sentarse, y Elena me hace la señal de cortarse el cuello. Reprimo una carcajada y hago como que los miro. No van a pasar primero.

Esperamos y escrutamos el lugar. Después de unas cuantas pistas falsas, veo que una pareja pone sus cubiertos sobre la mesa. Tengo que apurarme. Hago como si no los hubiera visto, fingiendo que paso por casualidad, pero en el momento en que se levantan para irse me siento de golpe en una de las sillas, ahora vacías.

—¡Sí! —grita Elena mientras se sienta frente a mí.

—Esto ha sido lo más estresante que he tenido que hacer en un restaurante —digo.

—Si crees que eso ha sido estresante, espera a que tengas que elegir qué comer —me dice Elena—. Pero te ayudaré.

Una camarera pasa a limpiar nuestra mesa y nos entrega los menús, que empezamos a mirar. Me cuesta *mucho* elegir, así que acepto el ofrecimiento de Elena y dejo que me ayude a reducir las opciones a dos. Me decido por algo salado: huevos benedictinos con papas fritas.

Ya que pedimos, Elena hace la pregunta que siempre temo.

—¿Cómo es tu familia?

Casi le cuento la misma historia que le he dicho a todo el mundo durante años: que vivo con mis padres y mi hermano, y que tengo una relación súper cercana con mis abuelos, que viven justo al final de la calle.

Pero me detengo.

En cambio, por primera vez en mucho tiempo, digo algo diferente.

—Vivo con mis abuelos. Son increíbles. Mi abuela es una pequeña bola de energía, y a veces de ansiedad, pero está llena de amor. Y mi abuelo es contratista y, en secreto, un gran cocinero. Además, es muy simpático. ¿Y la tuya?

—¡Parecen personas increíbles! Yo vivo con mis padres y mi hermana mayor, Carys, que a veces es insoportable. —Elena pone los ojos en blanco, y yo escondo una sonrisa ante esta frase que ya he escuchado como Max—. Las hermanas pueden ser un poco cansadas.

—Mi amigo Marcus dice lo mismo —digo.

—¡Oh! ¿También conoces a Marcus? —pregunta Elena.

—Es uno de mis mejores amigos.

—Max me ha hablado de él. Es el tipo que le puso nombre a su coche, ¿verdad?

Me siento frustrada por haber complicado las cosas, pero hago lo posible para que no se note. Pongo los ojos en blanco.

—Dios, sí. Le puso a su coche Honey.

—Mi mejor amiga, Vanessa, también le puso nombre a su coche. Beatrix —dice Elena, poniendo también los ojos en blanco—. Pero al menos es por Beatrix Potter. A Vee le gustan mucho los conejitos, así que supongo que tiene sentido. Pero de todas formas.

—Yo soy más de perros —digo—. De hecho, trabajo en un centro de rescate de perros.

—¡Oh, Dios mío! ¿En serio?

Asiento con la cabeza, agradecida de haber tenido el cuidado de no especificar nunca dónde Max ha posado para las fotos con perros. Eso me permite hablar sobre mi trabajo sin que Elena sospeche.

—Sí. Hago algunas campañas sociales para Una Pata para Todos, es un refugio increíble. Hemos ayudado a muchos perros a encontrar nuevos hogares. Aunque... uno de mis favoritos se las está viendo difíciles para que lo adopten.

Elena frunce el ceño.

—¡Oh, no! ¿Y qué pasa si no encuentra un hogar? No será... —no termina el resto de la frase.

—¡Dios, no! No. No hacemos eso. Somos parte de un sistema que nos permite enviar a otra parte del país a los perros que no encuentran un hogar aquí, para que puedan tener otra oportunidad —explico—. Pero solo como último recurso. Hacemos lo posible por ubicarlos en Bakersfield o sus alrededores.

Elena parece aliviada.

—Bueno, gracias a Dios. A mí también me gustan los perros. Y a Max.

Me erizo ante otra mención de Max en tan poco tiempo.

—Hay mucha gente a la que le gustan los perros aquí —digo, forzando una sonrisa.

Llega nuestra comida y me alegro de cambiar de tema.

Mientras como un bocado de mis huevos benedictinos, Elena consulta su teléfono.

—Pues esto es como romper el código de chicas o lo que sea, pero tengo que preguntarte qué pasa con Max —me suelta cuando estoy a punto de decirle que venir al restaurante fue una buena idea.

Trago saliva, con la esperanza de parecer más pensativa que asustada.

—¿Qué quieres decir?

—Estoy perpleja —dice Elena—. Es decir, sé que le tomas fotos, pero también eres amiga suya, ¿no? ¿Vives en la misma ciudad?

—Más o menos —digo—. Sí, le tomo fotos, pero no salimos. Es más o menos cierto, ¿no? Elena frunce el ceño.

—Oh.

—¿Por qué? —la presiono, aunque quizás debería dejarlo ahí.

—Puf. No sé. Max y yo hemos sostenido algo así como una larga conversación durante las últimas semanas —dice Elena—. Nos mandamos mensajes de texto todos los días, y hablamos hasta muy tarde en la noche. Bueno, debo admitir, fui *yo* quien primero le envió un mensaje privado y comenzó todo, pero... —Sus palabras se alargan—. No logro descifrarla. Parece que a veces le gusto pero a veces está súper distante. Es tan confuso. Le pedí que viniera hoy porque pensé que querría salir contigo y conocerme en persona, ¡y me dijo que no!

—Oh...

Me entretengo y bebo un sorbo de agua.

—Lo sé. No debería preguntarte de ella. Y esto no es para nada tu problema. Lo siento —continúa Elena.

—No, no, está bien —le aseguro—. Es que no sé qué decir. Max es... —Busco las palabras adecuadas—. ¿Complicada?

—Estoy de acuerdo con eso. No consigo que se comprometa a nada más que una llamada telefónica —dice Elena—. Solo quiero una respuesta de ella, cualquiera que sea. Está bien si no le gusto en ese sentido, pero la onda de coqueteo ha sido confusa.

Me muerdo el labio. Yo y mis intenciones ambiguas. Si Hari estuviera aquí, asentiría con énfasis a todo lo que Elena dice.

—Es justo —digo—. ¿Te gusta?

Elena usa su cuchara para empujar granola en su tazón de yogur.

—Pues... es muy guapa. Y hablamos mucho. Y me emociono cada vez que me envía un mensaje. Y hablo de ella incluso cuando no es mi intención.

—Sí, hoy la has mencionado mucho.

—¡¿Ves?! —Elena esconde su cara tras sus manos—. Qué vergüenza.

—Para nada —le digo.

—Ni siquiera sé si le gustan las chicas. Para la suerte que tengo...

Busco palabras que no sean falsas para tratar de enderezar este barco que está a punto de chocar con un iceberg.

—Solo sé que Max puede estar un poco dispersa. —Es cierto—. Y me imagino que debe estar metida en la universidad y esas cosas. —A veces es cierto—. Así que, no sé. Creo que le están pasando muchas cosas, estoy segura...

Elena juega con un mechón de su pelo rosa, asintiendo.

—Sí, no. Eso tiene sentido.

Toda la conversación me hace querer tirarme al mar y nadar muy, muy lejos.

¿A Elena le gusta Max?... ¿Yo?

Es lo que he querido, en secreto. Es lo que siento, en secreto. Pero no puede pasar nada. Max no es real. Yo lo soy.

Esto es un desastre.

—Siento no tener más nada que decirte —digo.

Ella sacude la cabeza.

—No, no. No debería haberte preguntado. Lo siento.

Odio oírla disculparse, siendo yo la mala.

—No tienes por qué disculparte.

Ella suspira.

—No te culparía si le dijeras que te estoy sacando información.

—No le diré nada. —Entonces le tiendo el meñique—. Lo prometo.

Me parece una tontería hacer eso, hipócrita incluso. Pero ¿qué más puedo hacer? Apenas puedo participar en esta conversación. Lo menos que puedo hacer es proporcionarle algo de consuelo.

Elena envuelve su dedo meñique alrededor del mío.

—Gracias, Kat. Te lo agradezco. —Luego retira la mano y estrecha los ojos—. Es extrañamente fácil hablar contigo, ¿sabes? Como si fueras una persona de apoyo emocional o algo así.

Me echo a reír.

—¿Persona de apoyo emocional? Supongo que eso no me desagradaría.

—Debí decir que sabes escuchar —explica Elena.

—Ahora prefiero lo primero. —Sonrío—. Y el sentimiento es mutuo.

—¿Sabes?, deberíamos salir de nuevo —dice Elena—. No para tomar fotos o algo de eso, sino para divertirnos.

Como si me lo mereciera.

Y, sin embargo, acepto.

—Me gustaría mucho —digo.

A Elena se le ilumina la cara, y el calor se extiende por mi pecho.

—¿Sí? Mis amigos van a hacer una fogata pronto, si te interesa.

—Tendré que consultarlo con mis abuelos —le explico—. Pero, si están de acuerdo, ¿por qué no?

—¡Bien! ¡Qué emoción! Bueno, te enviaré un mensaje con los detalles, y tal vez puedas venir —dice Elena, sonriendo—. Y, ahora, te juro que me callaré para que puedas desayunar. Se está enfriando.

Pasamos el resto de la comida sin más menciones de Max, y me encuentro sintiéndome feliz y triste cuando vuelvo al coche.

Porque ahora no solo tengo que preocuparme por el hecho de que he aceptado volver a ver a Elena, sino porque, además, sé que a Elena le gusta Max.

Y... tomando en cuenta nuestras conversaciones nocturnas, las veces que me he encontrado en clase pensando en ella, las mariposas que siento en mi estómago cada vez que me envía un mensaje, el que yo haya aceptado la *invitación loca* a tomarle fotos solo para conocerla en persona y el no haber podido dejar de mirar sus labios durante toda la mañana...

Estoy bastante segura de que a mí me gusta Elena.

Capítulo treinta

Me gusta Elena. Me gusta Elena. *Me gusta Elena.*

Y a *ella* le gusta Max.

Que también soy yo, aunque ella no lo sabe.

¿Está mal sentirse celoso de uno mismo? Mierda. Es tan confuso.

Acabo de pasar una mañana estupenda con ella, pero no puedo evitarlo; abro mi teléfono y le envío un mensaje a Elena, como Kat.

Yo: **Todavía estoy pensando en esos huevos benedictinos.**

Elena: **¿Verdad? Lo mismo con mi granola. ¿Quién se hubiera imaginado que iba a estar tan buena? ¡Debimos haber pedido para llevar!**

Yo: **Gracias por enseñarme mi nuevo lugar favorito.**

Elena: **¿Así que ahora es tuyo? Ya veo cómo funcionan las cosas.**

Yo: **Estoy dispuesta a compartir, pero solo si nos vemos allí de nuevo.**

Elena: **La negociación más fácil de la historia.**

Elena: **Nunca se va a dejar de quejar Vanessa de que fui sin ella, pero ¡¡¡valió la pena!!!**

Elena: **La comida estaba tan buena que se nos olvidó tomar fotos para Instagram.**

Yo: **Sabes que es buena cuando eso pasa.**

Elena: **¡Exacto!**

Yo: **Editaré tus fotos pronto y te las enviaré en el fin de semana. ¡Espero que te gusten!**

Elena: **Sé que me gustarán.**

Elena: **Y gracias por ser tan genial, aunque yo sea tan rara.**

Yo: **Eso es lo que hacen las buenas personas de apoyo emocional.**

Elena reacciona con risas al mensaje, y yo me paso a Instagram. Veo historias de Marcus y Luis que muestran que fueron a jugar combate láser antes de la reunión del Club de Fotografía. Reviso la cuenta de Hari, que no ha sido actualizada en días y no tiene ninguna historia nueva.

Desde la ventana de mi habitación puedo ver la casa de Hari en la distancia. Su coche está en la entrada junto a los de sus padres, pero el espacio donde Dev siempre se estaciona está vacío. Eso me molesta. ¿No se supone que *ambos* están castigados?

Abro la cuenta de Instagram de Dev y, en efecto, su historia está actualizada. Deslizo el dedo para ver fotos de él y sus amigos jugando básquetbol.

Sin pensarlo, salgo del coche y camino hacia la casa de Hari. Es un recorrido tan conocido que mis piernas me llevan por sí solas. Antes de darme cuenta, estoy llamando a su puerta, quizás con más fuerza de lo que debería.

El señor Shah responde.

—Hola, Kat —dice, con cierto aire de sorpresa en la voz al verme—. Te ves muy bien.

—Usted también, señor Shah. Me alegra verlo —respondo—. ¿Está Hari en casa?

Él inclina la cabeza hacia un lado.

—Sí. Pero aún está castigado.

—Me lo temía. Debido a la fiesta de Dev, ¿verdad? —pregunto.

Sé que no me corresponde hacer eso. No sé qué se ha apoderado de mí. Nunca he desafiado al señor Shah en todos los años que llevo conociendo a Hari, aunque el impulso a veces ha sido fuerte. Odiaba tener que ser testigo del evidente trato preferente hacia Dev. Me dolía ver a Hari tan herido. Él siempre se lo sacudía lo mejor que podía, pero esto ya es demasiado. Hari no se merece estar encerrado en su habitación, solo, cargando con la culpa de una fiesta que organizó Dev, mientras Dev está viviendo su vida.

El señor Shah se pone rígido.

—Debido a la fiesta que organizaron *ambos*. Ambos son responsables.

—Siento que necesito decirle que la fiesta fue idea de Dev, señor Shah. Solo de Dev. Si hubiera podido ver lo estresado que estaba Hari, lo ansioso que lucía, lo entendería —digo con calma—. Él no quería que se hiciera la fiesta. No quería tener nada que ver con ella.

Los ojos del señor Shah se estrechan, y hay un cierto tono ríspido en su voz cuando me habla.

—Sin importar quién haya tenido la idea, ninguno evitó que pasara, así que ambos son cómplices.

Hago un gesto hacia la entrada, donde el lugar donde se estaciona Dev está vacío.

—Con el debido respeto, ¿puedo preguntar dónde está Dev?

El señor Shah se cruza de brazos, y me doy cuenta de que está perdiendo la paciencia conmigo.

—Está tomando clases de tutoría para el SAT. ¿A qué viene todo esto?

Sacudo la cabeza.

—Dev no está tomando clases.

—Sí está —insiste el señor Shah.

—No.

Saco mi teléfono, busco la historia de Dev y le paso el teléfono al señor Shah. Lo siento, Dev. Pero esto es por Hari.

El señor Shah mira hacia abajo, con las cejas fruncidas. Las fotos y el video le muestran que su hijo adorado *no* está estudiando para el SAT.

—¿Esto es de hoy?

—De esta tarde —digo, señalando la hora junto al nombre de usuario de Dev, que dice "1h", lo que indica que el primer video fue publicado hace apenas una hora.

El señor Shah frunce el ceño. Las comisuras de su bigote también caen hacia abajo.

—Espera —dice. Luego mira hacia la casa y llama—: ¡Aditi!

Pasa un momento antes de que aparezca la señora Shah.

Cuando me ve, me saluda.

—¡Oh, Kat! Me alegro de verte.

Su voz es dulce como la miel.

—Hola, señora Shah. Me alegro también de verla.

—Jaanu —dice el señor Shah, usando el apodo cariñoso que le da a su mujer—, mira.

Señala mi teléfono, que en lugar de la historia de Dev ahora muestra un anuncio de maquillaje. Lo arreglo y se lo muestro a la señora Shah.

—Dev no está en su clase para prepararse para el SAT —le digo, despacio.

Ella sacude la cabeza mientras mira.

—No quiero delatar a Dev, pero acabo de notar que el coche de Hari está en la entrada, y me da mucha pena porque sé que la fiesta no fue idea suya.

El señor y la señora Shah intercambian una mirada.

—Te lo dije —le dice ella.

Él suspira.

—Siento mucho haber venido así y causar problemas. Solo necesitaba que lo supieran.

La señora Shah me entrega el teléfono, y coloca su mano sobre la mía.

—Está bien, Kat. Me alegro de que nos lo hayas contado.

—Quizás sea mejor que te vayas ahora —dice el señor Shah.

Asiento con la cabeza.

—Sí, lo siento.

Me meto el teléfono en el bolsillo trasero, y veo que la puerta de la habitación de Hari se abre, pero solo un poco. Nos miramos a los ojos, y él me dedica una pequeña sonrisa antes de que me vaya.

Puede que todo sea un poco confuso y desordenado en este momento, pero si hay algo de lo que estoy segura es que Hari merece un mejor trato. Espero que ese pequeño gesto ayude a cambiar las cosas para él.

En la noche, entre revivir la diversión del paseo marítimo con Elena, la emoción de un enamoramiento incipiente y el orgullo de defender a Hari, me encuentro recordando algo más que noté durante el día.

Las pecas de Elena.

Sorprendentemente ausentes de su Insta, pero muy prominentes en la vida real. La vergüenza en su voz al decir, sin pensarlo dos veces, "Oh, cierto. A veces las escondo". Una parte de ella que desaparece.

Es una bobería. A nadie le importa, ¿verdad? No es que Elena esté haciendo algo catastrófico, como fingir ser otra persona. Pero el efecto dominó que desencadena en mi mente es enorme.

¿Cuántas de las fotos que veo en Instagram están retocadas como las de ella, aunque sea lo mínimo? Una cintura recortada, un poco de piel alisada, un fondo editado, una papada eliminada. ¿Qué cuenta como una mentira, qué cuenta como una omisión y qué no cuenta para nada? ¿Cómo es posible que las líneas entre lo que es real y lo que está editado sean tan borrosas en las redes sociales? ¿Lo sabemos? ¿Lo sé yo?

Capítulo treinta y uno

Ya. Soy. ¡¡¡Libre!!!

El texto de Hari nos llega a mí, a Marcus y a Luis a primera hora de la mañana siguiente. Sonrío cuando lo veo.

Marcus: **Señoras y señores, ¡Hari Shah ha vuelto!**

Luis: **Qué bueno por ti, pero me acabas de despertar.** ☹ ✏

Yo: **¡¡¡¡¡¡Hari!!!!!!! ¿Cómo se siente?**

Hari: **Bien merecido. ¿Quién quiere salir hoy?**

Marcus: **No puedo. Mierda de editor de fotografía. Ustedes NO saben de eso.**

Luis: **No se dejen engañar por este payaso. Tiene que ir al Centro del Adulto Mayor a fotografiar a los chicos del teatro que presentan** *Rent*.

Luis: **Pero yo tampoco puedo. Cosas de Xio. De ESO sí que no saben.**

Hari: **Maldita sea, ¿NADIE me quiere?**

Yo: **Tengo que ocuparme de algunas cosas esta mañana, pero luego estoy libre.** 👻

Hari: **¡Entonces nos vemos!**

Si esa no es una buena manera de empezar una mañana de domingo, no sé cuál es. Me siento en la cama y me estiro. Entre ayudar a Hari, revivir el Club de Fotografía y conocer a Elena en la vida real, ayer fue el mejor día que he tenido en mucho tiempo.

Aprovecho la mañana para terminar las fotos de Elena y enviárselas. Luego me apresuro para ir a Una Pata para Todos a hacer mi turno. Todo marcha muy rápido, sobre todo ahora que tenemos tanto que hacer antes del baile. Termino tan pronto como puedo para correr a hacer lo que más ansío: reunirme con mi MALDITO mejor amigo.

Sí, las cosas han estado raras y, sí, tenemos mucho de qué hablar, pero a estas alturas haría cualquier cosa por recuperarlo. No me molesto en fingir cuando veo su coche entrar en Bluffs, el lugar donde acordamos vernos. Cuando cierra la puerta de su coche, me precipito hacia él y le doy un abrazo, apretándolo con fuerza.

—Maldita sea, Kat. Parece que me echaras de menos o algo así.

Me río y me alejo de él, dándole un golpecito juguetón en el hombro.

—Tú también me has extrañado. Admítelo.

Hari frunce la nariz.

—Yo no iría tan lejos. Pero supongo que te debo algo después de que me sacaras de la cárcel de Shah.

—Cuéntamelo *todo*.

—Vamos —dice, señalando el sendero cercano, donde podemos caminar y hablar.

Hari es el que más habla, al menos al principio. Me cuenta lo aislado que estuvo las últimas semanas, lo deprimido que se sentía; cómo no podía dejar de pensar en lo injusto que era tener que pagar las extravagancias de Dev; cómo intentó hablar con su padre varias veces, sin mucha suerte; cómo se sorprendió al escuchar mi voz cuando aparecí ayer; cómo se asomó por la puerta de su habitación y lo escuchó todo; cómo eso dio lugar a una larga conversación con sus padres y con Dev; cómo él ya no está castigado, pero Dev está, por fin, deliciosamente *extra* castigado.

—No está contento —se ríe Hari.

—¿A quién le importa? Te dio un puñetazo —le recuerdo—. ¡Y has recuperado tu vida!

Ahora estamos en la cima de una de las colinas, sentados sobre el pasto, con las piernas cruzadas, uno frente al otro.

Hari asiente con la cabeza.

—Lo sé. Y qué bueno, porque estaba a punto de sacar mis viejos Legos. Deveras es un alivio que mis padres me hayan escuchado esta vez. O sea, quién sabe si esto causará algún cambio significativo, pero al menos es algo. —Hari me mira—. Gracias.

—No necesitas...

—Pero quiero hacerlo —me interrumpe—. No he sido un buen amigo últimamente. Estaba tan hundido en mi decepción porque no nos convertimos en algo más, que terminé arremetiendo y diciendo algunas cosas que no estaban bien.

—Oye, no pasa nada —digo, pero él niega con la cabeza.

—Sí pasa. Sé lo mucho que te duele lo de tus padres. No me corresponde decir lo más mínimo al respecto, no importa cómo me sienta.

—Bueno, pero el momento en que te hice esa pregunta no fue el mejor.

Hari se ríe.

—De acuerdo. Fue el peor.

Yo también me río.

—Sí. Y... —Miro hacia abajo, enrollando una brizna de hierba alrededor de mi dedo—. Yo también dije algunas porquerías. Te hice daño. —Levanto la vista para encontrarme con sus ojos—. Lo siento mucho, Hari.

Hari me regala una sonrisa torcida.

—Lo sé. Pero todo está bien. Yo también estoy bien. He pensado mucho mientras estaba encerrado en mi habitación. Y es lo mejor, la forma en que terminaron las cosas.

—Maldita sea. ¿Ya te olvidaste de mí? —Chasqueo los dedos—. ¡¿Así de fácil?!

—No ha sido *así*, pero sí, en cierto modo —dice Hari—. Quiero que volvamos a ser los mejores amigos, divertirnos y tomar fotos juntos, y sacudir la cabeza ante cualquier cosa rara que hagan Marcus y Luis, ¿sabes?

Agarro los hombros de Hari.

—Eso es música para mis oídos, Hari. Te extrañé mucho.

Sonríe.

—Yo también te extrañé. De verdad.

—Pero echaré de menos lo de besarnos —digo.

Eso toma a Hari por sorpresa.

Se ríe y se rasca la nuca.

—Pues sí, yo también. Pero encontraré a alguien más con quien hacerlo. Y estoy seguro de que tú también lo harás. —Hari toma el dobladillo de mis vaqueros y tira de él—. Pero ¿qué ha pasado en tu vida? Acaparé la conversación.

Suspiro con dramatismo y me tumbo de nuevo en el pasto.

—No te conviene saberlo.

—Oh, no...

Mientras miro al cielo, mi mente recorre todas las cosas extrañas y locas que han ocurrido en las últimas semanas. ¿Por dónde empiezo?

—Bueno, he estado trabajando en esa cosa del Baile de Invierno para el trabajo. Aún no han adoptado a Cash. Mis padres me prepararon una habitación rosa en su casa. Mis abuelos se sienten culpables de que viva con ellos. Ah, y robé las fotos de mi amiga Becca e hice una cuenta falsa en Instagram, fingiendo que soy otra persona, y con ese disfraz conocí a una chica, y ahora creo que me gusta...

Hari me agarra de las manos y tira de ellas con fuerza para que me siente. Sus ojos están muy abiertos.

—Voy a necesitar que lo repitas todo.

Sonrío.

—Eso pensé.

Empiezo a hablar y le cuento *todo*. De Elena, sobre todo. Los mensajes de texto a altas horas de la noche y las cadenas de Snaps, y el encuentro con ella en la vida real y mi plan maestro de desaparecer a Max y tratar de que Elena me conozca a mí.

Hari me interrumpe aquí y allá, para hacer una pregunta aclaratoria, pero principalmente permanece en silencio, asimilándolo todo. Cuando termino, suelta una gran bocanada de aire, mira un momento a lo lejos y vuelve a mirarme.

—Así que... mientras yo pasaba las últimas semanas pudrién-dome en mi habitación, tú fuiste y creaste una persona nueva.

Hago una mueca.

—Algo así.

—¿Y te enamoraste de una chica? ¿Te gustan las chicas?

—No me *enamoré* de ella —insisto—. Pero... sí. Me gusta. Es algo nuevo.

—Y tú decías que yo había pasado rápido la página.

Levanto las cejas.

—¿Estás molesto?

—No. Decía la verdad cuando te dije que era mejor que fuéramos amigos —dice Hari—. Creo que estoy más bien sorprendido por lo mucho que ha pasado en tan poco tiempo. Me he perdido muchas cosas.

—Ya estás al día, te lo juro.

Hari arruga la nariz.

—Te das cuenta de que estás haciendo *catfishing*, ¿verdad? Es un poco arriesgado suplantar una identidad, ¿no crees? Kat la *catfish*.

—Prefiero pensar que es *catfishing* con K. *Katfishing*.

Nos miramos fijo durante un segundo, y luego nos desterni-llamos de risa. Las carcajadas se suceden, y nos reímos tanto que lloramos y se nos hace difícil respirar.

—En verdad echaba de menos esto —digo, cuando por fin nos calmamos.

—Yo también. —Hari se enjuaga los ojos y respira profundo—. Entonces, ¿qué demonios vas a hacer?

—¿Sobre qué parte?

—*Touché*. Eh, sobre la cuenta, ¿supongo?

Me muerdo el labio inferior.

—He estado pensando en eso. No tengo una buena solución. Me estaba dando hasta el Baile de Invierno para decidir.

—Eh...

—A menos que tengas una idea mejor.

—Pues... —Hari inclina la cabeza hacia un lado, como si sopesara las opciones—. Al final, tienes que eliminarla, ¿no? O sea, ¿qué estás haciendo con esa cuenta?

—Hacerme pasar por una chica blanca —bromeo.

—Lo digo en serio, Kat.

—Lo sé, lo sé. He estado luchando con eso. No sé lo que estoy haciendo. Tal como lo veo, tengo dos opciones. —Levanto un dedo y empiezo a enumerarlas—: Puedo eliminar la cuenta por completo. Paf. Desaparecerla.

—Suena bastante tentador —dice Hari—. Tal vez un poco cobarde.

—Sí. E injusto con...

—E-*le*-na —canta Hari.

—¡Para! —le advierto—. Pero, sí. Súper injusto con ella.

—¿Y la otra opción?

Levanto un segundo dedo.

—Decir la verdad y aclararlo todo.

Hari hace una mueca de dolor.

—No sé. Tal vez deberías borrarla y ya. O sea, no quiero ser grosero, pero ¿no crees que confesar la verdad lo arruinaría todo? —Hari arranca un puñado de hierba, nervioso por mí—. Mentiste sin vergüenza. No hay vuelta atrás en eso, independientemente de lo que decidas hacer.

Frunzo el ceño. No había querido pensar en las repercusiones de lo que he estado haciendo, ni lo injusto que ha sido para Elena y para Becca. Tenía que ser Hari, mi mejor amigo, el que me ayudara a ver las cosas como son. Pero todavía no estoy dispuesta a admitir la gravedad de mis acciones.

—Podría decirle a Elena que Max murió o algo así —digo, juguetona.

—Oh, claro. Cubrir una mentira con otra más grande. Gran idea. —Hari pone los ojos en blanco—. ¿Y Becca?

No puedo mirarlo a los ojos. Sí. ¿Y qué pasa con *Becca*, que es quien más sufrirá con lo que he hecho? Ignoré sus deseos y utilicé

su imagen para mentir. Lo sé. Más que arrepentimiento, siento vergüenza, una vergüenza profunda y fea que se me retuerce en las
tripas y hace que me ardan las puntas de las orejas cuando pienso
en ello.

—Lo sé.

—¡Ella es la principal víctima aquí! Estás usando sus fotos sin
su permiso —me recuerda Hari.

—Lo sé —vuelvo a decir.

—Tienes que desaparecer esa cuenta. —Su voz es contun-
dente—. Más pronto que tarde.

De repente se me seca la garganta.

Escuchar en voz alta los pensamientos con los que he estado
luchando me produce vértigo. Es como haber estado escalando una
montaña de mentiras, creyendo que un profundo pozo de dolor no
me esperaba al otro lado.

—Pues... mierda —murmuro.

Hari asiente con la cabeza.

—Mierda.

Dejo escapar un largo gemido.

—Estoy jodida.

—En grande —concuerda Hari—. Pero ¡eh!, al menos ahora
me tienes a mí para recordártelo. ¿No te hace sentir mucho mejor?

Entorno los ojos hacia él.

—Estoy encantada.

—Eso pensé. —Hari se levanta y me tiende una mano—.
¿Regresamos?

—Pero mi vida sigue siendo un caos —digo.

—Así es. Pero si voy a ayudarte a resolverlo todo, siento que
me debes un café o algo así.

Pongo los ojos en blanco, pero le tomo la mano y me pongo
también de pie.

Mientras caminamos de vuelta al coche, considero mis opciones. Hari tiene razón: tengo que deshacerme de Max cuanto
antes. Borrar la cuenta parece la opción más fácil, pero Elena me

preguntará qué pasó con Max, y entonces tendré que mentir. De nuevo. No quiero hacer eso.

Pero ¿qué otra opción tengo?

Hari se acerca y me aprieta el codo.

—Oye. Todo estará bien. ¿Sí?

—De acuerdo —acepto—. Estoy pensando en cambiarme el nombre y esconderme. Eso debería funcionar, ¿no?

—Eso es justo lo que estaba pensando —dice Hari—. Dicen que Denver es muy bonito.

Le doy un manotazo, pero sonrío, agradecida por haber recuperado nuestra amistad. Y sé que tiene razón. Max tiene que irse.

Pero tengo que averiguar cómo puedo hacerlo sin causarle mucho daño a Elena. Ella y Max son muy cercanas.

Ella y *yo* somos muy cercanas.

Y en cuanto a Becca, bueno. No quiero ni pensar en eso ahora.

Así que... tal vez todavía me dé hasta el Baile de Invierno de Una Pata para Todos. Faltan pocas semanas.

El resto lo resolveré sobre la marcha.

Capítulo treinta y dos

Paso días sin conectarme como Max. Cuando por fin me animo a hacerlo, solo hay un mensaje sin leer.

Elena: **¿No me vas a preguntar cómo me fue con Kat?**

Miro fijo el mensaje, perpleja por lo extraño que es leer un mensaje sobre mí, que una chica que conozco en la vida real ha enviado a una chica que supuestamente es nuestra amiga. Es suficiente para marearse.

Empiezo a escribir.

Max: **Iba a**

Lo borro.

Max: **Quería escribirte, pero**

Lo borro.

Max: **¡Lo siento mucho! He estado súper agobiada. Espero que todo haya ido bien y que hayas tenido un buen fin de semana. Kat dijo que lo había pasado genial.**

La culpa empieza a brotar en mi pecho. No he dicho ninguna mentira. Pero nada de lo que dije se siente como si fuera verdad.

Para compensar, le envío un mensaje a Elena.

Yo: **Escuché un rumor.**

Elena responde casi al instante.

Elena: **¿Sobre qué? 👀**

Yo: **Sobre ti.**

Elena: **¡¿Un rumor sobre mí?!**

Elena: **¿Quién? ¿Qué han dicho? Estoy dispuesta a pelearme.**

Yo: **Dicen que haces que la gente se vuelva adicta a los pequeños sitios de desayuno y que luego no pueden dejar de pensar en** lo deliciosos que son. Todos los demás desayunos se arruinan para siempre.

Yo: **Es lo que he escuchado.**

Elena: **Dios, soy una destructora de vidas.**

Yo: **Sí. Ahora no tienes más remedio que dejar que te arruine los tacos, enseñándote el MEJOR camión de comida de Bakersfield.**

Es un texto valiente, y lo he enviado antes de poder decirme que estoy jugando con fuego. Sin embargo, necesito eso. Nuestros días están contados.

Elena: **Un poco lejos para ir por tacos...**

Mi corazón se hunde. Pero entonces.

Elena: **¿Vamos el sábado? Así tengo tiempo para romper con las otras taquerías que hay en mi vida.**

Yo: **Diles a las otras taquerías que se acabó.**

Siento que sonrío mientras miro nuestro intercambio. Ojalá nos hubiéramos conocido así, y no de la otra manera: solo Kat y Elena, nunca Max y Elena. Pero al menos ahora puedo ser feliz deseando que llegue el sábado.

—Esta payasa siempre está con el teléfono —se mofa Luis.

Levanto la vista y cambio mi sonrisa por un ceño fruncido.

—¡Tú también!

—Sí, pero tengo una novia a quien tengo que mantener contenta —explica.

La cara de Hari se ilumina.

—¡Oye! ¿Ya es oficial?

Luis sonríe.

—Ahora estoy casado.

—Y feliz por ello —añade Marcus—. Nuestro pequeño está creciendo.

—Nunca pensé que vería este día —digo, sonriendo—. Felicidades, tonto. Por fin has encontrado a alguien que aguante tus payasadas a tiempo completo.

A pesar de mis burlas, sonríe.

—Es la mejor. Tengo ganas de que la conozcan.

—Vamos a la misma escuela de Xiomara desde sexto grado —dice Marcus.

—Pero tú no la conoces como *mi chica* —dice Luis—. Es diferente.

—Es diferente —confirmo.

—¿Ves?, hasta Sánchez está de mi lado. —Luis se vuelve hacia mí—. Pero no creas que eso va a hacer que deje de burlarme de tu obsesión por el teléfono. Es una *verdadera* adicción.

Pongo los ojos en blanco.

—Cállate.

—¿Sabías que la gente dedicará cinco años y cuatro meses de toda su vida a las redes sociales? —pregunta Marcus—. Me parece que en tu caso es peor. Como veinte años.

—Mira, lo raro para mí es que nunca veo a esta chica publicar una mierda. —Luis está hablando con Marcus como si yo no estuviera allí—. ¿Qué hace en ese teléfono?

—Por desgracia para mí, paso mucho tiempo enviando mensajes de texto a idiotas —le suelto.

—¡Pero no cuando estamos aquí, enfrente de ti! ¿Qué pasa, Sánchez? ¿Perteneces a alguna comunidad *fanfic* secreta?

Marcus chasquea los dedos.

—¡De BTS!

Luis se echa a reír.

—¡Oh, sí! ¡Claro!

Hari me lanza una mirada inquisitiva, y yo niego con la cabeza. Se ha perdido todo el asunto del póster de BTS, y no voy a ponerlo al corriente.

—Pero, si no es *fanfic*, ¿qué es? —pregunta Marcus con sincera curiosidad.

—Incluso has dejado de compartir tu fotografía. Es raro.

Arrugo las cejas.

—Pensé que nadie se daría cuenta.

—Claro que nos damos cuenta —responde Marcus.

—Hasta *yo* me he dado cuenta —dice Luis.

—¿Cómo te diste cuenta? Ni siquiera me sigues —argumento.

Luis sacude la cabeza.

—Tu perfil es público, estúpida. Puedo buscarte sin más.

—Eso es mucho más trabajo que seguirme.

—¡Yo no sigo a nadie!

Marcus nos hace un gesto con la mano para que dejemos de discutir.

—Además —continúa— también has estado desaparecida en la vida real, Kat.

—¿Por qué me están atacando? —pregunto, erizándome.

Luis entorna los ojos para mirarme.

—Estoy convencido de que estás viviendo una vida secreta.

Hari se ríe con complicidad, y yo le lanzo una mirada.

—Si esta es tu forma de decir que quieres que te preste más atención, Luis, me siento halagada.

—Nadie ha dicho eso —responde Luis.

—Me esforzaré más por pasar tiempo contigo.

Me acerco a Luis y le pellizco la mejilla. Él me aparta de un manotazo.

—Y contigo —digo acercándome a la mejilla de Marcus para hacer lo mismo, pero él se aparta de mi camino—. Y contigo —añado, señalando a Hari, a quien no puedo alcanzar desde mi asiento.

—Bueno, solo sé que ahora que hemos revivido el club, necesitamos hacer cosas con regularidad. De lo contrario, podemos perder el financiamiento —dice Marcus.

—Espera. ¿Tenemos financiamiento? —pregunta Hari.

Luis parece confundido.

—Sí, ¿qué? ¿Nos dan dinero?

—No mucho, y lo uso sobre todo para pagar la gasolina, ya que Honey y yo somos siempre quienes llevamos sus lamentables culos de un lado a otro —responde Marcus.

—Entonces, ¿te robas el dinero de la escuela para llenar a Honey de gasolina *premium* y utilizas el Club de Fotografía como pretexto? —se burla Luis.

Marcus lo señala con el dedo.

—¡Yo no dije eso!

Una mirada juguetona aparece en la cara de Hari.

—Ni siquiera sabía que éramos un club de verdad —dice.

—*Sabes* que lo somos —continúa Marcus—. Y, como fundador del club, he sido quien ha asistido a las reuniones con nuestro querido consejero, para poder demostrar que somos legítimos y cumplir con los requisitos para obtener el escaso financiamiento que recibimos y, además, salir en el anuario.

Arqueo una ceja hacia Marcus.

—¿Por qué nunca nos habías dicho nada de esto?

Él deja escapar un gruñido de protesta.

—¡Se los he dicho muchas veces!

Hari me mira.

—Nunca ha dicho una palabra sobre esto.

Luis sacude la cabeza.

—Todo esto es nuevo para mí, amigo.

—En serio. Deberías intentar comunicarte un poco mejor —añado.

Marcus se levanta molesto de la mesa y toma su bandeja del almuerzo.

—Al diablo con todos ustedes. Tenemos una excursión obligatoria del club el domingo, y todos irán.

—Espera, espera, espera. —Hari agarra a Marcus por el brazo, para evitar que se levante de la mesa—. ¿De qué club hablas?

Todos empezamos a reír.

Marcus se suelta.

—¡Me voy a la biblioteca! —dice, y se va enfadado.

—Fue divertido —dice Hari.

Luis sonríe.

—Sí. Me alegro de que vuelvan a ser amigos. —Nos señala con la cabeza a Hari y a mí—. Hace que mortificar a Marcus sea mucho más fácil.

Hari y yo sonreímos. Lo mismo, Luis. Lo mismo.

Esa tarde, en casa, me conecto a los mensajes de Max. Aunque Elena y yo hemos estado enviándonos mensajes de texto a lo largo del día, he sido demasiado cobarde para ver si le había respondido a Max.

Cuando abro el mensaje, me siento mal por haberla ignorado.

Elena: **Me lo he pasado bien, gracias.**

Elena: **¿Estás enojada conmigo o algo?**

El segundo mensaje llegó a primera hora de la tarde, así que no lo leí ni respondí durante la mayor parte del día, mientras ella y yo intercambiábamos TikToks al azar y bromeábamos sobre las celebridades que quisiéramos que fueran canceladas, solo porque nos molestan.

Tanta diversión en una conversación y tanta mala energía en otra. Pobre Elena.

Yo: **¡Para nada estoy enojada contigo! Es que tengo muchas cosas en marcha ahora mismo. Estoy pensando en tomarme un descanso de lo social, de hecho, así que puede que esté un poco más ausente de lo normal. Solo para que sepas.**

Tal vez un desvanecimiento lento de Max sea cobarde, pero he estado sopesando todos los escenarios en mi cabeza, y no estoy segura de que haya otra manera. No sin arruinarlo todo.

Capítulo treinta y tres

Las sesiones maratónicas de mensajes de texto con Elena han pasado de Max a mí. Si le parece extraño que Max haya desaparecido de la faz de la tierra y en su lugar haya una nueva chica llamada Kat que teclea de forma sospechosamente similar, no lo ha dicho.

Gracias a Dios.

Porque hablar con ella y ser yo misma es mucho más divertido.

Además, saber que mi pose como Max está llegando a su fin me hace estar menos nerviosa con Becca, y eso es bueno, porque entre más nos acercamos al Baile de Invierno de Una Pata para Todos, más tenemos que trabajar juntas para crear contenido para el sitio web y las cuentas en las redes sociales.

Una tarde llego a casa y parece que no hay nadie, pero encuentro a mi abuela en su habitación, leyendo un libro. Lo deja en la cama y se sienta cuando entro.

—Hola, pollito. ¿Cómo te fue?

Me tumbo en su cama como si fuera la mía.

—Bien. Feliz de haber terminado con el trabajo. ¿Te he contado lo del baile?

—No creo.

Mi abuela extiende la mano y me acaricia el pelo mientras le cuento lo que pasa en el trabajo. Ella me escucha con atención.

—Entonces, ¿llevarás a Hari como pareja? —me pregunta cuando termino.

Me siento.

—¿Hari?

Mi abuela levanta las dos cejas y se inclina hacia mí.

—Pasan mucho tiempo juntos.

—Sí, pero Hari y yo... solo somos amigos.

—Oh. Eh. —La abuela no parece convencida—. Es que podría jurar que los vi caminando de la mano cuando te acompañó a casa hace unas semanas. —Como no digo nada, añade—: Ya sabes, en Halloween.

Mis ojos casi saltan de sus órbitas.

—¿Qué? ¿Nos viste?

Sonríe.

—Puede que sea vieja, pero no soy tonta. Tu madre solía llegar tarde a casa con tu padre igual, aunque yo era mucho más estricta entonces. —Deja escapar un pequeño suspiro—. Hari es un joven maravilloso. Me gusta mucho. Es muy bueno contigo, Kat.

Suelto una carcajada.

—¡No puedo creer que nos hayas visto y no hayas dicho nada!

Mi abuela se encoge de hombros, mirando la colcha.

—Bueno, no quiero parecer demasiado entrometida, Kat. He aprendido que ser demasiado estricta a veces puede alejar a las personas que quieres.

Su voz suena melancólica cuando dice eso, exponiendo un mínimo atisbo de su ser ante mí. Pero cuando encuentra mi mirada vuelve a sonreír.

—Entonces, ¿me estaba imaginando cosas? ¿No iban tomados de la mano?

—No precisamente —admito—. Es decir... nos tomamos de la mano esa noche. Pero las cosas no funcionaron. Estamos mejor como amigos.

Mi abuela chasquea la lengua.

—Es una pena. Pero lo entiendo. Los buenos amigos son difíciles de encontrar.

—Sí que lo son. —Dudo—. Supongo que, ya que estamos hablando de eso...

Mi abuela me mira.

—¿Sí? —pregunta, alentándome a hablar.

—Hay alguien que me gusta —digo.

Picoteo la colcha de felpa como si de momento fuera muy interesante. Debería haber ensayado esto, sobre todo ahora que mi corazón late tan fuerte que puedo sentirlo en mis oídos. "Solo dilo. Dilo antes de que pierdas los nervios, Kat". Trago saliva.

—Una chica.

—Una chica —repite ella.

La inflexión de su voz indica sorpresa. ¿Sorpresa buena? ¿Mala? Siento que transcurre una eternidad entre eso y el momento en que una sonrisa fácil y tranquilizadora se extiende por sus labios.

—Háblame de ella. ¿La conociste en la escuela?

Se me escapa un suspiro de alivio, y siento lágrimas de felicidad en las comisuras de mis ojos. De todas las cosas que mi abuela pudo haber dicho, ha optado por una pregunta genuina sobre cómo conocí a Elena.

—No exactamente. La conocí en Instagram —admito—. Pero es increíble. Muy amable, cálida e inteligente.

—¿Bonita? —pregunta.

—La *más* bonita —digo efusivamente—. Todavía no sabe que me gusta. Pero pronto, tal vez, lo sabrá. No sé. Me invitó a una fogata.

—Suena divertido.

—¿Sí? —sonrío—. Entonces, ¿puedo ir?

—Por supuesto —dice. Su cara se ilumina de repente—. ¡Tal vez podría ser tu pareja en el baile!

Me río un poco más fuerte de lo que hubiera querido. Pero todo es demasiado. Estoy sorprendida, y muy, muy agradecida, por el repentino cambio en la conversación, que ha pasado de "Oye, me gusta una chica" (y, por lo tanto, soy bisexual) a "Esta chica debería ser mi pareja en un evento importante" (y, por lo tanto, ¡mi abuela ya lo tiene tan interiorizado que se imagina escenarios donde la chica asiste a eventos conmigo!).

—Tal vez...

—En cualquier caso, necesitarás algo que ponerte —añade.

Y mi corazón casi se inunda de alegría cuando me doy cuenta de que está insinuando una de nuestras famosas expediciones de compras, donde Kat y la abuela compran demasiadas cosas. Esa es su manera de decirme que me entiende y me quiere, y que deberíamos celebrarlo.

—¿Ahora mismo? —pregunto.

—Ahora mismo.

Hay un brillo en sus ojos mientras lo dice, y siento ganas de abrazarla. Así que lo hago.

* * *

Siempre me han gustado nuestras salidas de compras. No lo hacemos tan a menudo, pero cuando lo hacemos nos volvemos locas: vamos a las tiendas de descuento, compramos muchísimo, compartimos un *pretzel* enorme y visitamos todas las tiendas que nos parecen algo interesantes.

También nos gusta jugar. En una tienda elegimos la ropa más fea que encontramos y nos la intercambiamos. Tomo una blusa de malla y se la enseño a mi abuela.

—Encontré esto para ti.

Se ríe.

—¡Caramba! ¿Quieres que dé un espectáculo?

Entonces me tiende un camisón largo de franela.

—Este es para ti.

Y así. Los hallazgos tontos son increíbles, pero también encuentro algunas prendas nuevas: un mono, unas Doc Martens nuevas, una larga falda de mezclilla. Entre tienda y tienda, charlamos sobre el círculo de amigos de la abuela (las Golden Girls, como ella las llama, que se reúnen con regularidad para pasear y contar chismes), la escuela, la comida del abuelo y Cash, incluida mi ferviente esperanza de que el baile le permita encontrar un hogar donde lo quieran mucho.

Por fin hacemos una pausa y nos sentamos juntas en un banco.

—Me encanta observar a la gente —dice mi abuela.

Con la barbilla, señala a una pareja que camina, cada uno con la mano en el bolsillo trasero del otro.

—¡Qué asco! —exclamo, y me río.

La abuela también se ríe.

—Pienso lo mismo.

Señalo a un hombre vestido como turista (mocasines, calcetines, camisa hawaiana), y nos reímos. También vemos un niño adorable que le dice "¡Hola!" a cada persona que ve, una mujer que intenta disimular que lleva un perro en la mochila, y dos chicos de más o menos mi edad que se robaron uno de los carros de la compra de una tienda y ahora se turnan para pasear en él.

—La gente es muy rara —confieso.

—Eso es lo que hace que observarlos sea tan interesante. Mira.

La abuela señala detrás de mí. Me vuelvo con tanta sutileza como puedo, dado que estamos espiando, y veo a una mujer mayor, un poco más joven que mi abuela, de la mano de una niña de pelo rizado.

Las observo durante un minuto: la forma suave en que la mujer mayor se inclina para hablar con la niña y escuchar lo que ella tiene que decir; la niña que extiende su mano para tomar la de la mujer; la forma de caminar de la niña. No puedo evitar sonreír.

—Se parecen a nosotras.

Mi abuela se acerca y me da una palmada en la mano.

—Sí.

Saco mi cámara y tomo una foto, intentando captar la dulzura entre ambas. Luego dirijo la cámara a mi abuela y le tomo una a ella.

Ella levanta la mano delante de su cara para detenerme.

—Estar contigo es como ir con paparazzi.

—¡Tengo que hacerlo así! Nunca me dejarías tomarte una foto si te lo pido.

Repaso las fotos que he tomado. La de mi abuela tiene una expresión suave y serena. Se la enseño.

—No está mal, a pesar del sujeto —se ríe.

La miro.

—*Abuela*.

Sonríe.

—Es encantadora, Kat.

—Mira esta.

Busco entre las fotos antiguas, hasta que encuentro una que tomé del abuelo. Sus manos curtidas están en primer plano, y trabaja arreglando nuestro buzón. Como siempre, cuando se da cuenta de que le estoy tomando una foto se pone bizco e hincha las mejillas.

La abuela se ríe cuando lo ve.

—Deberíamos enmarcarla.

—Quedaría muy bien en la sala —bromeo.

Nos quedamos sentadas un rato más, y repaso todas las fotos de mi cámara. Al verlos a todos alineados (esa dulce mujer y la niña, mi abuelo, mi abuela), mi corazón se inunda de tanto amor y aprecio por esas dos personas tan fuertes que criaron no solo a su hija, sino también a la hija de su hija. Puede que no seamos una familia perfecta, pero tengo mucha suerte de que me quieran. Eso lo sé.

—¿Crees que al abuelo le parecerá bien también? Que me guste una chica, quiero decir.

Mi abuela me sonríe.

—Si le dijeras a tu abuelo que te gusta un extraterrestre, creo que no pestañearía. No puedes hacer nada malo ante sus ojos. O ante los míos.

Me acerco a ella y apoyo mi cabeza en su hombro, tomándola por sorpresa. Ella me aprieta el brazo.

—Te quiero. Ambos te queremos. Puedes compartir las cosas con nosotros, aunque parezcan... —busca las palabras adecuadas— grandes. O den miedo. Queremos que te sientas cómoda haciéndolo. También intentaremos compartir más cosas. Pase lo que pase, siempre serás mi pollito.

Le aprieto el brazo.

—Yo también te quiero. Gracias. Y, pase lo que pase, siempre serás mi... ¿pollo? —le propongo.

Esto la hace reír.

—¿Pollo?

—¡No sé! Estaba tratando de pensar en la versión con más años de un polluelo.

Mi abuela se ríe más.

—Oh, cielos. Bueno, tendremos que trabajar en eso. Pero el título de abuela es todo lo que necesito. —Luego hace un gesto hacia las tiendas—. ¿Volvemos a la carga?

Me pongo de pie y le tiendo una mano para ayudarla a levantarse.

—Vamos.

Capítulo treinta y cuatro

Como lo predijo mi abuela, el abuelo está más que feliz de recibir mis noticias. Me da un abrazo y un apretón de manos, y me pide que modele algunas de las cosas nuevas que acabo de comprar.

Sin embargo, una cosa es segura: no les daré la noticia a mis padres todavía, sobre todo, no durante nuestra cena obligatoria de esta noche.

Si soy sincera (y estoy tratando de serlo más a menudo), su casa es el último lugar donde me gustaría estar ahora mismo.

Pero una promesa es una promesa, y le prometí a mi abuela que seguiría intentándolo. Así que aquí estoy.

Mamá también está, y Leo. Con papá y yo a un lado de la mesa, ellos dos al otro, y los cuatro perros sentados a nuestro alrededor esperando las sobras, somos una gran familia feliz.

Solo el incómodo silencio que reina entre nosotros hace dolorosamente evidente que no es así.

Todo se siente tan... falso.

—¿Cómo va todo, chicos? —nos pregunta papá con forzada alegría.

Leo empuja la comida en su plato.

—Va.

—Obtuve una B en mi examen de química —digo—. Y es mejor de lo que pensé que me pondrían.

Papá me sonríe.

—¡Eso es genial, Kat! ¿Futura química?

Dejo escapar una risa forzada.

—No creo. La química no es lo mío.

—Sin embargo, es una gran fotógrafa —dice Leo—. A lo mejor se dedicará a eso.

Lo miro de lado. Ni siquiera sabía que él sabía que tomaba fotos.

—Eso sería genial.

Mamá arruga la nariz.

—Pero no puedes ir a la universidad a estudiar fotografía.

—Sí se puede —protesto.

—La escuela de arte existe, mamá —le recuerda Leo.

—Eh —es todo lo que dice mamá como respuesta.

—Estoy seguro de que lo que decida Kat será genial —dice papá.

La situación es extraña durante toda la cena. Papá se ofrece a limpiar y lavar los platos, así que subo a mi habitación, para intentar demostrar que aprecio el espacio y para respirar por un momento.

En la cama, rodeada de color rosa, veo a Leo asomarse a la puerta.

—Qué habitación, ¿eh? —pregunta.

—Qué habitación —asiento con una risa.

Él mira a su alrededor.

—No hay nada aquí que supongo que tú elegirías. —Leo sacude la cabeza—. Parece que a veces ni siquiera nos conocen.

No oculto mi sorpresa.

—¿Tú también te sientes así?

—Por supuesto. Mamá intentó una vez que tomara clases de equitación. —Sonríe con ironía—. ¿Parezco del tipo que monta a caballo?

Sonrío.

—No creo saber cómo luce un tipo que monta a caballo, pero no como tú, eso es seguro.

—Gracias —dice Leo, haciendo una reverencia.

—Quiero estar agradecida de que hayan hecho esto. Pero se siente mal, ¿sabes? —Miro a mi alrededor—. Esta no es mi habitación.

Leo asiente.

—Sí. Deberían haberte preparado una hace mucho tiempo. Ahora es como, ¿a quién estamos tratando de engañar?

—Exacto. Como que no *me* engañan.

—No esperaría que lo hicieran.

Es algo novedoso hablar así con Leo. Con tanta franqueza. Tan abierto.

Pero me gusta. Tal vez tenemos más en común de lo que pensaba.

* * *

En casa, saco mi teléfono y abro el Insta de Max. Había estado esperando algún tipo de respuesta al mensaje de que Max se iba a tomar un descanso. Como, no sé, "Por favor, no te vayas" o "Espero que estés bien". Pero nada.

Así que le mando un mensaje a Elena desde mi cuenta.

Yo: **¿Cómo estás?**

Elena: **Puf.**

Elena: **Un poco mal, en realidad.**

Yo: **Oh, no. ¿Qué pasa?**

Elena: **Mi amiga Vanessa y yo nos peleamos.**

Elena: **Sobre Max.**

Al leer eso mi corazón casi se detiene. Max está provocando demasiadas consecuencias en la vida real para mi gusto.

Yo: **¡Oh, no! ¿Qué sucedió?**

Elena: **Últimamente está muy rara conmigo. Se alejó, apenas me habla. Pasamos de las LLAMADAS TELEFÓNICAS REALES a que me ignore. Me molestó tanto que lloré. Y entonces Vee se enfadó conmigo porque ella me había ADVERTIDO que algo estaba mal con Max.**

Elena: **No te ofendas. ¡Sé que es tu amiga!**

Yo: **No me he ofendido. Lo siento mucho.**

Elena: **Después de estar súper callada, reapareció SOLO para decir que se está tomando un descanso de las redes sociales.**

Elena: **Es muy raro.**

Yo: **Yo también he notado unas ondas raras.**

Pues... sí.

Elena: **¿De verdad?**

Yo: **Sí. No sé qué está pasando.**

Elena: **Bueno, espero que esté bien.**

Yo: **Estoy segura de que está bien. Es que tiene un historial de ir y venir de las redes sociales.**

Elena: ☺ ☺ ☺

Yo: **Al menos tú y yo nos conocimos... Le debo eso.**

Elena: **¡Uf, es cierto! Si no hay nada más, esto ha sido súper genial.**

Yo: **Ya sé lo que te va a animar.**

Elena: **POR FAVOR.**

Yo: **Tú. Yo. Tacos. ¡El domingo!**

Elena: **¡¡¡SÍ!!!**

Elena: **Puf. Eres la mejor. No puedo esperar.**

Si voy a herir a la chica, lo menos que puedo hacer es intentar hacerla sentir mejor también.

Capítulo treinta y cinco

—*Bueno, eso fue un desastre* —murmura Becca.

Una pareja de ancianos que estaba pensando adoptar a Cash pasó por Una Pata para Todos para conocerlo. Parecía una oportunidad muy prometedora: los dos señores mayores estaban jubilados (¡podían dedicar todo su tiempo a Cash!), eran atléticos (¡podían cansar a Cash!) y eran amables (¡estaban dispuestos a darle todo el amor que se merece!).

Pero, tras un beso gigante de Cash, a uno de ellos le salió una urticaria horrenda. Alergia a la saliva de perros, al parecer. Una desagradable sorpresa. No pudieron adoptar. Adiós.

Y ahora estamos de nuevo en el punto de partida.

—Estuvimos tan cerca... —me quejo.

—No nos rendiremos todavía —dice Imani—. Encontraremos a alguien.

Cuando miro a Cash en su perrera, mueve la cola con esperanza.

—Mientras, voy a hacer algunas llamadas —agrega Imani.

Becca y yo asentimos, pero cuando Imani se va a su oficina, me desinflo.

—Esto es una mierda.

—Lo es. Pero... podríamos usar esto como excusa para disfrazarlo de pavo y tomarle nuevas fotos.

Sonrío.

—Es como si me leyeras la mente —digo.

Tras una larga sesión de fotos con Cash, una reunión sobre el baile y la venta de entradas (¡que va viento en popa!), y un montón de cariñitos a los perros, mi turno ha terminado y me queda contar los minutos para que llegue Elena, *aquí*, a *mi* ciudad.

Acordamos encontrarnos en el centro, así que tomo mi cámara. Hay unos increíbles murales callejeros nuevos que acaban de pintar, y me moría por tomarles unas fotos. Pensé que serían un buen fondo, pero ¿quién podría ser el sujeto?

Como estoy sola, supongo que debo ser yo. Saco el trípode del coche y preparo la cámara, abro la aplicación de mi teléfono que me permite tomar fotos por Bluetooth y poso. Hacía mucho que no me tomaba ninguna foto, pero hoy me siento guapa.

—¡Bien, modelo! —grita una voz.

Mis ojos se posan en Elena. Lleva un vestido tejido verde menta y unos pendientes en forma de hoja, que hacen juego. De repente siento mariposas en el estómago.

—Oh, *por favor* —digo.

Pero mis labios moldean una pequeña sonrisa mientras estiro la mano hacia mi cámara para sacarla del trípode.

—¡Espera! ¡Toma una de nosotras primero! —dice Elena, colocándose junto a mí frente al mural.

Soy más alta, así que apoyo un codo en su hombro, como si me estuviera apoyando en ella, y miramos a la cámara. Elena se trepa a mi espalda para otra foto, y en la siguiente nos estamos riendo mucho de tantas tonterías.

—¿Quieres una de ti sola? —le pregunto.

—¡Claro!

Saco mi cámara del trípode y vuelvo a mi posición preferida, detrás del lente, donde consigo unas cuantas fotos de ella sonriendo.

—Bien, pon una cara divertida —le pido.

Ella arruga la nariz y yo tomo la foto.

—Perfecto. Muy bonita.

—Para —dice, sonriendo—. Hola, por cierto.

—¡Hola! Me alegro de que estés aquí.

Mi voz es alegre y ligera. Hay algo que me resulta a la vez estimulante y aterrador al estar cerca de esta chica.

Guardo el trípode y la cámara.

—¿Estás lista para los tacos?

—¡No he venido hasta aquí para *no* comer tacos! —dice Elena.

—Sígueme.

Tras una rápida parada en el coche de la abuela, donde guardo el maletín de la cámara, nos dirigimos al lugar donde está estacionado Holy Guacamole. Sentimos el olor del ajo y la cebolla antes de ver el camión, y Elena lo aspira.

—Bueeeno. Huele delicioso. Todavía no he probado nada y ya estoy convencida.

Sonrío.

—¿Ves? No te mentiría.

Otra vez, quiero decir.

Pedimos un montón de tacos y algunas bebidas, y caminamos hasta un pequeño parque. Mientras Elena sostiene nuestra comida, yo busco en mi bolso, saco una manta y la extiendo sobre la hierba delante de nosotras.

—Qué elegante —se burla Elena.

Me río.

—Bueno, hiciste el esfuerzo de venir hasta aquí.

Me siento, y me sorprendo cuando Elena se sienta a mi lado con las piernas cruzadas, de modo que nuestras rodillas se tocan. Un pequeño escalofrío me recorre la espalda. Hago lo posible por ignorarlo, tomando un taco del plato compartido.

Elena también toma uno, y observo cómo lo prueba. Cierra los ojos cuando percibe el sabor, y esa dicha la debería producir cualquier comida buena.

—Valió mucho la pena el viaje —declara—. ¿Vienes a este lugar a menudo?

—Mucho. El camión se cambia de lugar, así que parte de la diversión consiste en averiguar dónde estará. Mi amigo Luis está convencido de que fue él quien lo descubrió, pero esa es su versión de la historia; Marcus fue en realidad el primero. Pero dejamos que Luis se lo crea. Ya sabes.

Ella asiente, apartando un mechón de su pelo rosado de sus mejillas sonrosadas.

—Como hacen los buenos amigos —dice. Luego mira uno de los tacos—. ¿De qué es ese?

—Es un taco de birria. ¿Quieres una mordida?

Se lo acerco.

Elena no lo toma, sino que se inclina para probarlo de mi mano. Su boca toca la punta de mi pulgar, y casi doy un salto atrás por la electricidad que me atraviesa.

—Delicioso —murmura, y me pregunto, solo por un segundo, si lo ha hecho a propósito.

Me cuesta mucho apartar los ojos de su boca, de sus labios, y recuperar la compostura.

—Mi abuela dijo que sí, por cierto. —Me limpio los dedos en una de las servilletas que tengo cerca—. A lo de la fogata.

Elena me golpea, juguetona, en el brazo.

—¡¿Por qué no empezaste por ahí?!

—¡Me distraje con los tacos! —"Y tu cara", pienso, pero no diré eso—. Estoy muy emocionada.

—¡Yo también! —dice casi gritando—. Conocerás a todos mis amigos, y sé que te van a adorar. Además, las fogatas en la playa son lo mejor. Será divertido.

—Si estás ahí, lo será —digo.

Elena encuentra mis ojos y me sostiene la mirada. Yo desvío la vista hacia la manta que tenemos debajo.

—Entonces, eh, ¿cómo está tu hermana? —le pregunto.

No es lo más fluido que he dicho, pero Elena y su hermana han estado peleando mucho, y es lo único que se me ocurre decir.

—Ella está bien. Un poco estresada por los exámenes finales —dice Elena—. Me hace temerle a ir a la universidad.

—Bueno, puede ser un poco mejor si vives en el campus en lugar de en casa.

Elena pone los ojos en blanco.

—Díselo a Carys. A veces me gustaría que hubiera elegido una universidad a donde no pudiera ir a diario desde casa para poder echarla de menos, al estar separadas.

—Tiene sentido. Siempre me he preguntado cómo sería tener una hermana. O un hermano.

Elena toma un sorbo de su bebida.

—Pensé que tenías un hermano.

—Sí tengo. Pero, como no vivimos juntos, no siento que tengamos una relación estrecha de hermanos —le explico—. O sea, no es que vivir juntos sea una garantía para llevarse bien.

—Claramente —bromea Elena.

—Sí. Mi mejor amigo, Hari, tampoco se lleva bien con su hermano. Sin embargo, imagino que el hecho de vivir con tu hermano o hermana hace que tengan una relación más cercana que si no fuera así.

Ella asiente.

—Seguro. Aunque Carys me vuelve loca, la adoro. Nos peleamos intensamente y dos segundos después nos vamos de compras o está en mi habitación ayudándome a empaquetar pedidos de calcomanías. Parece que nuestros sentimientos varían mucho, pero creo que sobre todo hay amor. La verdad es que me sentiría bastante desolada si Carys no viviera en casa por estudiar en la universidad.

—Seguro. A veces siento que apenas conozco a mi hermano, ¿sabes? —Sacudo la cabeza—. Últimamente, cuando más hemos hablado fue cuando mis padres me prepararon una habitación en su casa, que no era para nada mi estilo, y ambos pensamos que resultó un poco exagerado. Pero en realidad no hablamos más que eso.

—¿Podrían empezar a conocerse? —pregunta Elena—. O sea, es fácil para mí decirlo, lo sé. Pero ambos son lo bastante mayores para forjar una relación independiente de sus padres.

Lo considero un momento.

—Supongo que podríamos hacerlo.

—No estoy insinuando que sería fácil. Llevaría trabajo, como cualquier relación. Aunque podría valer la pena.

Sí, creo que sí. Le sonrío.

—Eres inteligente, ¿sabes?

—Era una niña prodigio —susurra.

—¡Cállate!

Ella sonríe.

—¡Lo juro! ¡Estuve en clases para superdotados y todo!

Mis cejas se alzan.

—No tenía ni idea de que estaba en presencia de tanta grandeza.

—Soy un enigma —dice, satisfecha de sí misma—. Entonces, ¿qué hacemos ahora?

Me río un poco para mis adentros.

—He preparado algo estúpido.

Elena sonríe.

—Me *encanta* la estupidez.

—¿Qué te parecen las salas de escape?

Capítulo treinta y seis

Me duele la boca de tanto sonreír con Elena.

Esta chica está muy enamorada. (Así que, bisexualidad confirmada).

Siento que floto durante la semana, recordando pequeños momentos: nuestras rodillas rozándose, su boca en mi pulgar, las cosas que nos decimos por mensaje de texto que nos hacen pensar a una en la otra, las miradas en la ridícula sala de escape. Sueño despierta con volver a verla en la fogata. El vértigo de esos sentimientos hace que otras partes de mi vida parezcan aburridas en comparación.

Pero logro pasar el Día de Acción de Gracias con la familia. Las fiestas familiares obligatorias en honor a los colonizadores transcurren bien. Ha pasado otra semana de escuela, que también ha ido bien. Y también otra semana en que la cuenta de Max ha estado abierta, *sin* que haya ocurrido una catástrofe.

Llega por fin el día de la fogata con Elena.

Después de la escuela me apresuro a terminar mi turno en el trabajo, y luego corro a casa para prepararme para salir para la playa estatal de Corona del Mar, a dos horas y media de distancia, sin contar el tráfico de Los Ángeles.

Por suerte he preparado antes lo que me voy a poner: unos jeans negros de talle alto, una sudadera corta con una chamarra de mezclilla encima, y unas Doc Martens. Me visto y me pongo mis grandes pendientes de aro, luego me hago dos coletas en el pelo y las enrollo, dejando los pelitos cortos al frente de mi cara sueltos. Sigo un tutorial de maquillaje de YouTube y me pongo rímel, delineador de ojos y un poco de Azúcar Morena. Tomo el bolso de la cámara, en parte para poder tomar algunas fotos de la noche y en parte porque así entretengo mis manos.

Mi estómago da saltos durante todo el trayecto, y pienso mucho en lo que llevo puesto, en lo que haremos, en lo que diré, en si les gustaré a los amigos de Elena, en si lograremos no hablar de Max y, en general, en cómo será la noche.

Cuando voy llegando a la playa, le envío un mensaje a Elena.

Yo: **¡Ya casi llego!**

Elena: **¡¡¡OH, súper!!!**

Elena: **Ya estamos saliendo, así que nos vemos pronto...**

Yo: **¡Muero por verte!**

Elena: **¡YO TAMBIÉN!**

Elena: **¡Mándame un mensaje cuando llegues, para encontrarnos!**

No demoro.

La veo antes de que ella me vea a mí. El pelo rosado me lo hace fácil. Ella me saluda con ambas manos cuando me ve. Le devuelvo el saludo, con timidez, y me meto el teléfono en el bolsillo trasero del pantalón.

A medida que se acerca, la observo: su pelo largo y color pastel con ondas despeinadas, como si hubiera estado descansando en la playa todo el día; sus labios pintados de un tono natural y mate, y sus pecas, en todo su esplendor, prominentes y bonitas como pequeños besos del sol. Lleva una sudadera extragrande de color amarillo claro, con una camisa de cuello blanco, una falda plisada, mallas y unos Converse de botín muy geniales.

Me entran ganas de abrazarla.

—¡Hola! Te ves *muy* bien. Muy, muy bien —digo, en cambio.

Sé que me estoy entusiasmando, pero ni siquiera me importa.

—¡Uy, gracias! —Elena me dirige una gran sonrisa y da una pequeña vuelta—. *¡Tú* te ves muy bien!

Mi interior se hace papilla ante su cumplido. Antes de que pueda darle las gracias, Elena agarra el cuello de mi chamarra de mezclilla.

—Ha sido muy inteligente traer una chaqueta. Luego va a hacer frío —dice.

—Sí —es todo lo que consigo decir mientras sus dedos rozan mi cuello.

—Quiero presentarte a todo el mundo —dice, guiándome hacia un grupo de chicos de nuestra edad—. Este es el mejor lugar para la fogata.

Elena corre hacia una chica y la agarra del brazo, interrumpiendo su conversación y tirando de ella hacia mí.

—Kat —dice—. Ella es mi mejor amiga en todo el mundo, Vanessa.

—En el universo —corrige Vanessa.

—Bien, el universo. ¡Vanessa, esta es Kat, la chica de quien te he hablado!

Los ojos de Vanessa revolotean sobre mí, como si pudiera leer quién soy con solo una mirada.

Me tiende la mano.

—Esta chica ha estado hablando *mucho* de ti.

Siento que mis mejillas se ruborizan. Elena agita una mano.

—¡Ignórala!

—Es un placer conocerte, Vanessa. He oído solo las mejores cosas sobre ti, la verdad.

Tomo su mano y la estrecho.

Vanessa se encoge de hombros.

—Soy un regalo para el mundo.

—Me encanta tu *look* —le digo, y lo digo en serio.

Es a la vez amenazante y adorable, con su suéter demasiado grande combinado con una gargantilla, lápiz de labios negro, uñas negras y una clavícula tatuada.

Vanessa me dedica una sonrisa de satisfacción.

—Lo mismo —dice, y luego a Elena—: Pero ¿quién lleva botas de combate a la playa?

Miro tímida mis zapatos, y cuando vuelvo a levantar la vista Vanessa ya se ha ido y está conversando de nuevo con el chico moreno alto y adorable, adornado con una corona de flores.

Elena se ríe y me mira.

—Ella es así con todo el mundo. Te prometo que Vanessa está encantada de que estés aquí. Y me gustan las botas.

Elena me presenta a los demás, empezando por la persona con quien Vanessa había estado hablando, Javier, y luego el novio de Javier, Ángel; y una chica a quien Elena describe como "la lesbiana chiquita preferida por todos", Samantha, y una chica negra de voz suave a quien de inmediato le tomo cariño, llamada Harmony.

Me sorprende lo amable y acogedor que es el grupo, como Elena había dicho. Quiero decir, aparte de Vanessa, que me está mirando de reojo porque me lo merezco. Respeto.

El fuego ya está crepitando y emanando calor. Pero todas las sillas del campamento están ocupadas.

—¿Dónde puedo sentarme? No he traído nada.

—¡Conmigo! —Elena señala una manta a cuadros—. Podemos compartirla.

—No es que vayamos a estar sentados toda la noche —interviene Ángel, y se agacha para buscar en su mochila de cuero unos altavoces Bluetooth—. Tenemos que bailar.

Javier saca su teléfono.

—¡Oh, déjame elegir!

—Obvio —dice Ángel.

Momentos después, la música sale de los altavoces y Javier se pone a perrear.

—¿Esa música de veras es para perrear? —pregunta Vanessa, escéptica.

—Ahora sí es —dice Javier.

—Creo que es obvio que ha tomado mucho Solecito —bromea Harmony.

Levanto las dos cejas hacia ella.

—¿Solecito?

Harmony señala un bote de protector solar.

—Nuestro mejor amigo —explica Javier. Luego se lleva una mano a un lado de la boca y susurra—: No es protector solar.

Nos reímos.

Elena toma un tubo.

—Este es el nuestro.

Desenrosca la tapa y toma un sorbo. Luego me lo tiende. Tomo un trago sin pensarlo, con ganas de calmar mis nervios. Estoy temblando y no puedo evitarlo. Elena se ve muy guapa, y de verdad, de verdad quiero gustarles a sus amigos.

La lista de reproducción cambia a una canción de reguetón que reconozco como una de las favoritas de Luis.

—¡Esta lista de reproducción es taaaan buena! —grita Javier.

—¿No la hiciste *tú?* —pregunta Elena, riendo.

Él sonríe.

—¡*Por eso!*

Y en verdad es muy buena. Tan buena que, poco a poco, casi todo el mundo abandona su puesto y empieza a bailar en la arena. Javier le tiende la mano a Elena y la arrastra al centro. Ella me devuelve la mirada, invitándome con sus ojos a acompañarla, así que la sigo.

Resulta que Javier sabe bailar de verdad y nos avergüenza al resto, pero no nos importa porque nos divertimos de todos modos. El movimiento nos mantiene calientes a medida que el sol se hunde, despacio, para besar el océano. Es una vista impresionante, en verdad, que se hace aún mejor por la risa, el baile y la cercanía de Elena. De vez en cuando su mano roza la mía, o ella se menea hacia mí. El contacto se siente como un rayo.

—Necesito agua —dice Vanessa de repente—. Dejé mi botella de agua en el coche. Kat, ¿me acompañas?

Dudo, pero Elena sonríe y se gira para animar a Harmony en un concurso de baile contra Javier, así que asiento.

—De acuerdo, claro.

Empezamos a caminar hacia el estacionamiento. El frío en el aire se hace más intenso entre más nos alejamos del fuego. Ya es de noche, los últimos rayos del sol casi han desaparecido. Intento entablar conversación.

—Javier baila muy bien, ¿verdad?

—Ajá —responde Vanessa.

—Y la música es súper buena.

—Sí.

—Me alegro de que me hayan dejado venir —digo, pasado un rato.

Ella me dedica una sonrisa apretada.

—Bueno, mi voto al respecto fue vetado.

Eso me pilla por sorpresa.

—Oh.

Vanessa no vuelve a hablar hasta que llegamos al Escarabajo de Elena. Entonces se dirige a mí.

—Esta es la cuestión. Todo esto me parece un poco raro.

Trago saliva.

—¿Qué quieres decir?

—Es raro, ¿no? Elena se tropieza con una cuenta recién creada de alguien llamada Max Monroe y se enamora.

Mi corazón empieza a latir con fuerza ante la temida mención de Max.

—O sea, sí, Max es una chica preciosa y Elena se enamora con mucha facilidad —continúa Vanessa—. Ese es su principal defecto; eso, y lo confiada que es. Lo digo porque soy su mejor amiga.

—Sí. Por supuesto.

—Así queee, claro que cuando ella compartió algunas de las publicaciones de Max conmigo, hice mi investigación. Pero Max Monroe que vive en Bakersfield está extrañamente ausente de Google. ¿No es raro? ¿Está viviendo en protección de testigos o algo así? ¿Es una *asesina?*

Dejo escapar una risa nerviosa.

—Lo dudo mucho...

Vanessa estrecha sus ojos oscuros hacia mí.

—Bueno, es *obvio* que la conoces. Eres su fotógrafa de confianza. Sin embargo, Max ni siquiera consideró conocer a Elena, se resistía a hacer FaceTime y, después de un par de semanas ocupando gran parte de la energía emocional de Elena, casi desapareció. Entonces apareciste *tú*. Diciendo lo que había que decir. Consolándola. Haciéndola reír. Es una gran coincidencia, si me preguntas. Y no quiero que el último año de preparatoria de mi mejor amiga se joda a causa de los juegos de nadie. Así que, ¿qué pasa, Kat?

El pánico se apodera de mí. Se me ocurren tantas cosas que decir, *mentiras, mentiras y más mentiras*, pero nada me parece bien. Debí haber contemplado la posibilidad de que esto sucediera, pero no lo hice. Estaba demasiado ocupada pensando en volver a ver a Elena, en tomarla de la mano, en besarla.

—Sé que puede parecer raro —empiezo.

Vanessa se cruza de brazos.

—Exacto.

—Es que...

"Piensa, Kat. ¡Piensa!".

—Tiene un acné horrible —suelto de repente.

Vanessa parece sorprendida y, a decir verdad, yo también lo estoy.

—¿Acné? ¿O sea que tiene miedo a mostrar su cara?

—Sí, edito todas sus fotos. A petición suya, por supuesto. Pero le da mucha vergüenza. Me mataría si supiera que estoy revelando esto —explico—. Y Monroe es su segundo nombre. No quiere que nadie pueda buscarla en Google y ver fotos reales de ella. Y pues eso es.

Vanessa frunce el ceño.

—Oh. Eso es... muy triste, en realidad.

—Lo es —concuerdo con ella—. Siempre le digo que no necesita hacer eso, pero...

Vanessa se golpea la barbilla, me mira de cerca y veo que vuelve su escepticismo. Mucho, mucho escepticismo.

—Sé que es mucha información. Si sirve de algo, yo también he dejado de relacionarme con Max. Y lamento lo que haya hecho. De verdad lo siento —digo—. Pero nunca le haría daño a Elena a propósito. Me gusta demasiado.

Y ahí está. La verdad.

Vanessa me mira con ojos entrecerrados.

—De acuerdo —dice, despacio—. A final de cuentas, Elena es Elena y puede hacer lo que quiera. Pero te mataré si la lastimas.

—Merecería morir si lo hago.

—Bien.

Vanessa se mete en el coche de Elena y toma su botella de agua. Luego cierra el coche y señala la playa.

—Ah, una cosa más —dice, mientras caminamos de vuelta a la playa.

—¿Sí? —pregunto.

Vanessa me sonríe con dulzura.

—Si vuelves a saber de Max, dile que es una estúpida.

—¡Ahí están! —grita Elena cuando nos ve—. ¿Has estado interrogando a Kat?

Vanessa se lleva la mano a la boca, que se abre en señal de sorpresa sarcástica.

—¿Yo? ¡Nunca lo haría!

—Puf —dice Elena, señalando a Vanessa con un dedo, y luego me agarra del brazo—. Seguro necesitas beber después de eso.

—*Por favor* —murmuro.

—Vamos.

Elena me lleva hacia su manta y se sienta. Me siento a su lado, pero un poco más lejos de lo que lo haría si no estuviera aterrorizada por Vanessa y al mismo tiempo emocionada por volver a estar cerca de Elena. Ella se acerca a mí.

—Hace *mucho frío*. Necesitamos calor corporal.

—Podemos acercarnos al fuego —sugiero, mirando a Vanessa.

Pero ella está sentada junto a Samantha, que ha sacado un esmalte de uñas y está pintando las de Vanessa.

—No —dice Elena—. No lo necesitamos.

La miro. El resplandor del fuego ilumina sus rasgos delicados.

—Toma.

Me quito la chamarra.

—Oh, no hace falta —dice, pero ya se la estoy dando.

Somos más o menos de la misma talla y sé que le quedará bien.

Elena se la pone y se acurruca, como si estuviera debajo de una manta acogedora.

—Gracias.

Nuestras miradas se cruzan, y de repente la conversación con Vanessa se borra. Lo único que siento es el impulso de acercarme y besar a Elena.

—¡Hay que hacer un juego! —grita Javier de repente.

Se acabó el momento.

—¿Qué tipo de juego? —pregunta Samantha.

—No, nada de juegos —insiste Harmony—. La última vez me enterraron en la arena y me *dejaron* ahí.

—Dios mío, qué dramática —dice Ángel—. ¡Fue un segundo! ¡Solo fuimos a buscar paletas! ¡Y *te trajimos una!*

Harmony se cruza de brazos.

—Me pareció una eternidad.

—¡Tú ganas! ¿Qué tal si mejor contamos historias de fantasmas? —ofrece Javier.

—Halloween ya pasó —se burla Samantha.

—¡Las historias de fantasmas son buenas cualquier día del año! —insiste Elena—. Hagamos eso.

Ángel levanta la mano.

—¡Yo sé una!

—¡Oh, sí, cariño! —Javier le agarra la mano a Ángel—. Aterrorízanos.

—Bien. Resulta que, cuando tenía como nueve años o algo así, me costaba trabajo dormir. Por aquel entonces vivíamos en una casa de una sola planta, excepto la habitación mía y de mi hermano pequeño, Junior, que estaba en el ático.

—Ya es espeluznante —dice Harmony—. Continúa.

Ángel le lanza una mirada cómplice.

—Deja que te cuente. Pues Juni y yo estábamos en nuestras camas, y en la esquina de la habitación había un caballito de madera, viejo y destartalado, que siempre me había parecido aterrador. La casa estaba en silencio, a oscuras, así que no podía ver mucho. Pero tenía los ojos abiertos y miré al techo. De repente, con el rabillo del ojo vi que el caballito empezaba a mecerse despacio hacia delante y hacia atrás, hacia delante y hacia atrás.

—¡Ay, no! —grita Samantha.

—Fue tan sutil al principio que pensé que estaba imaginando cosas. Ni siquiera me atreví a mirar de verdad, ¿sí? Pero entonces, lo juro por Dios, el caballo empezó a mecerse más fuerte, ¡y empezó a moverse!

—Odio esto —dice Harmony.

—¡Me moría! Recorrió toda la habitación hasta que chocó con nuestro escritorio, donde se detuvo por completo. Pero sé que no me lo imaginé ¡porque el sonido del golpe contra el escritorio despertó a Juni!

Elena jadea y me agarra del brazo.

—¡Esto es horrible! Sigue.

Que me agarre el brazo sí que no es horrible. Pongo mi mano sobre la suya y miro a Ángel.

—Entonces ¡¿qué pasó?!

—Intenté ser valiente y le dije a Juni que se volviera a dormir, pero me metí bajo las sábanas porque estaba tan asustado que quería orinarme encima. Apenas dormí esa noche, lo juro, pero por la mañana el caballo había regresado a su lugar, como si no hubiera ocurrido nada. Pensé que lo había soñado. Pero cuando bajé a desayunar mi madre estaba muy enfadada conmigo. Me dijo: "Anoche los oí haciendo Dios sabe qué cosa en el piso de arriba. Los chirridos no me dejaron dormir". Así que ella escuchó a quien fuera o *lo que fuera* que estaba jugando con el caballito de madera.

Javier grita y agita las manos delante de él.

—¡Cariño! Nunca me lo habías contado.

—¡Porque da miedo! ¡Ni siquiera he terminado! La noche siguiente sucedió lo mismo. Primero el caballo se movió despacio, y luego con violencia.

—Entonces ¡¿qué?! —pregunta Harmony.

—Entonces ¡BUUM! —Ángel da una palmada y todos saltamos—. El caballo cayó al suelo. Mami subió corriendo y encendió la luz.

Vanessa se inclina.

—¡¿Yyyyy?!

Una mirada grave recorre el rostro de Ángel.

—Y... el caballo estaba en el suelo, y cuando mami lo puso de pie dijo que sabía que uno de nosotros había estado jugando con él porque los manubrios estaban calientes, como si los hubiéramos tenido agarrados. Pero no lo habíamos hecho.

—Dios mío —murmura Samantha.

—¡Lo sé! Lo sé. Ninguno de nosotros se había acercado a esa cosa odiosa, pero ahí estaba mami, diciendo que estaba caliente al tacto. Teníamos la esperanza de que no fuera nada, de que nos hubiéramos imaginado cosas, o de que tal vez fuera que nuestro gato, Chico, había estado jugando con él y haciendo tonterías. Cualquier cosa menos la aterradora constatación de que no había nada en la habitación, excepto Juni y yo, y lo que fuera que había estado jugando con ese terrorífico caballo. —Ángel se estremece, como si un escalofrío le recorriera la columna vertebral—. Esa noche juro que oímos el sonido de risas, pero por la mañana, después de jurar hasta morir que no habíamos sido nosotros, mami sacó el caballo para la acera. —Se hace una cruz sobre el pecho—. Gracias a Dios.

—¿Y nunca descubriste lo que era? —pregunto, con los ojos muy abiertos.

Ángel sacude la cabeza.

—No. Pero a veces me sigo despertando a la mitad de la noche y me parece que oigo crujidos.

Todos soltamos un grito colectivo, en parte de terror, en parte de emoción, en parte de incredulidad, en parte de "mierda, tu caballito de madera estaba embrujado".

Mientras nos recuperamos, Javier sacude la cabeza.

—¡No puedo creer que nunca me lo hayas dicho!

—Es aterrador, y ambos sabemos que eres muy miedoso, cariño.

Eso hace que Ángel reciba un codazo juguetón de Javier, y que los demás se burlen de él.

—Bueno, ahora estoy demasiado asustada para ir al baño sola —dice Harmony—. ¿Alguien quiere acompañarme?

Vanessa y Samantha se ponen de pie. Javier y Ángel dicen que se quedarán junto al fuego.

—¿Quieres algo? —me pregunta Elena.

—No —digo.

Se inclina hacia mí.

—Bien. Vamos a dar un paseo.

—¿No tendrás frío?

Me sonríe.

—¿Con tu chamarra? Nunca.

Me pongo de pie y le tiendo una mano para ayudarla a levantarse. Ella la toma y no nos soltamos las manos ya que está de pie. Mi corazón se acelera.

Elena me lleva hacia una formación rocosa, donde las olas golpean la arena bajo la masa de piedra.

—No te acerques demasiado al agua. Está helada —me advierte.

—Lo dices como si lo supieras por experiencia.

Ella suspira.

—Puede que me hayan retado a saltar al agua el pasado otoño. Y puede que tontamente haya accedido a hacerlo.

Me río.

—¡¿Por qué demonios hiciste eso?!

—Me tomo los retos *muy* en serio —dice, lanzándome una mirada fulminante—. ¡Oh! Me pregunto si todavía está ahí. Sígueme.

Antes de que pueda preguntar a qué se refiere, Elena sale corriendo delante de mí. Corro tras ella y la encuentro en cuclillas cerca de una de las rocas.

—¿Qué estás haciendo?

Elena señala, y yo miro hacia donde apunta su dedo índice.

—¡Esa soy yo!

—¿E-B-P? —pregunto.

—Elena Brynn Powell —me explica—. Y, sí, dibujé un corazón alrededor de mis propias iniciales. Amor propio y eso.

Sonrío.

—Me gusta.

—¿Cuál es tu segundo nombre?

—Isabel. Sería Katherine Isabel Sánchez. *K-I-S*.

Las letras casi forman la palabra en inglés de algo en lo cual he estado pensando toda la noche y siento que mis mejillas se ruborizan, sobre todo cuando la mirada de Elena se encuentra con la mía.

—El cielo está muy bonito ahora mismo —cambio de tema.

Me apoyo en un espolón de roca y levanto la cabeza hacia el cielo. Es una noche sin nubes, y las estrellas titilan en el oscuro abismo.

—Sí —dice Elena, mirando también hacia arriba—. Pero si *de verdad* quieres ver el cielo, dicen que Joshua Tree es increíble.

—¡Está en mi lista de lugares a donde me gustaría ir! —exclamo—. Pero no he tenido tiempo de visitarlo.

Todo se siente tan tranquilo. Elena, las risas y la música en la distancia, el sonido de las olas. Casi me hace desear tener la cámara encima para poder capturar el momento: ella y yo, y el océano y lo que sea que esté pasando. Pero tal vez el momento sea mejor sin esa distracción.

—Me alegro mucho de que me hayas invitado esta noche —le digo en voz baja.

Elena me mira.

—Me alegro mucho de que hayas venido.

No sé si es por la forma intensa y profunda en que me mira, o por el aire frío, pero no puedo evitar que un escalofrío visible me recorra la columna vertebral.

—¿Frío?

—Un poco —admito.

Elena se quita la chamarra y me la tiende.

—¡No, estoy bien! Quédatela tú.

—¿Y si...?

Elena no termina el resto de la frase. Se acerca para colocarme la chamarra sobre los hombros. Miro la arena y luego la miro a ella: sus ojos, sus pecas, su boca.

—Entonces, ¿Katherine Isabel Sánchez?

Asiento despacio con la cabeza. Ella se inclina más hacia mí.

—K-I-S... S... —susurra.

Se me corta la respiración en la garganta. Siento los latidos de mi corazón en la punta de los dedos.

Elena tira suavemente del cuello de la chamarra, acercándome a ella. Uno mis labios con los suyos.

Es un beso tentativo al principio, inseguro, un poco raro mientras encontramos nuestro equilibrio, pero muy *dulce*. Mis manos sobre sus caderas la acercan hacia mí. Es Elena quien profundiza el beso, y me siento mareada, saboreándola, respirando su aroma, que tiene un leve toque de cítricos.

Yo me retiro primero, toda nervios, hormigueo y vértigo. Una sonrisa serena se dibuja en su rostro. Nos reímos.

—Llevo toda la noche queriendo hacer eso —admito.

Elena me arruga la nariz. Es adorable.

—Yo también.

La miro.

—Te reto a que lo hagas de nuevo.

Sonríe, pero no duda. Su boca se encuentra con la mía, y yo tiemblo por todas partes, sujetando ambos lados de su cara con mis manos.

A lo lejos llaman a Elena, y por fin nos separamos, aunque no queremos.

—Quizás debamos volver —susurro, sin aliento.

Elena choca su nariz contra la mía.

—Supongo que sí. Pero solo si me prestas tu chamarra de nuevo.

Le sonrío, me la quito y se la entrego.

—Es tuya.

Elena me sonríe, dulce, chispeante, llena de dicha.

Le tiendo la mano. Ella no duda, y entrelaza sus dedos con los míos.

Capítulo treinta y siete

Estoy resplandeciente durante todo el viaje de regreso a casa. Me hormiguea el cuerpo de la cabeza a los pies.

Dos besos no fueron suficientes.

Pero tienen que serlo, por ahora. Porque para llegar a casa a una hora decente, tuve que irme poco después de que Elena y yo volviéramos a la fogata entre sonrisas y tomadas de la mano.

Por suerte, mis abuelos ya están dormidos cuando llego, así que puedo ir a mi habitación y enviarle mensajes de texto a Elena con tranquilidad.

Y tal vez darme una ducha fría.

Todavía está en la playa cuando me escribe. Me envía una foto de Javier haciendo malabares con sus botes de crema solar, ahora vacíos, y lamento habérmelo perdido.

Elena: **Ojalá estuvieras aquí.**

Yo: **Yo también desearía estar allí.**

Yo: **Mi corazón todavía está acelerado.**

Elena: **NI ME DIGAS.**

Yo: **No me dijiste que besabas tan bien.**

Elena: **Sé algunas cosas.** ☺

Elena: **Oh, Dios. Eso sonó fatal.**

Me río a carcajadas.

Yo: 💀

Yo: **Estoy muerta.**

Yo: **Pero aún me gustas.**

Elena: **¿Desde el más allá?**

Yo: **¡Buuu!**

Elena: **Me gustas un mooontón. Aunque seas un fantasma.**

Elena: **Como si no fuera OBVIO.**

Elena: **Mierda, estamos a punto de irnos y tengo que conducir.**

Yo: **Conduce con cuidado. ¿Me envías un mensaje cuando lle-gues a casa?**

Elena: **Lo prometo.**

Me tumbo en la cama hecha un lío de risitas, extasiada y encantada. Mientras espero a que Elena me envíe un mensaje de texto diciendo que ha llegado bien a casa, reviso algunas de las fotos de esta noche. Ella y yo nos tomamos una, solas frente a la fogata, sonrojadas, pero felices, con el fuego ardiendo detrás. También tomamos un par de fotos del grupo, en las cuales Javier insistió en que lo cargáramos horizontalmente frente a nosotros. Incluso me dejó probarme su corona de flores y me tomó una foto. La pongo de foto de perfil en Instagram, y comparto algunas de mis imágenes favoritas, colocando primero la de Elena y yo.

Poco después llega un mensaje de Elena.

Elena: **A salvo en casa.** ♥

Yo: **Dulces sueños.** ♥

Elena: **Los más dulces.**

⁕ ⁕ ⁕

En cuanto me despierto por la mañana, le envío un mensaje de texto a Elena.

Yo: **Buenos días. ¿Cómo has dormido?**

Elena: **Muuuuy bien.**

Elena: **¿Y tú?**

Yo: **Mejor que en mucho tiempo.**

Elena: **Tengo ese poder.**

Yo: **Magia.**

Elena: **Deberíamos besarnos más, ¿no? Ya que tiene muchos beneficios.**

Elena: **O sea, el sueño es muy importante.**

Yo: **Oh, por supuesto. Todo por la salud.**

Elena: **¿Hoy?**

Yo: **Tengo que ir al trabajo.** ☹

Elena: **Noooooooooo.**

Elena: **Bueno. ¡Supongo que tendrás que esperar!**

Yo: **Valdrá la pena.**

Elena: **Más vale.**

Me preparo para el día con una sonrisa de oreja a oreja, y me dirijo al trabajo. Hay mucho ánimo en mis pasos. Estoy muy alegre.

—¡Buenos días! —digo casi cantando cuando llego.

Becca me mira acomodarme en mi escritorio.

—Alguien está de buen humor.

Suspiro.

—El mejor humor.

Becca gira su silla hacia mí.

—Bien, habla.

—Pues hay una chica —digo, sonriendo.

Becca da una palmada.

—Cuéntamelo *todo*.

La alegre sonrisa que se dibuja en su rostro y su genuino interés por lo que está pasando en mi vida me llegan al corazón. Si supiera. Pero ahora no puedo permitirme ese tipo de pensamientos.

Le cuento de Elena. Becca escucha y reacciona emocionada en todos los puntos importantes de la historia.

—Entonces, ¿cómo se conocieron? —me pregunta al fin.

Puf. Bueno...

—En Instagram —digo—. Pero basta de hablar de mí. ¿Qué has hecho últimamente?

Me cuenta que tiene ganas de que termine el semestre de otoño; que el Día de Acción de Gracias fue a casa de Cora y conoció a su novio, que está muy bueno, y que está interesada en alguien de su clase de Marketing. Después de ponernos al día trabajamos en la promoción del Baile de Invierno. Pero me resulta difícil concentrarme, y levanto el teléfono de vez en cuando para enviarle un mensaje a Elena.

Mientras Becca me hace leer un correo electrónico que acaba de escribir, Imani me llama desde su oficina.

—¿Kat? ¿Puedes venir?

—Eeeeh —se burla Becca.

Le saco la lengua y me dirijo a la oficina de Imani.

—Hola —digo, de pie en la puerta—. ¿En qué puedo ayudarte?

Imani levanta la vista de su computadora y me sonríe, señalando la silla del otro lado de su escritorio.

—¿Puedes sentarte un momento?

Tomo asiento.

—Claro.

—Hay algo que quiero decirte. Es sobre Cash.

—Oh. ¿Está bien? —pregunto.

—Sí, sí. Debería haber empezado por ahí. Lo siento —dice Imani—. Cash está bien. Tan bobo y adorable como siempre. Pero, como sabes, se ha complicado encontrarle un buen hogar.

—Lo sé. Pobrecito.

—Casi nadie se ha interesado, a pesar de que es un perro adorable y maravilloso. He estado pensando mucho en eso y... bueno, he decidido que vamos a hacer uso del programa que nos permite enviarlo a otro refugio, donde sus posibilidades de ser adoptado sean mayores que aquí. —Imani mantiene la voz suave cuando dice lo siguiente—: Así que pronto se irá. Quería que lo supieras por mí, porque sé que le tienes mucho cariño.

Se me llenan los ojos de lágrimas inmediatamente al pensar que Cash será enviado a otra zona del país, solo, a empezar de nuevo. Sin un hogar garantizado. Sin ninguno de nosotros para ayudarle. Sin mí.

—Pero, Imani, tiene que haber otra manera —la voz se me ahoga.

Imani sonríe con tristeza.

—He intentado encontrar otra solución, de verdad. Pero hay demasiados pitbulls en el sistema en el sur de California. Hay un estigma contra ellos, son una de las razas menos adoptadas, la mayoría de los complejos de apartamentos no los quieren... Colocar uno es muy difícil. Y no es justo para Cash mantenerlo aquí solo con nuestras esperanzas y oraciones. Se merece una vida de verdad, un hogar de verdad y una familia de verdad.

—Tal vez pueda adoptarlo —digo de pronto.

—Es muy dulce de tu parte, Kat, pero sabes que la edad mínima para adoptar es dieciocho años.

—Puedo volver a preguntarles a mis padres —sugiero, aunque dudo mucho que digan que sí.

Y cuando se lo pedí a los abuelos, hace mucho tiempo, recibí un "no" suave, pero firme. (A mi abuela no le gustan los perros grandes). Pero estoy desesperada.

—No quiero que hagas eso —dice Imani—. Yo misma he considerado adoptarlo, pero ya tengo tres, más los niños.

—Claro —digo—. Sería demasiado.

—Nos esforzamos al máximo, Kat. Deberías estar orgullosa de lo mucho que hiciste por él. Habría estado bien que viviera en el área, para poder mantener contacto con él, pero al final le irá mejor en otro sitio.

Me seco una lágrima que rueda por mi mejilla.

—Lo entiendo —logro decir.

—Oh, Kat.

Imani busca una caja de pañuelos y me la da.

—¿Podemos esperar hasta el Baile de Invierno? —pregunto—. Ya llega la fecha. Así podré pasar más tiempo con él.

Imani se sienta de nuevo en su silla, pensando.

—Por favor. Te prometo que, si no lo adoptan para entonces, te ayudaré con lo que sea que tengamos que hacer por él. Solo... por favor.

—Bueno... —suspira—. De acuerdo.

Salto de la silla y corro a darle la vuelta a su escritorio antes de que pueda detenerme.

—¡Gracias, Imani! Gracias —le digo, dándole un abrazo.

Ella sonríe.

—De nada. Ahora vuelve al trabajo y ayuda a los perritos.

Cuando vuelvo a reunirme con Becca en nuestro escritorio me pregunta si estoy bien. Me vuelvo a atragantar mientras se lo explico, y Becca, Dios la bendiga, rápidamente se ofrece a asumir más responsabilidad con los preparativos del baile para que yo pueda dedicarme a pensar nuevas formas de dar a conocer la historia de Cash.

Paso el resto de la tarde publicando artículos sobre Cash en las páginas sociales de Una Pata para Todos. También empiezo a trabajar en una publicación sincera y personal sobre Cash, donde enumero todas las cosas especiales que me gustan de él y por qué sería un buen miembro de cualquier hogar. Además incluyo instrucciones específicas sobre cómo darle las caricias perfectas en la barriga y cómo rascarle las orejas, qué galletas le gustan más, en fin, todo.

Antes de irme del albergue, paso a saludar a Cash y le doy muchos besos.

* * *

Elena y yo nos comunicamos por FaceTime cuando regreso a casa, y le cuento todo sobre Cash. Me pregunta si hay algo que pueda hacer y le prometo que le diré si se me ocurre algo.

También les envío un mensaje de texto a Hari, Luis y Marcus para ponerlos al corriente, ya que sé que ellos también se encariñaron con Cash. (Tal vez no tanto Luis, pero él puede arreglárselas). Les ruego que pregunten por ahí y vean si conocen a alguien que pueda querer un perro.

Le envío un mensaje a papá soooolo para comprobar que no quieren más perros.

Yo: **¿Recuerdas cuando te pregunté si querías añadir un perro de tres patas a tu legión de cachorros?**

Papá: **¿Cómo olvidarlo? ¡Nos hiciste ver fotos de ese perro toda la noche! Súper lindo.**

Yo: **¡Lo es! ¿Estás seguro de que no quieres adoptarlo?**

Papá: **Tu madre me mataría.**

Ash, bueno. Incluso le pregunto a la abuela una vez más, por si acaso. Ella se ofrece generosamente a "pensarlo". Y eso quiere decir "no".

Hari me envía un mensaje por separado un rato después.

Hari: Lo siento, amiga. Sé que Cash es tu favorito.

Yo: **Gracias.** ⓦ

Yo: **Si se te ocurre algo, avísame.**

Hari: ¡Seguro!

Estoy decidida a hacer algo. Si tengo que dedicar las próximas dos semanas a eso, ni modo. Cash va a ser adoptado. Lo juro.

Capítulo treinta y ocho

He quedado de reunirme con los chicos para el Club de Fotografía. Cuando quedó claro que no teníamos un plan sólido para nuestra salida, tomé la iniciativa y me ofrecí a organizar la reunión. Tomo prestado el coche de mi abuela por el día, hago una parada rápida en la tienda, compro toneladas de comida y bebidas, y conduzco hasta Una Pata para Todos. Cuando llego, entro por la entrada de visitantes en lugar de la de empleados.

Jin sonríe cuando me ve.

—¡Hola, Kat! ¿Qué haces aquí?

—De visita —digo—. Quiero llevar a Cash de excursión esta tarde.

Imani autoriza excursiones de perros con voluntarios de confianza. Es una forma de sacar a los perros del refugio durante un tiempo, para que exploren un nuevo parque o pasen la tarde en la casa del voluntario. Hoy, sin embargo, me gustaría hacer un pequeño viaje en carretera con Cash, un poco por él y un poco por mí.

—Bueno, ya sabes que tenemos normas muy estrictas para los voluntarios. No dejamos que cualquiera se lleve nuestros perros —me explica Jin, levantando, juguetón, las dos cejas—. ¿Crees que estás calificada para esto?

Inhalo un poco y pongo cara de nerviosismo.

—Dios, no sé. Espero que sí.

Jin toma un portapapeles con algunas hojas y lo coloca delante de él. Toma un bolígrafo, aprieta su botón con dramatismo y chasquea la lengua.

—Me jugaré mi reputación profesional y confiaré en ti. ¿Nombre?

—Katherine Sánchez —digo.

—Bien.

Jin anota mi nombre. Luego me mira y estrecha los ojos con escepticismo.

—¿La razón de este paseo de hoy?

Me aclaro la garganta y me inclino hacia su escritorio.

—Estoy planeando un robo.

Jin chasquea los dedos y asiente con entusiasmo.

—Bien, bien, bien. Bien. Bueno, parece que todo está en orden, entonces. —Me acerca el portapapeles, y veo que ha escrito DIVIÉRTANSE, con letras grandes—. ¡Disfruta!

—¡Gracias, Jin! —digo con una sonrisa.

Tras un par de "buenos días" a los trabajadores y una rápida parada en el baño (para Cash), estamos en el coche de mi abuela, listos para salir. Bajo un poco las ventanillas para que Cash disfrute de la brisa en esta preciosa mañana.

Arranco el coche y me vuelvo hacia Cash.

—Pasaremos un día increíble.

Cash me mira y mueve la cola. Su trasero también se mueve de lado a lado, y me río.

—¡Sí! Me encanta esa energía, Cash.

Nos dirigimos a casa de Hari. Mi amigo comienza a reírse cuando se acerca a mi coche y ve al pasajero.

—Ya veo por qué te has ofrecido a planificar las actividades de hoy. A Marcus le encantan los perros y todo eso, pero *nunca* dejaría que Cash se subiera a Honey —dice a través de la ventanilla.

—¡Sube!

Hari le hace un gesto a Cash, para que se mueva hacia el medio y él pueda sentarse en el asiento del copiloto. Por primera vez agradezco la bestia de coche que tiene la abuela: Hari, Cash y yo cabemos sin problema en el asiento delantero, dejando espacio para Marcus y Luis en la parte trasera.

—¿Vamos a recogerlos? —pregunto—. Y, para que lo sepas, quizás aproveche la oportunidad para ponerlos al tanto de... bueno, de todo.

Hari me dedica una sonrisa pensativa.

—Creo que es una gran idea. Les enviaré un mensaje de texto para que sepan que estamos en camino.

Atravesamos la ciudad, recogemos a Marcus y les cuento mi plan. Llevaremos a Cash al parque natural Wind Wolves, que aunque es parte de Bakersfield queda lejos, para tomarle muchas fotos. Les digo que será bueno para Cash y para nosotros, pero Marcus apenas necesita una explicación.

—¿Tengo comida gratis, un perro que acariciar, nos dirigimos a un lugar precioso y no tengo que conducir? No hay nada mejor —dice.

Pero, cuando llegamos a casa de Luis, el tarado se niega a entrar en el coche.

—¡Anda, *vamos!* —insisto.

—De ninguna manera. No voy a estar atrapado en esta caja de metal con esa enorme bestia —explica.

Marcus cubre los oídos de Cash.

—Oye, no le llames bestia. Es un pequeño y gentil bebé.

—¿Por qué está aquí?

—Le vamos a regalar un buen día fuera del refugio. Vamos a hacer algunas de sus cosas favoritas. Incluso he traído su juguete favorito —Levanto una pelota de tenis desgastada.

Luis arquea una ceja.

—¿*Eso* tiene preferencias?

—Él —corrige Hari.

—Como sea —dice Luis.

—Sí tiene. Le gustan los parques, correr y explorar, y como vamos a estar fuera para tomar fotos, no veo por qué no puede venir —digo—. Eso es lo que he planeado para la reunión del club hoy. Lo tomas o lo dejas.

Luis se encoge de hombros desde fuera del coche.

—Lo dejo.

—Respuesta equivocada —dice Marcus—. Como presidente del Club de Fotografía, creo que dije que era una reunión obligatoria. Todos los miembros deben asistir.

—El hombre tiene un punto —dice Hari, señalando a Marcus.

Luis sacude la cabeza y levanta las manos en el aire, en un gesto que denota una mezcla de frustración y derrota.

—¡Bueno! Pero dile que se quede adelante.

Luis sube al asiento trasero, y Cash se gira de inmediato para olfatearlo.

—¡Uf! —protesta Luis.

El viaje dura cerca de una hora. Cuando llegamos, Cash está muy entusiasmado. Apenas logro ponerle la correa y camina saltando hasta un pequeño río, donde chapotea y bebe el agua fría.

El parque natural Wind Wolves es grande y pintoresco: los campos amarillos de hierba y espiguillas abundan en las colinas onduladas que se pierden en la distancia. En primavera, las flores silvestres cubren varios kilómetros, y sus pétalos de colores intensos parecen bailar con la brisa. Es otra la belleza a finales del otoño, de tonos verdes, marrones y amarillos apagados, pero no por ello menos hermosa. Elegí el lugar para que Cash pudiera disfrutar de un amplio valle californiano, tal vez por última vez antes de que lo trasladen a otra parte del país. Aquí puede correr, olfatear la fauna y ser feliz.

Además, hay *un montón* de sitios estupendos para sacar fotos. La última tarea que nos puso el señor Griffin en la clase de Arte es retratarnos unos a otros, y este lugar es perfecto para eso.

Dejamos que Cash tome la iniciativa. Corre por todas partes con tanta fuerza que a veces pienso que me va a arrancar el brazo. Le doy unas cuantas galletas y le repito las órdenes ("A mi lado", "Tranquilo"), y pasado un rato empieza a relajarse un poco.

—Maldita sea, esa vista. —Marcus señala el horizonte—. Tenemos que hacer nuestros retratos allí arriba. Vamos.

Marcus me quita la correa de Cash, y lo seguimos por un sendero que termina en un mirador. Aún no es mediodía, así que la luz no es demasiado intensa. Además, algunos robles del valle dan sombra. Las condiciones son buenas para hacer fotos, aunque no son ideales ni mucho menos.

Cuando llegamos a la cima, la vista es impresionante: laderas doradas que parecen no tener fin. Me siento con Cash mientras los chicos se turnan para fotografiarse, hasta que me toca a mí. Cada uno de ellos me toma una foto, y luego yo les tomo una a cada uno.

—¿Me tomas una con Cash? Solo se queda quieto unos segundos, pero sé que te encantan los retos —le pregunto a Marcus cuando le devuelvo la cámara.

—Por supuesto. Prepárate para la mejor foto de ese perro que hayas visto jamás —responde—. Tienes mi permiso por adelantado para imprimirla y enmarcarla en el refugio.

Pongo los ojos en blanco y nos ponemos en marcha, alejándonos de los otros chicos para nuestra pequeña sesión de fotos.

—¿En qué estabas pensando para las fotos? —me pregunta Marcus, siempre profesional.

—Solo quiero una o dos fotos bonitas con Cash. Si esta va a ser la última vez que pase tiempo con él... —No me atrevo a decir "en la vida". Vuelvo a intentarlo—: Me gustaría tenerlas.

Marcus asiente con la cabeza.

—¿Tienes la pelota de tenis?

Saco la pelota de mi bolso de lona y la levanto.

—Juega a tirársela y que él la busque, y haz como si yo no estuviera aquí. Yo me encargo.

Ahora soy yo quien asiente con la cabeza.

Le muestro la pelota de tenis a Cash.

—¿Listo, Cashy? Ve por ella.

Cash persigue su querido juguete y, cuando lo atrapa, me lo trae. Lo hacemos varias veces hasta que, de pronto, le lleva la pelota a Luis, a quien no le hace ninguna gracia la pelota babeada. Es Hari quien la recoge y la lanza.

—¿Por qué no haces algunos de los trucos en los que han estado trabajando? —me pregunta.

—Oh, sabemos hacer trucos, sí.

Le ordeno a Cash que muestre algunos de los más nuevos: rodar, chocar los cinco y sacudirse... y todos son impresionantes, pero guardo lo mejor para el final.

—¡Baila! —le digo.

Cash salta sobre sus dos patas traseras y camina tambaleándose. Luce encantador. Incluso hago el ridículo uniéndome a su baile y levantando uno de mis brazos para que coincida con el suyo.

Al ver esto, Luis, Hari y Marcus estallan en carcajadas.

—Creo que esa es la mejor —proclama Marcus.

Luis sacude la cabeza, divertido.

—Eres un bicho raro, Sánchez.

—Y eso es quizás lo menos raro que he hecho en los últimos tiempos —digo, riendo—. ¿Vamos al coche por algo de comer?

Luis echa a andar sin decir nada.

Los demás lo seguimos.

—Tengo muy buenas fotos, Kat. Creo que vas a estar contenta —me dice Marcus con una suave sonrisa.

—Gracias —digo y le devuelvo la sonrisa.

En el coche, abrimos las bolsas de papas fritas, destapamos los refrescos y encendemos la calefacción.

Después de una linda sesión de fotos, un baile improvisado y un montón de risas, supongo que es un momento tan bueno como cualquier otro para contarles todo.

Me aclaro la garganta.

—Así que, sí, hablando de cosas raras. Quiero contarles algo, chicos.

Miro a Hari, que me hace un gesto de ánimo con la cabeza. Luis y Marcus se merecen saber qué pasa y, a decir verdad, me vendrían bien sus consejos y su apoyo.

—Por favor, dime que es sobre los Sno-Caps —dice Luis.

—Pero qué asco. No, no tiene que ver con Sno-Caps. ¿Te gustan?

Luis me dedica una sonrisa tímida.

—Sííí.

Sacudo la cabeza.

—No. No es sobre comida. Es sobre mi vida.

Luis agita una mano hacia mí.

—Eh, paso.

—Pues bueno. Se lo diré a Marcus entonces. —Me vuelvo hacia Marcus—. ¿Ves que me han estado dando lata con mi obsesión por el teléfono?

—Ajam —murmura Marcus, mordiendo una papa frita.

—Pues es porque le robé la cara a alguien.

Marcus casi se atraganta.

—Perdón, *¿qué?*

—¡No sueltes esa bomba así! —interviene Hari—. ¡Empieza por el principio!

—Bien, pues... Como que tuve una noche muy mala hace unas semanas... y en lugar de ocuparme con un comportamiento autodestructivo *típico*, usé algunas de las fotos que le había tomado a Becca y... bueno... —respiro— hice una cuenta de Instagram falsa bajo el nombre de Max, casi sin querer empecé a tener una relación con una chica bajo *esa* identidad, luego me reuní con esa chica bajo *mi propia* identidad, fingí que ambas conocíamos a Max, hice que Max se alejara de esa chica mientras yo me acercaba, la conocí, la besé, la volví a besar y seguí trabajando con Becca como si nada, a pesar de que ella me había dejado bien claro que *no* quería estar en las redes sociales *nunca*. Ah, y en lugar de borrar la cuenta, como me aconsejó Hari, ¡no he hecho nada con ella y sigue ahí! —Miro a Hari—. ¿Eso lo abarca todo?

Hari asiente con la cabeza.

—Sí, creo que has dado en el clavo.

Marcus asiente, con los ojos muy abiertos, mucho después de que yo haya terminado de hablar, como si no pudiera procesarlo todo. Lo cual es... muy justo.

—Espera —dice por fin Luis.

—Pensé que no estabas escuchando —se burla Hari.

—Bueno, lo hice, y ahora tengo que saber. ¿Le contaste todo esto a Hari, pero nos lo has ocultado a nosotros? —Luis frunce el ceño—. Eso... apesta.

Hago una mueca de dolor. Pero no se equivoca.

—Sí. Es una mierda.

Luis se cruza de brazos.

—Se supone que somos tus amigos, Sánchez.

—Sí son mis amigos —insisto—. Los mejores amigos del mundo.

Luis estrecha los ojos.

—Dice la mentirosa. ¿Sobre qué otra cosa has mentido?

Mis ojos se encuentran con los de Hari. Él asiente.

—Vamos a decírselo —dice.

—Hari y yo nos besamos —digo.

—Pero ya se ha acabado —añade Hari.

Marcus deja escapar un silbido bajo.

—*Mierda*.

—¡Han estado viviendo una doble vida! —dice Luis—. ¡Yo lo sabía!

—Bueno, Kat y yo necesitábamos resolver las cosas entre nosotros primero —explica Hari—. No queríamos que nadie más lo supiera hasta que esa parte estuviera resuelta.

Luis hace una mueca.

—Lo que sea, hipócritas.

—A mí no me importa mucho esa parte. Lo entiendo un poco. Pero lo otro... Kat... guau. —Los ojos de Marcus se encuentran con los míos—. ¿Por qué nos ocultaste todo eso?

Suspiro y miro hacia otro lado.

—No sé. La verdad, no lo sé. Supongo que porque era más fácil que explicar una y otra vez lo que pasaba. Y porque tenía miedo. —No esperaba sentir un nudo en la garganta, pero apenas puedo hablar—. Lo siento.

—Estás jugando con fuego, Sánchez —me advierte Luis—. ¿Por qué no has borrado aún la cuenta?

—¡Voy a hacerlo, lo juro! Solo que... No sé. No sé. —Entierro mi cabeza entre mis manos, haciendo lo posible por mantener la compostura, y con voz apagada, digo—: Es la primera vez que la gente aprecia mi fotografía. Y aprecia mi voz y lo que tengo que decir. Siento que destaco. Siento que mi trabajo *llega* a la gente. —Aspiro con fuerza—. Pero esa no es una excusa. No *hay* excusa. Lamento ser tan torcida. —Cash me empuja con la nariz—. No debí haber hecho nada de eso.

—Bueno, es cierto, pero no eres una persona mala. —La voz de Marcus es suave cuando habla—. Lo digo en serio. Sí, es una mierda que nos hayas ocultado esta lucha que tienes, pero sobre todo porque podíamos haberte *ayudado*.

Luis se cruza de brazos.

—Habla por ti.

—Somos amigos. Se supone que debemos contarnos las cosas difíciles, lo malo —continúa Marcus—. Todo.

—La verdad, me hubiera gustado que dijeras antes que eres bi, aunque solo sea porque te hace más tolerable. Casi genial —dice Luis.

—Como decía, puedes contarnos cosas —continúa Marcus, ignorándolo—. Nos preocupamos por ti. Eres importante para *nosotros*. *Nosotros* te apreciamos. No necesitas un perfil falso. No necesitas ser deshonesta. Pero las mentiras... bueno, no está bien mentir, pero a veces lo hacemos. Puede que yo haya exagerado algunas verdades.

—¿Sí? —pregunto.

—Quizás no utilicé todos los fondos del Club de Fotografía para comprar gasolina —dice, con calma—. Tal vez utilicé parte del dinero para llevar a lavar a profundidad a Honey.

—¡Lo *sabía*! —exclama Luis.

—Eh, bien, pues ¿por qué no cuentas a dónde vas los martes por la tarde cuando dices que estás en casa de Xio? —responde Marcus.

Luis frunce el ceño.

—¡Ay, hombre, se suponía que era un secreto!

—No puedes hacer que Kat se sienta mal por esconder cosas y luego no ser sincero con ella —dice Hari.

Luis suspira.

—He estado tomando clases de baile —dice, en voz baja.

Parpadeo.

—Perdón, ¿qué?

Hari se lleva la mano a la oreja como si quisiera escuchar mejor.

—Sí, no escuché bien.

—¡*Dije* que he estado tomando *clases de baile!* Xio quiere que baile en la fiesta de quinceañera de su hermana pequeña, y le dije que lo haría por ella. ¡Maldita sea! ¡Qué entrometidos son!

—Bueno, pero eso es muy dulce de tu parte —digo, poniéndole cara de enternecida.

Luis alza las manos para que me detenga.

—¡Quítate!

—He estado hablando con una chica que conocí en mi clase de preparación para el SAT —suelta Hari.

Los tres nos volvemos hacia él.

—¿Perdón? —pregunto.

—Sí, no sabía cómo, o cuándo, sacar el tema, pero... ya que estamos compartiendo, ahora parecía tan buen momento como cualquier otro... Ella va a Garces Memorial —dice.

Garces Memorial es una escuela católica privada del área.

Marcus levanta las dos cejas.

—¿Tienes un fetiche con eso, hermano? —pregunta.

—¡Oh, sí! Las faldas escocesas de los uniformes —dice Luis con entusiasmo—. Lo entiendo.

—¿Estás viendo a alguien? —pregunto, y una sonrisa invade mis labios mientras extiendo la mano para callar a Luis.

Hari me dedica una sonrisa tímida.

—Se llama Iris.

—¡*Sí que te gusta!* —grita Marcus, y todos nos reímos.

Entonces, dominada por la emoción que siento por lo comprensivos que han sido mis amigos, y por lo emocionada/aliviada/encantada que estoy al saber que Hari ya no está interesado en mí, le doy un abrazo.

—¡Los quiero tanto, chicos! —grito, alborotando a Cash.

—No seas asquerosa —dice Marcus.

Luis hace una mueca.

—Te pasas, Sánchez.

Pero Hari me sonríe, y yo le devuelvo la sonrisa, embobada, feliz y habiéndome sacado de encima un peso inmenso.

—Espera —dice Luis—. ¿Cómo hemos pasado por alto el hecho de que Kat es una *catfisher*?

—¡Yo también lo dije! —dice Hari, riéndose—. ¡Kat hace *katfishing*!

—¡Chicos! —protesto, pero me río con ellos, porque es ridículo. Y después de tanta mentira, me merezco que me liquiden por ello en algún momento de mi vida.

Luis no para de reírse a carcajadas.

—¡Todo esto es tan estúpido! —dice. Luego se vuelve hacia Cash, todavía sonriendo—. Muy bien, perrito. Ya que todos los demás se han soltado de la lengua, ¿hay algo que *tú* quieras compartir también?

Cash salta al asiento delantero y lo lame.

Capítulo treinta y nueve

Hari: **Puede que tenga una idea para ayudar a Cash.** 👀

Lo llamo por FaceTime, como si no fueran las 6:30 de la mañana.

Me contesta enseguida. Parpadea cuando sale en la pantalla.

—Bonito pelo.

Alargo la mano para tocar la toalla de microfibra que envuelve mi pelo para preservar mis rizos.

—Gracias. Es nuevo. ¡Ahora cuéntame!

—¿Y si haces una publicación como Max sobre la situación de Cash? —sugiere Hari, y, cuando parezco dudar, continúa—: Mira, no has borrado esa cuenta después de haber tenido muchas putas semanas para hacerlo. Acabo de ver, y tiene casi cinco mil seguidores. Antes de que la cuenta se quedara sin cosas nuevas, había estado publicando sobre perros, así que creo que la audiencia será receptiva. Seguro que tienes algunos amantes de los perros que te, perdón, la siguen.

—Luis tiene más seguidores que esa cuenta —señalo.

—¡Él puede compartir la publicación! Todos podemos. Él, yo, Marcus, Leo. Tal vez pueda conseguir que Dev también la comparta.

Las ruedas de mi cerebro están girando mientras Hari me expone su plan. Sí, la cuenta de Max ha estado muerta las últimas semanas. Pero no la he borrado. No sé para qué la he estado guardando, pero tal vez sea para esto. Una última publicación de "ella" con Cash podría ser algo bonito si consiguiera que por fin fuera adoptado. Me ayudaría a sentir que todo esto no fue en vano.

Es arriesgado, sí, pero Becca no está en Instagram, nuestros círculos no se traslapan y ninguna de las personas que Hari o yo conocemos tiene *tantos* seguidores.

En lo que a mí respecta, las recompensas potenciales ganan.

—Sí —digo por fin—. Eres un genio. Voy a hacerlo.

No lo dudo. Tengo escrito lo que quería decir sobre Cash desde el fin de semana, así que ¿por qué perder tiempo? (Claro, lo escribí para las redes sociales de Una Pata para Todos, pero Max es mejor: tiene más alcance). Selecciono una foto bonita de Becca y Cash, aplico mi filtro preestablecido y la publico.

Intento no revisar con obsesión la cuenta de Max a lo largo del día. Apenas había empezado a perder el hábito. Pero es difícil no echar un vistazo y ver cómo aumentan los Me gusta. Mi dopamina se dispara con cada uno. Los viejos hábitos son difíciles de erradicar.

Tiempo atrás había convertido la cuenta de Instagram de Max en una cuenta de negocios para poder ver las impresiones que acumulan las publicaciones. Las impresiones de esta publicación están subiendo incluso más rápido que los Me gusta: 5,271 cuando entro a la clase de español; 7,803 a la hora de comer; más de 10,000 al final del día.

También publico desde mi cuenta personal. Aunque tengo dos seguidores, nunca se sabe. Selecciono una foto mía y de Cash, escribo un pie de foto sincero, pongo el número de teléfono y el correo electrónico de Una Pata para Todos y lo comparto.

"Por favor, por favor, por favor que esto funcione".

* * *

Después de la escuela, voy directo a Una Pata para Todos y entro en la oficina de Imani.

—¿Alguna llamada para Cash? —le pregunto.

Ella sacude la cabeza.

—Nada.

Frunzo el ceño.

—Oh. Mis amigos y yo acabamos de empezar una gran campaña social para él. Tenía esperanzas.

Imani me dedica una dulce sonrisa.

—No las pierdas todavía.

—Sí —suspiro—. No lo haré.

Hay un par de mensajes en la página de Facebook de Una Pata para Todos que debo responder, así que me ocupo de contestar las dudas sobre la edad mínima que hay que tener para poder adoptar un animal de nuestro refugio (dieciocho), si tenemos llamas (¿qué?), si vendemos comida para perros o no (¿por qué?). Alguien que se limita a decir: "Tengo una pregunta", pero nunca la hace. Uf.

Por suerte, un mensaje de Elena me rescata de mi estrés.

Elena: **Hoy ha sido el más lunessss de los martesss.**

Yo: **Cuéntame.**

Elena: **¿Podemos regresar al sábado, por favor?**

Elena: **¿Exactamente a las 8:27 p.m.?**

Elena: 😊 😊 😊

Le sonrío al teléfono como una tonta.

Yo: **¿Es ese el momento exacto en que nos besamos?**

Elena: **No es que haya visto la hora entonces para poder recordarlo.**

Yo: **¡¿Cómo puedes ser tan ADORABLE?!**

Elena: **No... tú.**

Yo: **Me gustaría poder ir ahora mismo a verte.**

Elena: **¿Puedes?**

Elena: **¿O voy yo?**

La idea es muy, muy, muy tentadora. Pero estoy atrapada aquí hasta por lo menos las siete, y a cualquiera de nosotras nos tomaría dos horas y media llegar hasta la otra (sin contar el tráfico de Los Ángeles). Puf.

Yo: **Este fin de semana, SEGURO.**

Yo: **Pero no creo que hoy. Para cuando lleguemos a donde está la otra creo que solo tendríamos dos minutos antes de tener que volver a casa.** 😊

Elena: **Tienes razón, pero** Ⓤ.

Yo: **Tengo otra idea.**

Elena: **¡Dime!**

Yo: **Es rara.**

Elena: **Me apunto.**

Yo: **Podemos tener una cita... a larga distancia.**

Elena: **¡¡¡UNA CITA!!!**

Yo: **¿Cuál es tu película favorita?**

Elena: ***A todos los chicos de los que me enamoré,*** **sin duda.**

Yo: **¡Nunca la he visto!**

Elena: **¿ME ESTÁS TOMANDO EL PELO, KAT?**

Elena: **ksjdfkjsdfsdf**

Yo: **Bueno, pero la veré esta noche.**

Yo: **¡Contigo!**

Yo: **Buscamos algo de comer, nos metemos en nuestras habitaciones y vemos la película mientras estamos conectadas por FaceTime.**

Elena: **Paraaaa.**

Elena: **Es tan lindo, no puedo.**

Yo: **¿Eso es un sí?**

Elena: **¡¡¡QUIERO HACERLO AHORA!!!**

Yo: **¡Llegaré a casa en un rato! ¿Qué tal a las ocho?**

Elena: **¡¡¡Bien!!!**

Elena: **Supongo que debo ponerme a limpiar mi habitación.**

Reacciono con una risa a ese mensaje, pero trago saliva ante la idea de ver en vivo la habitación de Elena Brynn Powell. La ansiedad de ver a una chica guapa en su habitación en nuestra primera cita se apodera de mí.

Sobre todo, porque... nunca he tenido una cita.

Entonces, ¿cómo me ATREVO? Juro que mi corazón a veces hace cosas sin esperar a que mi cerebro lo considere.

En este caso, sin embargo, es algo genial. ¡Tenemos una cita!

* * *

En la fogata, Elena me dijo que mis coletas eran "súper bonitas", así que esta noche me tomo mi tiempo para peinarme igual. Y necesito ponerme algo lindo, pero relajado, que parezca que no me he esforzado demasiado, pero que me haga lucir bien.

Al final, me decido por una camiseta Nike de cuello redondo y unos *leggings*. Como no va a ver mi ropa completa, puedo estar cómoda en la parte de abajo. Me pongo un poco de gel en las cejas, y brillo de labios.

Justo antes de las ocho, preparo mi laptop con la película que Elena ha pedido, y tengo al lado un pequeño tazón de palomitas con una pizca de sal recién hechas por el abuelo.

Entonces la llamo.

Sospecho que siento más o menos la misma sensación que experimentaría en una cita real.

Me alegro de que responda, y me doy cuenta de que también ha intentado arreglarse un poco teniendo cuidado de que parezca casual. Su pelo rosa está recogido en una trenza despeinada, que le cae sobre un hombro, usa gafas rosas y trae puesto un suéter de color lavanda extragrande.

—Hola —dice, con voz más tímida de lo que nunca la he oído.

Siento que sonrío sin querer.

—Holaaaa.

La habitación de Elena, o al menos la parte que puedo ver detrás de ella, es justo como la había imaginado: una explosión de colores pastel. Detrás de su cama hay una estantería decorada con una guirnalda de grandes luces, algunos de sus dibujos y un adorable búho de peluche.

—Creo que no compré una entrada para el búho —me burlo.

Elena gira la cabeza y toma el búho de la estantería. Luego lo lanza fuera de la vista.

—Oh, *Dios mío.*

—¡¿Qué?! ¡Esa cosa es adorable!

—Es un ÉL y tiene nombre —dice, y sus mejillas toman un tono que hace juego con su pelo—. Uuu-lises. Qué vergüenza.

—Para nada —le aseguro.

—Tú no tienes peluches en *tu* habitación.

—Claro que sí. Los escondí debajo de la cama antes de llamarte.

Elena se ríe y hace como si se secara el sudor de la frente.

—¡Uf!

Compruebo la hora en mi teléfono.

—Oh, el espectáculo casi va a comenzar.

—Bien, bien. Tenemos entradas para las ocho y diez, ¿verdad? —pregunta Elena, siguiendo el juego.

—Sí, y me costó mucho trabajo conseguirlas. Así que espero que hayas traído algo de comer a escondidas. No tenemos tiempo para hacer la fila y comprar.

—Oh, sí que tengo comida. —Elena gira su cámara para mostrarme un surtido de Red Vines y *pretzels* cubiertos de chocolate—. ¿Quieres?

—Un *pretzel* con chocolate suena bien.

—Ya está. —Elena vuelve a girar la cámara hacia ella, agitando un *pretzel* delante de la pantalla y metiéndoselo en la boca—. Ahora: ¿ya podemos darle Reproducir o qué?

—¡Hagámoslo!

La película comienza con el sonido familiar del logo de Netflix desplegándose en la pantalla, y extiendo la mano para apagar las luces de mi habitación mientras Elena se acomoda entre sus almohadas.

—Por favor, toma en cuenta —comienza a decir Elena, señalándose a sí misma— que soy súper fan de Lara Jean Covey. Debes saberlo.

Sonrío.

—Respetamos a los súper fanáticos.

—¿No es maravillosa su habitación? —dice Elena con un suspiro—. Uy, lo siento. —Hace un movimiento como si estuviera cerrando los labios.

—No me importa —digo, disfrutando de ver cómo se emociona con la película, incluso más que viendo la propia película.

Elena suelta un grito cuando la cámara se aleja y muestra toda la habitación de Lara Jean. Es tan adorable que me pongo una almohada en el regazo y le doy un suave apretón.

Todo esto es casi que demasiado.

Juro que me paso la mitad de la película mirando a Elena, pero al final me atrapa el viaje de Lara Jean y Peter y su falso noviazgo. Para cuando salen los créditos, ya me he metido de lleno en esa preciosa relación.

—¿Y qué? —pregunta Elena—. ¿Qué te pareció?

—¡Me encantó! —le digo—. En serio que te pareces a Lara Jean, ¿sabes?

Elena sonríe y se pone la mano sobre el corazón.

—Eso es, *literalmente*, lo más bonito que me han dicho alguna vez.

Nos reímos.

—Puedes ser mi Peter, entonces —agrega.

Me muerdo el labio y asiento con la cabeza.

—Podría serlo.

—Hay algo muy romántico en las cartas de amor. —Suspira con nostalgia—. ¿Te imaginas? Una carta. Una carta de verdad, escrita a mano, con sello, sobre, buena caligrafía y premeditación. La espera. *Solo* la espera es un sueño. Nos hemos acostumbrado a enviarnos mensajes de texto que no requieren ningún esfuerzo ni paciencia. Pero cuando escribes una carta de amor estás poniendo tu corazón y tu alma en un papel, esperando que llegue a la persona que quieres que la lea, esperando que te responda. Es como una declaración definitiva de que amas a una persona y que esperarás por ella.

Me río, pero en verdad ha tocado mi corazón.

—Nunca lo había pensado así.

—Es tan, tan, tan romántico —dice, entusiasmada.

Elena mira fuera de la pantalla. Escucho una voz.

—¡Se supone que ibas a lavar los platos, Elena! —dice.

—Lo *haré* —responde Elena a alguien que supongo que es Carys—. Estoy ocupada ahora mismo.

—Ver Netflix no cuenta como una ocupación —replica la voz.

—¡Basta, Carys! ¡Vete!

—*¡Lava los platos!* No los voy a volver a lavar yo.

—De acuerdo, de acuerdo. Ya voy. —Elena frunce el ceño y se vuelve hacia el teléfono—. Uf. Perdón por eso.

—Está bien —digo—. ¿Tienes que irte?

Elena asiente con la cabeza.

—Por desgracia. El *gremlin* que tengo por hermana está insoportable esta noche.

Sonrío.

—Oye, no pasa nada. Me alegro de que hayamos podido hacer esto.

Elena me devuelve la sonrisa.

—Yo también. Fue muy divertido. ¿Te mando un mensaje luego?

—Por supuesto. Buenas noches por ahora, Lara Jean.

—Buenas noches por ahora, Peter.

Elena mueve los dedos hacia mí, se ríe y apaga la cámara.

Me tumbo en la cama y suspiro de satisfacción.

Casi no quiero arruinar la noche yendo a revisar una vez más la publicación de Cash para volver a decepcionarme. Había puesto mi teléfono en No molestar mientras veíamos la película, para poder concentrarme. Pero supongo que debería echar un vistazo.

Desbloqueo el teléfono y veo notificaciones rojas en las aplicaciones para llamadas y para mensajes. Reviso primero las notificaciones del teléfono y veo tres llamadas perdidas de Becca.

¿Quizás sean buenas noticias sobre Cash? ¿Podría mejorar esta noche?

Me dirijo con prisa a los mensajes y veo que los tres nuevos también son de ella. El último, que puedo ver desde la pantalla de visualización previa, solo dice **CARAJO???** Los abro.

Becca: **¡¡Me robaste la PUTA CARA?!**

Becca: **¿¿¿QUÉ**

Becca: **CARAJO????**

Capítulo cuarenta

Tengo una sensación de malestar visceral en el estómago.

Leí y releí los mensajes de Becca, mirándolos con total incredulidad. Sabía que esto podía ocurrir en cualquier momento, pero no pensé que en verdad sucedería.

Respiro con dificultad. Salgo corriendo de mi habitación y me dirijo a la puerta principal.

—¿Estás bien, Kat? —me pregunta mi abuela desde la sala.

—Estoy bien —miento. Me pongo unos tenis—. Dejé algo en casa de Hari. Vuelvo enseguida.

No espero a que me responda. Salgo corriendo por la puerta. El frío del aire de principios de diciembre me pellizca la piel, pero sigo corriendo. Me arden las piernas y me duelen los pulmones, pero el dolor es bueno.

Golpeo más fuerte de lo que hubiera querido la puerta de casa de Hari, como si mi cuerpo tuviera el control y yo fuera solo un pasajero.

La señora Shah responde.

—¡Kat! ¿Qué haces aquí tan tarde?

—Necesito hablar con Hari —digo.

Ella me mira y frunce el ceño.

—Lo siento, cariño. Pero Hari ha salido con Iris. —Mira su reloj—. Debe llegar pronto, ya casi es la hora en que debe estar de regreso.

—Oh —es todo lo que consigo decir—. Oh.

—¿Quieres entrar? —El ceño de la señora Shah se frunce aún más, con preocupación—. No tienes buen aspecto.

Sacudo la cabeza.

—No, no. Estoy bien. Le enviaré un mensaje de texto. Gracias. Tengo que irme.

Giro sobre mis talones y vuelvo de prisa a casa, luchando contra el impulso de correr. Sé que la señora Shah me está mirando, y no quiero asustarla más. Cuando llego al portal, me siento en una de las sillas de mimbre, enterrando la cara entre las manos e intentando recuperar el aliento.

Pero no puedo.

Es como si un puño intentara salir de mi pecho. La piel se me eriza de calor, a pesar del frío. Me tiemblan las manos.

Esto no puede estar pasando. ¿Cómo es que ella...?

¿Cómo? ¿Cómo?

—¿Kat? —pregunta una voz. Suena tan lejana que apenas la registro— ¡Bethie!

La voz dice algunas cosas más que no puedo entender. Entonces me doy cuenta de que mi abuelo está arrodillado delante de mí, con las manos sobre mis rodillas.

—Respira profundo por la nariz —me dice—. No pasa nada. Estás bien.

Intento hacer lo que me indica, pero es difícil. Mi cabeza da vueltas.

—No puedo... —logro decir.

—De acuerdo. De acuerdo. Lo haré contigo. ¿De acuerdo?

El abuelo inhala largo y profundo por la nariz. Luego siento unas manos en mi espalda, frotando en círculos lentos y relajantes.

—De acuerdo —murmuro.

Respiro entrecortado por la nariz, con el pecho temblando.

—Bien, bien —La voz de mi abuelo es tranquila y uniforme—. Ahora exhala.

Él deja salir el aire en una bocanada constante. Yo hago lo mismo, viendo cómo mi aliento caliente sale en forma de vapor.

—Eso es, Kat —murmura mi abuela.

—Otra vez —dice mi abuelo, inhalando.

Asiento con la cabeza y hago lo mismo.

—Bien —dice.

Lo repetimos varias veces, hasta que el dolor de mi pecho empieza a disminuir y mi respiración se hace menos dificultosa. El abuelo se levanta y me ayuda a ponerme de pie.

—Vamos —me dice, y me guía hacia el interior, hacia el sofá.

La abuela me cubre los hombros con una manta y me mira con ojos muy abiertos.

—¿Mejor?

—Un poco —digo.

—Te traeré un poco de agua.

Mi abuela desaparece de nuevo, y mi abuelo se sienta a mi lado.

—Sigue respirando —me dice.

Cierro los ojos y me vuelvo a sentar en el sofá, concentrándome en inhalar y exhalar. Cuando abro los ojos, la abuela está al lado con un vaso de agua helada para mí. Alargo la mano para tomarlo y bebo un sorbo.

—Está bien —susurro—. Estoy bien.

—¿Qué está pasando? —pregunta.

Mi abuelo la hace callar.

—Vamos a llevarla a la cama, Bethie —dice, y me mira—. Podemos hablar en la mañana, ¿sí?

Asiento con la cabeza. Lo último que quiero hacer ahora es explicarles a mis abuelos lo que está pasando. La abuela asiente y me toma del brazo para llevarme a mi habitación. Me siento entumecida mientras me guía con suavidad hasta la cama. Se inclina sobre mí para soltarme el pelo. Con los dedos, me quita las cintas y después los aros de las orejas, y lo pone todo en la mesita de noche.

El abuelo entra con una taza que supongo está llena de té.

—Es hora de dormir —dice. Luego me da una píldora—. Melatonina.

—Te ayudará —afirma la abuela.

Me la meto en la boca y le doy un tímido sorbo al té, aún caliente. Quema un poco, pero no pasa nada.

El abuelo me da un beso en la frente.

—Buenas noches, Kat. Te quiero. Descansa.

Vuelvo a asentir con la cabeza, y creo que es lo único que puedo hacer ahora. Antes de salir de la habitación, mi abuelo se agacha para recoger mi teléfono del suelo y conectarlo al cargador, echándonos una última mirada a mí y a la abuela antes de cerrar la puerta tras él.

Mi abuela retira las mantas de un lado de la cama y me hace un gesto para que me meta debajo. Después de acomodarme, apaga la luz del techo y se mete en la cama a mi lado. Dirige mi cabeza para que la descanse sobre su hombro, y me da la mano.

No protesto.

Con su otra mano, me acaricia el pelo.

—Todo va a estar bien —susurra—. Sea lo que sea. Estará bien.

No estoy convencida. Pero es bueno escucharlo.

. * *

Por la mañana, me despierto sobresaltada, jadeando. Por un momento no tengo ni idea de dónde estoy ni de qué ha pasado. Pero entonces todo me vuelve a la mente, de golpe.

Cierro los ojos, deseando con desesperación poder volver a dormir, tal vez para siempre, en lugar de tener que responderle a Becca.

Pero ya fui demasiado cruel no respondiéndole anoche. Me cuesta mucho coger el teléfono y desbloquearlo. Con manos temblorosas, abro los mensajes. Hay algunos sin leer, de Hari y de Elena, pero voy directo a los de Becca. Hay dos nuevos.

Becca: **No puedo creer que ni siquiera vayas a responder.**

Becca: **¡¡¡DAS VERGÜENZA!!!**

Las lágrimas que ruedan por mi cara me queman.

Yo: **Lo siento tanto, tanto, tanto, tanto, tanto. Ni siquiera sé qué decir. No hay excusa para lo que he hecho. La cagué. Lo siento mucho. Lo siento mucho. Borraré la cuenta ahora mismo. Y también borraré todas tus fotos. Y si no quieres volver a hablar conmigo, lo entiendo. Lo siento mucho, Becca.**

La notificación de que el mensaje ha sido entregado nunca aparece. Intento llamarla, pero me sale su buzón de voz. Me ha bloqueado. Sin pensarlo dos veces, abro la cuenta de Max y la borro. Debí haberlo hecho hace mucho, mucho tiempo.

Leo los otros mensajes:

Hari: **Oye, ¿estás bien?**

Hari: **Mi madre me dijo que pasaste por la casa y que te veías desorientada.**

Hari: **Hola. Solo quiero saber si estás bien.**

Hari: **Todavía quieres que te lleve a la escuela hoy, ¿verdad?**

Elena: **¡Los platos están lavados, y Carys puede irse a freír truchas!**

Elena: **Gracias por esta noche. ♥**

Elena: **Buenos díaaas. ☺**

No respondo a ninguno. Necesito ponerme en contacto con Becca. Necesito decirle cuánto lo siento, explicarme, disculparme una y otra vez, arrastrarme. Necesito, necesito, necesito. Una vez más me inundan mis propias necesidades y me aplasta el peso de la realidad al ver lo egoísta que he sido. Vuelve una nueva ronda de lágrimas. Mierda.

Pero hay escuela. Salgo de mi habitación, con los ojos hinchados, y encuentro a la abuela sentada en la mesa del comedor, como si hubiera estado esperando a que me despertara.

—Pollita —dice. Su voz es suave—. ¿Cómo te sientes?

—Horrible —consigo decir.

—¿Quieres hablar?

Mi cara se arruga.

—Hice un desastre.

Ella se acerca y me envuelve en un abrazo.

Se lo cuento todo. Mis hombros se agitan por los sollozos mientras hablo, y ni siquiera estoy segura de que pueda entender todo lo que digo, pero tengo que seguir y soltarlo todo. Todo tiene que *salir,* para purgarme de la cosa horrible que he hecho.

—Y ahora no sé qué hacer, porque todo es un desastre —termino.

Temo que le dé asco, que me grite, que me diga que debería estar avergonzada. Pero no lo hace. Se limita a abrazarme y a frotarme la espalda.

Cuando me calmo un poco, la abuela me lleva a la mesa del comedor para que me siente.

—Lo siento mucho —es lo primero que dice.

—¿*Por qué* tendrías que sentirlo? —pregunto, moqueando.

—Parece que has estado lidiando con muchas cosas tú sola —dice.

—Solo quería tener el control de una cosa en mi vida —admito. La vergüenza me arde en la nuca—. Solo quería que la gente me escuchara. Que me apreciara. Que admirara mi arte. Pero ni siquiera era a mí a quien veían, abuela. Todo es tan estúpido.

—Es importante no confundir las mentiras con tener el control. —La voz de mi abuela es suave, pero severa—. Pero... no voy a sentarme aquí a hacerte sentir peor. Te va a costar mucho arreglar las cosas, si es que puedes. Pero tienes que intentarlo.

Unas cuantas lágrimas más ruedan por mis mejillas. La abuela tiene razón. Da igual por qué lo hice, el hecho es que *lo hice*. No soy la primera persona en el mundo que ha sentido esas cosas, pero sí soy la única que conozco que decidió robar y engañar. Y el daño está hecho.

—Tengo que decirle a Becca que lo siento —digo—. Pero me bloqueó.

—Tal vez ella no quiere una disculpa. —Cuando la abuela ve mi cara triste, añade—: Todavía. Pero eso podría cambiar.

—Estaba pensando en ir a verla para pedirle perdón en persona.

Mi abuela niega con la cabeza.

—¿Por quién harías eso? ¿Por ella? ¿O por ti?

Cierto. Becca ha dejado claro que no quiere hablar. ¿Y quién podría culparla después de lo que he hecho?

—Entonces, ¿qué hago? —pregunto—. Tengo que trabajar con ella mañana.

La abuela aprieta los labios.

—No tengo una buena respuesta para ti, Kat. Ojalá la tuviera. Creo que eso es algo que tendrás que descubrir tú.

—¿Tengo que hacerlo?

Ella se ríe.

—Sí. Y, lo siento, pero tendrás que hacerlo mientras estás en la escuela.

Genial. Arrastro los pies hacia el baño y me doy una larga ducha caliente. Luego la abuela me lleva a la escuela y me escribe una nota justificando el que haya llegado tarde.

Durante todo el día me la paso mirando el teléfono.

Vuelvo a intentar enviarle un mensaje de texto a Becca, pero una vez más no llega ninguna notificación de entrega.

Luego abro mis mensajes con Elena. Sé que tengo que responderle antes de que empiece a preocuparse. Le envío un mensaje que solo dice **Buenos días,** y le añado un emoji de corazón al final, sabiendo que quizás sea el último emoji de corazón que le envíe.

Darme cuenta de eso es como un golpe en las tripas. Cierro los ojos y pienso en la noche anterior. En lo dulce y perfecto que fue. Pienso en la fogata. En los besos. En las charlas nocturnas. En la relación que hemos estado construyendo las últimas semanas.

No me sorprende que se me llenen los ojos de lágrimas allí mismo, en medio de la clase de Español.

Mi teléfono zumba y abro los ojos.

Marcus: **¿Estás bien, Kat?**

Hari: **Estamos preocupados.**

Luis: **Ellos están preocupados. Yo estoy molesto. ¡Nos dejaste plantados en la mañana!**

Yo: **Lo siento. Becca se enteró.**

Hari: **MIERDA.**

Marcus: **Eso apesta. Lo siento mucho.**

Luis: 😩

Hari: **Cuéntanos todo en el almuerzo.**

* * *

A mediodía estoy sentada en Honey. Marcus y Luis están delante, y Hari, a mi lado. Los pongo al corriente de las últimas y desastrosas horas de mi vida.

Marcus le ha dicho a Luis que no puede comer en su coche bajo ninguna circunstancia, así que Luis se asoma por la ventanilla para comerse el estofado de carne que la abuela me preparó. No tengo hambre, naturalmente.

—Estás dejando entrar el aire frío —se queja Marcus.

—¡Podrías dejarme comer con la cabeza *dentro!* —grita Luis.

Hari pone los ojos en blanco.

—Chicos, ¿podemos concentrarnos, por favor? Kat está pasando por algo.

Luis frunce el ceño, pero hace caso, cierra el contenedor y se vuelve a sentar. Marcus sube la ventanilla, y Hari se vuelve hacia mí.

—¿Se lo vas a decir a Elena?

—No tienes que hacerlo, ¿sabes? —dice Marcus—. O sea, la cuenta ya no existe, ¿verdad?

Asiento con la cabeza.

—La borré.

—Se va a enterar, créeme —advierte Luis y, dirigiéndose a mí, agrega—: Tienes que decírselo.

Hago una mueca.

—No quiero.

Luis toma el teléfono de entre mis manos.

—Llámala ahora.

—¿Ahora?

Hari me dedica una sonrisa comprensiva.

—Tal vez sea mejor hacerlo de una vez.

—Está en la escuela —protesto.

Estoy tratando de postergarlo.

—Pero seguro también está almorzando —dice Marcus.

Pienso en lo que dijo la abuela, que todo va a doler.

Mucho.

Respiro entrecortado y abro el contacto de Elena. Mi dedo se cierne sobre el botón de llamada.

—Hazlo —dice Hari con firmeza.

Sin pensarlo, lo hago. Suena un par de veces antes de que ella conteste el teléfono.

—¡Hola!

Su voz es dulce, burbujeante y cálida del otro lado, y siento una punzada en el pecho.

—Esto es nuevo. Me gusta —dice.

—Hola, Elena.

Sueno más temblorosa de lo que me gustaría, y se nota.

—¿Todo bien?

Dejo escapar una pequeña risa.

—En realidad, no.

—¿Qué pasa? —pregunta.

Mis ojos recorren el coche y miran a Marcus, a Luis y a Hari, que me dirigen sus mejores miradas de ánimo.

—Tengo que decirte algo —empiezo.

—Bueeeno...

Ya está en guardia.

—Eh, primero, quiero que sepas que lo siento mucho. Lo que voy a decir es de verdad malo. —Mi voz se quiebra, a pesar del esfuerzo que hago porque no sea así.

Hari me da unas palmaditas en la rodilla.

—¿Qué es?

—Pues. Eh. Te dije que era amiga de Max. Pero mentí.

—¿Qué? —Su voz suena exasperada—. ¿Por qué hiciste eso?

—Porque he estado mintiendo mucho. Y... de hecho, yo inventé a Max. Max no existe. —No la dejo responder. Continúo—: Siento mucho, mucho, haberte mentido. No era mi intención que todo saliera así. No era mi intención darte esperanzas, y en cuanto me di cuenta de que estaba sintiendo algo por ti intenté arreglarlo, pero fue un lío. Lo arruiné todo. Lo siento mucho.

Ahora estoy llorando, sin poder mirar a mis amigos.

Hay un largo y doloroso silencio en la otra línea.

—¿Elena? —pregunto.

—No puedo creer lo que hiciste —dice—. *No* vuelvas a llamarme.

La línea se corta.

Se acabó.

Alejo despacio el teléfono de mi oreja y lo pongo en mi regazo, todavía mirando por la ventana.

Luis es el primero en hablar.

—Al menos ya está hecho.

—Sí —consigo decir—. Definitivamente.

—Hiciste lo correcto —dice Marcus.

Hari me aprieta la rodilla.

—Sí que lo hiciste, Kat. Está molesta, pero es mejor que lo sepa.

Sorbo unos mocos, frotándome los ojos.

—Eso es verdad —digo.

Un sollozo trata de salir de mi garganta, pero lo retengo. Suena el timbre del almuerzo.

—Deberíamos volver —agrego.

—Hace mucho tiempo que no nos saltamos una clase —dice Hari, sonriéndome para animarme—. ¿Verdad, Luis?

—Sí —dice—. Tengo un examen para el cual no he estudiado y que me *encantaría* no hacer.

—Está decidido entonces —dice Marcus, mirando hacia adelante y acelerando el motor—. ¿Tacos?

—¡Tacos! —grita Luis emocionado.

* * *

A decir verdad, no hay taco que pueda mejorar mi situación. Pero ayudan un poco. Las risas y las bromas con Marcus, Hari y Luis hacen que sienta menos que mi mundo se desmorona a mi alrededor, aunque solo sea por una tarde.

El abuelo me saluda con un fuerte abrazo cuando llego a casa.

—¿Estás bien?

—Sí.

—Nos diste un susto anoche, ¿eh?

—Sí. Lo siento.

—No tienes que pedir perdón. Me alegro de que estés bien.

—Gracias. Creo que tuve un ataque de pánico.

He estado presente cuando le ha pasado a Hari, y sabía que eran malos, pero nunca había experimentado uno. No son cosa de broma.

Mi abuelo asiente con la cabeza.

—Eso creo. Me alegro de que volviste a casa. Así pudimos ayudarte. —Se acerca y pone un dedo bajo mi barbilla—. Mantén la cabeza levantada, ¿sí? Todo mejorará.

—Gracias, abuelo. ¿Te importa si me quedo un rato? No quiero estar sola.

Me sonríe.

—Me vendría bien un ayudante de cocina mientras preparo el *cassoulet* francés.

El abuelo me da un delantal y pasamos la siguiente hora trabajando juntos en la cocina. Yo pico hierbas y verduras mientras él se encarga de sazonar, revolver y crear.

La abuela vuelve a casa un rato después, cargada de bolsas de compra.

Ayudo a descargar todo antes de ir a mi habitación, donde reviso el teléfono con temor.

Nada de Becca o Elena.

Me tomo un momento para enviarle un mensaje a Elena.

Yo: **No sabes cuánto lo siento. Estoy arrepentida de lo que he hecho. Siento mucho el daño que te he causado. Sería justo que no me volvieras a hablar nunca, en verdad. Si hay algo que pueda hacer para compensar lo que hice, por favor, dime. Haré lo que sea. Lo siento mucho. Lo siento mucho.**

Aunque sé que solo tengo una posibilidad remota de que me responda, espero a ver si llega un mensaje. No llega, pero el texto debajo de mi mensaje dice que fue entregado, así que sé que no me ha bloqueado. Al menos, todavía no.

Me doy cuenta de que tengo una llamada perdida de Imani. La llamo de inmediato, rezando para que sean buenas noticias sobre Cash. Me vendría muy bien ahora mismo.

—¿Hola? —responde ella.

Intento sonar alegre.

—Hola, Imani. Es Kat. Siento no haber visto tu llamada.

—Oh, Kat. Hola. —Del otro lado de la línea, la voz de Imani suena cargada de emoción—. Escucha, te llamé para hablar de algunas cosas.

—Claro. ¿Qué pasa?

—En primer lugar, quería decirte que hemos recibido algunas llamadas preguntando por Cash, y que tengo esperanzas de que alguna de ellas resulte en adopción.

La alegría me invade.

—¡Eso es increíble, Imani!

—Sí. Gracias por todo el trabajo que tú y tus amigos hicieron para que eso sucediera. Ahora, la otra cosa... —La escucho respirar profundo—. Has hecho un gran trabajo para nosotros, Kat. En verdad lo has hecho, sobre todo en relación con la recaudación de fondos que recién les he encargado. Pero me han dicho que has participado en algunas actividades en las redes sociales que son, bueno, indignantes, por decir lo mínimo.

Se me forma un nudo en la garganta.

—Puedo explicar...

—No es necesario —dice Imani, interrumpiéndome—. Ya revisé nuestras cuentas sociales, y está claro que no hiciste nada allí. Pero dado que tus acciones han afectado de forma directa a una de tus colegas, y que ese grave error de juicio tuvo que ver con las redes sociales, que es parte de tu trabajo aquí, en verdad no me queda otra opción que despedirte. Así que desde hoy ya no trabajarás en Una Pata para Todos. Y voy a tener que retirarte la invitación al Baile.

—De acuerdo —digo en voz baja—. Entiendo.

—Ha sido un placer tenerte aquí, Kat. Y siento que te vayas. Seré discreta con todo, y te vas sabiendo que es muy posible que le hayas conseguido un buen hogar a Cash.

Imani es más amable conmigo de lo que merezco.

—Gracias —digo casi susurrando—. Siento mucho haberte decepcionado.

Hay una pausa en la línea.

—Espero que estés bien, Kat —dice.

—Tú también.

Cuelga. Adiós, Becca. Adiós, Elena. Y ahora, adiós Cash y adiós trabajo que me encantaba.

Capítulo cuarenta y uno

Las siguientes dos semanas transcurren tranquilas. Paso de haber vivido el tiempo más feliz de mi vida a sentirme devastada.

Y me lo merezco.

Hari, Luis y Marcus me visitan, pero respetan mi deseo de estar sola. Le envío un par de mensajes de texto a Elena, pero cada disculpa queda sin respuesta. Intento llamar en varias ocasiones a Becca, pero me sale el buzón de voz.

Me ocupo de las compras navideñas, aunque no me siento con ganas de celebrar. Pero me esfuerzo por los abuelos. Es lo mínimo que puedo hacer.

El día de Navidad, los tres madrugamos para abrir los regalos bajo el árbol, siguiendo la tradición. Les regalé a mis abuelos fotos de cada uno, y les encantaron.

La del abuelo es una foto que le tomé a la abuela cuando salimos de compras hace unas semanas, y la de la abuela es una foto del abuelo poniendo cara de tonto. Las imprimí en blanco y negro, y cada foto está en un marco para dos fotografías, y en el otro lado puse fotos similares de cuando eran más jóvenes. Me llevó mucho tiempo, pero estuvo bien empleado.

Mis abuelos me llenan de regalos que no merezco: un maletín nuevo para la cámara; un par de pendientes de aro, de oro de 14 quilates; un nuevo brillo de labios Azúcar Morena. Lloro cuando los abro. Les ruego que los devuelvan.

Pero ellos solo me abrazan.

Nos quedamos en pijama hasta el mediodía, trabajando en la cocina, hasta que llega la hora de ducharnos y prepararnos para la comida familiar. (En Navidad mis padres vienen a casa de los abuelos, no vamos nosotros con ellos).

Me sorprende que mamá, papá y Leo aparezcan con Daisy. Suelen dejar a los perros en casa.

—Está un poco indispuesta —explica papá.

Me agacho para acariciarla.

—Andamos en las mismas, Daisy.

Mamá acompaña a mis abuelos en la cocina, pero papá se queda cerca de mí.

—¿Estás bien? —pregunta.

Me encojo de hombros, sin ganas de hablar de ello. Ojalá la abuela no les hubiera contado a mis padres toda la mierda que sucedió, pero da igual.

Papá me da una palmadita en el hombro.

—Bueno... ya saldrás de todo. Y vas a estar bien.

—Eso espero.

—Lo sé.

Entonces papá va hacia la cocina, y yo me reúno con Leo y Daisy en la sala.

—¿Cómo has estado?

—Bien, bien. ¿Y tú?

Me tumbo en el sofá, a su lado.

—He estado mejor.

—Sí... mamá me contó.

—Ah, ¿sí? —pregunto—. ¿Qué parte horrible?

Leo se ríe.

—La que le hayas contado, supongo.

—No le conté nada. —Suspiro—. Debe haber sido la abuela.

—Oh, mierda. Bueno, no estoy tratando de acusar a la abuela ni nada. Solo quería decirte que lo siento.

—Gracias. —Sonrío en agradecimiento—. Pero tengo que admitir que me lo busqué.

—Sí, bueno. —Leo mira hacia la cocina y baja la voz—. No es que hayamos tenido el mejor modelo a seguir en cuanto a ser sinceros en las redes sociales. Mamá siempre miente en sus publicaciones. Siempre miente, punto.

Me sorprende que Leo diga eso, aunque sea cierto.

—Sí. Pero no es excusa.

Leo se encoge de hombros.

—Cierto. Tal vez estoy molesto porque me había dicho que podía hacer un viaje en Año Nuevo con la familia de Chelsea, y ahora, después de que reservaron todo, ella y papá cambiaron de opinión. —Leo sacude la cabeza—. Me sorprende que no hayas escuchado la discusión desde aquí.

—¿Qué demonios? Eso es horrible.

Leo sacude la cabeza.

—Dímelo a mí. Era demasiado tarde para que la familia de Chelsea cancelara mi sitio, así que ahora me he quedado sin ese dinero. A mamá y papá ni siquiera les importa.

Antes de que pueda formular una respuesta adecuada, el abuelo asoma la cabeza en la sala y nos dice que la cena está lista. Uf. Qué oportuno.

—Lo siento mucho —le digo a Leo.

Él agita una mano.

—No pasa nada.

Pero sí pasa. No está bien lo que hicieron.

Lo que yo hice fue terrible, sí. Pero nuestros problemas familiares, las mentiras, los extraños juegos de poder, el fingir que todo es perfecto... Ya no puedo con eso.

Sigo a Leo hasta el comedor, donde los abuelos han colocado una mesa extra con toda la comida que han preparado. Mientras nos servimos, Daisy está a mi lado, con el hocico clavado en mi mano pidiéndome que le dé un bocado de todo lo que acaba en mi plato. Cuando nadie mira, le doy un poco de jamón.

Comemos y hablamos, aunque no me apetece mucho ninguna de las dos cosas, sobre todo ahora que estoy enfadada con mis padres porque le quitaron el apoyo a Leo en cuanto a sus planes. Debería pasar el Año Nuevo con Chelsea, así que, en señal de protesta silenciosa, me reúno con él en la sala en cuanto terminamos de comer. "Solo tengo que aguantar unas horas más", me digo. Luego podré volver a mostrar mis verdaderos sentimientos de enfado.

Les envío un mensaje de texto a mis amigos, para saber cómo van sus vacaciones, pero levanto la vista cuando oigo a mamá aclararse la garganta.

—Kat, ¿de verdad necesitas tu teléfono en este momento?

Tiene los brazos cruzados mientras dice eso.

—¿Qué quieres decir?

—Creo que sabes lo que quiero decir. Has hecho mucho daño con ese teléfono, ¿no crees?

—Sarah —dice papá, sorprendido.

Me arden las mejillas.

—Solo les estoy enviando un mensaje a mis amigos.

Mamá extiende una mano y me hace un gesto para que le dé el teléfono.

—Dámelo.

Pero solo consigue que me lo lleve al pecho.

—Lo digo en serio —dice.

Papá le toma la mano con suavidad y la dirige hacia su costado.

—Kat ha aprendido la lección. Su arrepentimiento es sincero. Y necesita ese teléfono para estar segura cuando sale.

—Debieron haberle quitado el teléfono en cuanto supieron lo que hizo —Mamá les lanza una mirada mordaz a los abuelos—. Pero ahora es mejor que nunca. —Luego, dirigiéndose a mí, agrega—: Dame el teléfono.

Miro a la abuela, que desvía la mirada.

—Pero...

Mamá se levanta del sofá y se acerca a mí.

—No me hagas quitártelo.

—¡Sarah! —exclama papá.

Mamá está frente a mí ahora e intenta alcanzar el teléfono.

—No quiero discutir contigo.

La miro fijo, con fuerza, sintiendo que todos nos miran.

—Vamos. Dámelo.

De nuevo soy esa niña de Pirate Playscape: indefensa, confundida, desesperada por correr y esconderse. Daisy gime a mi lado. De mala gana le doy el teléfono a mi madre. Ella me sonríe con los labios apretados.

—Ya está. ¿Era tan difícil?

—Bueno, no hay que regodearse —dice el abuelo.

—*Ray* —dice la abuela.

Mamá mete mi teléfono en su bolso, sonriendo.

—Sería una madre terrible si dejara que mi hija mintiera y se saliera con la suya.

Leo suelta una carcajada.

—Eso es interesante.

Todos lo miramos. Mamá estrecha los ojos.

—¿Y eso por qué?

—¿No mientes todo el tiempo en Facebook? —pregunta Leo, provocando un grito ahogado de la abuela—. ¿Y en Instagram? ¿Básicamente en todas partes?

—¿Perdón? —pregunta mamá.

—Oye —dice papá con severidad—. Seamos respetuosos.

—No, quiero escuchar lo que Leo tiene que decir. ¿Miento todo el tiempo? —Mamá se cruza de brazos con suficiencia—. Por favor, ilumíname.

—Bueno, para empezar, lo del viaje de Año Nuevo con Chelsea.

—Otra vez no. —Mamá se frota las sienes—. Tu *actitud* fue la que me hizo cambiar de opinión sobre eso, así que no lo llamaría una mentira.

Leo mira su teléfono y pulsa un par de veces. Aparece una publicación. Una publicación de mamá.

—Sin embargo, publicaste en Facebook que yo era "muy considerado y digno de confianza" y que "merecía" ese viaje... ¡y lo hiciste sonar como si *ustedes* pagaran!

—Primero que nada, ¡*sí* iba a pagarlo antes de que empezaras a contestarme!

—¡No te estaba contestando! —insiste Leo.

Pero mamá no escucha.

—Sí, escribí sobre lo emotivo que ha sido para mí verte crecer, porque de repente hablas de hacer viajes con tu novia, pero no eres tan grande como para que no pueda prohibirte hacerlo.

—Solo hablas de ti, de ti, de ti —digo—. ¿Y Leo?

Mamá me fulmina con la mirada.

—¿Qué pasa con Leo? ¡Fue muy irrespetuoso cuando le pedí que hiciera una pequeña cosa! ¡Por *eso* no va a ir al viaje!

—¡Me pediste que me perdiera el último partido de la temporada, donde juega mi mejor amigo, para que limpiara el patio para que tus amigos pudieran venir! —explica Leo—. ¡Te dije que ayudaría, pero que no podía hacerle eso a Martín!

—¡Cielos, mamá, eso es ridículo! —grito.

—Kat —me regaña la abuela.

—¿Qué? ¡Lo es! —insisto—. Y ni siquiera tendríamos esta discusión si no les hubieras dicho.

Los ojos de la abuela se agrandan.

—¿Qué se supone que debía hacer? Son tus padres —dice con voz queda.

—No, tú y el abuelo son mis padres. ¡Esta gente se fue!

Y así, con esa simple verdad, desaparece el aire de la habitación. Los ojos de mamá se llenan de lágrimas al instante.

—¿Por qué dices eso? ¿Después de que te preparamos una habitación?

—Preparaste esa habitación para quedar bien —dice Leo—. No para Kat.

Mamá se limpia las mejillas, ahora mojadas.

—Pues siento ser tan mala madre, entonces —dice, y sale corriendo de la casa.

Las fosas nasales de papá se agitan, y sacude la cabeza.

—¿Están contentos ahora? —dice, y me mira a los ojos—. Esperaba más.

Aprieto los puños.

—Yo también —suelto—. He esperado más toda mi vida.

Papá no dice nada. Solo corre detrás de mamá.

El abuelo se acerca y acaricia la mano de la abuela. Luego nos mira a mí y a Leo.

—Bien. Vamos a tomarnos un respiro. ¿Por qué no van a dar un paseo?

Asentimos con la cabeza y tomamos nuestros abrigos, deteniéndonos un segundo para ponerle la correa a Daisy y llevarla con nosotros.

Cuando logramos un ritmo constante al caminar, hablo.

—Uf... estuvo fuerte, ¿eh?

—Sí, y se veía venir desde hace mucho tiempo —dice Leo.

—Gracias por sacar la cara por mí.

Leo sonríe.

—Sí, por supuesto. Gracias por cubrirme la espalda también.

Me meto las manos en los bolsillos para entrar en calor.

—Para eso están las hermanas.

—Es raro pensar que, aunque crecimos en casas diferentes, tenemos los mismos problemas con mamá y papá. Las mentiras. El comportamiento raro. Ni siquiera me hagas hablar de la otra mierda.

—¿Qué *otra* mierda? —pregunto.

—Las peleas constantes. El horrendo sarcasmo. Los castigos que nunca son proporcionales con lo que he hecho. —Leo aprieta la correa de Daisy—. ¿Sabías que durante el verano mis amigos y yo fuimos detenidos por la policía, nos registraron el coche de arriba abajo y nos gritaron a plena luz del día, y cuando llegué a casa con una multa por "ruido excesivo", porque habíamos estado escuchando música con las ventanas bajas, mamá dijo que me lo merecía? Actuó como si yo fuera un criminal, después de una de las experiencias más humillantes de mi vida. Me castigaron, me quitaron el teléfono y ella se quejó de que la avergonzara en público. ¡A ella!

Se me revuelve el estómago al oír eso. Ya es bastante aterrador ser moreno y que te pare la policía, para que encima te castiguen.

—Es horrible. No tenía ni idea. Lo siento mucho.

—No pasó nada. Yo solo... la evito siempre que puedo. Evito toda la casa, en realidad.

—¿A papá también?

Leo suspira.

—Por omisión, sobre todo. Está embobado con mamá, siempre inventando excusas para justificarla. Como esta noche. Se puso de su lado enseguida, sin pensarlo dos veces. ¡Ni siquiera nos escuchó! Saltó a decirme que debía ser respetuoso, justo después de que mamá se abalanzó sobre nosotros. —Leo sacude la cabeza—. Siento que no puedo acercarme a él porque está ocupado tratando de hacer feliz a mamá.

Asiento con la cabeza.

—Sí. Eso tiene sentido.

—Pero, de los dos, me siento mucho más cercano a él. Cada vez que estamos solos, la casa se siente... no sé, más ligera. Es extraño. —Leo me mira—. A veces me pregunto cómo sería si mamá no fuera esa fuerza invisible que nos separa.

—Bueno, tiene autonomía —digo—. Podría hacer el esfuerzo. Enfrentarse a ella.

—Pero no lo hará. —Leo se muerde el labio, como si estuviera considerando algo. Escoge sus siguientes palabras con cuidado—. A veces hablamos. Me ha contado sobre su vida antes de venir. Fue dura, parece. No quiere repetir algunos de los errores que cometió su padre. Dice que nunca quiso que sus hijos tuvieran un hogar roto, y... quizás no debería decir esto.

—Dilo —insisto.

Leo se vuelve hacia mí.

—Bien. Bueno... Una noche me dijo que desearía haber presionado más a mamá para que te llevara con ellos.

—Oh —digo.

—Sí.

Admito que nunca pensé que Leo me dijera eso. No sé cómo sentirme. Porque la realidad es que, a pesar de sus deseos, mi padre *no* presionó más.

—Pero es un poco jodido decir eso, y soltármelo a mí —dice Leo—. Es como su forma de lidiar con la culpa, creo, pero no resuelve nada.

—No. No lo hace. Me he pasado la vida imaginándome cómo podría haber sido mi vida, creyendo que era por mi culpa que se habían ido, diciéndome que era yo quien no había sido suficiente. —Trago saliva—. Y, sin embargo, se supone que debo actuar como si eso no hubiera sucedido. Es como si yo fuera un sofá y ellos hubieran tenido que decidir si combinaba con la nueva decoración. No sé.

—Lo siento mucho, Kat. No debí haber dicho nada.

—No. Me alegro de que me lo hayas dicho. Siempre pensé que tal vez papá y yo podríamos tener una relación cercana, si solo... —Interrumpo la frase, porque ni siquiera sé cómo terminarla—. Lo he pasado tan mal viéndolos tan cercanos contigo y sintiéndome lejos, invisible. Tenía tantas ganas de pertenecer. Pero ahora —digo con voz suave— me doy cuenta de que para ti tampoco fue puro sol y arcoíris. Siempre estuve celosa, ¿sabes?

Las cejas de Leo se levantan.

—¿De mí?

—¡Por supuesto! Para mí, tú eras el especial. El elegido. A quien querían. —Me envuelvo en mis brazos—. Me preguntaba cómo se sentiría.

Una bocanada de aire escapa de los labios de Leo mientras me escucha.

—Vaya. Sí, sí, entiendo por qué estarías celosa. —Me mira a hurtadillas—. ¿Quieres saber algo gracioso?

—¿Qué?

—Yo también he pasado una buena cantidad de tiempo sintiendo celos de ti.

—Estás bromeando.

—No. No es que crea que la abuela y el abuelo sean perfectos, pero se acercan. A veces me pregunto cómo es vivir allí, con ellos. Tengo la impresión de que serían unos padres estupendos. Cariñosos de verdad, y abiertos, ¿sabes? —Leo hace una pausa—. Además, te habría tenido a ti también.

Cuando oigo eso, se me llenan los ojos de lágrimas. Nunca me había planteado que Leo pudiera querer una vida donde estuviéramos juntos.

—Me tienes a mí —digo por fin—. Nos tenemos el uno al otro. No tenemos necesidad de vivir juntos para querernos.

Leo se frota la barbilla.

—Es verdad.

—Sí. No necesitamos el permiso de nuestros padres para tener una relación. Tal vez podamos volvernos locos y pelearnos como los demás hermanos.

Leo se ríe.

—Prepárate para que me frustre contigo por acaparar siempre el coche.

Sonrío.

—Bueno, voy a estar muy enojada contigo por ser mucho más genial que yo.

—Eso no lo puedo evitar —dice Leo, riendo—. Sin embargo, me gusta la idea. Hablemos más entre nosotros. Lejos de la mierda.

—Creo que ambos estamos de acuerdo en que ya hemos tenido suficiente de eso.

Ya le hemos dado la vuelta a la manzana, y Daisy empieza a tirar hacia su casa. Y eso significa que ha llegado el momento de que Leo y yo nos separemos. Él se irá a su casa, y yo me iré a la mía.

—Debería llevarla de vuelta —dice Leo, mirando a Daisy.

—Y yo también debería llevarme de vuelta —concuerdo—. ¿Estarás bien? Cuando llegues a casa, quiero decir.

—Estaré bien. Lo prometo.

Asiento con la cabeza.

—De acuerdo, pero envíame un mensaje cuando las cosas se calmen.

Me sonríe.

—Lo haré.

Capítulo cuarenta y dos

Llego con diecisiete años de atraso a esta larga charla con mis abuelos.

Cuando entro a casa los encuentro en la cocina, esperándome. Sin decir nada, el abuelo me entrega el teléfono que me había confiscado mamá, y la abuela me abraza.

—Lo siento —le digo.

La abuela me acaricia el pelo.

—Yo soy quien debería pedirte perdón.

—Vamos a dar una vuelta —sugiere el abuelo—. Tenemos mucho de qué hablar.

Vamos en silencio mientras mi abuelo conduce en la noche, sin destino. Repaso mi conversación con Leo una vez más. ¿Cuántos minutos diarios he pasado deseando vivir con mis padres? ¿Cuántos minutos desperdiciados?

La única familia que necesito siempre ha estado delante de mí.

Mi abuela se aclara la garganta desde el asiento delantero. En la oscuridad del coche, su voz es suave.

—Eran niños cuando tú llegaste. No supimos de tu padre hasta ese momento. Fuimos bastante estrictos con tu madre; no le permitíamos ir a muchos sitios ni hacer casi nada.

—Era nuestra única bebé —dice el abuelo—. La sobreprotegimos.

—Tal vez eso fue lo que la hizo escabullirse... meterse en cosas que ni en un millón de años hubiera querido que supiéramos... mentir. No sé. Solo sé que de repente dejamos de ser padres de una adolescente para pasar a ser padres de dos jóvenes asustados de diecisiete años, uno de ellos casi sin familia, y con la bebé más dulce que jamás habíamos visto.

—Tu padre era un buen chico —continúa mi abuelo—. Quería demostrarnos que iba a quedarse y hacer lo correcto por ti y por tu madre. Pero eran muy jóvenes. No tenían ni idea de lo que les esperaba. Aún eran niños.

—Nuestra presencia ayudó, pero... —mi abuela suspira— tu madre y yo peleábamos mucho. Mucho, mucho. A veces era feo. Estaba muy enfadada con ella. Había imaginado un futuro para ella que incluía la universidad, un buen trabajo y estabilidad, y sentía que lo había perdido todo. Cargaba con tanto dolor y rabia... pero luego te miraba a ti, mi dulce pollito, y mi corazón florecía. Trajiste mucha alegría a nuestra casa.

—Mucha alegría —dice el abuelo—. ¿Recuerdas lo mucho que se reía cada vez que uno de nosotros decía la palabra *sandía?*

—Dios, esa risa tan dulce. Era música.

—¿Y qué pasó entonces? —pregunto.

—Pues volvieron a quedar embarazados —dice el abuelo—. Fue... una sorpresa. Para todo el mundo, creo.

—No había suficiente espacio en la casa para nosotros, ellos, dos bebés y la ira de todos. —Mientras la abuela dice eso, el abuelo sale de la carretera y se estaciona en un terreno abandonado—. Entonces no se hablaba tanto de terapia, pero creo que la necesitábamos. Para procesar lo que pasó. Tu madre, sobre todo.

El abuelo se aclara la garganta.

—Te querían. Pero apenas tenían dieciocho años. Querían independencia y no estaban seguros de poder tenerla con dos bebés.

—Así que te quedaste —dice mi abuela.

—Y nosotros te quisimos —dice mi abuelo—. No nos arrepentimos ni un ápice.

La abuela sacude la cabeza.

—A veces me siento culpable por haber aceptado. Pero no me arrepiento de haberte criado. Nunca. —Suspira—. Ahora, ¿qué preguntas quieres hacernos? Cualquier cosa que quieras saber sobre esa época, o sobre tus padres cuando eran jóvenes... solo tienes que preguntar.

—No pregunto nada. Pero quisiera hacer un millón de preguntas —digo—. ¿Podemos... podemos avanzar un rato?

—Por supuesto, Kat —dice el abuelo, y pone la intermitente para volver a la carretera—. ¿Todavía te gusta mirar las estrellas?

—Sí.

El abuelo asiente con la cabeza.

—Bien. Vamos a verlas.

Imaginaba que al saber cómo empezó todo mi vida se arreglaría de forma mágica. Como si el "por qué" pudiera planchar una vida arrugada, alisarla de un golpe.

Pero no es así, eso ni siquiera se acerca a la verdad.

Estas son mis verdades.

Crecí en un hogar cálido y cariñoso, criada por dos personas fuertes y de buen corazón que siempre me apoyaron. Quizás esa versión de mis abuelos no sea la misma que mi madre conoció, pero no importa.

Mis padres me querían. Pero eligieron dejarme. No quiero justificarlos por eso. Eligieron a Leo por encima de mí, y siempre será así. Pero no creo que los necesite como antes. Mis *verdaderos* padres están conmigo en el coche.

Sobre todo, lo que ocurrió hace diecisiete años no fue culpa mía. Aunque a veces hubiera sentido como si lo fuera.

Llegamos a un valle cubierto de hierba y nos bajamos. En la fría oscuridad de la noche, de pie, hombro con hombro, con solo las estrellas escuchándonos, la abuela, el abuelo y yo acordamos asistir a terapia familiar. Solo para sacarlo todo a la luz. Creemos que es lo mejor y lo más sano.

Capítulo cuarenta y tres

El día después de Navidad me encuentro con Hari, Luis y Marcus. Intercambiamos nuestros regalos en casa de Luis, y comemos el arroz con dulce que hace su titi Rosa. Es agradable.

Pero cuando llego a casa, una maraña de disculpas se asienta en mi pecho y tengo que desenredarlas. El remordimiento, la culpa, el enojo... nada de eso arregla lo que he hecho.

Tengo que hacer el esfuerzo. Pruebo suerte y llamo a Becca.

Para mi sorpresa, el teléfono suena. Contengo la respiración, esperando.

—¿Lista para explicar lo que hiciste? —la voz de Becca es fría.

—Solo si tú quieres —digo—. También puedo arrastrarme a un agujero y morir, si lo prefieres.

—Es tentador —dice—. Solo te he desbloqueado porque revisé y he visto que la cuenta ha desaparecido.

—Y se quedará desaparecida. Lo prometo.

—Estoy súper enojada contigo, Kat.

—Tienes todo el derecho.

—Pero también estoy muy confundida. Me merezco algunas respuestas.

—Te las mereces —le digo—. Te contaré todo lo que quieras saber.

Becca se queda callada.

—Bien. Hay que vernos —dice por fin.

Escogemos un parque y me dice que lleve mi laptop y cualquier otro dispositivo donde haya guardado sus fotos. Acepto sin pensarlo.

Llego primero. Pasa tanto tiempo antes de que Becca aparezca, que empiezo a pensar que nunca lo hará. Pero llega por fin.

Becca camina hacia la mesa de picnic donde la espero y se sienta frente a mí.

—¿Y bien?

—Lo siento mucho, mucho, mucho, Becca. No sé en qué estaba pensando.

—No estabas pensando —me dice.

—Tienes razón. No estaba pensando. Pero eso presenta las cosas como si no hubiera tenido control sobre lo que hice, y eso no es cierto.

—Pero ¿por qué lo hiciste? —Becca sacude la cabeza—. Traicionaste mi confianza.

—Lo sé. ¡Lo sé! La verdad es que no tengo una buena razón o excusa. Estaba luchando con algunos sentimientos oscuros, como sentirme invisible, sentirme no amada, sentirme rechazada, sentirme no reconocida... y los manejé de la peor manera. No importa. Estuvo mal.

—Entonces, ¿cuándo? —pregunta—. ¿Cuánto tiempo llevabas con la cuenta?

Inclino la cabeza.

—Desde Halloween.

—Mierda. ¿Después del día tan lindo que pasamos juntas?

Asiento, dócil, con la cabeza.

—Lo sé. Es muy torcido.

—¡Más que torcido! —dice, asqueada—. ¡Te estaba haciendo un favor posando para ti, y lo usaste en mi contra! *Sabías* que las redes sociales me habían hecho mucho daño. *Sabías* que destruyeron mi salud mental. Y *aun así* me hiciste eso. Dios, Kat. No tienes corazón.

Se me quiebra la voz al responder, pero no quiero llorar. No quiero que se compadezca de mí.

—Lo sé. Lo siento mucho.

—¿Puedes, solo por un segundo, imaginar lo horrorizada que estaba? Cuando Cora me envió esa foto de Cash conmigo, en un perfil que no reconocí, lleno de fotos de mi maldita cara... casi me parto por la mitad. Pensé que era una broma cruel del terrible grupo de gente que me alejó de Beautube. No algo perpetrado por alguien que conocía. —Becca moquea—. Alguien que creía que era mi amiga.

Se me hace difícil contener las lágrimas.

—No tengo ninguna excusa. Solo lo siento mucho. Y sé que eso no es suficiente.

Saco mi teléfono y le enseño las fotos que tengo guardadas.

—Borré todas tus fotos. Las saqué de mi portafolio fotográfico. Meto la mano en el bolso y saco la laptop para cargar la página.

—¿Ves? Borré todo. No hay nada en iCloud, vacié mi papelera de reciclaje, limpié mi tarjeta SD. Te juro que no tengo nada. Excepto esto. —Le muestro una memoria USB—. Estas son tus fotos. No son mías. Ah, también... —con la mano libre, busco en el bolsillo de mi chaqueta y saco un trozo de papel— estos son mis datos de usuario. Puedes revisar todo: mi correo electrónico, la nube, Google Drive, Dropbox, Instagram, Snapchat. La cuenta de... —la miro, sin querer decir el nombre— ya sabes.

—Sí, ya entendí —dice Becca, tomando el papel y el USB.

—Bueno, desapareció todo. Y borré tu número de mi teléfono, además de nuestra cadena de mensajes y mi Google Maps, así que ya no tengo ni idea de cómo llegar a tu casa —explico—. Creo que es todo. Por supuesto, no te molestaré más. Pero si puedo hacer algo para compensar lo que hice, sin duda lo haré. Me ofrecería a trabajar tus turnos por ti y darte el dinero, pero no creo que me permitan volver a poner un pie en el albergue. Y con razón.

Becca se cruza de brazos.

—No me arrepiento de haber hecho que te despidieran.

—No deberías.

—Pero los perros te echarán de menos.

—Yo también los echaré de menos.

Becca se levanta de la mesa y se mete las manos en los bolsillos.

—Odio todo lo que hiciste.

—Yo también —digo—. Siento haberlo arruinado todo.

—Pues sí deberías sentirlo. —Becca me mira con los ojos entrecerrados—. Ya me voy, pero quiero decirte algo más. Imani me dijo que Cash había encontrado un hogar.

Mis ojos se abren de par en par.

—¿De verdad?

Becca asiente.

—No puedo decir con seguridad cómo se enteraron de él. Tal vez fue gracias a Max. —Becca se echa el bolso al hombro—. Da igual.

—Gracias por reunirte conmigo —digo—. No me lo merecía.

—No, no te lo merecías —asiente Becca—. Pero yo sí. Adiós, Kat.

—Adiós, Becca.

Observo cómo se aleja la chica cuyo rostro me había llegado a resultar tan familiar como el mío. Es difícil pensar que no la volveré a ver.

Estoy avergonzada de cómo han acabado las cosas, y más arrepentida aún después de que Becca tuvo la amabilidad de aceptar reunirse conmigo... diablos, de no presentar cargos en mi contra. Su generosidad me ha enseñado mucho acerca de quién quiero ser en el futuro.

Tengo un largo camino por recorrer.

Capítulo cuarenta y cuatro

Llega la noche del Baile de Invierno de Una Pata para Todos y me duele no estar allí, pero sigo el evento por Instagram Live, y supongo que ahora Becca está a cargo de la cuenta. El lugar elegido por Imani es impresionante: elegante, pero no muy caro, y también apropiado para un evento de recaudación de fondos y adopción de perros adorables.

Todos los perros que están en adopción van vestidos elegantemente, con un esmoquin o un vestido, y guían a los asistentes a sus mesas (aunque en el video puedo ver que cuentan con la ayuda de un voluntario). Es perfecto.

Pasado un rato, guardo mi teléfono. Con lo bien que ha salido todo, y sabiendo que las entradas para el evento eran tan codiciadas que incluso había una lista de espera, estoy segura de que Una Pata para Todos cumplirá su objetivo de colocar a todos los perros del refugio. Es lo que Imani se merece, es lo que Becca se merece y es lo que todos los animales se merecen.

Pienso en Cash. Me arrepiento de que mis horribles acciones ocasionaran que no pudiera despedirme de él. No tenía ni idea de lo mucho que había llegado a significar para mí.

Pero lo que más me importa es que ha encontrado una familia que lo querrá mucho.

En cuanto a mi familia, hacemos lo mejor que podemos. Las cenas de los jueves han quedado en suspenso, quizás canceladas para siempre, no sé, pero ahora tengo a Leo. Y la terapia con mis abuelos. Así que, aunque el progreso es lento, aunque siempre hay una pequeña parte de mí que duda, es un comienzo.

Sin embargo, hay una pieza de color pastel en este rompecabezas en la cual no dejo de pensar.

No puedo culpar a Elena por haberme congelado. La engañé. No se puede construir una relación cuando las cosas empiezan así.

Aunque haya soñado con fogatas y desayunos, con viajes por carretera y con ir de la mano, con mirar las estrellas y reír, con comodidad y estabilidad, a veces los sueños se rompen. Lo único que puedes hacer es recoger los pedazos e intentarlo de nuevo.

* * *

—¡Kat! —escucho la voz del abuelo.

Me levanto de la cama y asomo la cabeza por la puerta.

—¿Sí?

—Tu abuela necesita ayuda con la compra. ¿Puedes correr a la entrada?

Hace un gesto hacia el lavavajillas que está vaciando.

—Saldré en un minuto —dice.

—¡Voy!

Meto rápido los pies en los mocasines grandes de mi abuelo, me pongo una sudadera con capucha y salgo arrastrando los pies hacia el coche, que se mueve un poco hacia los lados, como si alguien estuviera saltando o moviéndose dentro. Me acerco con precaución.

La abuela abre la puerta del conductor y le lanzo una mirada confusa.

—¿Por qué está... rebotando el coche?

—Eh, yo no lo veo rebotar —dice, caminando hacia el maletero—. Tal vez estás imaginando cosas. Las bolsas están aquí atrás.

Me encojo de hombros y voy hacia la parte trasera del coche. La abuela mete la llave en el maletero y la gira. La puerta se levanta. Espero encontrar las conocidas bolsas reutilizables repletas de comida.

Pero aparece un perro de ojos verdes con tres patas.

—¡*Cash!* —grito.

Cash salta del coche y se abalanza sobre mí, haciéndome caer sobre el pasto. Me lame la cara una y otra vez, cubriéndome de saliva.

—¡Cashy! ¡Dios mío, te he echado de menos!

Le froto la barriga y le rasco las orejas y lo beso, su mitad inferior moviéndose de un lado al otro de emoción.

Miro a mi abuela, a cuyo lado está ahora mi abuelo.

—¿Organizaron que pudiera pasar el día de hoy con Cash antes de que se vaya a su nueva casa? ¡Es increíble!

—Sabemos que las últimas semanas han sido muy duras para ti —dice la abuela—. Así que queríamos hacer algo bonito por ti.

—¡Esto es lo *más bonito*! —Me vuelvo hacia Cash—. ¿Verdad, Cashy?

Cash mueve la cola y me lame de nuevo.

—Seremos muy buenos, lo prometo. ¿Saben a qué hora hay que llevarlo de vuelta?

—Pasará la noche con nosotros —dice la abuela.

—Y será la primera de muchas, digamos.

El abuelo está radiante.

Me vuelvo hacia ambos, y entonces lo entiendo.

—Esperen...

—Feliz Navidad, Kat —dice mi abuelo, acercándose a nosotros y rascando la espalda de Cash—. Y bienvenido a casa, Cash.

—Pero... Cash es un perro *grande* —digo, mirando a la abuela—. ¡Y tú les tienes miedo!

Ella se limita a sonreír.

—Tu abuelo y yo llevamos tiempo hablando de esto. Incluso les pedí a tus padres que trajeran a Daisy en Navidad para hacer una prueba. Y salió bien.

—*Esa* parte salió bien —bromea el abuelo.

—Calla —dice la abuela—. Sabemos que tenías muchas ganas de tener un perro. A este, en particular.

—¡No puedo pensar en un mejor miembro nuevo de nuestra familia!

El abuelo se tira al suelo con Cash, que ladra emocionado.

No puedo evitarlo; me pongo a llorar.

—¡Oh, Kat! —exclama la abuela mientras va a mi lado y me ayuda a ponerme de pie.

La envuelvo en un fuerte abrazo.

—Gracias —digo, moqueando—. Gracias a los dos.

La abuela me frota la espalda en círculos tranquilizadores, y el abuelo se acerca y nos da un gran abrazo de oso.

—Estoy emocionado por tener otro hombre en casa —bromea.

Cash corre hacia nosotros y salta sobre mi espalda, uniéndose al abrazo grupal.

—¿Ven? ¡Ya los quiere! No se van a arrepentir. Lo *juro*.

—Sabemos que no, Kat. Nunca nos hemos arrepentido de una decisión que hayamos tomado —dice mi abuelo.

Mi corazón se aprieta. Todo es tan lindo y perfecto que casi es demasiado para mí.

—¡Oh! Y una cosa más —agrega.

Va hasta el coche y saca una caja conocida. Sé lo que es porque ayudé a prepararla: es el paquete de cuidados que Una Pata para Todos envía a casa con cada perro adoptado.

Entramos y me acomodo en el suelo con Cash, sacando el contenido de la caja: un collar, un arnés y una correa; un juguete; bolsas sanitarias, y un cepillo y una pasta de dientes para perros.

Sonrío cuando veo una nota en el fondo escrita con una letra que conozco.

Me alegro por ti y por tu mejor amigo peludo. ¡Cuídate mucho! —Jin

—Qué bonito —dice la abuela.

—Pero necesitarás más que lo que viene en la caja, ¿no? —el abuelo se rasca la barbilla, evaluando a Cash—. ¿Qué tal un bonito suéter para nuestro nuevo amigo?

—Es como si me leyeras la mente.

Saco mi teléfono y empiezo a hacer una lista de cosas que quiero comprar cuanto antes, para que Cash se sienta cómodo.

El abuelo no para de hacer sugerencias para nuestra lista, y empiezo a pensar que está tan ilusionado como yo con nuestra nueva adquisición.

* * *

Yo: **Adivinen quién ha encontrado un nuevo hogar.**
   Hari: **MIERDA.**
   Hari: **¿¡¿Adoptaste a Cash después de todo?!?**
   Yo: **¡¡¡¡¡Mis abuelos me dieron la sorpresa!!!!!**
   Yo: ☺
   Yo: **MUERO por él.**
   Marcus: **¡Oye! ¡Paso mañana a PRIMERA HORA para recibir una merecida terapia canina!**
   Marcus: **Estoy bien, solo que siempre busco una excusa para acariciar perros, ¿sabes?**
   Luis: **Por favor, dime que no lo dejarás dormir en tu cama.**
   Yo: **Lo dejaré, sin duda.**
   Luis: **Asquerosa como siempre, Sánchez.**
   Luis: **Me alegra saber que algunas cosas nunca cambian.**

Capítulo cuarenta y cinco

Cash y yo estamos acurrucados en la sala de estar, porque me he adueñado de la televisión. Hace mucho frío y se pronostica nieve. Es una posibilidad remota, pero igual me emociona.

El ambiente acogedor está reforzado por la decoración navideña, que no guardamos sino hasta después de Año Nuevo. El árbol resplandeciente, la guirnalda de luces blancas sobre la chimenea y el pequeño cactus con gorro de Papá Noel sobre una mesa auxiliar.

Cash lleva incluso un suéter de punto que el abuelo y yo elegimos, porque él también podría pasar frío, ¿sí?

El suave subir y bajar de su pecho me tranquiliza, y uso su cuerpo como calefactor, metiendo los pies bajo su vientre. No se aleja a pesar de que mis pies están helados.

Los abuelos han salido, cosa muy poco frecuente, así que Cash y yo estamos esperando la visita de Luis, Marcus y Hari. Una vez concluida la temporada de solicitud de ingreso a la universidad, y con la aprobación de los abuelos para tomarme un año para trabajar y averiguar lo que quiero hacer en la vida, decidimos reunirnos y relajarnos.

Pronto llaman a la puerta. Cash se levanta de un salto y corre hacia la entrada. Luego se sienta, como le he enseñado. De camino a la puerta, tomo una galleta para él y se la lanzo. Cash la coge con facilidad.

—Buen chico —le digo con cariño—. Siéntate.

Abro la puerta y sonrío al ver a mis amigos.

—¡Hola! —dice Hari con alegría.

—¿Nos vas a invitar a entrar o qué? —dice Marcus, y se sopla las manos con dramatismo—. Hace frío aquí afuera.

Me hago a un lado para dejarlos pasar.

—Pasen.

Entran y cierro la puerta.

—Miren esto —digo y me vuelvo hacia Cash—. ¡Cash, haz una reverencia!

Con mis manos, hago el gesto que le he enseñado. Cash inclina el pecho hacia el suelo, levantando la cola.

—¡Ayyy, eso es impresionante! —dice Hari—. No tanto como tu baile, pero es genial.

—No está nada mal. ¿Eh, Cash? —dice Marcus, y se inclina para saludarlo.

Luis se encoge de hombros.

—Está bien —dice.

Pongo los ojos en blanco.

—Lo que sea, hombre. Pasen.

Me siguen a la sala, y Luis se quita los zapatos.

—Siéntete como en casa, supongo.

—Con gusto lo haré, Sánchez.

—¿Puedo ofrecerles algo? —pregunto. Cuando Luis va a abrir la boca, lo interrumpo—: A ti no.

Luis sacude la cabeza.

—Qué simpática.

—Lo sé. ¿A todos les gusta el chocolate caliente? —pregunto.

La cara de Marcus se ilumina.

—¡Hace mucho que no tomo chocolate caliente!

—Me tomaré el mío con malvaviscos extra, por favor —dice Luis.

—¿Hari? —pregunto.

—Te ayudo —se ofrece.

Sonrío. Nos dirigimos a la cocina, y Cash nos sigue. Hari saca las tazas mientras yo reúno los ingredientes, tomo una olla grande y empiezo a calentar leche en el fuego.

—¿Cómo estás?

—Estoy bien —digo, sacando el chocolate del envoltorio y partiéndolo en trozos pequeños—. Estoy dándole menos importancia a las redes sociales y solo intento ser una persona más buena y honesta. Las cosas están mejorando poco a poco. Sobre todo porque tengo a Cash. —Echo una mirada furtiva hacia la sala, donde Marcus y Luis discuten sobre quién se sienta en el sillón del abuelo—. Y a ustedes.

Hari mira hacia la sala y se ríe.

—¿Estás segura de eso?

—Ellos son quienes son. No puedo cambiarlo. —Agrego un poco de chocolate a la leche caliente. Empieza a derretirse—. Oye, quería preguntarte: ¿cómo está Iris?

Hari mira al suelo con timidez.

—Oh, Dios mío. Te gusta muuucho.

Se frota la nuca con la mano.

—*Puesss*, sí.

—Oh, Hari. Me alegro por ti —le digo, en serio—. ¿Podemos salir pronto? ¿Solo tú y yo? Sé que he estado un poco ausente debido a Cash y todo eso, pero de verdad quiero escucharlo todo.

Hari sonríe.

—Me encantaría.

—A mí también —digo, revolviendo despacio la mezcla.

Cuando queda bien combinada, apago la hornilla.

—Creo que ya quedó —digo.

Hari me tiende una de las tazas. Sirvo el chocolate.

—Oye... ¿has sabido algo de ella? —me pregunta.

—No. Y no creo que llegue a saber algo.

—Maldita sea. Lo siento mucho.

—Sí —digo mientras raspo el cuenco, para que lo último del chocolate caliente caiga en la cuarta taza—. Es una mierda.

Hari saca un mini malvavisco de la bolsa y me lo ofrece.

—¿Premio de consolación?

Me lo meto en la boca y sonrío.

—Gracias.

Volvemos a la sala con las bebidas calientes. Marcus está sentado en el sillón del abuelo, es obvio que fue el ganador.

Hari saca la bolsa de malvaviscos y esparce unos cuantos en las tazas. Cuando llega a la de Luis, deja caer un gran puñado. Algunos caen en el regazo de Luis.

—¡Mira, estás haciendo un desastre!

Hari se encoge de hombros.

—¡Pediste malvaviscos extra!

—Es cierto —dice Marcus.

Luis resopla, pero se lleva a la boca algunos de los malvaviscos que cayeron.

—Bueno. Entonces, ¿qué vamos a ver hoy?

—Me alegra que preguntes.

Busco con el control remoto.

—¿Estás jodiendo? —pregunta Marcus.

—No.

En pantalla aparece el título: *A todos los chicos de los que me enamoré*.

—¿Saben?... Ya la vi con Xio y la verdad es que está bastante buena —admite Luis.

Marcus gira la cabeza hacia él.

—¡¿Qué?!

—Siéntate, relájate y dale una oportunidad —digo—. Si la odias después de veinte minutos, la quitamos.

—Pues *yo* estoy emocionado —agrega Hari.

La película comienza y me lleva de vuelta a la primera noche que la vi. No es que haya estado *añorando* a Elena al elegir la película. Pero, sí, quizás sea un poco eso. Me traslada a cuando las cosas se sentían *tan bien*. Si quiero revivir eso solo por una noche, no pasa nada. Sobre todo, porque puedo verla con mi nuevo y perfecto cachorro, y mis tres increíbles y odiosos mejores amigos.

Pasamos una noche tan buena como fue posible, dada la situación, pero cuando se van me meto en la cama, adormecida y triste.

¿Por qué no puede arreglarse todo por sí solo como sucede en las películas?

Estoy pensando en Lara Jean y Peter, y en *cómo* lograron hacer que funcionara. Las cartas de amor parece que ayudaron.

Me siento en la cama.

Una carta de amor. Necesito escribirle a Elena una carta de amor.

Estaba tan conmovida por el poder de una carta de amor, por el hecho de que no hay nada instantáneo en ellas, por el acto de escribir, tan vulnerable y lleno de paciencia, y por la voluntad de mostrar tus sentimientos.

Para ser justos, es una posibilidad remota. La más remota de las posibilidades.

Pero tengo que intentarlo.

Saco mi laptop y empiezo a escribir un borrador. Hago una carpeta con algunas fotos. Escribo. Reescribo. Cash me mira con un ojo, es mi compañero súper dormilón que me anima y a la vez se pregunta por qué no me voy a dormir y ya.

—Lo sé, amigo —le susurro—. Pero, si esto funciona, te prometo que valdrá la pena.

Cash mueve la cola lentamente.

Cuando siento que terminé el texto, busco entre mis viejos materiales de manualidades el papel adecuado, el bolígrafo que quiero, un sobre y algunas fotos impresas. Cuando termino, ya es medianoche. Pero lo tengo. Cuando me despierte puedo añadir un sello y cerrar el sobre con esperanza.

Solo espero que no sea demasiado tarde.

Capítulo cuarenta y seis

Espero, y espero, y espero.

Las cartas de amor requieren de paciencia, después de todo.

Sin embargo, cuanto más tiempo pasa, menos segura estoy de merecer otra oportunidad con Elena.

Pero recuerdo nuestras conversaciones nocturnas, las llamadas telefónicas que nos acercaron, los secretos que compartimos, el picnic y la sala de escape, la manta junto a la fogata, los besos bajo la luna.

Así que, espero, y espero, y espero.

Días después, llega una carta. Veo mi letra garabateada en el sobre. El sobre antes limpio, sellado con esperanza, llega estropeado. En letras grandes tiene estampadas las palabras DEVOLVER AL REMITENTE.

Por fin entiendo. No debí haberlo intentado. No volveré a ser la persona que trata de traspasar los límites.

Capítulo cuarenta y siete

Hace un frío de mil demonios, pero los paseos de Cash no pueden esperar. Ni siquiera en Nochevieja.

Me pongo el abrigo y lo abrigo a él también, con botas para perro y todo. Nos tomamos tiempo dando vueltas por el barrio, en una ruta que ya le resulta familiar.

Al doblar la esquina para volver a casa, veo a lo lejos a papá paseando a Shark, Pepito, Archie y Daisy. Se detiene en seco al verme. No hemos hablado desde Navidad.

Una parte de mí quiere tomar a Cash y correr hacia el otro lado. Pero la otra parte, la que ve su débil saludo, la que todavía... no sé... tiene esperanzas... imagina algún tipo de conexión, algún tipo de *algo*.

Papá decide por mí al acercarse con los perros. Le digo a Cash que se detenga a mi lado, y él obedece.

Me agacho a saludar primero a los perros de papá y, cuando me levanto, me encuentro con su mirada.

—Hola —digo con voz baja.

—Hola, Kat. Me alegra verte.

Entrecierro los ojos para mirarlo.

—¿Sí? No he sabido nada de ti desde Navidad.

Sus ojos se posan en el pavimento.

—Lo sé. Lo siento.

Como no digo nada, papá continúa.

—Y también siento... lo que dije, y haberme puesto del lado de tu madre sin pensarlo dos veces. Siento, no sé, no haberles dado a ti o a Leo la oportunidad de hablar... Lo siento... —Papá se lleva la mano a la nuca y se rasca—. Tengo que pedirte perdón por muchas cosas, en realidad.

—Sí.

—He estado pensando mucho. Sobre todo, siento que nos hemos perdido mucho contigo, ¿sabes?

—Sí —digo—. Apenas me conocen.

Papá asiente.

—Lo sé. Me mata. Ya casi eres adulta. Pronto te irás hacia el futuro que te espera. —Sus ojos brillan, su voz vacila—. No está bien la forma en que sucedió todo, en que te hemos tratado. Pero, si estás dispuesta, me gustaría trabajar en eso. Lo he estado haciendo con Leo.

—Sí, lo sé. Hablamos.

—Bien, bien. Bien. Eso es bueno. Me alegra que sean más cercanos —dice papá—. Y en verdad me gustaría que nosotros también tuviéramos una mejor relación. Algún día. Si tú también quieres eso.

Me ciño más el abrigo.

—Tendríamos que empezar de cero.

—Sí.

—Habría que esforzarse mucho.

—Lo sé. Pero es el trabajo más importante que puedo imaginar —dice papá—. Haré casi todo el trabajo pesado.

—¿Y mamá?

—Tu madre... Ella, bueno. —Papá sacude la cabeza—. Ella tiene sus propias cosas en qué trabajar. Y esa es su elección. Pero me gustaría intentar mejorar las cosas contigo. Te he fallado, Kat. Y siento que tengo toda una vida de disculpas que pedirte, si me dejas. Yo solo... quiero conocerte más allá de cuál es tu color favorito. —Suspira—. No necesito una respuesta ahora. Pero espero que lo consideres.

—Lo pensaré —digo, cruzando los brazos.

Papá asiente con la cabeza.

—Gracias —dice. Luego hace un gesto hacia los perros, que se están poniendo inquietos—. Voy a llevar a estos chicos a casa. Te quiero, Kat. Siempre has sido mi parte favorita de los jueves.

No digo nada. Papá se vuelve para irse.

—¡Papá! —lo llamo.

Él se gira.

—¿Cuál es mi color favorito?

Sonríe.

—Antes era morado. Pero ahora es gris. Como la luna.

Sonrío.

—Sí. Como la luna.

—Feliz Año Nuevo, Kat.

—Feliz Año Nuevo, papá.

Capítulo cuarenta y ocho

—¿*He mencionado* lo muy *tonto* que es todo esto? —protesta Luis—. Porque es una tontería. Una tontería estúpida. La gente escribe sonetos sobre lo tonto que es esto.

Hari lo mira.

—¿Sabes lo que es un soneto?

—Hombre, no necesito eso ahora. Llevamos una eternidad conduciendo y *me muero de hambre*.

—¡Siempre tienes hambre! —señala Marcus—. De verdad creo que necesitas ir al doctor a que te revise eso o algo.

—En serio, Luis. ¿Estás bien? ¿De verdad recibes todos los nutrientes que necesitas? —pregunto—. Porque le he estado dando a Cash algunos suplementos para perros, y tal vez podrían funcionar contigo también.

Luis se mete las manos en los bolsillos y se aleja sin ayudarnos a descargar el coche. Cash va tras él.

—Oye, espera, yo también me voy a ir y así no tengo que ayudar en nada —bromea Hari.

—¿Verdad? —dice su novia, Iris, con una sonrisa juguetona.

Es una chica muy guapa, de ojos amables, pelo lacio y oscuro que le cae en cascada por la espalda, y unas respuestas de una sola oración que nos superan a todos. Hari casi que la mira con ojos con forma de corazón siempre que está cerca, y eso es lo mejor del universo.

—Creo que lo hace a propósito —agrega.

Mientras examino todas las bolsas que he metido en el todoterreno de mi abuela (el equipo fotográfico, el equipo de acampar, una bolsa para Cash donde quizás haya empacado demasiadas cosas) me pregunto si tal vez Luis tiene razón. ¿Esto es estúpido?

No es como que ya haya acampado antes en el Parque Nacional Joshua Tree. Y no somos gente que se va de campamento.

Por otra parte, no creía que fuéramos gente que hace fiestas de Halloween, o amigos que hablan sobre sus sentimientos, y mira.

Como si notara mis dudas, Xiomara me sonríe, dándome un apretón en el brazo.

—¡Va a ser muy divertido!

Le devuelvo la sonrisa.

—¡Eso espero!

Xiomara se aleja en busca de Luis.

El sol se está poniendo y hay un ligero frío en el aire apenas primaveral de marzo, pero no es tan malo. Y, aunque lo fuera, no lo admitiría.

Vamos a hacerlo; *por fin* vamos a ver las estrellas al aire libre. No he estado investigando durante meses para nada.

—Oye, pásame la tienda y empezaré a armarla —dice Marcus.

—Junto a las rocas debería estar bien.

Saco la tienda de campaña del coche y se la doy.

—Está pesada —protesto.

—Yo me encargo.

Marcus lleva la tienda sin dificultad hasta una formación rocosa cercana.

—¿Qué tal aquí? —pregunta.

Iris asiente.

—Debe funcionar —dice—. Investigué un poco antes de venir, y leí que las rocas nos protegen del viento, y proyectan sombra sobre nuestro campamento cuando hay calor.

Le sonrío, impresionada. Hari mira a Iris con asombro.

—Mi chica es la más inteligente del mundo.

—Pueden dejar de hacerse ojitos y ayudarme —les dice Marcus. Luego me mira—. ¿Cómo terminamos siendo los únicos solteros aquí?

—Habla por ti —digo—. Traje a Cash.

Hari hace una mueca.

—Parece que eres el único que dormirá solo esta noche —se burla.

Marcus sacude la cabeza.

—Ayyy. Qué frío.

—Puedo compartir a Cash contigo —le digo—. Y el sitio de acampada solo tiene capacidad para seis personas, de todos modos.

Hari me da un codazo y señala a la distancia.

—Mira.

Veo a Luis llevarse un Taki a la boca, darle otro a Xio y compartir uno con Cash.

Pongo los ojos en blanco.

—Y decía que no le gustaban los perros.

Mientras Marcus, Hari y yo armamos la tienda, Iris enciende el fuego. Cuando terminamos, Xio y Luis se reúnen con nosotros.

—Te vi compartiendo tu comida con Cash —digo—. Admítelo: ya lo quieres.

—Nunca admitiré tal cosa —responde Luis.

Pero le saco la lengua, sabiendo que he ganado.

—Luis, ¿por qué no haces algo útil y preparas la cena? —pregunta Hari.

—Sí, Luis. Sirve para algo —se burla Marcus.

—Por suerte para ustedes, he estado practicando mis habilidades. Durante las vacaciones de invierno, titi Rosa me enseñó todo lo que sabe. —Luis hincha el pecho—. Preparen sus papilas gustativas.

Puede que ella le haya enseñado todo lo que sabe, pero está claro que Luis no ha retenido mucho: quema las hamburguesas. Pero nos las comemos de todos modos.

Mientras Marcus y Hari se encargan de la limpieza, Iris y Xio preparan los sacos de dormir y Cash juega a atrapar con Luis, su nuevo amigo de los Takis, aprovecho para escabullirme y preparar mi cámara.

Me dirijo a una formación de rocas en arco. Espero poder captar la Vía Láctea detrás de ella. Tengo una foto muy específica en mente, una que muestre algunas de mis cosas favoritas, y espero que salga bien.

He decidido tomarme un año sabático, intentar trabajar independientemente y luego solicitar admisión en la Universidad Estatal de California en Bakersfield, casi seguro que como estudiante de arte. Así que necesito un buen trabajo para el viejo portafolio fotográfico.

La luna es solo un borde, y eso es bueno para las fotos, pero no tan bueno para orientarme en los alrededores. Usando la linterna de mi teléfono, preparo el trípode y hago algunas fotos de prueba. Entonces no puedo evitarlo; miro al cielo. Si antes pensaba que era claro y hermoso, aquí afuera es otro nivel.

Alguien me golpea. Con fuerza. Casi me caigo, pero una mano me sostiene.

Frunzo el ceño, dispuesta a gritarle a quien supongo que es Luis, metiéndose conmigo, pero veo a una chica menuda con rizos que caen en cascada. Su pelo refleja la luz de la luna, como si ella misma estuviera hecha del espacio exterior.

—¡Perdón! —dice—. No estaba mirando a dónde iba. Es culpa del cielo. Es jodidamente hermoso.

Me río.

—Lo es. No te preocupes. Yo también me distraigo con las estrellas.

La chica vuelve a levantar la vista. Toma aire.

—Es tan bonito que casi me hace desmayar —dice.

Luego vuelve a mirarme.

—Soy Deja, por cierto.

—Kat —digo—. Estoy allí con mis amigos.

Señalo detrás de mí.

—Yo también estoy con amigos. Allá.

Señala en dirección opuesta y me sonríe, cálida. Yo también sonrío.

—¡Ahí estás!

La voz de Hari resuena en el desierto.

—Has desaparecido. ¿Todavía quieres tomar esa foto? —dice.

La chica se despide agitando la mano.

—Nos vemos —dice.

Le devuelvo el saludo antes de dirigirme a Hari.

—Sí. Sí —digo—. Hagámoslo.

Xiomara se acerca a mi cámara.

—Entonces, está todo preparado, ¿verdad?

—Sí —le digo—. Solo hay que pulsar este botón.

—Entre las dos lo podemos hacer —me asegura Iris.

—Solo será un segundo —dice Hari.

Entonces le da un beso rápido, y él, Marcus, Luis y yo nos dirigimos hacia el arco cercano y empezamos a escalarlo.

—Parece peligroso —dice Luis.

—Valdrá la pena —responde Marcus.

Hari asiente.

—Confía en nosotros.

Luis frunce el ceño.

—¿Cuándo he confiado en ustedes?

—Bueno, entonces no confíes, pero quédate callado y hazlo de todos modos —dice Hari, encogiéndose de hombros.

—Bueno.

Salto de una roca a otra. Cash me sigue sin dificultad. Cuando llegamos los cinco a la cima, miro el desierto. Sí, debe funcionar. Solo quiero capturar en una foto la silueta de mis personas y mi perro favoritos, con las estrellas de fondo. Quiero mostrar lo lejos que hemos llegado y rendir homenaje a lo que hemos superado. Quiero recordar esta noche. Quiero recordarnos que, a pesar de todo, hemos estado ahí el uno para el otro. Quiero dejar constancia de que podemos quedarnos quietos y dejar de reñir (con amor) por un momento. Quiero mirar atrás. Quiero conmemorar todas las aventuras que aún nos aguardan.

—¿Cómo se ve? —le grito a Xio.

—¡Genial! —dice—. ¿Están listos?

Miro a Hari, a Luis, a Marcus y, luego, a Cash.

—¿Listos?

Hari asiente.

—Vamos a hacerlo.

—¡Bien, Xio! —grito—. ¡A las tres!

—A las tres, ¿qué? —pregunta Luis.

Pongo los ojos en blanco.

—Haz una pose y di güisqui, tonto.

Juntos, bajo el cielo estrellado, contamos hasta tres.

—¡Güisqui, tonto! —gritamos.

Agradecimientos

Siempre he pensado que los libros son mágicos, y ahora sé que el arte de crearlos también puede ser mágico. Hay equipos, blogueros, libreros independientes, *bookstagrammers*; hay editores, agentes, correctores, ilustradores; hay amigos, familiares, mimos de perros; hay memes, chats de Twitter, comunidades; hay estrellas y planetas alineados, y hay todo lo que hay entre uno y otro.

Escribir este libro durante una pandemia mientras criaba a mi hija y trabajaba a tiempo completo no ha sido una hazaña menor, así que mi primer reconocimiento es para el privilegio que he gozado, sin el cual no podría haberme dedicado a esto tan hermoso que amo y comparto con otros.

Y ahora, paso a dar las gracias de corazón.

Gracias a mi familia y a mi familia política por su amor infinito, sus cumplidos y su apoyo. Agradezco todo lo que han hecho y siguen haciendo por mí, por Bill y por Maya. Somos muy afortunados.

Un agradecimiento especial para mi hermano, Renz, por permitirme escribir sobre algo tan personal en este libro. Eres una de las personas más divertidas y mejores de este planeta, y serás siempre el caótico hermano con quien comparto el signo de Géminis.

Gracias a Writers Row (Judy, Jane, Cait y Kerri) por compartir siempre su amistad, chistes de gramática, alegrías y penas, risas, abrazos y bebidas. Salud a todas ustedes.

Gracias a todos mis increíbles amigos, sobre todo a Kate Albus, por su implacable calidez y amabilidad; a Liz y Sanya, por ser mis primeras mejores amigas de internet; a Samm, por todos los chistes de drones, por los memes de payasos y Pingu; a lxs chingonxs literarixs por el sentimiento de comunidad y por los divertidos chats; a Angela Velez, por su amor compartido por la diamantina; a mi grupo JBs Mozza, por las risas y su apoyo en mis momentos de madre primeriza, y a los Nasties, que vinieron a verme en medio de una pandemia global, para celebrar mi primer libro cuando el mundo estaba cerrado, y descorcharon champán conmigo (real o metafórico) en la nieve: Paige, Cait, Laraine, Kerri, Brosh, Veatch, Deleney, Anne, Nikki, Annie y todos nuestros pequeños.

Gracias a mis amigos escritores y autores, viejos y nuevos, y en especial a #The21ders y Las Musas, que me envían memes, me dejan hablar de ideas o me acompañan en caóticos en vivo de Instagram.

Gracias a todos y cada uno de los *podcasters*, *bookstagrammers*, blogueros, *booktubers*, *booktokers*, Book Twitter (no creo que haya un nombre bonito para ustedes en su conjunto, pero trabajemos en ello) y amantes de los libros, que han demostrado su amabilidad y aprecio por mí y por mis libros de una forma que nunca imaginé. Ustedes hacen que la comunidad de libros para jóvenes sea lo que es, y ayudan a conectar las historias con las personas que más importan.

Gracias a los lectores que recrearon la portada de mi libro. Sigue siendo una de las mejores cosas que me hayan pasado.

Gracias, siempre, a los profesores, bibliotecarios y libreros independientes, algunos de los cuales han mostrado tanto amor hacia mí y hacia mis historias que hacen brotar lágrimas en los ojos de esta sensible autora. Me siento humildemente agradecida ante su apoyo y generosidad, al acoger mis historias en aulas, bibliotecas y librerías por todo el mundo. Mis personajes han viajado más de lo que nunca haré yo, y no podría estar más agradecida. El trabajo que ustedes hacen es inmenso, infravalorado y significativo. Alumbran el camino para que los niños pequeños y solitarios (como lo fui yo una vez) vean la belleza y la esperanza en el mundo.

Gracias a mis comunidades y amigos de la educación superior, incluidos mis amigos del Springfield College y de la Universidad de Massachusetts en Amherst, por su cálida recepción y apoyo.

Gracias a quienes han comprado, prestado, compartido e intercambiado mis libros. Y también gracias a los que hayan tuiteado sobre ellos, sentido algo por ellos, sonreído al pensar en ellos, o hayan ampliado el alcance de ellos o los hayan celebrado, en cualquier formato: eBook, audiolibro, tapa dura, libro de bolsillo. ¡Todas las formas de leer son válidas!

Gracias a quienes se han acercado a mí con una palabra amable sobre mi trabajo.

Gracias a mi agente literaria, Tamar Rydzinski, animadora y fuerza que admiro mucho. Aprecio todo lo que haces para apoyar mi carrera, así como a mí y mi trabajo. Siempre estás impulsando cosas más grandes y mejores, y te estoy eternamente agradecida.

Gracias a mi agente de televisión y cine, Lucy Stille, por creer en Charlie y trabajar sin descanso para que su historia se conozca.

Gracias a mi editora, Mora, por añadir ingenio, encanto y precisión a mis historias, de una forma que nunca hubiera imaginado.

Gracias a Sara, mi eterna amiga por correspondencia que entiende mi obsesión por Lizzie McGuire, por ayudarme a mantenerme organizada y cuerda, y por no hartarse de mí.

Gracias a la ilustradora y artista Ericka Lugo, por traer su impresionante trabajo artístico y su visión a mis libros, y por hacer que los lectores se detengan al ver sus magníficas creaciones. Tu arte me deja boquiabierta siempre, y he escuchado a muchísimas personas opinar lo mismo.

Gracias al increíble equipo de Holiday House, incluyendo a Derek Stordahl, Sara DiSalvo, Mora Couch, Terry Borzumato-Greenberg, Michelle Montague, Mary Joyce Perry, Mary Cash, Elizabeth Law, Alison Tarnofsky, Amy Toth, Pam Glauber, Barbara Perris y Kerry Martin. No puedo agradecerles lo suficiente por haber apreciado el valor de mi trabajo y por hacer todo lo posible para asegurarse de que mis bebés salgan al mundo listos para prosperar.

Gracias a las gordas de todo el mundo. Nos merecemos lo mejor.

Gracias a TikTok y Animal Crossing, por mantenerme cuerda durante la pandemia.

Gracias a Dunkin Donuts, por no hacer nunca el mismo café helado. Literalmente, nunca, y por hacer siempre de cada sorbo una sorpresa.

Gracias a las reseñas de una estrella, por mantenerme humilde.

Gracias a todos los perros que me han dejado acariciarlos.

Gracias a los guiones, signos de exclamación y paréntesis, por existir.

Gracias a la guardería, sin la cual no podría escribir.

Y, por supuesto:

Gracias a Obi, por ser siempre un oso de peluche de la vida real y por seguirme la corriente cuando quiero bailar con él por la sala.

Gracias a mi dulce Papaya, por dar los mejores abrazos, por mostrarnos una ternura que me hace llorar, y regalarnos tantas tonterías que me hacen doler la barriga. Redescubrir el mundo a través de tus ojos es uno de los mayores regalos.

Gracias a mi Bubby, mi corazón, mi alma, mi roca, por las risas interminables, las fiestas de baile espontáneas, por ver una y otra vez Gilmore Girls conmigo, por tu amabilidad incomparable, por los interminables viajes a Dunkin, los abrazos que terminan en siestas y la alegría sin límites que me aportas cada día. Mi único corazón te pertenece.